漫歌：
碧色寨

海男 著

云南出版集团
云南人民出版社

图书在版编目（CIP）数据

漫歌:碧色寨 / 海男著. -- 昆明:云南人民出版社, 2023.8
ISBN 978-7-222-22062-1

Ⅰ. ①漫… Ⅱ. ①海… Ⅲ. ①长篇小说－中国－当代 Ⅳ. ①I247.5

中国国家版本馆CIP数据核字(2023)第161977号

责任编辑：陈浩东
特约编辑：海　惠
责任校对：刘　娟
装帧设计：云南九欣文化传播有限公司
封面设计：荷　花
责任印制：马文杰

漫歌：碧色寨
MANGE: BISEZHAI

海男　著

出　版	云南出版集团　云南人民出版社
发　行	云南人民出版社
社　址	昆明市环城西路609号
邮　编	650034
网　址	www.ynpph.com.cn
E-mail	ynrms@sina.com
开　本	787mm×1092mm　1/16
印　张	19.75
字　数	260千
版　次	2023年8月第1版
印　次	2023年8月第1次印刷
制　版	云南九欣文化传播有限公司
印　刷	昆明精妙印务有限公司
书　号	978-7-222-22062-1
定　价	58.00元

云南人民出版社微信公众号

如需购买图书，反馈意见，请与我社联系
总编室：0871-64109126　发行部：0871-64108507　审校部：0871-64164626　印制部：0871-64191534

版权所有　侵权必究　印装差错　负责调换

谨以此书献给过去、现在和未来的来自碧色寨的传奇。

我们走得很远，不需要重逢。世界多元素，只有源头的青苔、冰川、铭文是身体中的历史，除此外，都是虚拟世态。

百年以前，一个法国青年订制了两只完全相同的箱子，一只留给自己，另一只送给了他爱慕的中国少女。百年以后，拎着两只箱子的又一代青年男女，来到了碧色寨，故事就是这样开始的。

我看见一只鸟从我肩头往上飞，这只鸟昨晚都还是紫色的，梦醒后，它就变成碧色了。而且它已经飞越了我的肩膀，正往碧色寨上空飞去。我感觉它并没有飞远，好长时间又过去了，它仍然在碧色寨上空萦绕着白云在飞翔。有时候它也会俯冲而下，走在铁轨枕木间，看似在觅食，实际上是在游离于碧色寨的时间。

目录

序　幕　　　　　　　　　　　　　001

第一章　奔跑的箱子　　　　　　　024

第二章　传说中的碧色寨　　　　　049

第三章　暗金色的枕木铁轨之谜　　095

第四章　穿越时空的碧色寨　　　　147

第五章　现代逃亡启示录　　　　　180

第六章　碧色寨梦剧场　　　　　　230

第七章　铁锈红的碧色寨　　　　　269

序　幕

1

　　碧色寨在哪里？一个追索开始了，这是一个解决问题的时代。每一个时代的问题都有过去和现在的连接点，有时候，很像小鸟们在晒衣绳上行走。如果你恰好看到此番场景，有何感受？碧色寨是燕子所追索的一座百年前的特级火车站，这就是问题的源头。有时候，我们看似走了很远，其实，仍然在绕圈行走；看似已抵达了尽头，却又在不知不觉中往回走。因为地球是圆的，就像太阳和月亮是圆的，苹果石榴橘子是圆的。我们一生都在解决问题，因而，我们无法剥离开时间，只有在时间的循环中，我们可以寻找到另外一种时间。

　　碧色寨在哪里？这个追索如此漫长。我在此之前曾多次去过碧色寨，但它仍然是遥远而模糊的，因为时间的魔幻主义也是清晰而又模糊的，因此，我们才需要重返碧色寨。

　　燕子合上了箱子，在那只棕色皮箱里装满了与碧色寨相关的遗物旧事。燕子很小的时候就看见了这只箱子，那时候外婆总是将这只箱子放在枕边，简言之，枕头旁边就是那只箱子。母亲警告她说，你在任何时候都不能允许你自己的手去触碰你外婆的那只箱子。那还是一个石榴花绽放的日子，她才五六岁，经常爬上外婆的床头，所以，母亲才发出了警告她的声音，这也是母亲惯用的语言。每当这时外婆就会走出来，对母亲说，别吓着孩子，别用那样的声音跟孩子说话。

在多数的时间里，母亲都在绘画，母亲是一个风景画画家。从小到大，燕子都是在飘着颜料味的空间中长大的。但她身边没有父亲，母亲告诉她说，你的父亲在很远的地方工作。是的，她习惯了父亲永久的缺席，而母亲总是到外面写生，也同样很少在家里。她就在外婆的身边长大，仿佛一只燕子长出了羽毛，终于可以飞翔了。这时候她已经25岁了，读完了研究生以后，她第一件事就是去看外婆。外婆已经很老了，就像家门口那棵银杏树已经很老了。外婆仍然生活在那座古老的院子里，这是西南方的一座小县城。这一次，外婆取出了那只皮箱交给她说：燕子，外婆年岁大了，不知道哪天走，我这一生的秘密都在箱子里了。如果你感兴趣，可以留在你身边；如果你有时间，可以打开看看；如果你觉得没意思，在外婆走的那天，就为阿婆化了，我在天上会收到的。那一天，阳光灿烂，燕子从外婆手中接过了箱子，她的手触到了外婆手上的青筋，那种感觉很奇妙，仿佛那条隆起的青筋是一条小路，被殷红色血液所激荡的小路。是的，从那刻开始，她与外婆和箱子之间仿佛生出了一种仪式感。

但她却始终不敢轻易打开那只箱子，箱子并没有上锁，只要用手触摸，箱子就会闪开，但她总觉得还不到打开的时候。直到那个早晨，外婆再没有醒来。那是三天后的一个早晨，她像往常一样在阳光来临之前，轻手轻脚地来到了外婆的房间，外婆看上去好像还在睡觉，脸上没有任何表情。其实，人在入睡后，如果细看的话，脸上还是会有表情的。因为，很多人表面睡着了，实际上却进入了另一个做梦的舞台。在夜里的黑暗中进入梦乡的人应该会更自由。

自由,是一种非常难以进入的境界。我们每天都在捆绑自我的习俗中、内心的道德,只有触摸到绳索上那些粗糙的格局,自由这个词才会发出风铃般的召唤。我们每天都在追求自由,而获得的是更多的捆绑。只有日复一日的捆绑式训练和习惯,我们才可以将自由作为一种梦中的境界。

天黑下去天又亮了,外婆再没有睁开双眼,她到另外一个世界去了,有另外的力量将她带走了。那一刻,燕子感觉到外婆的灵魂早就走了。是的,她没有悲伤。母亲回来了,母女两人将外婆火化后装进了骨灰盒,安葬在了一座墓地。外婆走了,母亲就回来了,她说累了,不想再外出漂泊了。中年的母亲回家来了。在之前,母亲的生活对于她来说同样是神秘的。从小到大,她跟母亲几乎都没有待过多长时间,母亲生下了她,就将她交给了外婆。

如果说人生存在着意义,就是因为夜幕和白昼有流星的距离。在此意义之下,我们总能设法在各种事物和背景中相遇——在这里,我们终于要来面对那只箱子了。

母亲回来后不久,燕子又出发了,她沿袭了母亲年轻时代的风格,总是想在远处生活。

燕子带上了外婆留给她的那只箱子——似乎这才是出门的意义。母亲看着她,叮嘱道:外婆将箱子交给你,肯定是有意义的。去吧,燕子,去揭开这个谜底吧!你已经长大了,到接受时间启蒙的时辰了。她回过头来看着母亲,生命中好像第一次面对母亲。在过去的日子里,母亲似乎都是陌生的存在。而此刻,她以一种从未有过的目光与母亲的目光相遇。母亲说:

去吧，去碧色寨，只有到了碧色寨，你才会启开那只箱子。

母亲的声音具有某种暗示和启迪。燕子已经成人了，母亲终于使用成人的语言跟她对话了。对于那只箱子，母亲似乎是了解的，而对于燕子来说，那只箱子虽然是外婆的遗物，却在这一刻变得越来越神圣，越来越神秘。就这样，她踏上了去碧色寨的路。

碧色寨很遥远，对于燕子来说，这仅是一座火车站而已。现在的火车站仍然人潮汹涌。在这里，这个世界所有速度都在疾驰而去。似乎只有快速度，才能加快奔驰在旅途中的个人主义者的幻影。火车加快了，这一点燕子是有感悟的。在这里，只因为火车站的绿皮火车消失了，速度变慢。她没有坐过绿皮火车，只是听说过过去时代的绿皮火车很慢很慢，乘者坐窗口时，一路上可以看见车窗外的许多美丽的风景。

现在的高速列车将窗外风景推到了一个模糊的世界，仿佛抽象画，你还未转过神来，风景就已经过去了。从窗户外看见的风景仿佛变成了碎片。是的，人们都说，碎片化的时代降临了，无论是旅行还是读书等生活情景都在碎片中前行。燕子从县城出发时，母亲站在门口送她。母亲正值中年。她好像是头一次发现母亲的美丽。站在门口的母亲告诉她说，这幢老房子和旁边的这些老宅都已经纳入了拆迁范围，她想留下来住些日子。燕子早就听说了，这片范围中的老房子很快要拆迁了——这意味着外婆的老房子要消失了。她有些说不出的伤感，但这份年轻的伤感很快就过去了。母亲看上去有一种无法言说的迷惘。她身穿米色的风衣，衣服上有浸染上的色泽。燕子从有记忆的时刻起，她看到的母亲都在穿米色的风衣、牛仔风衣、卡其布风衣，好像母亲就适合穿风衣。

她离开了，转过身去时，母亲还站在门口。燕子看到了老屋的无限苍茫，手里拎着外婆的那只不合时宜的箱子，走出了小巷。从这一刻开始，她好像有了一种来自人生的冲动感。过去的她始终在读书，母亲每月给她的生活费，她都用于读书等等。她似乎从未想过自己的人生要做什么事。

现在，她来到了县城的长途客运站，从这里搭车到省城，就可以乘高铁了。燕子，拎着两只行李箱，外婆的那只箱子没有滑轮，只能手拎着。两只箱子，不同的时间——在左右手中向着另一个时态前行。

2

碧色寨醒来了。时代的喧嚣声逝去以后，他来到了离碧色寨不远的小镇上做裁缝。从江南水乡地出来时，他还是一个18岁的少年。20世纪80年代末期，好像总有人离开故乡，到外地去闯荡世界。18岁，他刚上高中，就有人对他说，我们乘火车去外地走一走吧。他去跟家里人商量。父亲正在用剪刀裁布，那是一匹丝绸。父亲会缝江南女子穿的旗袍，附近生活的妇女都会到父亲的裁缝店来定制合身的旗袍。他从小站在父亲身边，不知不觉地，已经成了父亲的好帮手。放学回来，父亲就会叫唤着他的学名，问：赵云，放学了吧？于是，他放下书包从院子移步到父亲临街的裁缝铺中。他站在父亲身边，学会了使用剪刀，顺着父亲用白粉条画下的线条，一刀刀剪下去，并将剪好的布料叠好，放在一边，布料上都写着定制人的姓名、住址等等。

父亲听说他想到外地去，就说：赵云，可以带着你的手艺去外面开裁缝店！他点点头，其实，他就是不想读书了，想去走一走。自从他的伙伴约他时，他的眼睛看到的世界不再是有围墙的校园，而是顺着铁路而去的那列绿皮火车。是的,几个年龄相仿的江南少年就这样搭上了路过的一列从上海开往云南昆明的绿皮火车。

碧色寨醒来了,太阳已经来到了碧色寨。他走出了酒店,每天早晨他总是自然醒来,然后沿碧色寨的铁路走一走。这已经成了习惯,就像他在此租下碧色寨的这几座老房子时,站在一座石头房的墙壁下面,一个南方报的记者走近他,问他的一句话:碧色寨已经有百年的历史了,你作为江南人是怎么走进碧色寨的?如果方便,我们可以做一次对话访谈吗?他感觉到一种陌生感。女记者说,我们沿铁路散步边走边说好吗?这是他第一次接受记者采访,是关于碧色寨的,他不知道应该怎么去接受采访。女记者30岁左右,很有经验地同他来到了铁轨枕木间。

女记者的第一个问题:你是怎样发现碧色寨的?听说你从青春时代就乘火车开始了旅行?你们那一代人好像都喜欢带着自己的手艺到很远的地方去谋生。说说你自己好吗?女记者仿佛是从天而降的,他的生活跟交流访谈都没有关系,有关系的是什么?是时间和碧色寨。是的,他是带着手艺出门的,整个80年代末期,他总看见或听说,附近一条街的人到北方和大西南去了,主题是到外地挣钱去了。

他没有见过多少钱,对于钱的概念不深刻。他年仅18岁那一年,对什么事都不具有太深刻的印象,所以,女记者问他什么时,他总是点点头,他不善于用语言谈论世俗生活。他对于时代的记忆非常简略,仿佛一根线条般笔直。有些东西在他身体中沉浮不定,但他却必须陪同年轻的女记者往下走。

女记者的第二个问题:好吧,你为什么要租下碧色寨的老房子开酒店?

这个问题很直接，他回答得也很直接：最近几年碧色寨的旅游者多了起来，我想，这是一个契机，碧色寨没有酒店。就这么简单，他好像就说完了。女记者笑了，他自己也笑了。

女记者的第三个问题：随便说说吧，讲讲你的故事。我想，像你这样的人，应该是有故事的人。他听明白了，表情有些羞涩，自语道：我离家出走后是经历了许多事情，这些故事三天三夜都讲不完。今天就到此为止吧，等到我将老房子改造成酒店后，我们再慢慢聊，好吗？

女记者有些惊讶地看着他说：好的，待你的酒店开张后，再来听你讲故事。他点点头，他也不知道为什么巧妙地让话题转弯，就结束了这次沿铁路的行走和交流。女记者消失了，他不知道她的名字。他结束了对话，是想独自一人去那几幢租下的老房子走一走，设想一下它们的未来。

未来，就是像裁缝铺里的剪刀、缝纫机，加上自己的手艺将它们变成现实。他的故事，也就是一个手艺人的现实生活。他不善于言谈，是因为那些他经历的故事用两三句话是无法讲清楚的。他更愿意独自回忆，其实，尽管很多年已经过去了，直到如今，他还记得那列绿皮火车进入昆明火车站的黄昏。他们走出火车站，有些迷惘地再往前走。

走了很远，好像又走到了铁路上，还有枕木。这是一条小火车的铁路，几个人都说就沿着这条铁路往前走吧，走到哪里就算哪里。如果中途不愿意走下去的人也可以撤离，去别的地方。他们有三个人，原来是有六个人的，但另外三个人在中途下车了，说是喜欢上了那座有平原的城市。剩下的三个人说一定要抵达终点站。他们走着走着就到了草坝。这说起来简单，但实际上他们走了五天时间。三个人都没有人说不想走了，仿佛这是一场赌博，谁也无法撤离。就这样他们走到了碧色寨。

碧色寨出现在三个年仅18岁上下的少年们面前。他们看上去很兴奋，但疲惫感多于兴奋，因为他们一路上经历了好几座火车站，神经已经趋于麻木了。他们坐在铁轨上。这是一个烈日炎炎的午后，几个人都感觉到无法再走下去了，再往下走就要崩溃了。但总要找一个落脚点，于是，他们继续往下走，就走到了小镇上的一家小店，坐下来吃东西，这是一个非常现实的时刻。他们饥饿的眼睛望着那只炉子上支着的铝锅，这只铝锅看上去很大很大，里边一直在往上冒着热气。往锅里看，里面熬着几根猪骨头，已经散架了的骨头，看上去已经熬了好几天了。这是骨头汤，当地人吃米线，就用它做汤。有好几天没有闻到这么香的味道了，三个人将脖子伸得长长的。很快，开店的妇女笑眯眯地将三碗米线端到了他们面前的小木桌上。

三个人吃了米线，脖子还在往锅里看。店主人好像感觉到了他们的饥饿感，便又给他们端来了三碗热气腾腾的骨头汤。正是这三碗骨头汤，让他们不想再往前走了。

碧色寨醒来了，赵云也醒来了。从碧色寨酒店中走出来了几个年轻的旅游者，到铁轨上去拍照了。进入碧色寨的旅人，一旦走在枕木和铁轨之间，都会掏出手机拍照片。这个时代，身背照相机的人已经越来越少了，因为手机的功能将每个人都变成了摄影者，满足了普通人拍照的欲望。一个女孩手里拎着两只箱子从铁路那边走过来了。

他走上前想去帮助女孩，女孩不时将箱子放在铁轨外，想休息下拎箱子的双手。他走到女孩身边说我帮你拎一只箱子，女孩表示感谢，并告诉他，已经在网上订了碧色寨酒店的客房。他很高兴地说谢谢你在网上订了我们的酒店。女孩笑着说，谢谢你帮我拎箱子。拎两只箱子的女孩就是燕子，她已经来到了碧色寨。

　　碧色寨的枕木铁轨上突然间来了那么多人，大约是天气晴好的原因，每个人手里都举着手机在拍照。他帮助拎着箱子的女孩将一只箱子拎到了碧色寨酒店。女孩站在服务台前登记客房时，他看见了那只放在柜台下的旧皮箱。他感觉到这只箱子很旧很旧了，跟女孩的另一只箱子形成了明显的时间差异感。女孩登记完房间，向他微笑着点点头，表示了感谢。服务员帮助女孩拎着箱子到一号院去了。这里共有六幢老房子，分别以数来命名。

　　女孩很快又拎着一只箱子下楼来了，她手里拎着的就是那只很旧很有年代感的皮箱。他迎向前，问女孩需不需要帮忙。女孩的目光有些恍惚，摇摇头说，她想到铁路上走一走。他很理解，认为女孩是带着旧箱子来碧色寨拍照的，来碧色寨的人都会去拍照。就在这时，赵华出现了，他就是赵云的儿子。

　　赵华好像早就看见了已经走下楼来的女孩，他在父亲之后奔向女孩，伸手从女孩手中接过了那只箱子说：这箱子很重吧，你是去铁路上拍照吗？我帮你拎到铁路上去吧！女孩默认了，没有拒绝。赵华走在一边问女孩，你是在网上订的房间吧！女孩点点头说：这是我第一次来碧色寨。赵华说，我也刚毕业归国。父亲一定要将这座酒店交给我管理。说实话，我初来时并没有多少兴趣，但来了一段时间以后，我好像习惯待在碧色寨了。因为世界很杂乱，我很想在碧色寨生活上一段时间，我也不知道将来会怎么样。说实话，直到现在我都不明白，父亲为什么要在这里开酒店，他花了很多钱才将六幢百年的老房子，改造为现在的酒店。

他拎着那只箱子，仿佛他们已经认识很久了。她也奇怪，他和她初次见面为什么就嘀咕了这么多的话。但他看上去显得那么干净，白色的棉质衬衣，洗得发白的牛仔裤，刚洗过的没有任何油腻味的头发，所以她无法反感他的降临，也无法去反感他的嘀咕。她走在他旁边，毕竟她是头一次来碧色寨，而且她刚才听清楚了，他的身份都在他的嘀咕声中一清二楚了。只有她自己是一个谜，为了外婆留下的那只箱子，她就来到了碧色寨。

或许在她完成了学业之后，这是她面对的一个需要解决的问题和秘密所在，这只箱子如果没有答案，那么她也不可能去解决生存问题。多少年了，她与外婆相依为命，那只箱子就放在外婆的枕边。久而久之，箱子就像外婆一样古老，只不过，外婆已经走了，箱子依然如故。

3

与此同时，另一个男子拎着箱子来到了碧色寨的铁路上。他是乘公交车过来的。他从公交车上走下时，手里拉着一只大箱子。这是碧色寨的公交站牌，它就在铁路上面的乡镇公路上。他30岁左右，一张异域面孔，应该是欧洲人。他有些兴奋地自语道：噢，这就是碧色寨！我终于到碧色寨了，这真是一个奇迹，我终于到碧色寨了。他会说汉语。不远处就是铁路。他手拉着箱子来到了铁路边。赵华看见了他，主动走过来用英语打招呼。他说你好。赵华听见了他的汉语，便又用汉语跟他说话：如果我没有猜错的话，你就是订我们碧色寨酒店的法国人。

为什么？人喜欢在天蒙蒙亮之前，为了启程远方而谋略，并为之激动。

他有些兴奋地点点头说，我爷爷是修这条铁路的工程师，他省略了下面的语言，是因为他在刹那间突然看见了那只已经回到燕子手里的皮箱，他有些惊奇地走上前说：你相信我吗？我箱子里也有一只跟你手上拎的一模一样的箱子。

燕子面对他的声音，她摇摇头，确实，太突然了，她听不明白这个外国男子在说什么。真的是太突然了。男子说我叫乔尼，从法国来，你们就叫我乔尼好了。他一边说一边将箱子放在铁轨中央，在他就要启开箱子时，燕子却拎着箱子走了。乔尼笑了笑对赵华说：你相信吗？我箱子里还有另一只箱子，跟她手里拎着的那只箱子一模一样，难道是巧合？赵华说，我先送你到酒店休息吧！

箱子的话题先放下了，难道真的有两只过去的旧箱子，是一模一样的吗？碧色寨迎来了年轻的旅人，他们将给碧色寨无限苍茫的时空带来什么？铁路所延伸处都是旅人，大都是年轻人，旅行都是从年轻开始的，年轻意味着总想往外走，从家门口往外走看似没有方向，却总是在迈出门以后，感受到了某种召唤。各种年代的青春都是从脚下开始，各种鞋底跨出家门，从这一刻开始，青春期的叛逆也好，梦想也好，迷途也罢，都在朝着未知的方向走去。

未知是曲线，像波涛起伏跌宕中的一只只漂流瓶不知道要去哪里，会在哪一片湾流陆地被潮汐推上岸。潮汐具有伟大的力量，它总是将每朵汹涌波涛推向另一阵激流，也有巨大的孤岛和礁石承载着波涛。只有未知的青春才充满了远方。碧色寨对于现代的年轻人来说呈现的是一座已经废弃了的火车站，尽管如此，这些年轻人总能从城市的钢筋玻璃楼房中走出来，寻找他们的青春色调。

碧色寨车站虽然已经有了百年多的历史，但它是玄幻的，这也是它吸引年轻旅人的特质。阳光下的铁轨枕木有一层层莫名的惆怅和伤感，这也是玄幻的色块。铁轨上金色的铁锈色仿佛盛放的花朵，你的手忍不住会去抚摸它冰凉的历史。当我们单独谈论历史时，不免会显得枯燥乏味，因为历史总是距离我们很远很远，就像灯塔在黑暗中隐形而上升。而当我们亲临历史的现场时，我们忘却了历史这个词典中的时间之词，仿佛那些久远的故事就在我们身边，融入了我们的生活。

燕子独自一人拎着箱子往前走。她显得有些孤单，看上去很另类，没有人帮助她拍照，她自己好像也还想不起来掏出包里的手机去拍一下铁轨枕木。对于现在的她来说，能做的就是行走，拎着箱子往前走。因为，碧色寨对她来说是陌生的。如果没有手中的那只箱子，她可能不会在此行走。简言之，她完成学业后从外婆手中接过的这只箱子，似乎赋予了她一种神秘的使命。

每个人生而为人，都在某种时刻接受了一种使命。她在25岁这一年来到了碧色寨，就是为了在冥冥中赴约于这个突如其来的使命。因此，她目不暇接，仿佛整个身心都受制于手中那只古老的箱子。她接下来拎着箱子将干什么？这一切连她自己也不知道。她的表情看上去比往常任何时候都恍惚，仿佛一只大海上的漂流瓶。而此刻，她置身于没有蔚蓝色水波的海洋，只有百年前遗留下来的一座特级火车站的老房子、铁轨和枕木的存在。

前面有一个人站在铁轨中央，看似在等待她。站在铁轨上的人就是那个法国青年乔尼。他为什么这么快就出来了，而且超越了她的速度后，已经走在了她前面。他是在等她吗？

碧色寨的天空很晴朗，铁轨枕木充满了等待的味道，这味道从百年前就开始了。那时这些年轻的旅行者都还未出世，在未出世之前，也就没有胚胎，只有构成胚胎的才能称为生命。那时候，他们在哪里？是的，他们甚至都还没有形成风中的种子落下去。生命确实是一个创造奇迹的过程，奇迹再现是因为时间是朝前也在朝后，总有生命，新的生命状态将人类的故事讲下去。

他站在铁轨前面。她抬头看见了他，那一时刻，她突然逆转，转身向后走去。她明明感觉到了他站在前面是在等她，但她却不接受这种等待，因为人与人的相遇，是一种无法说清楚的过程。从她迅速逆转的姿态中可以感受到她的孤独和手拎箱子的忧伤。她不知道为什么突然逆转而去，难道这就是时间的差异性？

身后的法国青年乔尼也没有追上来，他双手向外一伸，仿佛想在刹那间长出翅膀，飞越碧色寨的时空。而她已经朝着前面走去了，她的身影很快就被一群举着照相机拍照的男女青年们雀跃的影子挡住了。他看上去显得有些无奈，因为伸出的双臂也并没有长出翅膀来。但他的目光很快就被碧色寨的现实状态吸引过去了，一个女孩手里捧着照相机正在拍照，他恰好途经了女孩的身边。这个身披长发的女孩，全身牛仔，脚穿白色帆布鞋，显得清新脱俗的体态，似乎也是碧色寨的一景。

他来到女孩身边看她拍照。女孩的镜头对准的是铁轨上的斑斑锈迹，她移动着镜头，专心致志，并没有感觉到他的在场。是的，碧色寨仿佛调动了这个互联网时代下人们的另一种现代倾向，就是拍照，多数人都用手机拍照，只有少数人使用照相机。

照相机和手机各有功能，但却拍出了不同的照片。挎照相机拍照的人在今天基本上是专业拍照者，或者是摄影发烧友。女孩足足拍了几分钟，转过身来时，看见了站在旁边的乔尼。她友好地朝乔尼微笑着点点头。乔尼说，我也喜欢拍照。女孩说：你会讲汉语？女孩有些惊喜，因为这样交流就不困难了。他说可以走一走吗？女孩又点点头。女孩看上去20多岁。她看上去很乐意跟他一起行走。于是，女孩将手中的照相机挎在了肩上。他说，你很漂亮！他的赞美声让她有些羞涩。她低下头看着铁轨又抬起头说：我是第一次来碧色寨。他告诉她说他也是第一次来碧色寨。两个人因为碧色寨从而找到了交流的话题。

燕子回过头去时，嘘了一口气，看上去她终于明白过来了，自己为什么突然逆转回身，就是为了摆脱那个法国人。现在，她从嘘出的热气中又感觉到了手中拎着的箱子，这只箱子成了她来到碧色寨的全部主题。那么，她拎着箱子将到哪里去？

铁轨枕木上一直有人在拍照，有些人还穿上了百年前法式的裙装和西装在拍照——这一切都在暗示她说，碧色寨是一座充满了历史感、对现代人有吸引力的火车站。在大学读研时，她的专业是历史学，这是一个宽泛的专业。而此刻，她感受到了手中拎着的那只旧式皮箱中就装满了历史，一种从未有过的从此刻跨度的时间感突然扑面而来。她决定坐在旅游者稍少的铁轨枕木的前方，找一个地方坐下来。她告诉自己，是时候了，打开这只箱子的时间已经到了。是的，她加快了脚步，鞋子下仿佛有一种旋律在将她的脚拉向前方。这就是寻找历史和现在交织的一个时刻吗？这就是让她独自一人手拎外婆留下的遗物，前来解谜的时间和地点吗？

箱子因为旧，在她手中看上去更显历史感和时间感。在碧色寨，除了她和乔尼手中有一模一样的箱子外，就看不到别的人有同样的箱子了。这是必然的，在这个世界上，过了漫长的时光后，是无法寻找到第三只箱子的。

来自碧色寨的某种意义开始从铁轨枕木间散发出招魂的旋律……这是时间的意义，所有的历史都是从时间过去和现在并连接于未来可期的梦想开始的。时间在每个人的眼睛里从视觉中向外弥漫，向着整座碧色寨的天际弥漫，铁锈色，块状游历的云絮，陌生人的圈子，来自宇宙的各种音律轻柔地为这座古老的火车站伴奏。

她感觉到了不可抑制的某种激动。她表面看上去很平静，毫无波澜，其实，在内心深处却总是有隐形的翅膀在召唤她去某朵云中飞翔。她似乎只需要一朵云就可以飞翔了。学历史时，她经常从历史的时间中让自己的身体去寻找到某朵云，并为此让思绪和想象力飞翔起来。而此刻，她环顾这条的铁路，不远处隐约闪现出了一个巨大的弯道。她手拎箱子，眺望在阳光下隐约出现的弯道，内心有一种隐约的召唤。她也说不清楚到底是什么东西在召唤自己。

召唤自己的到底是什么？她将箱子放在枕木上，并回过头，几百米后面的旅人们的影子变得模糊，但认真看时，仍可以看到旅游者的形体在挪动。是的，他们像蛇一样从灌木丛中跑了出来，是为了进入敞亮的世界，是为了找到他们的群体和家族。她要独自一个人面对那只秘密的箱子，因为她已经预感到了这只箱子中，收藏了外婆的某一段时间和记忆。

她坐了下来，开始面对这只秘密的箱子。终于，她屏住了纷乱的呼吸，伸出手去触碰那只箱子的表面上的皮质，它在岁月流逝中仍然保留着原有皮层表面的光滑，但细看却能看见那些已经变化过的细纹。好吧，总是要敞开那只箱子的,总是要面对人生的。而人生是由无数的细枝末节构成的片段和故事。她听见了箱子的弹簧锁在跳动,于是,箱子启开了。每个人都有一只箱子,跟随着手拎箱子者的命运在前行中变幻,无论你在哪里,总是要带上一只箱子出门的。

4

箱子启开了,仿佛看到了外婆,燕子感觉到了外婆的某种灵魂在箱子中召唤她。就在这一刻,她看到了从不远处沿铁轨枕木走过来的羊群和一个牧羊人。这是一幕令人激动的景象,她已经很多年没有看到这番场景了:羊群从前面过来了,一群纯粹的黑山羊,它们发出的咩咩声,听上去就是回家的歌谣,牧羊人手里握着羊鞭但没有抛出去,看上去羊群很乖,都在沿着铁轨枕木往前走。

羊群的到来,似乎让她很兴奋。羊群已经走到她面前,它们没有陌生感,因为羊群已经习惯了回家的路。这一次,羊群看见了铁路上的那只箱子,就走过来了。箱子看上去就像是从历史和现实中,呈现出来的一幅抽象的风景画插图,羊群突然间就簇拥而上,围住了已经敞开的箱子。这让燕子感觉到有些惊恐和不安。她走上前,想吆喝羊群走开。牧羊人走过来了,笑着对她说道:不急,妹妹。羊们是去看看,它们有可能在你的箱子中嗅到了碧色寨的味道。不过,你放心,它们马上就会走开的。

牧羊人说得不错,羊们似乎嗅到了箱子中的味道,这味道不错,认定了这就是来自碧色寨的味道之后,就开始转身离开了。牧羊人跟她年龄相仿,看上去根本不像牧羊人。像什么身份的人?暂且不去判断,让她高兴的是羊群终于离开了，牧羊人跟着羊群走了。这应该是碧色寨的一道风景，她感觉很是惬意，空气中有羊群刚刚离去的味道。

燕子又重新来面对这只箱子。此刻，她看见了箱子中的蓝花布衣裙，还有一本笔记本，一支钢笔……还有另外的物件，最重要的是箱子里竟然有一本相册。天啊，对于研习历史学的燕子来说，这些东西亲切而又久远，它们必然就是外婆一个人的历史了。历史就像抽象的风景画插图。是的，她感觉到了历史的趣味性。在这个时间段，她能从箱子里探索到外婆个人史中的某一个密码吗？

箱子底部有一本笔记本。天啊，一个充满了奇迹再现的时刻！对于研习历史的燕子来说，这本突然从箱子底部出现的笔记本，意味着她寻找到了外婆生命中的一个解谜的时间点。她取出笔记本，硬纸壳的笔记本已经变色，封面上有些折损的地方。她启开第一页，上面写着一行字：从看见碧色寨的那一天，我突然产生了想写日记的念头。好吧，开始吧，我的日记，就从碧色寨开始记录吧！

哦，这是一本日记本。燕子没有再往下读，她兴奋而又疲惫，想回到碧色寨酒店去休息。

一群小鸟从地平线飞来，落在了铁轨外的树篱上。燕子被这句话吸引着回到酒店。她有一种穿越感，但又害怕被这本日记所笼罩。母亲的生活在别处他乡，而外婆的生活难道是从碧色寨开始的吗？碧色寨成了一个谜。在沿铁轨枕木回酒店的路上，她又看见了那个男子，他独自一人坐在枕木边，显得有些恍惚。现在，她向他走去。不知道为什么，他的孤独感让她产生了一种恻隐之心，毕竟他是一个外国人，来到了碧色寨。她来到了他坐的枕木边。他点点头，表示友好。他看着她手中的箱子，仿佛想进一步地研究这只箱子的存在。但乔尼已经不再用语言与她交流这件事，而是用目光观察着她与箱子的关系。她说，我请你去吃过桥米线吧。他有些惊喜地说：好吧。我知道过桥米线，我爷爷告诉过我过桥米线的故事。

她好像神情很恍惚。他的汉语真的很好，他说的每个汉字她都能听得清清楚楚。一个法国男子为什么会把汉语说得这么好？刚才他又说到了他爷爷，是的，他好像说过他爷爷是修过滇越铁路的工程师。时空隧道要怎么穿越才能回到他爷爷还有她外婆的那些时间？他们才刚相遇。在这条铁路上相遇意味着什么呢？人，从出生以后就会与各种事、各种面孔相遇，有很多人相遇后就走过去了，也许会说几句话，但那几句以后就再没有话可说下去了。而有些人，开头说了几句话后，还会有机缘再说几句话，就这样话开始投机就有了语言的延续性。他们说到了铁路，而此刻夕阳西下的铁路上有层层斑斓起伏的余光，在这些余光下可以清晰地看见细小的蚂蚁。她从一群蚂蚁游历的存在中移动着目光。毕竟，时间是无法停下来的，除了蚂蚁之外，还有蝴蝶。是啊，这只蝴蝶就这样飞到了她眼前，金黄色的蝴蝶斑斓中有淡绿色。蝴蝶转眼飞过去了。她目送着蝴蝶，直到它斑斓的形体消失。

她手拎箱子走在前面。对于碧色寨她并不熟悉，而且是头一次来，然而她好像凭感觉就能找到吃过桥米线的地方。其实，她下车时好像看见过路边有过桥米线餐馆的标志。这是一个到处是标志符号的时代，靠标志人们就能找到路线。她走在前面，他跟在她后面，这仿佛也是一道风景。不远处，有发烧友发现了这道风景，站在铁轨外的树荫下偷拍。

碧色寨不知不觉中已经成了一条旅行者的线路。一座百年前的特级火车站为什么会吸引旅游者呢？他追上来说：我爷爷到死的时候都想重返碧色寨，只是这个愿望未能实现，只有我来帮爷爷实现这个梦想了。她的耳边仿佛有风在吹拂，风把他刚才的嘀咕声带走了。他不再说话，不时地抬头看着从脚下延伸出去的铁轨枕木，他仿佛有很多想说的话又咽下去了。

而她却沉默着，她看上去已经寻找到去过桥米线餐馆的小路了。于是，她拐上那条小路便看见了一家客栈转让的广告牌。上面有联系人的电话，广告牌后面就是客栈。她站在广告牌下面突然间不再往前走，她研究着广告牌同时将目光投向后面的客栈。于是，她从包里掏出手机，电话通了。法国男子站在她身边看见了广告牌又自语道：这座客栈转让，你是想租下这座客栈吗？她看了他一眼，他为什么这么快就说出了她的想法？

而她只是产生了一个想法而已，因为她在之前都不知道自己读研以后将干什么。自从快接近百岁的外婆离世后，她的某种精神倾向仿佛就开始失去了聚光灯似的力量，当然她还有母亲……母亲是另外一个存在，因为母亲是画家，在她的感觉中母亲太独立了，似乎离她有些距离。她已经毕业了，走出校园后，她就意识到另一种生活必须开始了。是外婆的箱子将她的第一站导航到了碧色寨。此刻，她已经打通了电话。她在问转让费和租金，并说想看看这座客栈。电话挂断后，她告诉他说，能不能陪她看看这座转让的客栈？他高兴地说，我也想看看，如果适合的话，我们可以合作租下这座客栈吗？她有些惊讶地看着他，不知道该说什么。

带着钥匙的人来了，他竟然是赵云。他说客栈是他朋友的女儿开的，后来，女孩出国了，就将钥匙交给他让他帮助转让出租。他带着他们去看客栈，这是由一座老宅院改造的客栈，就九间房。转让出租费当然也不便宜。她和法国男子看上去都很喜欢这座客栈，但还是需要再考虑，主要是租金的问题。

她后来带他去吃过桥米线时，两人面对面地坐下来，就开始交流客栈的现实问题。这现实沿着碧色寨在旋转，宛如空中舞步。碧色寨对于他们是一个谜。她说如果要租还得有母亲的支持，她现在刚走出校门，一无所有。他说他可以教英语和法语，可以在客栈教，来碧色寨旅行的孩子们，来来往往的孩子们可以听他的课，中法语相互联系，也是他的一种梦想。另外，他很想有一天将爷爷带到法国去的遗物，再转运到碧色寨，办一个小型博物馆。

她听他说话，现在她好像比过去更了解他了，但仅仅是开始而已。她是一个理性的人。他告诉她，巴黎也有蒙自的过桥米线馆，是中国人去开的，但味道完全变异了，他原来听爷爷讲过过桥米线的故事。他们各自吃着一大碗菊花过桥米线。他说，在碧色寨终于品尝到了传说中的过桥米线。他说传说这两个字，语音仿佛有一种穿越时空的感觉。他的目光看着院子外的铁轨，这座过桥米线店就坐落在碧色寨的山坡上。这山坡也不高，几十级台阶上去就到了。从上面看山坡下的枕木铁轨有一种朦胧的感光。

那晚她给母亲去了电话。不知道为什么，她平常是一个非常理性的女子，而这晚却有一种说不清楚的东西在她内心起伏，如果不解决，她就无法睡觉。在这个世界上自从外婆去世以后，她也只有母亲可以打电话了。往常的电话，只是互相问候而已，这次电话就不一样了，她的魂灵来到了碧色寨，在之前，她从没有感觉到有什么东西在强烈地激荡自己的身心，这可能就是灵魂吧。

电话通了。母亲接电话很快，因为已经是夜里十点半钟了，往常这个时间，她是不会跟母亲通电话的。白天有事找母亲时，母亲画油画，手机就丢一边。母亲从来就是一个专心致志的人，一旦画画，她似乎会忘却所有东西。为此，她也很羡慕母亲的这种状态。而此刻，她本想将这个电话放在明天打。然而，手合拢窗帘本想睡觉的，因为刚洗了一个澡，她在洗澡之前感觉到今天沿碧色寨走了很长时间，肌肤上有许多漫不经心沁出的汗液。碧色寨，仿佛成了夜幕下延伸出的纠结，所以，必须给母亲打电话。

自从有手机那天开始，人与人的距离就缩短了。没有手机的时代，也有座机，但不像这样方便，人不可能背着一台电话机去旅行，也不可能将电话机折叠起来。虽然这是一个折叠的时代，所有东西都可以缩小也可以放大。电话那边母亲的声音平静中有所期待，她问燕子到碧色寨了吗？燕子说已经住下来了，接下来她就开门见山地说道，今天发现了座转让的客栈，里边什么东西都装备好了……她讲到这里就不再往下说了，她好像控制住了往下说的语音，这就是她的理性。

母亲就是母亲，她从小就能感觉到母亲的敏感，以及从感性中产生的力量。母亲既敏感，也能从生活的现场走出去寻找她的世界。此刻，母亲已经感受到了她语言背后未说出来的东西。母亲说：燕子，你是不是喜欢上了那座客栈，想把它租下来？母亲一语道破了那纠缠她的现状，这现状离她很近，又很遥远。离她很近，是因为它就在窗外，走几分钟就到了。离她遥远，是因为现实很复杂，倘若你想去实现某个梦想，必然会受到来自现实的很多限制。

现实被母亲看见并道破了，一个刚产生的梦想在母亲看来似乎并不艰难，她说：如果你想租下那座客栈，就租下吧，母亲会支持你的。母亲的声音使她站在窗口有一种突然想飞翔的愿望。一个看似艰难的现状突然打开了窗口，显得如此敞亮。如果能从夜幕中往窗外飞行，她会飞到哪里？人，为什么在潜意识中会有想长出翅膀的愿望？很多时候，站在地上看众鸟飞翔时，我们其实就已经感受到人的限制了，人是无法飞翔的，只有你的意愿可以带上你去飞翔。

5

乔尼也不平静,他站在窗口——法式的百叶窗前。夜很静,他却没有了睡意。他很想去夜色中的铁轨枕木上再走一走,但突然就起风了,他感觉到了百叶窗发出沙沙声,好像还有雨点。这真奇妙啊,就像他的旅途本就是奇妙的,就是为了那只箱子里的故事。很早时,他就跟爷爷在一起生活,他的经历有点像燕子。在巴黎郊外的农庄,爷爷就住在农庄里,他跟爷爷在一起生活时,爷爷看上去还不算老。是的,人的记忆虽然是有限的,但他记得爷爷住在农庄时老是走到那只箱子面前。后来父亲告诉他,爷爷年轻时在中国云南生活过很长时间,爷爷是铁路工程师。其实,很多的事情都是爷爷告诉他的,在他进入12岁以后,爷爷就从箱子开始讲故事。人间为什么会有两只同样的箱子?是的,从箱子开始,有可能会寻找到时间的渊源。就这样碧色寨有了两只箱子的故事。

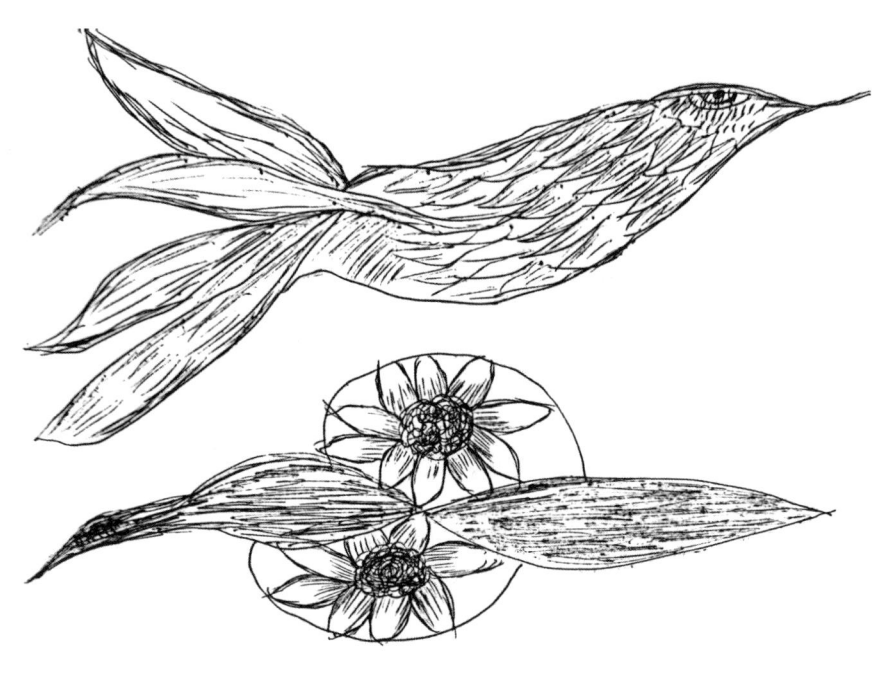

疾驰的速度中仿佛看见了前世的
一只掠过碧色寨的燕子
它如今又轮回而来 重又飞行
于这座版图的上空

2021年6月 泅男

第一章 奔跑的箱子

1

乔尼12岁那年,爷爷突然将箱子从书房中拎出来,他原来就觉得很奇怪,箱子怎么会放在书房中。而他更小些,大概三五岁时,箱子就放在书柜的第二层,他扶着书柜朝前走到箱子面前,爷爷叫着他名字:乔尼乔尼,无论如何你都不能将这只箱子当作玩具,你不能用有油渍和果酱的小手去摸箱子,这只箱子小孩子是不能摸的。是的,如果你的手去摸箱子,箱子就会跑起来。如果箱子真的跑了起来,你也会跑起来,但无论你怎么跑,都无法追上这只箱子的奔跑,因为,这是一只会奔跑的箱子,你是无法追上它的。

爷爷总是重复着这段话,因为在农庄他从小就喜欢跑到爷爷的书房中去,书架还有一条用枕木铁轨铺成的微型铁路。其实,爷爷的书房,书只占了三分之一的空间,更多的都是与铁路相关的物件。四面的书架上置放的有石头、铁栅栏、铁砧木,亦有被虫蚀过的枕木,还有各种尺子、镀铜的钢笔、陨石和沙砾,还有几十个笔记本……还有爷爷当时使用过的望远镜,那台望远镜看上去也很重,年幼时的乔尼有一种本能,很想去靠近那台望远镜,这个愿望很强烈。其实,他走进来,主要是为了见爷爷,因为爷爷有很多时间都待在他的书房。

他睡着了,他终于又来到了碧色寨,这不是梦,而是现实。而且他带着那只会飞跑的箱子来到了爷爷书房中的碧色寨。梦醒以后,他推开了百叶窗就看见了她,她正坐在露天的一把面对铁路的绿色长椅上。他想去见她,问问她关于出租客栈的事情。晨曦中的碧色寨,安静极了,仿佛看不到任何百年前的历史。

她坐在椅子上仿佛也在享受着这样的安静。今天的燕子身穿一身牛仔长裙。他仿佛猜出了她在想什么。如果他没有猜错,她应该是在想那座客栈的事情。在他和她之间有箱子的历史,但现在他们要介入碧色寨的时态中去,两个人又开始回到昨晚出租客栈的话题。

这个现实首先是由箱子引起的,没有箱子他们就无法进入碧色寨,如果仅仅是一般的旅者,在碧色寨走一走,拍拍照片也就离开了,因为世界太辽阔了。

他们因为偶然而相遇在碧色寨,之前并不认识,也就没有任何约定。然而,两个人却从不同的地方,在同一天拎着箱子抵达了碧色寨。现实中又出现了出租客栈,这让两个手拎箱子的旅者突然产生从现实延伸出去的梦想。他虽然看上去比她要稍年长些,但其实就长几岁而已,他既然已经拎着箱子来到了碧色寨,一定是命运的安排。

命运是说不清楚的,它总在等待你,就像一本书的开头和结尾都是在书写冥冥之中的,那些可以篡改又在变幻中回到源头的历史。这源头仿佛就从这火车站的绿色长椅开始了,他和她又将话题转移到了客栈。她说,这座客栈我已经决定租下了。她说着,目光仿佛在试探和挑衅这个异域男子,昨天傍晚说的话是否靠谱。

靠谱是一个新词，说一个人是否做事让人有信赖感，都会说这个人很靠谱和不靠谱之类的话。如果单从字意讲，靠谱，就是一个人演奏的声乐是否接近本身的乐谱。她的目光看见的他是温和的，他点点头说，好吧，我们去把客栈租下来吧。这件开客栈的事就如此简单吗？难道真是他和她手中的两只箱子将这件事连接起来了？人生确实有许多不可思议的事情在命运中，等待着他们吗？事情真的就有这么简单吗？他们去找赵云，他是开碧色寨酒店的，他手里有钥匙和转让权，因为是朋友的女儿委托他转租的。赵云看着两个年轻人说，你们要想好了再租，千万别冲动啊！

是啊，应该是想好了再租……身后传来了一个声音，燕子回过头，怎么是母亲，她怎么这样快就赶到碧色寨了？母亲的出现当然令燕子惊讶，然而，还有一个人比燕子更惊讶，那就是赵云。他非常惊讶地看着母亲，燕子已经察觉到了他们的目光对视着但却没有声音。燕子第一次感觉到了母亲目光的异样，这跟母亲往常不一样。

往日的母亲除了画画外，就是去外面写生，母亲的另一面她看不到，从小只要母亲外出，她就总是跟外婆在一起，外婆就是她的家和避难所，就是她的花园。而现在，她已经25岁，她察觉到了这个世界并非是单一的，而是纵向的，朝左右循环的。如果她没有来到碧色寨就看不到这一切，因为碧色寨的客栈问题，母亲出现了。在场的四个人的目光都仿佛有不同的时刻表在转动，就像碧色寨的小火车，从越南海防进入了碧色寨。四个不同年龄的人在此刻携带着不同的渊源，出现在碧色寨的天空之镜中。镜子是人类所发明的另一种精确反映真相的平面，而现在四个人所折射出来的神态，可以说都跟碧色寨有不可分割的关系。

乔尼的爷爷说得不错,那只旧箱子会跑起来,难道,它真是一只充满了魔法的箱子吗?能跑起来的箱子当然也能飞起来。奔跑和飞翔都是人类梦想的本能。

他们又走向了那座客栈,这现实对于乔尼和燕子来说似乎都已经很简单,而且母亲的出现让这件事尘埃落定。母亲是一位艺术家,对于她来说,一个来自异域的青年人来到了碧色寨,同时也遇到了她的女儿,两个人共同租下那座客栈,是一件好事情。在现时代,年轻人能寻找到自己喜欢的事去做,已经很不容易了。作为母亲,她知道那只箱子的意义,对于燕子来说,那只箱子会打开她的世界。所以,她没有耽误时间,几乎是在第一时间就来到了碧色寨。

每个想驻守碧色寨的人都是谜,他们带着自己的谜来到了碧色寨。

租下了那座客栈,首先,当然是得到了母亲的支持,她好像比他们更简单地对待了这个现实。而且当他们签下了租约后,燕子有些质疑地说道:我们租下客栈后如果没有游客住,那怎么办?燕子毕竟还年轻,她未签订合约时,好像并没有展望客栈的未来,而真正签完合约后,她开始关注现实了。母亲走上前来告诉她:是的,从这刻开始,你和乔尼的合作将充满很多未知性。你们将为这种未知性去努力并付出代价。

燕子已经习惯聆听母亲这样的语言,她总是能从母亲的声音中领会到某种背后的东西。母亲要离开了,她似乎还有事,但燕子感觉到她的离开跟赵云有关系。她现在情绪都在刚租下的客栈中,其他事还没有时间去深究。时间现在停留在客栈里,他和她才刚认识,他们所认识的时间就像一只蝴蝶从空中飞来,在她眼前只停留了片刻又飞过去了。

不过,母亲离开时告诉她的话给予了她力量,对于未来的事只能从此刻开始。她带着青春来到了碧色寨,而她遇到了该做的事,之后,她和他就开始经营着这家客栈,但必须要给客栈取一个名字,他说就叫"两个人的客栈"吧!她眼睛亮起来了,她觉得这名字不错,很独特,于是,他们制作了牌子挂了起来。

两个人的客栈,就在碧色寨酒店旁边,牌子是木桩,插入了客栈外的泥土,看上去扎得很深,仿佛有了根须。他们将行李搬到了客栈,之前就有两间偏房,大约也是留给开客栈的人住的。他们搬东西时,燕子看到了乔尼手里拎着的那只箱子,正像乔尼所言,她手里的那只箱子跟他的箱子一模一样。就这样,两只箱子奔跑到了碧色寨,这只是故事的开始。

两间偏房都有私密性,因为要跟客房有距离,是属于管理者住的。他们各占了一间,将简单的行李搬了进去。从此以后,乔尼说,他可以为入住者做西餐,他跟爷爷学会了做西餐,她也不甘示弱地说道,她可以为客人做中餐,那是外婆的味道,而且她加了一句,是纯粹外婆的味道。

两个人的客栈又加了一个广告牌:一个来自法国的男子将亲自为你做西餐,一个来自中国的女子将亲自为你做外婆的味道。是的,对于外来者来说,看见这个简单的广告牌后,舌尖也一定会从隐形中伸出来的。我相信,当你走了很远,肚子开始寻找着食物时,一定会走进这座两个人的客栈的,食物对于舌尖的诱惑有很现实的力量感。

几个背包族旅行者站在刚立起的广告牌前,马上就走进了刚被租下的客栈。他和她的目光充满了惊喜，碧色寨就这样增加了一座两个人的客栈。背包族们都很年轻，他们是这个潮流中的一种现象，背包族是一个新鲜的世界，在背包族的旅行中，时间是敞开的，从哪一个方向将旅途延伸下去，是偶然的也是自由自在的，他们出发之前早已放下了压力和负重。

燕子将箱子放在衣柜中，她告诉自己，除了经营客栈之外，将花时间研究这只箱子，是的，因为如果没有这只箱子，她就不可能来到碧色寨。箱子成了房间里最重要的东西，她还年轻，贵重物品不多，但这箱子应该是她生命中最贵重、神秘的物品了。在这部书中，作者以为，燕子和乔尼理所当然都是书中的主人公，其他人呢，应该是配角。无论是主角还是配角都源于碧色寨和它延伸出去的这条铁路。

那只会奔跑的箱子，百年以前的箱子也许同样在寻找着另外一只箱子——这一切显得有些魔幻，陷入魔幻现实主义中的人们接下来将做什么，从两个人的客栈开始，他们将怎样经营客栈，怎样将故事讲下去？

乔尼同样在寻找放箱子的地方：说实话，对于他来说，在碧色寨开客栈，只是梦的开始，他从幼年就穿梭在爷爷的书房中，那里与其说是爷爷的书房，不如说是他从幼年开始向着来自东方的中国眺望的窗口。

扶着箱子往前走，他仿佛想来到爷爷念念不忘的碧色寨的春夏秋冬中去。然而，那是后来的念想，之前，他只是想找到爷爷，在爷爷的农庄，其实就是一座老房子，以及房子周围的一些土地。爷爷说，他从小就出生在这里……他仿佛又回到了爷爷说话的目光和语调中。爷爷说，他出生时脐带上有很多血，后来接生者剪断了他的脐带。于是，他能脱离母亲了，后来就去了巴黎，是乘火车去的。所有这些出自记忆的意象看上去就像碎片，不错，这是一个碎片化的时代，尤其是现在，碎片化已经越来越成了现实。

现实就是那只箱子已经像爷爷所说的那样跑到了碧色寨的客栈，乔尼很满足，如此快就已经进入了碧色寨。他觉得爷爷他们那代人的生活太有魔幻色彩了，这种色彩已经不知不觉地在他潜意识里漂移着。

把这只箱子搁在衣柜中吧，房间里有现成的衣柜。然后，刚才住进来的客人点名要在晚餐享受他的西餐，而现在已经中午了，他得先去寻找食材，如果去蒙自来不及的话，就先去碧色寨酒店借用些食材吧。碧色寨就这样迎来了两个新的年轻人，而他们的故事必将延伸出新的故事。很显然，那两只跑起来的箱子，已经在不知不觉中跑到了碧色寨，又跑到了两个人的客栈。两只箱子跟着各自的主人，已经分别住进了各自的房间。

2

燕子的母亲离开了，她根本就没有想到会在碧色寨遇到他，一个曾经是她故事中的他，这些故事都太久远了，那时候，她还年轻。年轻意味着什么？她那时候渴望走出小县城，内心深处总有一种渴望离家出走的感觉，于是，她就搭上了长途客车。那一年她只有18岁，就想寻找到某种光亮，她觉得在小县城有些压抑——她高中已经毕业，很多人似乎都在早恋，她没有早恋的情结，一切都似乎等待着那束突然从天边投掷过来的光。她来到了省城的火车站，搭上了一列慢火车。其实，那时候并不分慢和快，因为，人们都按照当时的情况在生活。

当时，家里没有电话，只有单位有电话，如果要打电话就要到邮电所，乡镇以上就有邮电所了。但人们几乎不用电话，如果有急事就去发电报——所以，当你离家出走以后，就全靠你自己了，你得学会为自己做主。这仿佛就是一件衣服，穿在你身上，任凭你的体温去感知冷暖。生活确实像紧贴你肌肤的衣服，面对春夏秋冬，感知不同的温度。

她乘上了一列小火车往滇南而去时几乎没有任何目的地。火车很慢，但她认为这就是火车的速度，比人走路要快多了。车厢中都是陌生人，这正是她所需要的。她想逃离县城，还有另外一个原因，有一个少年一直在追她。少年手里拎着录音机骑着一辆永久牌自行车在追求她。有意思吧，那时候手里拎着一台录音机，脚踏一辆自行车，绝对是时代潮流中的摩登者。那个时代的青年人，都是听着流行歌曲长大的，他们避不开流行歌曲的降临，因为之前，是没有流行歌曲的，世界很单一，贫瘠而单调，从衣饰到生活方式都像是在吮吸一支没有任何色彩的棒棒糖，而且，还只能慢慢地吮吸，害怕吮吸棒棒糖的过程瞬间而逝。

手拎一台黑色录音机的人，显示着流行歌曲的到来。脚踏一辆自行车的人让人感受到了胶轮下的速度。时代的潮流来到了小县城，自行车的速度同样让人新奇。燕子的母亲在那个时代，也是一个美少女。每一个时代都产生了美少女，这是花骨朵给人世带来的美感，无论男人还是女人看见花骨朵，都会想伸手去触摸，其实是期待它们尽快开放。花骨朵很内敛，看不见花瓣，总让人期待。生活没有期待，不知道会有多么枯燥无趣。是的，她确实是美少女，男青年们的目光总想离她近一些，而她有一种天生的排斥性，或许是母亲总不断地叮嘱她，从她穿上胸罩的那天开始，母亲就说道：现在，你的青春期开始了，最好离男孩子们远一些。

是的，她的青春期开始了。接下来她将干什么，她的母亲在中学教书，总是告诉她说，女孩子该读书的时候就应该读书，该出门游历世界的时候就出门去游历世界。

这些话如春风进入她耳朵，她仿佛没有认真地听，看上去甚至不想听，但她还是听进去了。每个人从出生后都在讲故事，用自己的身体力行讲述人世的遭遇。她想走出去看看，对于小县城追她的那群男孩，她好像有天生的拒绝感。她确实走出来了，来到了火车站。她所在的县城离火车站很远很远，中间隔着的屏障太多了，当地人必须先搭上长途客车到省城，才能去很远的地方。在县城时，她就对火车充满了期待，因为从未乘过火车，于是，她终于奔向了省城的火车站。

火车，前面是火车头，后面是车厢——这对她来说充满了惊奇。她来到火车站，根本就没有目标，重要的是她身上没有带多少钱。她私自离家出走，临行前只给母亲留下了两句话：我出去走一走，妈，你放心，我就想去乘火车。你不用找我，过几天我就回来了。这段文字很平和，她压住了内心的汹涌澎湃，因为那些汹涌澎湃，她无法用语言向母亲表达。

这次离家出走，其实正是从她身体中激荡而出的汹涌澎湃将她载入了小火车。它仿佛又是一条江河中细小的支流，正带着她的青春期往前漂移着。生命都是需要漂移的，最早的漂移来源于青春期的迷途和梦想。

小火车将她载到碧色寨时她下车了，她想去站台上走一走，她首先很喜欢碧色寨这个名字，觉得这座火车站跟一路上途经的火车站不一样，首先它看上去很大。其次，站台上有很多卖东西的人，她感觉到很饥饿，就像青春期的年龄，经常感觉到牙齿间需要有什么东西咀嚼，才能满足身体中那些说不清楚的东西的召唤。首先，她从贴身包里掏出了钱，钱有皱巴巴的纸币和硬币，这些都是她从母亲平常给她的零花钱中攒下来的。她将小硬币、纸币装进一只玻璃瓶中，其实她早就在幻境中看见了终有一天，她会离家出走的。

她在站台上买了烧苞谷，有人竟然将火盆也搬到了月台上烧苞谷。还有人在叫卖煮熟的鸡蛋，还有当地的甜石榴，等等。她啃着那只刚离开了火盆的烧苞谷，虽然有些烫手，但很香很香。啃着这只半烧枯的苞谷，她有些走神，已经到了上火车的时刻，她的目光还在盯着那盆火，里边的炭火已经烧了几个小时了，就要化成灰了。就这样，她错过了上火车的时间，那列火车开走了，她的行李还在车上，她沿着月台朝前跑着，边朝前跑边叫唤着：我的东西还在车上，请停一下让我上火车。没有人听得见她的声音，火车也不会为她而停下来的。她终于停下来不再往前跑了，她明白了这个潜规则。

不再有火车途经此地，她只能朝前走，旁边卖鸡蛋的人告诉她说，往前走一段就会到草坝镇。她点点头，那个卖鸡蛋的人大约是看见了她的沮丧和彷徨不安——确实，她环顾四周的原野，不知道往哪里去。

她按照卖鸡蛋的妇女告诉她的方向往前走，虽然她并不知道往前面的小镇去干什么。或许，这就是青春期的故事，所有人的青春期都在寻找方向感。她走着走着就到了草坝，一座小镇。里边有邮电所，是的，她突然间就想起了母亲，自从离家出走以后，她似乎就没有机会想过母亲，因为外面都是陌生人，她仿佛置身其中，又想游离出外。

现在，她走进了邮电所，这也是她第一次走进邮电所。在原来所生活的县城，她上学路上每天都要经过邮电局，看上去邮电局肯定要比邮电所大一些，小时候，她和母亲经过邮电局时母亲就曾经告诉过她，邮电局可以打电话、寄信、发电报。母亲告诉她邮电局的功能时,她才有七八岁。她点点头,若有所思又不解人世间的这些现实和存在之谜。

母亲仿佛天生就是她的启蒙老师,给她零花钱,是让她知道货币的流通和物质生活的价值。告诉她邮电局,是让她从潜意识中去接受这个世界的存在是有很多距离的,因为有千山万水所阻隔,所以,人们需要信件、电报和打电话,才能解决阻隔在人们之间的距离。

她走到草坝小镇的邮电所,它只有县城邮电局的三分之一大。她很好奇,因为离母亲远了,她想打电话,但不知道怎么去打电话,因为母亲身边是没有电话机的;她想给母亲写信,但根本不知道对母亲说什么;她最后选择了电报。发报员在敲击着键盘,她只给母亲发了几个字:我很好,乘火车到了碧色寨到了草坝。这一句话中的背景将呈现在一封电报上,送到母亲手中。这件事让她略有安慰,因为从小到大,她的亲人只有母亲。父亲永远在很远的地方工作,这是母亲告诉她的,其实,她对父亲的缺席几乎就没有任何概念,母亲告诉她这件事,仿佛是为了让她在成长的岁月中不要再去追寻父亲的缺席罢了。

她走出邮电所,在小镇里无所事事地闲逛,仿佛是为了打发时间。其实,她真的不知道接下来的时间将去哪里。走了几圈,她看见了一间裁缝铺,门口的木板上用衣架挂着旗袍,还有喇叭裤、衬衣、牛仔裤,总之都是那个时代很新潮的衣服款式。她又开始产生了好奇,尤其是门牌上写着:江南裁缝铺。她站在店铺门口,一个青年走过来召唤她道:姑娘,可以进来看看。于是,她就走进去了。

她站在那件旗袍前,她记得母亲有一次也穿过旗袍,那是一袭深紫色的旗袍，母亲站在衣柜外一架老式的穿衣镜前，审视着自己，照来照去只是观赏而已。后来母亲脱掉了旗袍，将它叠好放在箱子里。而现在，她望着这件旗袍并猜想现时代还有多少人会穿旗袍呢？就她而言，她对那条卡其布的喇叭裤要更感兴趣，青年男子对她说，如果喜欢的话，可以量体裁衣，选择自己喜欢的布料做。她听着这青年男子的江南声音，开始往里走，这个青年人来得真远啊！

那个时代，青年人都喜欢走动，仿佛出了家门，就能闯荡人生江湖了。江湖只是一个概念，青春期最想做的只是想出走。她走进去，店铺里有几十匹布，都是当时流行的化纤或卡其布，她选了橘红色的布料，不知道为什么她就喜欢这款颜色的料子，用手触摸了好一阵，她感觉到应该是混合布料，有百分之七十的化纤，有百分之三十的棉料。但存在一个问题，她包里的钱无法订制一条喇叭裤，于是，她想出来一个办法，先预交一部分钱，待缝好了，再来取货时付清全部费用。

她开始从包里掏出所有的皱巴巴的纸币和一些硬币，放在那匹橘红色的布料上。

她一张张地数着纸币，如此耐心。她从这些纸币中看到了母亲，她真不容易，每次母亲给她零花钱时，目光看着她，仿佛在看着希望。而那些硬币小时候就像游戏，她会将一枚硬币放在地上旋转，母亲就蹲下来对她说，你长大后就骑自行车，也会去乘火车，自行车的车轮是圆形的，火车的车轮也是圆形的，所以，它们可以朝前旋转带你去想去的地方。母亲说话，跟她所认识的所有人都不一样。她每次听母亲说话，都睁大了眼睛，那声音真好听，虽然母亲说的话她有些听不懂，但还是让她产生了想象力。

想象力是什么？就说眼下的现状，母亲说过的车轮旋转后，就成了她离家出走时的具象，无论是乘长途汽车还是乘火车，都是车轮在旋转，在旋转声中她到了碧色寨，又从碧色寨走到了这座小镇。也许，这就是想象力带来的现实。

现在，她终于将纸币叠好，又将硬币码起来对青年裁缝说：我的钱还是不够，我还要留下回家的费用。开裁缝铺的青年人笑着说：你只用留下一个硬币，其余都带走吧，半个月后你就可以来取喇叭裤了。她睁大青春期的那双明亮的大眼睛看着年轻的裁缝说：你相信我吗？

青年人笑着说道：你真漂亮，你是我从江南来到云南后，见过的最漂亮的女孩子。所以，我当然相信你。她低下头，有些羞涩，在县城，赞美她漂亮的人很多，但她似乎已经麻木了。而此刻，当她乘火车来到这座小镇，一个陌生的青年裁缝赞美她漂亮时，她低下了头。火车又途经了草坝小镇，但这里没有站，如果她离开还得走到碧色寨去搭车。她感觉到已经实现了离家出走的愿望，所以想回碧色寨去了。他说可以用自行车送她一段，他一边说一边已经从里屋推出了一辆法式自行车。她见过小县城的人们骑的永久牌自行车，但从未见过眼前的自行车，青年裁缝告诉她说，这是法国人留下来的自行车，是他从小镇上找到后收藏的。

她又睁大了双眼问他，法国人来过这座小镇吗？所有这一切都是她未知的历史。青年裁缝让她坐后座上，她就这样开始对碧色寨产生了幻想。很难想象法国人来过这座小镇。自行车沿着枕木铁轨外的那条小路奔向碧色寨。他骑得很慢，好像是在故意放慢速度。这速度比走路快不了多少，他说，百年前，很多法国人来到了碧色寨，那时候碧色寨很热闹啊！

3

每个走进碧色寨的人,都是因偶然进入这条铁路的。还有我,也是因偶然进入的。我是谁不重要,我就是我,无影无踪,闯入了碧色寨,无论是何种角色,都能走近他们,而所有人却无法看见我,这本书需要这个玻璃色的游者。我并不是玻璃人,但我用多种身份在穿越时空,我不需要任何名字,我就是我。这个时代已经完全互联网化,人工智能等诸多高科技替代了很多手工做的事,人留下的脚印很快就被速度所覆盖,如果有一天,人类为个体发明衣翼,即穿上一件衣服就可以飞行,那么,我们人类将可以任其自然到想去的地方去。而此刻,我不敢想云翼做成的翅膀,我仍然喜欢我们的地球人,所以,我停留在他们中间,因为碧色寨的故事很迷人,所以,我会在这里生活上很长的时间。

乔尼那天晚上第一次亲自为几个年轻的旅游者做了西餐,味道还不错。他从碧色寨酒店借来了烤箱、面粉、调味剂。碧色寨酒店已经是一座非常成熟的酒店,他要的东西应有尽有。他站在厨房中,是爷爷教会了他做西餐,当然爷爷还教会了他做中餐,只是当着燕子的面,他不好意思说罢了。他是一个非常内敛而顺其自然的人,这一点也是受爷爷的影响。

两个人的客栈迎来了第一批年轻的旅游者,其中有一个是网络女作家,她用异样的目光打量着乔尼和燕子,问他们是不是一对恋人?这话是当着他们的面直接问的,她长得就像是从外星球过来的人,穿着打扮闪烁着一种银色的光泽。年龄就20岁左右,比燕子和乔尼都要年轻些。她一边品尝着乔尼做的西餐,一边研究着乔尼和燕子的关系,她说,碧色寨是地球的一部分历史，这个历史很迷人，她可能会在碧色寨住很长一段时间，因为在这里写作很安静，又能看见陌生的旅游者，而且她喜欢铁路枕木，她想写一部书，就从碧色寨开始，写人类穿越速度的爱恨离愁。

在那一时刻，当她用探究的话语问他们是不是一对恋人时，燕子和乔尼都不说话，只是微笑地看着这个有趣的女孩。确实，这个女孩的形象仿佛是从另一个星际穿越过来的。她就这样成了客栈的旅人，预交了一个月的房费，她住的房间在二楼，外面还有一个露台，目前来说，是客栈最好的房间了。

她拖一只银灰色的大箱子，鞋子和衣服都是银灰色的，只有头发是黑色的。

夜里，终于有时间闲下来的时候，燕子也会面对那只箱子的存在。月色弥漫，这是她开了客栈后第一次启开箱子，里面有一本纸质笔记本，很厚，是旧时代的硬纸壳笔记本。她的手微颤，每次靠近这只箱子，总是会想起外婆，仿佛外婆并没有离开人间，仿佛外婆在看着她，并走到了她身边。

她启开了笔记本，发现这是一本日记。她是学考古历史的，在刹那间，她突然意识到这本快一个世纪的日记本，里边有外婆的历史。是的，第一篇日记写道：我来到了碧色寨，寻找我的母亲，因为有人告诉我，母亲是乘小火车走的。燕子合上笔记本，她听见敲门声，开门后，并没有人。是她听错了吗？还是意识中有人敲门，是外婆在敲门吗？外婆的碧色寨就是从这篇日记开始的。她想象着外婆到碧色寨的时光，很想知道外婆那一年多少岁。

当然，她可以继续看日记，这些事都会被外婆记录在日记中。一个喜欢记日记的外婆，那时候是花一样的年龄。外婆是因为寻找母亲来到了碧色寨，故事有多么久远啊！她来碧色寨，是为了寻找到那只箱子里的故事，而在很久以前，外婆来碧色寨是为了寻找母亲。外婆的母亲又为什么要消失呢？

这是发生在不同时间背景中的寻找，一代又一代人以不同的命运奔向了碧色寨。而此刻，碧色寨又迎来了它的长夜弥漫。我走在其中，灵魂在铁轨枕木中间穿行，我能看见燕子的外婆向碧色寨走来的路线。那一年，燕子的外婆已经17岁，她在省城的一所女子中学读书。有一天回家，她发现了母亲的留言，上面写着的几行字告诉她说，母亲要离开了，乘火车去一个很远很远的地方。让她自己照顾好自己，念好书。留言很短，这是一个乱世，她早就已经察觉到了母亲的现实生活发生了一些变化。最近一段时间，母亲好像跟一个穿军装的男人来往。父亲是一个木讷的人，很麻木，不敏感，好像也管不了母亲，因为母亲很漂亮。父亲又是一个极为卑微平常的人，在周围人看来，父亲根本就配不上母亲。燕子的外婆很早就感觉到家里的冷火炊烟，父亲开一个小杂店维持生活，母亲经常去学唱戏、看戏，但这个家庭在平静的冷火炊烟中还是将外婆送到了女子学校念书。

这一天还是降临了，在长时间的冷火炊烟中必然有隐患。在她放学途中，她偶尔看见母亲和一个穿军装的男子在一起，好像在说事情。她路过一家茶馆时还看见他们在面对面地坐着喝茶。这些场景过去后不久，她总是有一种不安和忐忑感，尤其回到家中，又总是看不到母亲。在她的印象中，母亲好像只是回家来睡觉而已，平常都在外。父亲老老实实地守着家门口不远的那家杂货铺。尽管如此，当她看到母亲的留言时，身体仿佛完全塌陷下去，四处都是泥浆，她仿佛失去了支撑点。

她无法继续上学了，母亲的离家出走，似乎也没有给父亲带来什么伤害，而且她还发现，自母亲离开以后，父亲的杂货铺子里经常坐着一个女人，这个女子看不出真实年龄，因为她脸上涂了一层，应该是好几层厚厚的脂粉。平常看上去老老实实的父亲也变了，让她有些惊讶。而当她看到这个女人后，不知道为什么有一种本能的厌恶感，从这一刻开始，她决定乘火车去找母亲。她私自离开了女子学校，带上了往常母亲给她的零花钱，这些钱可以买车票，她也不知道去哪里，在火车站她掏钱买票时，卖火车票的男人对她说，你递进来的钱，只能买到一张去碧色寨的火车票。

她是第一次听说碧色寨这个车站，而且她也是第一次乘火车。她带着一个布袋去跟父亲告别，之前她没去跟父亲商量。总之，她就想离开，找母亲只是一个理由，离开才是更大的一个问题和真正的动机。自从看到那个涂脂抹粉的女人坐在杂货铺中时，莫名的厌恶感加剧了这种想迅速离家出走的愿望。父亲依然用生硬而漠然的目光看着她，对她说：你跟你妈一样，你想去哪里就尽早去吧，你们都走了，我还清静。去吧，别让我再看到你们，这个家也不是你们的家了。父亲的冷漠无情，就这样促使她离家出走了。

燕子的外婆，那一年也算是真正地离家出走了。她铁了心地想永远离开这个家了，她没有箱子，她来到了火车站，很多人手里都拎着箱子，那个时代的箱子，还无法利用滑轮拉着前行，人们都是用手拎着箱子走。火车站有形形色色的人，她活到17岁，好像也是第一次来火车站。男人有穿西装的，穿长衫的；女人有穿旗袍的，穿西装裙的，中式服装的。在她成长的岁月中还是第一次见如此多的陌生人。她的肩膀上有两根小辫子在摆动。

她的脸上没有任何表情，17岁的年龄，在她的母亲离家出走后，她同样选择了离家出走。在她出家门之前，她掏出包里的钥匙放在从前吃饭的四方矮桌上。从这一刻开始，这个薄情的世界似乎跟她没有任何关系了。她第一次乘火车，便跟在那些陌生人身后来到了月台，验票以后就上了车厢。对于她来说，一个未知的、陌生的新世界降临了。对于现在的我来说，仿佛看见了那个17岁的女孩，如果母亲没有离家出走，她是不会乘上通往碧色寨的那列火车的；如果她去向守候杂货铺的父亲告别时，父亲身边没有出现那个涂脂抹粉的女人，父亲不说出那些冷漠绝情的话，那么她也许不会离家出走。

坐在临窗口的那个女孩，微微地拉开了镂空的白色法式窗帘，眼睛望着窗外。火车准时启动了，她有些兴奋，眼睛亮了起来，等待她的将是什么样的命运？

4

如果没有那只箱子出现在爷爷的书房中，他的小手就不会扶着书架往前走。那么，为什么当他的小手扶到了那只箱子，爷爷就会面对他，说出那么多新奇魔幻的语言呢？这就是命运的前奏曲。那么，一只箱子真的会跑起来吗？我们所置身的时代，速度真的太快了，而当乔尼扶着那只箱子的边缘渐渐长大时，爷爷已经越来越老了，这个自然现象是真实的，每个人都要经历出生到衰老的过程，从这点上看，造物主是公正的。

正是因为人会衰老，婴儿们才会有一天终止吮吸母乳。当他们从温暖的母腹前滑落而下时，世界会赐予每一个幼儿长大的机会。我也曾是幼儿，在无数次的摔倒又站起来后，我的身体终于变得越来越平衡。我一直在许多人中成长。我可能是一棵树，以枝条的形式向上伸长；我也可能是一架钟摆，以无限的循环体回到原点再出发；我也可能是一台照相机，端在手中拍摄下了自然风景与人的许多秘密和存在。

秘密和存在离不开汹涌澎湃的时间，没有时间，任何发生的事都无法通向未来。因此，我们身体中的每一个微妙的变化，都体现了多元化的时间。而每一个时间既是化学分子式的，也有物理的力学，还离不开数字化的格式——人之所以有生有死，跟这些存在的东西都有密切的联系。

燕子的外婆在17岁那一年，乘小火车来到了碧色寨。她离开了靠窗的座位，跟随不多的几个人开始下车。这对于她来说，是一个非常迷茫的时刻，因为她的零花钱只够买到抵达碧色寨的火车票，所以，这就是她人生中离家出走以后的第一个终点站。肩上挎一只简易布袋，里边有两套换洗衣服，一切都没有朝更远的地方设计。17岁，仅是一片看不到尽头的地平线。她下了车，茫然地环顾四周，完全不知道该怎么办。

在每一个时代都面临着不同青春期的迷茫，她站在铁轨枕木之外，完全不知道应该怎么办。她甚至都已经忘却了离家出走是来寻找母亲的。她两手空空，除了青春就一无所有。而此刻已近黄昏了，她身无分文，一个少女时代的影子向前走还是向后走，完全的迷茫，无方向感，这就是她的存在吗？这存在将使她往后退，但她能退到哪里去？百年前的碧色寨，确实很热闹，来来往往的人，都是新面孔，与她多是就此擦身而过。而就在这与她擦身而过的人群中，总有一个人要注意到她的存在。

你注意到她的存在了吗？这是百年以前啊，整整一个世纪，那时候，你我都还没有成为身体中的细胞。那时候，我们在哪里呢？书中的所有活着的人，那时候都不存在。此刻，坐在露台上的那个年轻的网络作家，正喝着一杯热咖啡，是燕子给她送上去的，燕子最近配制了一台咖啡打磨机，她正在努力地配合乔尼打造这座两个人的客栈。

碧色寨需要咖啡的味道，这是网络作家告诉她的。那天晚上，网络作家问她有没有新磨出的咖啡，她摇摇头说只有速溶咖啡。网络作家的眼睛好像也是银色的，她不可思议地说道：你有这么好的客栈，又坐落在碧色寨，为什么没有咖啡机，这是一件多么简单的事情啊！难道你们不知道碧色寨需要咖啡的味道吗？

这只是一个年轻的网络作家所发出的声音，却让人想到了历史，因为咖啡的味道略带苦涩。而且就咖啡的颜色来说，也是一种枕木般的色彩。燕子很快就配上了咖啡打磨机，并且掌握了技巧，将第一杯打磨好的咖啡亲自送到了正在露台上写作的女孩手中。女孩的目光游离开电脑，抬起头来，高兴地说道：好香啊，这就是原磨咖啡。她轻轻地搅动着咖啡自语道：碧色寨的咖啡真香……当她这样说话时，仿佛碧色寨真弥漫着一种浓咖啡的香味，而它所延伸出去的铁轨枕木同样沁出一种融入时空和大地的咖啡色。伟大的时间在此停留，一代又一代人途经碧色寨，将自己的命运载入了碧色寨。

5

命运就是从一个人离开家门开始的。降落母体时，人的身体已经融入了尘埃，只有落地才有无限的根须，生命就像一草一木从来都依傍大地而成长。当燕子的外婆离家出走以后，一个全新而未知的世界将她带到了碧色寨。黄昏越来越浓郁，色彩完全是咖啡色的，她来回地沿着铁轨外的砂石小路反反复复地行走，想为此找到出路。她发现了碧色寨的一座座洋楼，不断地有人走出走进。突然她看见了有法语和汉语所标示的咖啡馆。这对于现在的她来说，无疑看到了一种求生的力量。对她来说，所谓的求生就是要找到一份职业，先养活自己，再去寻找母亲。

母亲乘火车走了，而她所置身的地方就是火车站，她突然产生了一种幻觉，也许有一天母亲会从途经碧色寨的某一列小火车车厢中走出来。人，是需要幻想和希望来支撑生命的。就这样，她的身体被一种幻想带到了涂着黄色墙壁的法式咖啡馆的门口。她站在门口，内心开始慌乱，这是她第一次走向除了家和女子学校的社会。但她从小生活在昆明，看见过许多外国人，离她家不远的地方有茶馆、酒吧和咖啡屋，有了这些背景，她才有勇气走到了这座法式咖啡馆的门口。

如果口袋中还有钱，她也许乘火车走得更远。然而，命运就是让她身无分文，从而她必然先选择在碧色寨落下脚。只有当我们的脚跟稳定地落在地上时，才能寻找左右东西的方向感。一个女人走了出来，这是一个法国中年妇女，她的目光落在了燕子外婆的身上，从头到脚将她打量了一番后问她是不是想留下来帮助她。这位中年妇女的目光真厉害，仿佛在几秒钟内就看透了她的处境。而且法国女人还会说汉语，虽然汉语说得不是太流畅，但她完全能表达清楚。所以站在门口台阶上的这个女孩完全被她的目光所接纳，女孩那忐忑的神态，以及随便挎在肩上的那个布袋其实已经暴露了她的身份。

她的装束、布袋和两根小辫子，足以说明她是从乱世中离家出走的；她目光的慌乱感是她所置身的那个大时代游离过来的。因此，她应该是幸运的，刚走到咖啡馆门口，就被这个法国女人看见，应该说她们在此彼此看见，就这样她跟着她走进了咖啡馆。女人问她叫什么名字时，她没有马上回答，目光避开了这个法国女人的问询。其实，这是纯自然的问询，只有这样她们之间才好相互称呼。

法国女人看着她说：你很漂亮，就像碧色寨栅栏上长出来的那些粉红色的蔷薇花。好吧，我就叫你蔷薇吧！她欣悦地接受了这个名字，点点头。这个意外的称谓，仿佛让她可以摆脱原来的那个家，她从离家出走时就想从此割舍与那个家的联系。而此刻，这个名字的降临，仿佛是让她有了新生活的开始。她留下来了，这是一座刚开业不久的咖啡馆，只有法国女人一个人在忙碌，没有任何帮手。她的到来，使这个法国女人看上去很释怀，因为她的目光中已经流露出了对这个中国女孩子的信赖和喜欢。

17岁的女孩完全地摆脱了之前的历史，并以她的新名字蔷薇作为称谓，留在了咖啡馆。这个故事只可能发生在百年前，那是一个乱世逃亡者的时代，离家出走是普遍的现象。而且，人的名字户籍地仿佛也可以在不断变幻的逃亡中更改。她在走进碧色寨的咖啡馆时，就彻底地篡改了自己的姓名，从此以后，一个叫蔷薇的女孩就留在了咖啡馆。她很想见到碧色寨栅栏上怒放的那些粉红色蔷薇，这个愿望很容易就实现了。她走出咖啡馆往斜坡上走，那里有一片高尔夫球场，有几个人在打球，她看见了球棒举起来又落下去。外围就有一大排木栅栏，正是蔷薇花开放的时节，她走到栅栏前，看见了那些完全绽放的粉红色的蔷薇花。她仿佛看见另一个开始新生活的自己，她听见了咔嚓声不断，抬起头来，一个胸前挎着照相机的男子走向了她，并对她说：你就像那些蔷薇花一样漂亮，对不起，我刚才为你拍了几张照片。她好像是人生中第一次拍照片，这个胸前挎相机的外国男子看上去比她要大几岁。这是她和他第一次见面，背景是开满了木栅栏区域的粉红色蔷薇花。

6

乔尼在接下来的日子里还要去探究他生命中负载的那些时空之谜。除了与燕子守望碧色寨之外,总有另一些事情需要去探究。就目前来说,两个人的客栈虽开业不久,却成了一个年轻旅者喜欢预订的客栈。现在,稍有空,他就会启开箱子,爷爷仿佛又在农庄的书房中走向他,对他说:我生命中最好的时光就是在碧色寨度过的。当爷爷说这些话时,他已逐日长大,为了那只能够跑起来的箱子,他开始阅读有关中国的书籍,那遥远东方的国度,让他充满了幻想,而且从小爷爷就教他学汉语。爷爷说,在这个地球,汉语是那个国家的灵魂,你只有学会了汉语,才会与那个国度的人们交流情感……爷爷每每说到中国,总是要说到碧色寨。那是一种用语言产生出的现状。碧色寨在哪里?

是的,从百年前开始,碧色寨就成了一座特级火车站。我们的故事以交叉式的图标隐形或呈现,而此刻,我又出现了,我必须以你们看不见的踪迹帮助书中的每一个人将故事讲下去。

乔尼从那只箱子开始幻想着从地面上跑起来的箱子,这个游戏太有趣了,有时候甚至在梦中他也会见到这只会奔跑的箱子在天空中飞翔。奔跑或飞翔都是生命的迹象。众兽穿越原始森林时,总是在奔跑,它们为追逐猎物在奔跑;而有翅膀的生灵则张开了翅膀,既能飞到尘埃之上,也能飞越地平线。人,可以奔跑,而且就算没有翅膀也可以幻想着在梦中飞翔。爷爷将他带到了人字桥模型前对他说:如果你去了碧色寨,一定要去人字桥走一走,爷爷就是人字桥的设计者之一。这是一座微型人字架,就在书屋中的书架上,还有几本设计图纸。小时候，他对那只会奔跑的箱子充满想象和意念，稍大一些后，爷爷就开始将一本一本的设计图翻开给他看，除此之外，还有相册和一台老式照相机。这个世界比他梦见的会奔跑和飞翔的箱子，要更魔幻得多。以至于到了后来，当他从梦中醒来时，情不自禁地赤脚走到爷爷的卧房前，他的手放在了门上，很想敲门，但又忍住了，这一年他已经18岁。

当他18岁时，爷爷好像更有激情了，他是那么孤独，书屋里装满了他生命中最为珍贵的记忆和历史。乔尼成了爷爷身边最贴心的灵魂伙伴。简言之，越往后，爷爷似乎越需要靠回忆或倾诉来度过他最后的时光，而乔尼是他身边唯一的聆听者。除了会奔跑的箱子，还有数之不尽的魔法时间回忆录，由爷爷口述给已经18岁的乔尼。从那天晚上他赤脚站在爷爷卧室门口开始，18岁的青年乔尼的内心世界就开始了梦想：终有一天，他要带着爷爷的那只充满魔法的箱子，百年前的箱子，向着地球上那个最神秘的国度，向着东方的汉语版图，向着传说中的碧色寨奔跑而去。

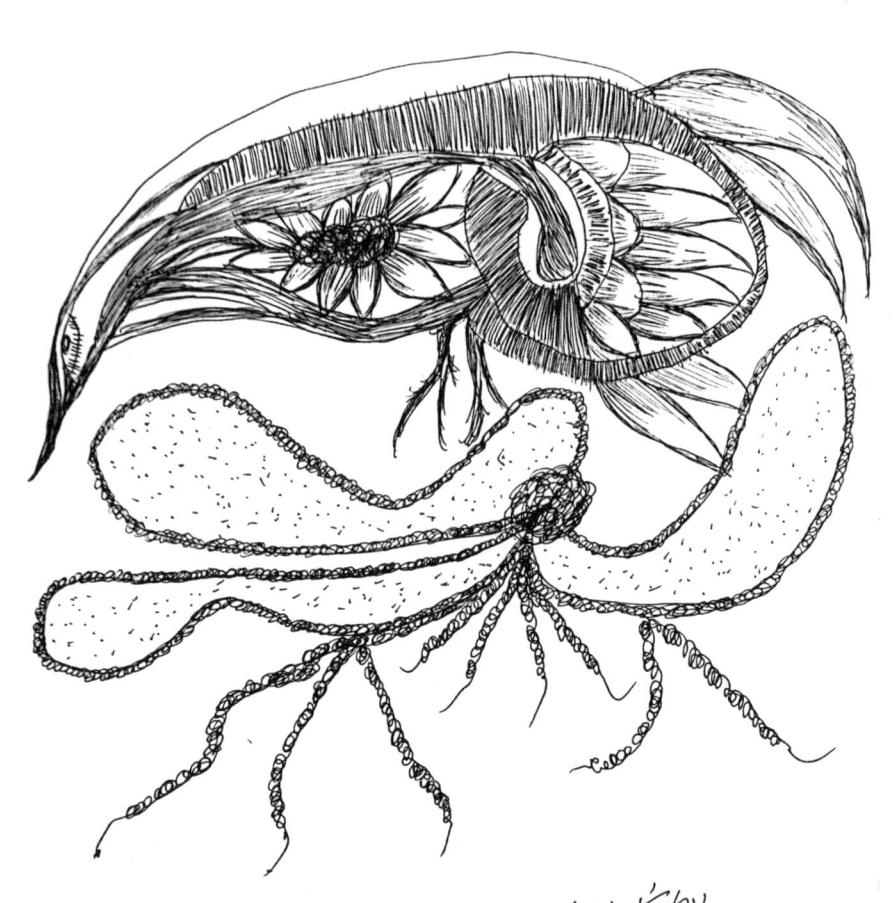

火车来了，轰鸣声在特级火车站突然停留几分钟；火车来了，从车厢中下来了许多人、许多物品；火车来了，文明和时间产生了碧色寨的传说。

2020年 渔男

第二章 传说中的碧色寨

1

自从到了碧色寨的咖啡馆以后,她所认识的新人都叫她蔷薇这个名字。她就住在咖啡馆后面一排的老宅院中。后来,她才知道那个胸前挎着照相机为她拍照的青年男子,就是开这家法式咖啡馆妇女的儿子。知道这层关系后,她有些惊讶法国人真有勇气啊,从那么远的地方到如此遥远的碧色寨来生活,以开一家咖啡馆来维持生活。惊讶之中,她的心也就越来越安静。

其实,生活并非她所想的那么简单。正像别人也看不到她来碧色寨之前所置身的生活背景一样。在她成为咖啡馆的侍者时,她的年轻漂亮吸引了在碧色寨的外国人的目光,人们都叫着她:蔷薇,蔷薇,蔷薇……她的新名字仿佛也是碧色寨的一种香气和绽放的花朵。自从她来到咖啡馆以后,咖啡馆的女主人艾玛就对她说:有你在我就放心了,我还有很多事要做,我带儿子来中国最重要的事情是寻找儿子的父亲。

她是女子中学的学生,经历过母亲的离家出走,所以,她听明白了艾玛告诉她的现实。从她进入咖啡馆的那天开始,她就隐隐约约中感受到了艾玛眼睛中的迷茫,好像在那个乱世,她所见过的有限的成年人中,艾玛的迷茫看上去是最深邃和忧伤的。现在她明白了，那迷茫是因为什么。

艾玛的儿子叫尼桑，他喜欢坐在咖啡馆一角往一本笔记本上写什么，旁边还有直尺、三角板和圆规等工具。每次来，他都让蔷薇给她煮一杯热咖啡。他好像都在外面，很少回到碧色寨，难道他在外面时也是在寻找自己的父亲吗？碧色寨很热闹，这热闹之中也隐藏着忧伤，很多生活是看不清楚的。艾玛如出门，总是去一段时间，她乘小火车往昆明方向去。年仅17岁的蔷薇守在咖啡馆，她有了咖啡馆，是安定的。人们在咖啡馆喝咖啡、看报纸、谈论战争，每个人眼里都有看不到底的某种迷茫和焦虑，也许这就是时代的特征。有一次，咖啡馆要关门了，已经是半夜，碧色寨显得从未有过的平静。

尼桑说能陪我说说话吗？尼桑是黄昏前走进咖啡馆的，看上去是刚回来的。尼桑整个法国青年的打扮，穿一件深棕色西装外套，穿马靴，戴顶礼帽，法国人好像一年四季都穿马靴，戴帽子，他们习惯这样穿戴，也不会感觉到炎热。尼桑个子很高，忧郁的眼神穿过碧色寨，仿佛想寻到父亲的踪迹。这是后来蔷薇发现的，而初次见面的那一天，尼桑挎着一台照相机为她拍照时，脸上有微笑，是发自内心的微笑。自那以后，她就很少看见他的微笑了。她感觉到了尼桑的忧郁和孤独，这一切感受超过了她的17岁年龄，或许是母亲的离家出走，给她的内心注入了某种东西。它就像水一样流动，碧色寨周围没有很大的河流，但总会有小溪流吧！她时常感觉到身体中涌动着一条看不见的溪流。

那天半夜，所有到咖啡馆的人都走了，很多人来咖啡馆，守着一杯咖啡就可以待几小时，他们在此谈论局势和世界动态，但谈论得最多的当然是云南的版图。他们谈论锡矿，这是连接黄金的通道，多数人每每谈及锡矿眼睛都会发亮。咖啡馆是一个小世界，她在这里感知到了与女子学校完全不一样的世态。

而那个半夜，当所有人都离开以后，只剩下了尼桑和她。虽然已经来了一段时间，但这样单独面对面地坐在咖啡桌前，还是第一次。

他们没有喝咖啡，每个人面前都有一瓶香槟，他们不用杯子，而是直接喝，她在隔壁的酒吧看见过香槟，这是法国人用小火车载来的。

她还看见启开香槟时有白色的泡沫从瓶口涌出，有些青年人直接就着瓶口去喝泡沫，这个场景是她在昆明没有看到的。尼桑轻柔地启开瓶口，很奇怪，这一次她没有看见白色的泡沫。难道每一瓶香槟酒都不一样吗？

尼桑看着她，问她在碧色寨生活是否习惯。她点点头，表示她生活得习惯。不知道为什么，每次面对尼桑，她都会有意识地去回避他的目光。这样的单独交流，当然也是第一次，所以，她有些紧张。对于她来说，尼桑就在对面，却离她很远很远。开头的交流，几乎就是这样：尼桑问一句，她答一句。尼桑问她的都是她的过去，她都简略地回答，但当尼桑知道她离家出走，是为了寻找离家出走的母亲时，尼桑点点头说，碧色寨是一个通道，倘若你母亲真是乘小火车离开的，那么，很可能有一天，你母亲也会乘小火车回来的。

尼桑的这些话，仿佛让她充满了期待。

后来，就说到了他的故事，他说，他在大学是学桥梁设计的，20多岁时他就随同父亲来到了中国。父亲是这条铁路的修建者之一，他跟随父亲从探测开始，进而修筑这条铁路。后来，因为人字桥的桥梁设计，他就做了一个人字桥工程师的助手，便离开了父亲。故事就是从这里开始的，也必然从这里开始新的叙述。这个粗线条的描述只是开始，那一夜，他们说了很久的话,她跟着他学会了喝香槟酒,这是她出生以来第一次喝酒。微醺的她,看着碧色寨的夜色,也在看着尼桑,是的,这个世界让她有了安定感。

是的,开始时,她有些排斥这酒的味道,但他总是将酒杯举起来说:喝吧,我在铁路沿线喝过当地土著人酿制出的很多酒,有苞谷酒、高粱酒,也有米酒。每种酒,味道都不一样。他在说酒时已有些醉意,因为他不知不觉中已经喝了三瓶香槟酒,而她只喝了一瓶,是他的三分之一。他说着说着就趴在咖啡桌上睡着了,她取了件毡子盖在他身上。

此刻,碧色寨已经天亮了,她关上门,拉上窗帘,想让他单独睡会儿,便走了出去。因为往常都是后半夜休息,所以,她都会睡到上午十点钟后才起床,然后洗漱后,直奔咖啡馆。而今天,她看见第一列早火车已经进入了碧色寨,火车是从越南海防开来的。她迎着轰鸣而来的声音,远远地就看见小火车朝天空弥漫的蒸汽,还有哐啷哐啷的旋律声。看着越来越近的火车车厢,她站在月台上,心里暗示自己说,如果有那么一天,母亲从停靠在碧色寨的小火车上走出来……

我坚持着,因为夜太美,黑暗太玄幻,人生太无常,生命有太多传奇。我在百年前的碧色寨停留穿行,我也会返回百年后的碧色寨。那只碧色鸟,有时会从梦乡飞过来,白天没有人会看见它,但我也会在意念中看见,我深信,在所有从碧色寨飞过的鸟群中,一定会有一只碧色鸟,我也说不清楚,这是什么样的幻觉。

这一天我往前走,我努力想走到草坝小镇去。行走,已经是我的习惯。相比天空之鸟,我们人类更多时间都靠行走而缩短了距离。我想去那座离碧色寨最近的小镇看看,是想寻找到燕子的母亲与赵云相遇的那间裁缝铺。

这个时代，很多垂垂老矣的建筑，该拆的，都已经拆了，该留下的都经修复后改变了原来的模样。人们追求原生态，包括饮食睡眠旅行，当然也包括从哪里来、到哪里去的追究。我用脚指头触摸着铁路边的牛羊马粪，它们早已经被空气蒸干，如果细看，还很像某次美术馆所展览的一幅后现代艺术作品，这个时代，所有东西和审美都在变化。

走着走着就到了草坝小镇，我问一个开米线店的妇女，她大概50多岁，我先坐在她开的米线店要了一碗米线。我当然是人，有饥饿感，只有饥饿感的生命才能靠近烟火，这烟火就是人间凡俗。开店的妇女没请小工，店面不大，就十平方米左右。她热情地用本地话问我米线要细的还是粗的，要麻辣味还是清淡的。我要了细米线，麻辣味。从口味的选择就可以看出来我今天的心绪：我在从碧色寨一路走过来的路上，就是在一条蜘蛛网般的细线中寻找过往，所以我选择了细米线。另外，我的味蕾此时此刻特别需要混合的味道，所以我选择了麻辣米线。

坐在这十平方米的米线店，就想跟这个本地妇女絮叨一些过去的事。我一边品尝着量很足的麻辣米线，一边开始问她一个来自江南的青年人开的裁缝铺。她说，知道的，那个青年人开了裁缝铺，后来，他走了，好像回江南生活了一段时间，在老家跟当地女子结了婚，又带着她的女人来到了蒙自。我听到的是另一个意外的结局。是的，在这个无常的时间中，你本以为水到渠成的事情总会变。有哪些东西是不变的？

一条铁路从开始到现在就在那里，枕木也在那里，这些事随时间也许会变旧，枕木因日晒雨淋会裂开。我曾经在碧色寨往前的铁路外沿的荒野，发现了一条巨蟒，它盘桓在一棵大树下，我是从望远镜中发现它的。我随身携带一架望远镜，因为除了想象分析猜测之外，有时候还是需要将视觉投向远或近的距离。这架望远镜是我从旧货铺中搜寻到的,守铺人告诉我,这是法国人修筑滇越铁路时的望远镜,有百年时间了。我收藏了这架望远镜,是为了使用它,当我发现它的功能还在时,我就像一个孩子一样高兴得想跳起来。它成了我的玩具和贴身伙伴,到哪里我都会随身携带它,这一次,它的功能让我看见了一条无比巨大的蟒蛇。

百年前修筑这条铁路时,均是从高山峡谷和原始森林中通过,这条大蟒蛇应该是前世的蛇,看样子是又轮回而来了。我从望远镜中看到了蛇的忧伤和孤独。大蟒蛇不惊动人类的生活,它远离碧色寨,因为它知道自己只适宜生活在山野草丛中。

而此刻,我又在草坝小镇获得了一个新的信息。好吧,我们还是回到裁缝铺去,只有在那里才会看见燕子年轻的母亲。有缘必有渊源,这是由火车引来的故事。在现时代,只要有一台手机的导航,你可以去任何地方。而在很久以前,燕子母亲18岁的年华中,她要乘火车才能去取那条喇叭裤,赵云骑一辆法式自行车,将她送到碧色寨火车站的时候,等了几十分钟火车就来了。

是的,火车来了,是赵云帮她买的火车票,赵云还往她手里塞了几张角票,让她回省城时买长途客车回家。买票后,当他将一张抵达昆明的火车票递给她时,她不好意思地说,下次我来取喇叭裤时再把火车票的钱还给你。她上了车,赵云站在窗口,将钱从窗口递了进去。她来不及拒绝,车就朝前启动了。其实,她包里还有钱,因为年轻的裁缝只收下了她一枚硬币。她手里捏着他塞在她手里的钱,这是除了母亲之外,她有生以来第一次接受别人的钱。但这钱她是一定会还给他的。

这件事成了18岁那年的大事，除此外就是要考大学。她对于未来是模糊的，匆匆乘了一趟小火车订了一条喇叭裤，又匆匆赶回来。母亲惊讶地看着她问她怎么就回来了？她没吭声，回到家她就不再想说话了，母亲好像是40多岁才生了她，当然生下她就没有见过父亲。她好像从小到大就能接受父亲不在的感觉，也从未问过家里面为什么没有父亲这件事。

母亲是中学教师，好像一直都很忙。是的，母亲每天都要从学校带回很多作业本批改。那时候经常停电，母亲就在煤油灯下批改。这一天，在她从碧色寨回来的第三天，母亲突然做了一桌好吃的东西，母亲不知道从哪里弄来的咖啡。母亲在煮咖啡，房间里有一股异样的味道，她有些奇怪地看着母亲，往日的那个中学教师一改常态，母亲还穿上旗袍问她好不好看。快60岁的母亲身段仍然修长，不胖不瘦，母亲还穿上了一双黑色的高跟鞋。这一天，就像梦，但又是真实的。在一种幻境中飘窗而过的情绪，最终必将回到两杯煮好的咖啡杯里，母亲今晚做的不是中国菜，而是西餐。

好吧，母亲在叫她的名字，说：果果，我当年给你取名字时，正是果实青涩的盛夏。我抱着你的小身体，你紧紧地贴紧我。于是我就叫出果果这个名字。好吧，你已经18岁了，有些故事是关于母亲的，我想告诉你，因为你的成长需要了解母亲，你知道我为什么会做西餐会煮咖啡吗？这一切都源自碧色寨。她听着母亲讲碧色寨这个名字时，便有了兴致。

果果当然很惊讶，因为她刚从碧色寨回来。母亲说，你都去过碧色寨了，我的故事就是从碧色寨开始的，那年我17岁，像你一样离家出走了……就是在那天下午，在太阳落山以后，母亲带着她上了阁楼，从小母亲就叮嘱她说，别去小阁楼，里边有些旧东西，我都上了锁。确实，最上面有一间小小的阁楼门是上了锁的，母亲提醒她以后，她就记住了，而且她好像对旧东西也没有多大的兴趣。此刻,她正随同母亲上楼,母亲穿着的高跟鞋很摩登,仿佛是老电影中的海报。这一天,母亲上楼,手里握着一把老式的钥匙,那阁楼的房间也是老式的。顶楼就一间阁楼,她和母亲都住二楼。

她好像不知不觉中早就已经遗忘了有这间阁楼的存在。而此刻,母亲将那把有齿轮的钥匙插进了锁芯,钥匙在转动,轻轻地转动后,锁打开了,母亲推了门,确实,这是一间存物室,有一大股旧东西的味道。母亲说,自从上锁后,她就没有打开过锁芯。母亲好像在自言自语,又像是在说给她听。

母亲拉了下靠墙壁的电灯绳,一盏白炽灯泡亮了,但光线也是微弱的,只不过打开灯以后,可以慢慢地看见里面的旧物件。

很多灰可以看见又不可以看见,它们覆盖了所有的物件。果果不以为意,看见那些触手可及的灰尘时,甚至有些不悦,她不明白母亲今天为什么要带她到这间装满了灰尘的阁楼里。母亲走上前揭开了一块旧床单,一辆自行车出现了,果果也走上前,她惊奇地自语道:法式自行车啊,我去碧色寨时见过这种自行车。就在这一刻,她开始时的麻木和漠然的视觉,仿佛被屋顶的那盏白炽灯泡照亮了。

母亲伸出手去触摸那辆自行车时目光好像饱含着泪光。果果也很激动,因为在草坝小寨,那个来自江南的青年裁缝就是用同样款式的自行车将她载到了碧色寨的火车站。一些从未有过的想探究母亲故事的冲动突然在这一刻油然升起,以往的母亲在她的现实中就是一个非常普通的中学教师而已。她的18岁让她不得不重新去认识母亲,揭开盖在法式自行车上的那块旧床单后,母亲还揭开了盖在一只箱子上的床单,一只棕色的皮箱出现了。

整间阁楼就这两件旧物：一辆法式自行车，一只棕皮箱子。母亲用毛巾擦干净了箱子上的灰，擦干净了自行车上的灰。之后，母亲将箱子提下去放在了枕边。两个人开始品尝母亲做的西餐。看来，为了做这次西餐，母亲是有所准备的。鸡蛋、白糖、香草精这些食材也不知道母亲是从哪里弄来的。没有牛肉，母亲就做了猪排。母亲还做了土豆条、西红柿果酱等等。这对于果果来说，绝对是一次独特的晚餐。

自从这一天开始，果果仿佛换了一个人，从前的那个母亲不再是县城里的中学教师，而是另一个女人。不知道为什么，尽管母亲已经开了头，给她看见了阁楼上法式的自行车和一只棕皮箱子，但更多的东西因时间关系，母亲都省略了。她开始对母亲的存在产生了说不清楚的兴趣。在兴趣之下衍生出了想探究的念头。几十天时间很快又过去了，这一次她没有留下纸条离家出走，而是告诉母亲她要乘小火车去碧色寨，因为她在草坝小镇的一家裁缝铺缝了条喇叭裤，要去取裤子。她说明了理由，是希望母亲给她外出的费用。母亲笑着说：你已经18岁了，我17岁的时候就开始离家出走了。

母亲对她说出的话，让她放松了神经，她很高兴母亲理解她的出行，还说起了她的前历史，在母亲年仅17岁的时候，就已经离家出走了。她抬起头来看着母亲，她发现自从那晚进了小阁楼以后，母亲仿佛变了一个人。首先，从着装开始变化，过去的母亲作为中学教师，好像总是穿那种正统的衣装，跟县城里所有这个年龄的人穿戴一模一样。而现在，她开始穿一些款式新颖的衣服，还去订制了一套新的旗袍。母亲给了她出门的费用，并告诉她注意安全，但又转身自语道：这个时代没有战乱，所以我很放心你独自出门。

她想象着母亲的17岁，当然了，在母亲17岁离家出走的时候，正是地球上频繁爆发战争的时间。就这样，她第二次踏上了通往碧色寨的旅行。车轮转动，蒸汽在天空中弥漫，从昆明北站出发，沿途经过许多火车站。她坐在窗口，看着窗外飞闪而过的田野山川，心中充满了幻想，首先是对那条喇叭裤的幻想。

2

尼桑站在咖啡馆门口，蔷薇看见了他似乎是来告别，自从那晚两人共饮香槟酒以后，尼桑看她的目光变了，他的忧郁目光中突然增加了一种淡淡的温柔。这一幕场景无疑是动人的，哪怕相隔百年以后，这一幕场景仍然具有电影蒙太奇的感觉。我隔着跨世纪的碧色寨看见21世纪的一男一女，大约20多岁，手牵手在铁轨枕木间散步，他们走得很慢，女的披着长发，身穿白色的连衣裙，白色的鞋袜，男的身穿一身洗得发白的牛仔衣裤，这色彩跟铁轨枕木色融为一体，看上去很舒服。这里适合恋人漫步，是因为四野很安静，而且脚下的铁路充满了历史感。年轻的恋人们，从大都市来到碧色寨，就是因为这里有神秘的历史踪迹吗？

而在百年以前，法国青年尼桑站在黄墙的咖啡馆门口，他依旧穿浅棕色的上衣，卡其布的裤子，马靴，背一个大包，肩挎望远镜。他向咖啡馆里屋看了一眼，蔷薇就出来了，他用那双忧郁而增加了些许温柔的眼神看着她说：我有一个愿望，待到母亲下次回来，让她守一段时间咖啡馆，她一个人独自出门，我真的不放心，我想陪她，她每次都有同一个理由告诉我，两个人分头寻找，会更有希望。我很想让母亲休息一段时间，你能陪同我去寻找父亲吗？

这是一个问题吗？她好像从来没想过这问题。然而，她看着他，目光邈远的他，她点点头就算答应了。他的脸上出现了微笑，就像那天他为她拍照片时的微笑。就在这一刻，上午十点半钟的碧色寨车站，火车来了。他没有马上离开，而是将目光投向火车开来的方向。是的，火车是有方向感的，就像人走路也需要方向感。

他自语道：每次火车来的时候，我都希望出现奇迹，父亲能够从某一列火车上走出来。当他自语时，她也将目光投向火车，她心里早就已经滋生的那种愿望，竟然跟尼桑是同样的：如果母亲是乘小火车离开的，那么，她相信母亲终有一天会乘火车回来的。碧色寨是一座特级火车站，停站的时间有几十分钟，因为火车要在这里加水，旅客们走下来会在月台买食品上车。除了有来自异域的香槟、咖啡，还有附近村人们的叫喊声，他们将煮好的鸡蛋、新鲜的水果装在手提篾箩中用当地语叫卖着。碧色寨火车站有法语、英语、希腊语、汉语、云南土著语，也有途经此地赶着牛羊群的人们的吆喝声。

各种声音中是碧色寨上车或下车的人。尼桑突然看见母亲走出了车厢，他是多么希望看见母亲的身后走着父亲啊，这是一个多么大的期待和梦想。母亲又回来了，这是母亲的方式，她总是选择乘火车去寻找父亲，因为她有一个十分固执的念头在笼罩着自己：母亲认为父亲是滇越铁路的工程师，他来云南后就一直沿着这条铁路行走，他是一个专心致志的男人，他不会偏离开这条铁路的。只要沿着这条铁路寻找，总会与父亲相遇的。

母亲的寻找是到每一个站就下车，然后走到附近村落小镇中去寻找。

现在，母亲又走出了车厢，她通常出去三四天就会回来。因为母亲有一个习惯，超过三天没有洗澡的地方，她就无法待下去了。然后，只有回到碧色寨才能洗上澡。在碧色寨待上三四天她又出门去乘火车了。这就是母亲的现实生活,回到碧色寨的三四天中,她会待在咖啡馆里,有了这个小小的飘着咖啡味道的地方,她仿佛又回到了家。然而,她只要三四天以后,心里又会开始发慌,于是,她又会拎上小小的箱子出门。反反复复,总是离不开这条铁路。

尼桑迎着母亲走上前,他看见了母亲沮丧而平静的目光。每次母亲总是同样的目光,而每次母亲出发时又总是充满了希望和期待。只要回到碧色寨,洗上一个热水澡,睡一觉醒来,去咖啡馆煮上一杯热咖啡,迎来几个客人,听他们边喝边聊,母亲的心又不安定了。

尼桑迎着母亲的目光而上,告诉母亲,他想带上蔷薇跟他一块儿去寻找父亲。母亲惊讶地说:尼桑,蔷薇姑娘是我请来守咖啡馆的,你可不能带上她出门,这件事你不要跟我商量,我不会同意的。你和我都要出门去寻找你的父亲,必然需要有人守咖啡馆。我上次在咖啡馆听他们说战争很快就要来临了。我们要抓紧时间寻找你父亲……咖啡馆经营从开始到现在都很好,蔷薇姑娘来了后就更好了,你看不出来吗?很多人来咖啡馆,就因为蔷薇姑娘很漂亮,确实,她是我见过的最漂亮的中国姑娘……

看上去,母亲是真的不同意,母亲说得也有道理,他们一次次出门,全靠咖啡馆的营业维持着生活。他不再说服母亲,独自一个人想乘火车去人字桥。铁路修好后,他们设计人员也纷纷撤离了。他本来想带上蔷薇去看他曾经参加设计的人字桥,但母亲不同意,他忧郁的眼睛轻触着薄薄的雾幔,又开始出发了。

他上大学时就随父亲来到了中国。父亲说中国的云南有一条铁路正待修筑，我们去中国吧！尼桑对这个东方的国度缺乏了解，而父亲之前，准确地说是有五六年都生活在中国。父亲是一个不安定的人，他虽然是学铁路设计的，但在他的生活中，旅行却是一个重要的内容。父亲就这样将他从巴黎的建筑学院带出来了，对此，母亲非常反对，但父亲安慰母亲，等到这条铁路修好了，我们就回来，带你去中国居住，那是一个神秘而美好的国度。尼桑就这样告别了母亲，随同父亲经过一个多月的水陆两地的不停辗转后来到了云南。

  法国人已经全面地考察完这条铁路，父亲将他带到了法国人的营地，这是一座岩石林立的大山，父亲和几个设计师将图纸铺在一块平坦的巨石上面。热风吹拂着尼桑的面孔，他能隐隐地听见身后的山洞中好像有野兽的叫声。他非但不害怕，反而觉得非常有趣，父亲告诉他说大山里有狼和黑熊，让他不要走太远。这里确实像父亲所说的是一个有趣而神秘的国度。他想走一走，这片山岳如此辽阔，看不到边缘，看不到山那边是什么。他长大以后，从未看见过如此雄峻绵延的大山，也没有看见过如此灼热而巨大的石头，它盘桓在此地，仿佛可以让漫长的时间去磨砺。石头上铺开的图纸中已经伸展出一条通向时代和未来的滇越铁路，这条铁路让他充满了想象力。

  就是从这一刻开始，他跟随父亲穿着靴子亲自一步一步地丈量这条从图纸上延伸出去的铁路。他的马靴丈量着这条铁路周围的村寨，他们经常住在离村寨很近的地方。他们搭起了绿色的帐篷，他会经常陪同父亲去村里向村民购买刚从庄稼地里摘回的果蔬。他是这群人中最年轻的，才20岁，正上大二，就被父亲那双强有力的手拉出了学校。当时他有些生气，但又无法抗拒父亲。一个多月的辗转，他几乎很少说话，而现在，他置身山冈村寨，身边就是小河溪流在流淌，他有一种从未有过的兴奋和探索这个陌生世界的激情在身体中激荡着。茂密的植物如此新鲜，他呼吸着新鲜的空气，感觉到这是一个天堂般的世界。

3

天堂在哪里？我说的是真实的天堂，那个传说中的天堂离我们到底有多远？谁都没有见过天堂，但当我们感受到心底深处的某种颤动时，都会把刹那涌来的现实场景当作我们所置身的天堂。简言之，所谓天堂就是人间超越肉身之痛的地方。

他20多岁往那块巨石下的山洞走，父亲发现了他便在身后叫喊着：尼桑，你给我回来，别往下走，往下走有野兽。然而，他似乎听不见身边父亲的叫喊声。他固执地往前走，胸前挎着照相机，父亲站在岩石边往下看，见他没有回头，便拔脚追了上来。那时候父亲正值中年，跑起来很快，而且父亲好像很熟悉云南峡谷丛林地貌的复杂性。其实他确实已经走了很远很远，父亲站在山岩上看他时他的影子越变越小。所以，父亲不得不穿过丛林和灌木，抄小路奔跑，因为父亲知道岩石下的洞穴中有野兽，有一次他曾经在望远镜中看见了一只孤独的黑熊从洞穴中走了出来。那只黑熊好像在寻找伙伴，所有猛兽都有它们的亲密伙伴，就像人类，在孤独中寻找着大千世界的亲密伙伴。

父亲的脚步声急速地穿过了一片丛林和一片灌木丛，他终于用一个父亲那强有力的奔跑追上了20来岁的儿子尼桑，他气喘吁吁地拦住了尼桑的身体，尼桑刚想说话时，父亲低声说：别吭声，附近有野兽，可能是那只黑熊看见了我们。

尼桑不知所措地看着父亲的目光,在这一刻他并没有感觉到有多大的生命危机,他对野兽的本性和存在仅来自教科书的有限知识。父亲的目光是严肃的,好像父亲的目光从来没有如此严肃过。父亲用身体护佑他,对他耳语道:如果真的是那头黑熊出现了,儿子,你千万别发声,要保持住沉默,儿子,让我来与它沟通,也许会创造奇迹,你所做的就是沉默,千万别攻击它,使用任何攻击我们都会失败,我相信这只黑熊是有灵性的……

是的,父亲判断得不错,他们看见不远处几十米外的那片半身腰的野生灌木丛在晃动,转眼间,一头黑熊就走了出来。

很显然,是他们的存在惊动了这只黑熊,因为野生灌木丛那边就是那座洞穴。黑熊仰起头来看着父与子:这是人类的一部分,也是具有生命形体的现实。黑熊发出低沉的叫声,它似乎看见或猜测出了对面的两个人在判断研究它是从哪里来的,为什么突然间他们就进入了这片领地。

父亲走上前低声说道:喂,我们的新朋友,非常抱歉,今天突如其来打扰了你,我们深感抱歉。好了,我们马上就会离开的。你长得很健康,山洞一定有你的孩子们,请你快回去吧,你的孩子们在等待着你尽快回去。天好像要下雨了,我看见了云层在变化。

黑熊好像在认真地聆听着父亲的低语,对于这头黑熊来说,它并不了解人类,就像今天的人类对外星人缺乏了解。但黑熊的耳朵在晃动,目光一直在盯着他们,父亲又开始低语了:黑熊,我们能成为友好的朋友吗?我相信你会接纳我们的,我身后的青年人才20来岁,我们是从地球上很远很远的地方过来的。相信你会接受我们,让我们就在此建立美好而真诚的朋友关系。我们在此相遇,也就在此告别吧!

奇迹出现了：就像几分钟前父亲对着尼桑耳语中期待的那样。人与兽对峙时的关系，通过父亲所交流的语言产生了奇迹。那只黑熊突然转过身朝着它来时的那片灌木丛走去，转眼间，他们就看不见黑熊的背影了，只听见黑熊穿越灌木丛时的声音。父亲久久地目送黑熊消失在那片灌木丛，仿佛在感受这个意念产生的奇迹，他的手放在儿子的肩头轻声说道：我们回去吧！这头黑熊今后就是我们的朋友了，它不会伤害我们的。我这样说，并不意味着你就可以自由地出入这片领地，因为时间是变幻的，我们最好不要轻易地闯入它们的领地。

他们往后撤离时，父亲就一直走在后面，走一阵便停下，听听从风中有没有传来异样的声音，还不断地回头看一看。但什么都没有，人与兽竟然能和谐地相遇，通过语言产生奇迹。父亲的声音是低沉的，非常轻柔，不会令那头巨大的黑熊感受到威胁，那低沉的声音一定让黑熊明白了，这是地球上所存在的另一种生物，它转身，返回它的领地和家园。正像父亲所说，那洞穴中住着它的孩子。是的，这是一次奇遇。人与兽相遇的一次事件，因父亲温和的交流而避开一场搏斗和厮杀，多数情况下人都会被寻找猎物的困兽所吞噬，活生生的人面对野兽时手无寸铁，毫无设防，最后只剩下残骨。父亲和尼桑终于又回到了他们的队伍中，回到了铺展图纸的巨石上。从那以后，父亲就喜欢上了动物，当然尤其喜欢的是从望远镜中意外搜寻到的野兽。

尼桑初到这条铁路的沿线地带时，都跟随父亲的团队，他们大多数人都是设计者，当然也有未来的监工和这条铁路的管理者及各种身份的人。他总是跟在父亲后面，他们从这条铁路的源头，古滇池岸边的省城昆明开始出发。在滇池边他看到了成群结队的水鸟，他曾跟随父亲沿滇池走了很远。在离开法国之前，父亲就为他配备了一台照相机、一台望远镜。父亲告诉他说：你将去的国度是你无法想象的，我们这一路上都会与动植物相遇。照相机可以让你记录保存你途经的地方，望远镜可以让你的视觉去到无法抵达之地。

就这样，他无论置身何处，都有一台照相机和一台望远镜。这跟父亲的装备完全一样。不知道为什么，跟在父亲身边，他总觉得世界慢慢地就打开了，而过去在大学时，几乎所有的知识都在书上。现在，那些教科书想起来是多么冰冷，路上的自然万物充满了温度。

他和父亲沿滇池走了一圈，这座大池就在城市边缘，天空那么湛蓝，水岸边有许多水鸟或在树上，或在丰茂的绿苇丛中筑巢。一路上他们不住地拍摄水池的变化，这座大池闪烁着蔚蓝色的波光。后来，他们就从水池边出发了。这就是滇越铁路的源头。

4

时代的钥匙，以不同的人、不同的建筑、房间不同的温度，插入孔道，门才会打开。两只箱子以同款同一时间进入了碧色寨的苍茫。两个年轻人，以不同的国度、不同的性别、不同的声音、不同的旅路，在同一时间来到了碧色寨。人类的故事，总是带着箱子出发的，也总是要有性别的差异才能构成故事的核心。

燕子并不是每天都面对那只箱子，她和他自从开了两个人的客栈后，每天从早上就开始忙碌，要忙到午夜才能休息。所以，她跟他商量说，如果碰到合适的人，还是要聘用服务员和管理者，这样两个人才能从忙碌的事务中脱身而出。对此，他非常赞同，两个人都很羡慕那个坐在露台上的网络作家，她再次延期了，决定在碧色寨多住些日子。每天上下午，他们各端一杯手磨咖啡,就陪伴着这个坐在露台上的年轻网络作家。她眼皮底下就是碧色寨的铁路,那么年轻的女孩,她在写什么?她的安心居住写作,让燕子和乔尼获得某种宽慰,她和他的选择应该是对的。

年轻总是充满了梦想,所有梦想的原初就是冲动,如果没有冲动就无法去寻找梦。

两个人的客栈也是在冲动下产生的,从两只箱子出发,箱子会跑起来也会飞起来。乔尼的爷爷就是当年跟随父亲来到滇越铁路上的那名青年桥梁设计师,他的名字就叫尼桑。这些时间中微妙的、自然而然的联系,总会让我们寻找前世之旅。燕子已经很长时间没有打开那只箱子了,每天总有新的旅客来,他们事先在网上搜寻并订好了客房。

这一天,安排完了所有事,已晚上十一点半,燕子突然想念外婆了,房间里仿佛有外婆的前世。

这样的感觉对燕子来说很亲切也很神秘,竟然没有任何的惊悚和不安。她轻轻地启开了箱子,想翻开外婆的日记本。是的,她随意地翻开了一页,日记因相隔如此漫长时空,仿佛她所翻开的那一页,传来了外婆的话外音:艾玛为我取了一个名字:蔷薇!于是,所有进艾玛咖啡馆的人都叫我蔷薇了。从那一时刻开始,我就忘却了自己原来的名字,也许这就是命运的安排。走进咖啡馆的大都是途经碧色寨的外国人,他们更多的人来了就喜欢上了碧色寨,当然,也有穿着长衫西装的中国男人。

燕子读到这里就合上了日记本,将它轻轻地放在箱子里。外婆的名字叫蔷薇,她是知道的,但她并不知道这个名字的来历。现在她弄清楚了,这个名字的源头是碧色寨。她每天躺下之前都很疲惫，但只要想到外婆，她总感觉到外婆又转世回来了，她就是来到碧色寨的那个女孩。

　　我也住进了两个人的客栈，不管我是谁来自哪里，都是需要登记身份证的。确实，我有居住城市的身份证，这也是一个公民出入的证件。
　　我的身份证并不显示我的灵魂漫记，我住的地址当然会显示准确的城市定位。身份证有我的名字性别年龄，然而，在这本书中，我想试一试如何超越这些东西。所以，有时候只有灵魂能帮助我。我住下来了，我也是在网上订的房间，现在这个时代，手触碰手机屏，你可以购物，叫外卖，你不出门就可以知道世界上的很多新闻资讯。因此，我设法努力让我的灵魂也能跑起来。

　　跑起来吧，我们的灵魂。唯有灵魂会带着我们跑起来，我们只需要灵魂，它就会在身边安居。灵魂是无影无形的，所以，我虽然住进了两个人的客栈，他们看见的只是我的人形，像身份证上附有标准照的那个人，而我的灵魂，未进入碧色寨之前就已经在百年前跟随这条铁路辗转不息。简言之，在我的前世之旅中，我的灵魂就已经来到了碧色寨，所有书中的人我都认识。灵魂是不灭的，哪怕熔炼了百年，我的灵魂仍在游荡不息。我这样说，你们可能会不太相信，好了，这本书中的故事虽然已经开始很长时间了，书中最重要的角色也都慢慢地出现了。然而，仅有角色出现还不够，还需要舞台。搭一座舞台很容易，但需要故事的过去现在未来。这三个时光线索将我们引向纵横交错的脉动，就像野兽们在一座荒野和原始森林中纵横着，就像一群拍击着翅膀的大鸟们在广阔的天空飞越起伏不定的云穹，就像蚂蚁们在土丘中用自己纤丝般的牙齿筑起自己的洞穴。

　　此刻我这样细语时，我的灵魂又来到了那个叫果果的 18 岁女孩身边。

她已经再次出发,这次得到了母亲的支持。她像花儿般的年龄啊,她那朦胧的青春期啊,此刻又踏上了通往碧色寨的列车。这次出发,只有一个目的,就是去草坝取裁缝铺里的牛仔裤。

第二次到碧色寨,则需要往前走,因为草坝小镇没有站台。她下了车,天空是碧蓝的,是碧色寨的那种蓝。她听见了一阵阵的口哨声,这口哨声是从哪里来的呢?她环顾左右,便看见了一个牧羊人赶着羊群走过来了。是牧羊人吹出的口哨,牧羊人很年轻,跟她的年龄差不多。她走上前,突然从铁路一侧走出来一个青年男子,也走向了牧羊人。她一看这个男子留着长发,就像搞艺术和音乐的人,男子走向牧羊人好像有事跟他商量,她听明白了,这个男子是艺术学院大三的学生,正在后面画铁路的风景,如果牧羊人愿意的话,将他的羊群赶到铁路后面的旷野上放,这样他的风景画中就会既有铁路,又有牧羊人和那群黑色的山羊,这幅画就会变丰富了。

牧羊人羞涩地点点头,他好像非常愿意,就跟画画的大学生来到了铁路后面,他的画架就支在一片野草深处,野草长得很高,所以具有遮蔽性。他画的是油画吗?果果是跟着牧羊人闯入这个场景的。在她这个年龄,看到扑面而来的世界,都是新鲜的。无论是从碧色寨铁路上走出来的牧羊人,还是将画架支在野草中画画的大学生,对于她来说,无疑是在人生中打开了另外一道窗口。

她好奇地看着这场偶遇:牧羊人坐在铁路外面的草丛深处,看着远方,那群山羊就散布在他周围,他偶尔也会用口哨吆喝几声,跑远的羊群就会回到他身边来。这确实是一个很有趣的世界,画家好像突然意识到了果果的存在,对她说道:如果你愿意的话,我也很想把你画进画中去。她睁大了像水一样清澈的大眼睛望着大学生,仿佛不敢相信这是真的。大学生又问了一句:

如果你愿意,就可以随意地坐在草丛中。她听到这话很高兴地就坐在了牧羊人旁边的草丛深处。

大学生开始安静地画画,她看着远方,同时也看着大学生,他手里握着一只调色板。正午以后,大学生说,我的画快完成了,你们可以站起来看看,我画中的人物像不像你们本人。她和牧羊人都站了起来,画中出现了铁轨枕木,出现了一群黑山羊,出现了果果和牧羊人,这是一张非常写实的油画,就仿佛是用照相机真实地拍摄下来的。大学生完成了这幅油画,他说还要到附近的村里去画画,会在村里住几天。果果突然走过去问他,她要考大学,是否可以报考油画专业,她说看见他刚才画画,她自己突然间就产生了这个梦想。大学生看着果果,问她原来有没有画过画,果果摇摇头。大学生说,我会在前面的村庄住一些日子,如果你愿意,可以陪我去村里,你可以看我怎么画画,我也可以教你,这样你就会有基础,因为考油画专业,是必考绘画基础的。果果往草坝小镇的方向看了一眼告诉大学生,她现在要去前面的草坝小镇办事,待她办完事会来旁边的村庄里找他。

大学生点点头对果果说道:好吧,我就在村里等你。就这样,大学生带着他的画具从铁轨后面的小路往村庄的方向消失了,牧羊人则又吹着他的口哨往前面走去了。果果目送着他们在同一时刻慢慢地消失以后,才往草坝小镇的方向走去。这方向很清晰,如云载着她往前走,她看上去很高兴,沿铁路往前走时,步履轻盈,嘴里好像还哼着李谷一唱的歌,但歌词忘记了,只能哼着记得的旋律。我们在旋律中往前走,无论是哪一个时代背景,都有那个时间流行的音乐。她很快就走到了江南裁缝铺,远远地她就看见了柜台前挂着的古典旗袍,还看见了一条橘红色的喇叭裤。她想,那条喇叭裤就应该是她订制的。站在不远处,她幻想着穿上那条喇叭裤的美妙,今天对于她来说,是一个小小的奇遇,她决定了要报考艺术学院的油画专业,并要去年轻大学生画画的那座村庄学画,现在,她要到裁缝铺取喇叭裤。这两个现实都是美好的。

5

艾玛又出发了,只要回到碧色寨洗过澡以后,新的寻找计划又开始了。这是一个早晨,她起得很早,她像许多女人一样在天光未出现晨曦时,翻过身就醒来了。自从多年以前尼桑的父亲来中国以后,她就失去了稳定的睡眠生活,那时候她才30多岁。之前,她都会钻进丈夫的怀抱睡觉。尽管战事不断,但枕边有丈夫的味道,她就会觉得安心。突然有一天,丈夫说要去中国,这是他们耳语亲密完后的一个话题。她低声地抗拒着:不可能的,中国那么远,为什么要去那么远的国度?你走了,尼桑我们怎么生活?丈夫说,等到安定下来再接他们出去。丈夫的回答总是那么简单,生活中的他沉默寡言,更多时间都在绘图、旅行。当然他一旦回家,每天晚上都会抱着她睡觉。若干年后他回来了,抱着她睡了三天三夜以后,突然告诉她说要带尼桑去中国。这些事仍然是在耳边说的,表面上是商量,事实上他早就已经决定了,是无法修正或更改的。丈夫就是这样的人,温情脉脉中选择自己的人生,现在又要将儿子带到中国去。

其实,她的寻找是多么徒劳,她并不了解丈夫在这条铁路上的行踪和历史,有时候儿子尼桑会给她讲述父亲在这条铁路上的片段,包括与黑熊的那次温情交流创造的奇迹。她当时也会耐心而专注地倾听,然而,待到她乘小火车前去寻找时,总是会幻想出一种浪漫而诗情画意的寻找与等待。她有时候会下车到某座小火车站,比如今天,她想去阳宗海站,那里有一个蓝色的湖泊。她想起来,她和他热恋时,他会带上她去地中海的某处岸边,她和他住在岸边的某座古老的酒店，他喜欢凝视着深蓝色的水面，默默地眺望着，有时候会在不经意间给她一个吻。

坐在小火车上她总靠近窗口，她喜欢上了这条铁路沿线的风景线。从窗口她仿佛看见了丈夫高大的体格，每次幻觉上升时看到的都是背影。她很奇怪为什么看不到他的面孔和眼睛，也看不到他的胸膛……幻觉中为什么只有背影？但没有寻找到答案往往就到了她要下的火车站台。她戴着帽子，法国妇女喜欢戴的那种小圆帽，虽然她已经是中年妇女，但看上去她比实际年龄要年轻几岁。下站后她并没有马上就看见阳宗海，她是从这条铁路的一张地图上看见阳宗海的。

6

果果刚踏上江南裁缝铺的小台阶，他就看见她了。他迎上来告诉她说：你来了，其实在你走后的第三天，喇叭裤就缝好了，就一直挂在柜台前，后来又有人照你选择的布料做了同样的款式，但是他们没有人选择橘红色。她听了这话很高兴，说明自己还是有审美能力的。他从衣架上将那条橘红色的喇叭裤取下来，让她到屏风背后去试一试。她就走到屏风的那一边，穿上了新裤子走出来，进店前她就已经发现了一架立地的穿衣镜。她走到穿衣镜面前。这条喇叭裤让她看到了另一个自我，完全合身的裁缝术，显现出了那个时代的特质，她在看穿衣镜中的自己，似乎找到了青春的召唤，那朦胧的召唤声是从哪里来的？仿佛春天的风从面颊到脖颈到锁骨下的乳房再到跳动的心。

是的，她的心被莫名的某种时间和生命所召唤着，当她看着镜子中的自己时，突然发现还欠缺什么，哦，她明白了，她还需要缝制一件上衣配这条橘红色的喇叭裤。她发现了站在后面的年轻的裁缝也在审视这条喇叭裤，他跟她产生了同样的想法，上衣款式色调都不配这条喇叭裤。他说，这样吧，我放下手里的活，我们马上设计一件上衣，你现在就可以开始选择布料。她看着站在镜子后面的他，第一次发现他是那么英俊，属于江南派的帅气，而且性格特别温和。

她开始选择布料，那一刻，她是多么有激情啊，因为那条橘红色的喇叭裤已经穿在身上。那么时尚，她就属于那个时尚中的女孩，18岁，如此美好的年龄，人生只有一次18岁，其余的都是负载均衡于此游离世态而已。她忘记了一切，眼下最重要的事就是选择布料，是的，裁缝铺里的长桌上有几十匹布料，哪一种色泽质地适合配这条橘红色的喇叭裤呢？多么奇妙的青春期和兴奋点啊！

她选择了一种咖啡色的卡其布，哦，为什么要选咖啡色调呢？当她看见那匹咖啡色的布料时，她眼前闪烁着母亲阁楼上的那只箱子，还有母亲为她调制的那杯咖啡……色彩突然间就定格在这匹咖啡色布料上，目光不再往别的色彩上移位。这就是命运在启迪她，青年裁缝点点头说道：你真有眼力，咖啡色上衣配橘红色喇叭裤，确实太搭配了。接下来，就开始裁剪布料，她好奇地站在铺子里，对于这位青年裁缝的手艺，她很好奇也很羡慕。她问裁缝要多少天才能缝好这件衣服，青年裁缝说，我会抓紧时间的，应该是明天下午你就能穿上新衣服了。她伸了伸粉红色的少女的舌头，自语道，好吧，那就不离开了，在你铺子里守着，等到你做好衣服后我再离开。她对这件咖啡色的上衣确实充满了期待感，青春期对于流行时尚的衣饰总是会充满期待的。那晚她就住在裁缝铺对面的小旅馆里，黄昏后，是青年裁缝为她开的房间。他们一块儿吃了小吃店里的米线，还要了烧豆腐、啤酒，她觉得青年裁缝人不错，考虑得很周到，还会照顾人。跟他在一起，心情很明亮，也有安全感。第二天正午，衣服提前缝好了，比想象中的还要快。她又到屏风后面去换衣服然后走出来。

站在穿衣镜面前的她，比昨天穿上橘红色喇叭裤的她，更充满了流行时尚感。裁缝说，你真漂亮，可以去做模特了。她睁大了双眼看着他，自语道：你说的话是真的吗？像我这样的人能做模特吗？裁缝说，如果你穿着这套衣服在省城的大街上行走，肯定会吸引别人的目光，我相信，你这套衣服是唯一的，不会有第二套的。幻想的画面感油然升起，不过，她现在要去村庄找那个大学生跟他学画画，她就要走了。青年裁缝说我送你去吧，骑自行车送你会快一些。她没有拒绝，他说他叫赵云，今后就叫他赵云好了。她从此以后就记住了这个江南裁缝的名字。

他从里屋推出了那辆法式自行车，她像上次一样坐在后座上。依然是阳光明媚的好天气，他骑着自行车，他的整个着装都很流行时尚，穿着那时的港裤、花衬衣。他骑自行车很稳，仿佛是为了多跟她待些时间，这一次他骑得很慢，跟走路几乎就差不多。但她没有催他，她觉得坐在自行车后座上沿铁路外的小路往前走，有一种前所未有的激动。微风轻拂着她的新衣服，一切都是崭新的，离碧色寨已经很近了，她寻找到了通往村庄的那条小路，她说要去村里找一个大学生，想跟他学绘画。他说可以送她到村里，她没有下车也没有拒绝。自行车已经拐上了一条凹凸不平的小路，这是一条只可以行走和通行三轮车的小路，小路两边都是庄稼地。自行车有些晃荡，他说，如果害怕就可以抓住他的衣服。她感觉到颠簸很大，就伸手抓住了他后面的衣服。几十分钟后就到了村子里，但却不知道应该去哪里寻找大学生。于是，他载着她就在村里寻找着，村里的人好像都去田地里干活了，几乎看不到人影。终于，看见了一家小卖部敞开着，他们来到了小卖部的窗口。

她下了后座,走到小卖部的窗口,问那位守小卖部的中年妇女,有没有看见一位画画的大学生?中年妇女笑了笑说,大学生就住我家,他正在画我女儿,你要找他吗?好吧,我带你去我家吧!于是,中年妇女就走了出来开门,其实,她的小卖部就是家里的房子朝外通了一个小窗口而已。

她从里边打开了门,让他们进去。这是一幢有年代的土坯屋,看上去也应该有百年了吧,整座村庄的房子都很有时间感。时间是一位伟大的魔法师,它改变着万物万灵的容颜。这座村庄很安静,孩子们应该是到附近的学校上学去了,村人到田地里干活去了。只有年龄很大的老年人坐在家门口晒着太阳。他们走进院落,里边有许多花花草草,有石榴和枇杷树,院子里也有畜厩,但牛羊应该是也外出到旷野上去了。中年妇女将他们引到了后院,就看见了大学生的画架,还有一个女孩,跟果果的年龄应该差不多。这是一个非常漂亮的村姑,她坐在一把很旧的木凳子上,画布上已经出现了村姑的模样,但这幅画才刚刚开始。大学生手中握着调色板,看见他们点点头。

果果突然觉得大学生看她的眼神有些冷漠,才相隔了如此短暂的时间,大学生看她的目光好像就变了。昨天,大学生是那么热情,就是因为他的热情再加上她很想学画画,她才来这座村庄找他的。果果是敏感的,看上去这幅画刚开始,那位漂亮的村姑是他的模特,大学生的目光已经完全被这位漂亮的村姑所笼罩,他们的在场仿佛是多余的。于是,她告诉大学生说,她有事要去乘火车了。大学生点点头,默认了她的理由。如果当时,大学生挽留她,她可能就会留下来。事与愿违,生活和梦想之间,总是会产生距离的。他们离开了,赵云用自行车将她载到了碧色寨火车站,恰好有一趟火车20分钟后就会抵达。在等待火车即将到来的时间里,果果突然想起来了,她还没有将服装制作费用给赵云,于是,她便开始从衣袋中掏钱,那些有限的纸币和硬币得来不易。

她所置身的时代，物质生活很贫瘠，这贫瘠，是所有人的贫瘠，是整个时代背景的贫瘠。她知道，掏了钱，袋子又将变空了，因为多增加了一件咖啡色的上衣。上苍让她离开，也许就是因为她的衣袋里没有钱了。这世界，只要你张着嘴，就会饥饿，就需要食物，就需要大口地喘气呼吸，所有的问题——战乱、逃亡……都是因为生命有肉体也有灵魂的存在。他说，你不用给我钱，你还是学生，我已经有职业了。而且，我预感到你穿着这套服装去省城，会有新的机遇，如果能有人让你去做模特，你就去试一试吧！

他是认真地拒绝她递给他的钱，也是在认真地跟她说话。她虽然还不知道，他为什么如此认真地拒绝她递给他的本应收下的费用，还有他那么认真地又一次说到做模特的事情，但她在小火车即将来临之前，又一次感觉到了他的好，总之，这是一个让她有安全感的青年男人，也是一个让她充满了梦想的青年男人。

火车来了，她最后想把手里的钱给他，但他却骑着自行车以飞快的速度消失了。她上了火车，碧色寨从火车的轰鸣声中也消失了。在整个车厢里，她的着装都很引人注目，很多人的目光都在看她。但她却将目光投向窗外，她看见农人在烧收割后麦地的秸秆，滚滚不息的浓烟升向天空，转瞬即逝。

7

人，只有看见烟火时，才会感受到自己的饥饿，它来自身体。这是真谛，每个身体都是一个特殊机构，装满了各种器官，并衍生出了灵魂。我总是会看见碧色寨的前夜,我又看见了自己,只有看见自己,才可能看见他人。在碧色寨的前夜,我的灵魂就已经在此游荡过。那时候,小火车来了……我又看见了蔷薇,她确实漂亮,往往是这样,当艾玛和尼桑出去寻找父亲时,就她独自一个人守着艾玛的咖啡馆,她好像真的摆脱了原来的家,尽管如此,每当有火车途经碧色寨,轰鸣声从远方传来时,她就会走出咖啡馆,站在门口的台阶上,她就看见奔驰而来的小火车放慢了速度。

当艾玛和尼桑在寻找父亲时,她也在暗自寻找离家出走的母亲。她始终坚信,既然母亲是乘小火车离家出走的,那么母亲终有一天也会乘小火车回来。这个信念已经很坚定,所以她开始走出咖啡馆,迎接着每一辆途经碧色寨的火车。

她的目光投到了站台上,从每一节车厢中走出来的人,有的只是下来透透气,买些小食品到车上吃,这些人手里大都没有行李。而一旦手里有行李箱子的人,都是到碧色寨的。她的目光从每一个走出车厢的人脸上经过,她真的很希望母亲有一天能从车厢中走出来。虽然已经过去了很多很多趟列车,她都没有看见母亲,在失望和沮丧之中,她又会回到咖啡馆,从上午十点钟开馆,到夜里十二点钟关馆,她始终就生活在这里。

回到咖啡馆,她就会一直忙碌,人在忙碌的时候,会忘却自我的焦虑和迷惘,乃至痛苦。尼桑回来时,每次都会教她说几句法语或者英语,慢慢地,她也就学会了一些基本的日常用语。咖啡馆完全让她寻找到了离家出走之后的一个小世界,她游离其中,为他人服务,除了等待母亲出现之外,她已经习惯了等待艾玛和尼桑的归来。

那天晚上,她送走了最后一个客人,就要关门时,尼桑回来了,他满身满脸的血迹,腿也受伤了。她扶着尼桑进屋,先给他煮了一杯热咖啡,这几乎就是尼桑的习惯,每次寻找父亲回来,哪怕多么无望,只要蔷薇端着一杯热气腾腾的咖啡走过来,他就像又回到了家。那些只有他自己体会并经历的艰辛和无望的寻找,又会得到缓解。

这一次跟以往不一样,往常,他都是搭乘火车回来的,而这一次,这个时间内已经没有火车途经碧色寨了。他满身血迹,脸上还有伤口,他一定遇到了什么事件。他将那杯热乎乎的咖啡捧在手中,仿佛显得很冷很冷。他喝着咖啡低声说:蔷薇,别离开我,离我近一点。她就坐在他的对面,她伸出手从桌布上移过去握住了他冰冷而布满了血渍的手低声说道:好的,我会一直陪伴在你身边的。他紧紧地抓住她的手对她说道:我想,父亲的消失应该是与野兽有关。自从他第一次与黑熊沟通了情感以后,他每到一地都会在望远镜中搜寻着动植物的踪迹。

踪迹,每一个生命都会留下影像和它们存在世间的踪影,只有这样,这地球才会旋转不息。凡携带肉身者都在以自己的踪迹寻找人生,只有在社会的体系中你才会寻找到自我,而一旦留下踪迹,就已经留下了你的人生线索。没有线索的人生皆是死亡,而活着这一现状均是蜘蛛在织网的过程。

他握住了她的手,她也同时抓住了他的手,两个生命在此时此刻惺惺相惜。命运在这一刻,就是这样以温度感受着温度,以忧伤感受着忧伤,以无妄感受着无妄,以沉默感受着沉默,以希望感受着希望,以梦魇感受着梦魇,以未知感受着未知,以变幻感受着变幻,以肉体感受着肉体,以疼痛感受着疼痛,以灵魂感受着灵魂,以虚无感受着虚无,以缥缈感受着缥缈,以血腥感受着血腥,以伤痕感受着伤痕,以性别感受着性别,以黑暗感受着黑暗,以荒野感受着荒野,以碧色寨感受着碧色寨……

他们什么都不说，没有人知道尼桑遇到了什么，蔷薇有天生的对人性的感知能力，遇事冷静而又充满韧性。她不问他到底发生了什么事，他不想说的事，她是不会问的。从那个晚上开始，当他们的手紧紧相握，她感受到了尼桑在寻找父亲的过程中，一定遇到了追杀和搏斗的事，而且在过去的谈话中，她曾隐隐约约地听尼桑讲过，他父亲是一个通灵者，在过去的时光中，掌握了与野兽通灵的技巧。当他说这件事时，他的目光中充满了对父亲的崇拜。

当我携带着灵魂在这条广袤的铁路上行走时，我知道这条铁路的名字，它就是历经了血腥死亡和传奇的滇越铁路。我，因为灵魂的游离，总能看见一些被巨大的屏障所阻隔的现实，因此我看见了尼桑为了寻找父亲又来到了当年的通往洞穴的那条道路。

他首先找到了那块巨石，当年工程师们将滇越铁路的图纸铺在了这块冰冷而又灼热的石头上，四野有丛林巨壁，有大鸟展翅飞翔，有生生不息的动植物混合一体的气息。作为后来者，一个年仅20多岁的青年，对于这块神秘的版图的热情正在上升。多年以后，因为寻找已经消失了很长时间的父亲，他突然想起了这块巨石，最重要的是他突然想起了，就是在这座起伏绵延的山谷中，父亲创造的那个奇迹。带着新的希望，他又凭着记忆，重返那座山谷，如同当年一样，脚下几乎没有路，但只要穿过野生而带有各种荆棘的山冈，他知道，总会寻找到那块巨石的。

如能寻找到那块巨石，就能在望远镜中看见那座有黑熊居住的洞穴了。尼桑是一个固执的人，一旦产生了某种念头，就一定要去践行，而且这践行是为了寻找到父亲。自从滇越铁路通车以后，父亲就消失了，他带着母亲来到了碧色寨，母亲以她的名字开了艾玛咖啡馆，就是心存希望和幻想，让消失的父亲能够感应到他们的呼唤和存在。

尼桑穿越着山冈上的灌木丛，身上挂满了各种刺棵，这一切在多年以前跟随父亲修筑这条铁路时，他就已经习惯了。他终于看见了那块巨石，它安稳地立在山冈之上，从不移动自己的身体。他坐在石头上歇了一下脚，看不见一个人，甚至也看不见一只鸟，一切都仿佛远离尘世。他在歇脚时回忆着，耳边有溪水在不远处静静地流淌，他站起来，双手捧着望远镜，很快，他又看见了那座洞穴，他猜想着，多少年已经过去了，那座洞穴是否还有黑熊们居住？是的，他像他的父亲一样，热爱滇越铁路沿途的风景，包括动植物。

这一次，是为了寻找父亲。他开始像上次一样向着洞穴的方向走去，他并不知道等待他的是什么。正午的阳光是那么明媚，看不出来有什么危机在等待着他。他几乎是毫无防备地往前走，因为阳光太明媚，万物葱绿，完全是天堂般的世界。他已经走到了离洞穴很近的环形山冈上，这座山冈看上去实在太美。它仿佛是一座天堂中升起的舞台，四周是看不到尽头的丛林。他刚走上这座环形山冈，突然就听见了一阵阵嗖嗖嗖的声响，这声响中有野兽的嚎叫，他意识到了什么，便紧紧地握住手中的拐杖，这是探险者必备，它可以让你上山或下山时有支撑感。

那群从四面丛林深处奔跑出来的野兽来得太快了，他想起了父亲与那头黑熊交流时的温存的声音。他将双手举起来，低声说道：对不起，我闯入了你们的领地，我来这里是为了寻找我的父亲，不知道你们是否见过我的父亲，他已经消失很长时间了……

黑熊们好像没有耐心聆听他所发出的声音，他问自己，难道是自己的声音不够温存吗？黑熊有五六只，大大小小，有高有矮，正在向他奔来……他意识到了杀机弥漫，便转过身开始奔跑起来，他以一生中最快的速度和力量朝前面的丛林奋力地奔跑着，野熊们同样在他身后奔跑着。他已经奔跑到了丛林外的一处悬崖边，再没有路可以朝前奔跑了，就这样他纵身跃向了悬崖。

他的身体挂在了一棵树上，这就是他纵身一跃的结局。上苍对他是仁慈的，如果没有这棵树，如果他的身体在纵身一跃中落在坚硬的岩石上，那么他也许就会失去生命的气息。他当时完全昏迷过去了，半夜，一阵凉风吹来时，他醒过来了。他想起昨天正午的闯入、对峙和逃亡，他从凉风吹拂的树上爬下来往丛林下面走去，包里的手电筒摔坏了，借着微弱清冷的月光他慢慢往下走，他知道只要走到山脚下就会找到村庄。

这一路上的逃离是你们无法想象的，几乎就没有路，完全是在灌木荆棘中奔跑。他第一次对野兽们产生了恐惧，害怕野兽们再次追杀他。所以，当他终于走下山冈时，他的身体完全被荆棘划破了，因为看不清楚，他还是从一座峡谷跌入了另一座峡谷，所以他的脚受伤了。他在太阳升起之前终于走到山底，看见了一处只有三四户人家的村舍。

他看见了村头的一辆牛车，想搭这辆牛车回碧色寨，因为他知道自己的腿受伤了。如果依靠自己行走到碧色寨，是不可能的。赶牛车的村民来了，他用学会的汉语与那个中年男子交流着，男子点点头，听懂了他的意思，就这样牛车将他送到了几公里之外。牛车走得很慢，最后，那头黄牛不再往前走了，因为它走不动了。尼桑将包里所有的钱掏出来硬塞进了赶车人的口袋里。之后，还有几公里，他就这样慢慢地往前走，终于在半夜走到了碧色寨。

8

乔尼突然想起来了什么。两个人的客栈终于找到了一名管理者,她是因为旅行来到了碧色寨,看见了墙上贴着的招聘广告就决定留下来试一试。这是一位来自北方的女孩,她是背包旅行者,宣言是寻找她最适合生活的一个地方,住一段时间然后再往前走。燕子和乔尼同时见了女孩,她跟燕子的年龄差不多,他们三个人见面,也算是面试吧。燕子问女孩为什么要来应聘,女孩有些恍惚地说:我也说不清楚,总之,来到碧色寨,我就想住下来,但能够住多长时间我也不知道。既然住下来,总不能闲着,总要找到一件事情做,看到你们的招聘广告,我真的很高兴,这正是我想寻找的一份职业。

女孩看上去充满了激情,燕子和乔尼的目光对视了一下,觉得女孩讲的也是真话,便决定先留下女孩。这样一来,她和乔尼都可以做些另外的事。因为他们两人都携带着箱子,所以,必然要肩负着各自的使命感。两只箱子虽然相似,然而还没有机会面对面地相遇。他们来到碧色寨,开了两个人的客栈,是命运安排的偶遇,也是探索两只箱子的开始。

女孩来了,她报了自己的名字——葵花,一个充满阳光般的名字,后来又从包里取出了身份证,就这样,葵花成了两个人的客栈的管理者。现在还需要找一位会做中国餐和西餐的人,再找一位收拾房间的服务人员。在这时代,寻找并不艰难,很快,他们就物色到了期待中的中西餐厨师、服务人员。从繁杂的客栈中脱身出来后,两个人开始了各自的寻找,两只箱子依然没有面对面地相遇,仿佛燕子和乔尼都有意识地避开来自箱子的历史和怀旧的忧伤,所以,他们预感到了这一切,也就自然而然地保持着距离,总是以合伙人的身份在一起交流客栈的事宜。

两只箱子在各自的房间里，两个人也同时在各自的房间里，开始时是试探着经营管理，现在客栈越来越成熟了，他们将寻找到各自的方式，为他们的爷爷外婆的故事中的故事去寻找答案。怀旧的箱子，是忧伤的，收藏箱子的人也是忧伤的。两只箱子从不同的国度奔跑到了碧色寨后，两个人的客栈诞生了。现在，乔尼开始了对于这只箱子故事的探索，他必须重视一个现实，就是跟燕子面对面地谈论这两只箱子的问题，尽管燕子看上去很回避这个问题，但必须找到契机，所以他想请燕子喝咖啡，就像那个网络作家一样，每天上下午各要一杯咖啡，就可以在露台上坐很长时间，就可以消磨上下午的时光。

他知道，从他开始看见爷爷的这只箱子时，他的命运就与碧色寨有了悄无声息的联系。随着他从幼年渐次长大，他明白了爷爷在农庄的书房就是爷爷一生最重要的生活基地。虽然书房随同时光变幻，越来越陈旧，就像那些来自碧色寨的时光，随之远逝。而当爷爷终于在岁月中不得不挂上拐杖的那一天，乔尼从大学回来的那个寒假，爷爷终于对乔尼说：爷爷老了，不能回碧色寨了，但如果可能，请你替爷爷去碧色寨看看，爷爷有一个最后的愿望：如果有一天能把书房中的所有与碧色寨相关的东西带到碧色寨，在碧色寨办一个小小的博物馆……爷爷断断续续地说着，偶尔会停顿中断，爷爷将箱子抱在怀里，凝视着远方，又开始了断断续续的回忆：碧色寨有蔷薇姑娘，你不知道，蔷薇姑娘有多美，她绝对是最美的中国姑娘……碧色寨还有艾玛的咖啡馆，你知道艾玛是谁吗？她是爷爷的母亲，艾玛咖啡馆在碧色寨很有名，我母亲开咖啡馆是为了寻找父亲，事情就是这样。乔尼，是这样的，先是我的父亲去中国考察滇越铁路，后来又将我带到了这条铁路，后来父亲在修建滇越铁路期间突然消失了……再后来母亲一定要让我带她来碧色寨，因为碧色寨是滇越铁路上的特级火车站，也是最美丽的火车站……再后来，母亲艾玛就以她的名字开了艾玛咖啡馆，是想以此做标志，召唤失联的父亲回到碧色寨……

就这样，仿佛爷爷已经寻找到了去天堂之路，又一个假期即将到来时，爷爷病了，再无法从床上起来，他赶回了农庄。爷爷一定要去书房，他将爷爷用力扶起来，搀扶着穿过农庄的小径，往日爷爷都会在这些交叉的小径中行走，哪怕是拄着拐杖时，爷爷也要保持让自己的脚在走动。爷爷告诉他，脚一旦不移动，就仿佛时间就停止了，只要脚在移动，生活就在继续着。爷爷终于无法行走了，爷爷让乔尼将箱子抱过来，交给了乔尼说：爷爷可能要走了，爷爷把这只箱子交给你，在碧色寨，爷爷说的是很久很久以前，还有另一只箱子，跟这只箱子一模一样，如果将来有一天你能带上这只箱子去碧色寨，也许会遇到另一只箱子……爷爷说完这话后就坐在那把古老的旧藤椅上永远地闭上了双眼。爷爷好像睡着了，活了百岁的爷爷仿佛一部历史书，合上了打开的书页。从此以后，他就成了箱子和书房中关于铁路遗物的守望者。虽然有过两次短暂的恋爱，但都不尽如人意。他的心好像总在爷爷跟他描述的故事中远游。哪怕是置入恋情中，他的心也在他乡别处，这些事影响了他的情绪，所以两次恋情都很短暂。终于，时机成熟了，他以旅行者的方式，带着自己的箱子和爷爷的那只箱子来到了碧色寨。

9

碧色寨，是的，碧色寨，我又看见了果果，将果果载入碧色寨的是青春期的出走，让她跟碧色寨有联系的是小镇上的江南裁缝铺，而最终让她与碧色寨有更深联系的是爱情。那一年她考上了省艺术学院油画系。她从碧色寨回到县城就请县文化馆的画家，给自己辅导了素描，这是画油画的基础，所以，她为自己的理想在短时间做了准备，从某种意义上讲，她要寻找到自己的尊严。她不能忘记在碧色寨邻近的那座村庄，那个画油画的大学生突然间对她的冷漠，因为大学生找到了一个美丽的村姑做模特，他对她的到来产生的漠然使她离开了，是江南裁缝赵云将她送上了小火车。从那一刻开始，她就告诉自己，一定要倾尽全力考上省艺术学院的油画专业。她真的实现了自己的愿望，母亲也非常高兴，再一次为她做了西餐，手磨了两杯咖啡，母亲说，你实现了自己的愿望，真为你高兴。她望着穿上了旗袍的母亲，心里突然产生了一个小愿望，待到假期时，她要再次乘小火车到碧色寨去，首先，她要悄悄地带上母亲的一件旧旗袍，让赵云为母亲缝一件改良后的新旗袍；而后，她要到碧色寨铁路沿线的村庄住下来，上次的那位大学生给了她某种启迪，碧色寨沿线是绘画写生最好的地方。

就这样，她第三次来到了碧色寨。是的，碧色寨，这一次来，她已经是艺术学院的大学生，相比第一次来的离家出走，第二次为一条时尚的喇叭裤而来，这一次的她充满了一种朝气。她身上背着折叠画架、油画箱，身穿牛仔裤、白色上衣，将两根辫子束成了高高的马尾。

她下了火车，她必须先到草坝小镇去为母亲订制旗袍。多少年来，她突然间慢慢地在感受着母亲的历史。从旗袍到西餐到手磨咖啡，这一切都隐藏着她不知道的关于母亲的前历史。当母亲穿上旗袍时，仿佛一种旧时光回来了……

她下了火车，心情舒朗，犹如碧色寨的某朵白云正在沿铁路外的小路往前移动。

站在裁缝铺前时,赵云正在踏着缝纫机,他抬起头来,看上去他有一种十分意外的惊喜。她有些变化,两根小辫子变成了马尾,而且身上还挎上了画架,手里拎着画箱。这是一种意想不到的变化,她告诉他,已经上了艺术学院,赵云的眼睛里充满了惊喜。她从包里取出母亲的旧旗袍来,想为母亲订制衣架上那种改良过的旗袍,并告诉赵云,她会在碧色寨的某座村庄住一段时间,写生画画。待她离开时,就可以带走母亲的旗袍了。

这就是果果的故事,接下来,赵云从里屋推出了那辆法式自行车,一定要亲自载着她去寻找那座可以绘画又可以住下来的村庄。

这是一个蓝天白云下的非常美好的场景:穿着白衬衣的赵云骑着一辆法式自行车,这辆自行车熬过了漫长的岁月,仍然可以让车轮沿碧色寨外面的小路滚动。果果坐在自行车后座上,她穿着蓝牛仔,修长的腿搭在自行车两边的支架上,肩上的画架和油画箱,已经挂在了自行车龙头上。果果的手拉住了他身后的衣服,微风吹拂着铁路两边的青草,还有盛开的野花。

10

只有历现出碧色寨的前世,才能绵延出现在的故事。前世的前世,可以从纸质书中传出旋律,也可以从口头语言中传诵。这里边的每一个人物无论是配角还是主角都是故事中的故事。现在,艾玛来到了阳宗海车站,除了寻找丈夫之外,她在地图上看到了这片水域就像一面蓝色的镜子。她走出了火车站,在阳宗海下车的人很少,好像就她一个人。她顶着湿雾,不知道这灰蓝色湿雾是何日降临的。云南多雾,她所途经的滇越铁路上的车站,如果是早晨,雾幔就会像一顶巨大的帐篷将火车站罩住。但她已经适应了雾，因为在碧色寨的许多早晨，从天空中也会游来许多雾幕，它们层层叠叠，将碧色寨包围，早起的旅人走在雾中，很有油画的厚重感觉。

阳宗海的雾仿佛跟着她在行走，她首先想去看海，云南人都会把大大小小的湖泊称作海。幻想海洋的云南人把湖泊、池塘都当作海。

她开始从火车站往下走，这是一条山坡上的小路。有农人在赶着水牛耕地，吆喝声一起一伏，耕地的多是男人，也有女人在除草、采集果物。她的存在对于当地的农人来说好像很新奇，他们停下来用探究的目光打量着这个外国女人，对此，她都会用学会的汉语说一声，你好或者你们好。

她走近这些农人，使用着笨拙的汉语问一个正在用水牛耕地的中年男人，有没有在附近看见过一个穿着马靴的、个子高高的外国男人。每次寻找，她都在使用同样的话语，询问着同一个问题。耕地的中年男子第一次好像并没有听清她在讲什么，他有些困惑地摇摇头。她不再说什么了，很多时候，她都觉得尽管她已经一次次地练习汉语的发音了，但每当她说话时，交流仍然并不畅通。但她并不气馁，仍然一次次地描述，当她感觉到别人无法听明白时，就会从包里的牛皮纸信封中取出一张照片。

这张照片上的她和他看上去都很年轻，是他们恋爱时的照片，那时候他们站在塞纳河岸边，手牵着手，这应该是他们唯一的一张照片。丈夫平时喜欢为自然拍照，但就是不愿意为自己拍照片。他回巴黎时带去了很多胶卷，他说，现在局势动荡胶卷就暂不冲洗，让它们先休息。终有一天，他说，自己会在巴黎搞一场摄影展览的。这是一个梦，说完这个梦以后他就带着儿子来中国了，也不知道那些他拍摄的胶卷存放在哪里。这是另外一个问题，她曾跟儿子尼桑探索过这个问题，尼桑说，那年他跟父亲来中国时，好像看见过那些胶卷,在父亲的箱子里。后来,就再没有看见了……

耕地的农人放下犁耙,那头水牛也站住了,水牛已经被农人驯教得很温顺。农人不朝前走,水牛就乖乖地站立着。农人伸手接过照片,这张被她在巴黎照相馆放大的照片,是寻找丈夫唯一的参照物。农人的身体上有耕地时散发出来的汗味,他久久地凝视着这张照片,还伸出有泥巴的指头指着照片上的青年男子,农人好像想告诉她什么。

农人目光有些恍惚,他好像在搜寻着回忆。但他好像没有寻找到什么,又摇摇头重新扶犁耕地去了。对于这一切,艾玛好像已经习惯了。每一次当她掏出照片让别人看时,她既充满了希望,又有失望的准备。因为照片上的人物,确实太年轻了。她离开了农人,朝山坡下走去,这是一条泥路,再加上眼前升起的雾幔,整座山丘显得诡异无穷。但她仍然往前走,她需要先找到小镇,只要有小镇的地方,就有客栈和马帮,这就是她所看见的云南。山坡下往前走就进入了小镇,她终于找到了马帮行走的道路,那些用石头铺成的路上,可以看见一个个像大碗般的马蹄印。走在这条古道上雾幔突然就散开了,远方出现了一幢幢土坯屋,应该是小镇。只要能住进小镇,对于艾玛的寻找来说,就有了线索。

作为一个女人,在战乱时期以自己的力量,来到异国他乡,寻找失联的丈夫是需要勇气的。她在寻找中渐渐地喜欢上了滇越铁路沿线的风土人情,包括一路上的纯云南风味的美食。每到一地,首先要寻找一座小镇住下来,一路上,她最不适应的是没有卫生间也无法洗上热水澡。所以,每到一处,她都只能待三天,然后就会乘小火车返回碧色寨。尽管如此,她还是慢慢地适应了客栈的露天茅坑,也适应了客栈中长期不洗的被褥的种种味道。但只限于三天,她又会返回碧色寨,在她有限的寻找范围中,只有碧色寨可以让她洗上热水澡，只有碧色寨有卫生间，除此之外，碧色寨还有高尔夫球场。

11

任何来往于碧色寨的人，都在时间中寻找着历史，有时候，在历史中也会寻找到自己。只要走进这条铁路的人，都会坐在铁轨枕木上拍局部，从铁轨中散发出来的铁锈红，有一种特殊的味道。看上去，它的铁锈红色是静止的，如果仔细看，仿佛一种细胞在流动。

血液是红色的，也是蓝色的。当血液在身体中沿血管流动时，当然也是红色的。而当血液激荡着肉体之外的世界时，它既是火烈鸟可以飞翔，也可以是蓝色的水，悠远的白云可以隐形变幻。有了身体还不够，肉体就是肉体而已，而灵魂可以是尘埃，也可以是夜幕，只要携带灵魂者，就必须忍受时间的煎熬，也只有备受熔炼者，才可以承载历史和现在的碧色寨。

以碧色寨为背景拍照片仿佛是进入碧色寨旅人的方式，手机拍照成了流行的世态，每个人都似乎成了摄影者，自拍或者为他人拍照，这个世界总要留下影像的。是的，这让艾玛又想起了丈夫留下的那些胶卷。自他失联以后，所有的东西都仿佛消失了。但艾玛和尼桑都不相信胶卷会消失，那是丈夫在沿铁路考察时留下的最为珍贵的纪念。历史是靠记录而获得了流传。现在，除了寻找失联了多年的丈夫，艾玛和尼桑也同时在寻找丈夫和父亲的遗物。他们深信，这些东西总会存在的，如果说肉身可以迅速地化为灰烬，而遗物却是长久的。有时候，一件衣服、一颗纽扣、一架钢琴的寿命都超过了肉体的时间，这就是为什么人要附其灵魂，因为灵魂是永恒的。

还是进入尼桑的世界吧,在那些百年前的时空中,年轻的尼桑自从那个半夜带着满身血迹的身体避开了野兽们的追杀,回到咖啡馆,就知道自己的内心除了寻找父亲之外,也同时开始依恋一个女孩的存在。自从他的手拉住女孩的手以后,他身体中的那场追杀才慢慢地缓减。女孩蔷薇不知不觉地已经成了碧色寨的一道风景。

她依然在小火车鸣笛进入碧色寨以后,跑出咖啡馆,有时候她会来到月台上,因为走上几十步就到月台了,有时候她就站在咖啡馆门口的石阶上,看着走出车厢的陌生人中是否会有母亲的影子。

尼桑又要出门了,休整了几天,那些血渍还残留在了衣服上。这一次是蔷薇主动要求帮他洗的衣服,尼桑也没有拒绝。那堆衣服堆在尼桑住的房间里已经两天了,蔷薇走进去为他收拾房间时,就看见了那一堆充满了血液味道的衣服。尼桑看了她一眼,往常都是尼桑自己洗衣服的,但这一次他手上还有伤痕,蔷薇就弯下腰将那堆衣服抱了起来,尼桑说,你要帮我洗衣服吗?她点点头说,再不洗,就残留在衣服上了。尼桑说了声谢谢,她就将衣服抱出去浸泡在瓷盆里,那时候也叫洋盆。还有洋碗、洋火等等。母亲小时候就告诉过她,凡是有血迹污垢的衣服,先要用冷水泡,如用热水洗,是洗不干净的。她用冷水泡了两个多小时,终于洗干净了。尽管如此,有血迹的地方还是或多或少留下了一些痕迹。尼桑穿上洗干净的衣服又出发了,寻找父亲,似乎成了他和母亲留在碧色寨的头等大事。

往往是这样,当他出门时,也是母亲回来的时间,他出去会有七八天左右,比母亲稍长些。他回碧色寨,只是一种习惯而已。他也会在这条铁路的某一个站下车,去寻访父亲曾经带他去过的许多小镇村落。他完全凭着有限的记忆在寻找。是的,寻找父亲就是他和母亲共同承载的生活,而且这种生活已经成了一种习惯。

他已经习惯了在某一座小火车站下车,习惯走上一条长满了野生植物的小路,在这些小路上,他会遇见蟒蛇,但他总会机智地避开它们。首先,他站在山冈上时总会举起望远镜巡查着四周的状况,这是父亲教会他的。这样一来,站在山冈上就会发现一座小村庄。看见村庄时他总是很高兴,因为,他知道无论如何都可以去村里住下来,也会寻找到食物充饥,补充水源和食物对于行走者来说是很重要的。是的,他更像父亲可以在任何环境中生存,可以睡在一座村落中的火塘边,可以跟村民们坐在火塘边吃饭,喝村民自家酿制的米酒和苞谷酒。因此,他寻找父亲的路线,跟母亲完全不一样。

失联在当今社会也很普遍,有些旅者会在无人区中消失踪迹,可想而知,当一个人进入了无人区后,所面临的各种艰辛,天气、食物、野兽、恐惧都会让一个人消失在我们看不见的地方。还有在互联网下的多种失联,人,是可以被诱拐的,人也可以被牵制,人也可以被黑暗和罪恶所劫持,这是可以追索的失联,但需要人性的复苏和时间。

尼桑父亲的失联,发生在百年以前的滇越铁路上,那时候没有手机和互联网。人类命运史上还没有出现网络导航等等,也没有进入数字化时代。所有的消失者,都无法看见消失的真相。寻找一个消失了很长时间的人,何其艰难。

12

世界是需要抚摸的,以爱的方式去追忆逝去的时光。面对时空的遥远距离，我们焦虑，像烟蒂燃烧，像隔世之恋；我们触抚，像水面波纹；我们邂逅，像天穹变幻……最终，我们被熔炼着，像钢铁的冰凉，可以制作成栅栏、头盔，一颗安宁之心的跳动。

我，曾经是全部属于我自己身体中的时间，那些微妙的火像细雨绵绵，浇铸着他乡和偏见。无论是质疑还是肯定，都是时间中的时间。眼下，逃亡者们在路上，隐者也在路上，语言也同样在每一段时间的旅路上，经历着我自己从感官到视觉的故事。那些可以传达并以耳语般的深情诉说的，必将是花冠上的一滴朝露。而此刻，夜幕又一次降临碧色寨，愿世界舒朗而安宁。

夜幕下，我仿佛看见了尼桑已经走进了一座村落。关于对父亲的寻找，他跟母亲的寻找方式，是两种现实，也是两种方向。总之，在百年以前，他和母亲沿着碧色寨开始了两个人不同现实的寻找。

母亲艾玛的寻找线路，完全是按照她自己的想象，在碧色寨乘上小火车出发，寻找像她女性身体中一种忧伤而浪漫的旅途，她去到另一座小火车站下车，环顾站台。之前，她会在滇越铁路的地图上搜寻从火车站通往某座小镇的路线，她住在小镇并使用自己学会的汉语，与小镇上的人们交流，掏出那张与丈夫谈恋爱时代的旧照片，开口的第一句话，总是指着照片上的青年男子，问小镇上的人有没有见过照片上的男人。她住在小镇，观察着小镇上人们的世俗生活，一遍遍地想象着丈夫的足迹。令她感觉到最遗憾的事是照片上的男人太年轻了，而她丈夫来考察修筑这条铁路时就是30多岁到40多岁之间的年龄。有一天，她突然来了灵感，那是她从一座小镇重回碧色寨的时间，她满载着疲惫和失望下了小火车，看见蔷薇站在咖啡馆门口往月台上张望。她知道，每次火车进入碧色寨时，蔷薇都要从咖啡馆跑出来，带着希望眺望着月台，期待在人群中能够看见母亲的出现。

艾玛有一种说不出来的悲伤，整个状态都沉浸在无望和混沌之中。她洗了一个热水澡，仿佛又活了过来，便坐在咖啡馆一角，除了品尝原生咖啡的苦涩之外，一种新的希望和灵感突如其来，她找来了钢笔和笔记本，想在纸上画一幅丈夫的肖像。她曾短暂地学过绘画，在上中学时。但很快就中断了，因为教她绘画的邻居搬走了，她的兴趣也就中断了。

有了这个基础，她就开始在那本法式笔记本上用钢笔画丈夫的肖像。她回忆着丈夫离开巴黎，前往中国时的年龄和形象。那时候的丈夫已经开始趋于成熟，但丈夫更像艺术家，总是要在幻想中开辟新的路线去旅行，这一次恰好去考察滇越铁路，所以他说走就走，脸上洋溢着对一个遥远国度的幻想。是的，那天午后她仿佛找到了点，开始在笔记本上勾勒出丈夫肖像的线条。

13

与母亲完全不一样，尼桑的寻找就像他重新用脚丈量着当年修筑滇越铁路的行踪和轨迹。因此，他是独自一个人穿越时空隧道，这时空隧道如此迷茫却回响着他的脚步声。他此刻进入了村寨，天已经黑下来了，万物都是寂静的，只有风吹过来，一路上的树叶会发出沙沙声。风吹树叶的声音很悦耳，仿佛在为他的行走奏乐。山冈上凹凸起伏，只有在望远镜中才会出现哪里有村舍、河川。指南针只管东西方向，还是得一路行走一路看。他已经习惯了这样的生活，如果在碧色寨时间待长了，他的内心还是会感觉到不安，只要找不到失联的父亲，母亲的脸上永远都看不到从内心深处散发出来的笑容。

母亲似乎已经完全适应了碧色寨的生活，出发之前她在巴黎卖掉了住宅房子，想用下半生跟随尼桑来中国寻找父亲。当他们从越南海防来到碧色寨火车站时，母亲站在月台上看着起伏跌宕的地平线，也看着从碧色寨延伸出去的，那些笔直而弯曲的枕木铁轨……那一刻，是母亲最高兴的时刻，因为终于抵达了传说中的碧色寨。

碧食寨离我们如此之近,推开窗户
看见了精灵在伟大的时间中漫步
我们身置其中,仿佛聆听到了召唤
是谁在召唤我们?

渔男 2021.6月

第三章 暗金色的枕木铁轨之谜

1

　　暗金色的枕木铁轨之谜，就是时态的变幻无穷。果果住进了村庄，在村民家里计划住半个月或许还会长一些。白天她会带上画箱走出村庄，她出村庄时，也是村里的牛羊群走出畜厩的时辰，这说明她是一个喜欢早起者。不错，生活在小县城尤其是生活在做中学教师的母亲身边，一切都遵循时间规律在生活。现在的果果，很快就结束了青春期的叛逆。她热爱上了绘画，支起画架仿佛就会产生某种往画布上涂鸦的冲动。这一天，她突然间感受到身后有人在观察她的画，是的，尽管她专心致志地在画草丛外的那条铁路延伸中的风景，她还是感觉到了身后来了一个人。

　　因为她看到身后的那个人垂在地上的影子。她刚想转身看看是谁站在她身后，就传来了声音：果果，画累了吧，我是来给你送午饭的。这是裁缝铺中赵云的声音，她回过头来面对他：你怎么来了？从草坝给我送午饭，这也太麻烦了。他说，骑自行车来很快的。她环顾四周并没有看见他骑的自行车，他说害怕惊动她画画，就将自行车停在外面的草丛中了。他一边说一边启开手里捧着的饭盒，铝制饭盒是装在一只布袋里的，那时候还没有拎东西的透明塑料袋。

她内心升起一阵灼热，因为她感觉到了这个来自江南的青年裁缝对自己的关心。赵云将手里的铝饭盒递给她，这份温暖真的让她感动，而且她已经站了几个小时，都在画画。早上出村时也没吃东西，现在还真的产生了饥饿感。她坐下来，在她画画的地方，恰好有几个从草丛深处凸现出来的石头，这些石头可以放画具也可以坐下休息，所以她就把画架支在这个地方。他也坐下来，就坐在她对面的石头上，青灰色的石头有些平整，有些高低不平。

坐在充满阳光的离碧色寨不远处的地方，手捧那个时代的铝饭盒吃着午饭，还真是一种很美妙的感觉。他看着她吃饭，很满足的表情。她从早晨开始绘画，几个小时在画布上的色彩中已经出现了画架外的世界。这是暗金色的铁轨和枕木，隐约中出现了火车头，很显然，完成这幅画还需要时间，她觉得要慢慢画，没有必要匆匆忙忙地完成一幅作品。赵云一边看她吃饭，一边在欣赏她的画。

待她吃完饭，赵云就收拾好饭盒装进了布袋里，他说不想耽误她画画要离开了，问晚上是否需要给她送饭来。她说，下午她就回村庄去了，晚上她就跟住下来的那家人一块儿吃饭，这也是体验生活。赵云点点头说，明天中午他再送午饭过来，她本想拒绝，但看赵云的目光好像很坚定，像是他非常愿意去做的一件事情。她站在画架前，看见赵云走了50米后从一片草丛中推出了自行车，赵云还回过头来看了看她支起画架的地方，然后就骑着自行车离开了。

她又开始站在画架前绘画，她的身体上洒满了炽热的阳光，她将画架挪动到不远处的一棵巨大的枇杷树下，便在画布上感受到了不同的光影交错和变化。她脸上充满了安静的喜悦，这幅画中出现了蓝天和白云，她感觉到了碧色寨的时光在画布上游离出去。

2

碧色寨以漫长的时间沉浸在它那暗金色光线的游离之中。

暗金色是一种历史的色泽，我同样以游离的方式进入它的色彩变幻中去。燕子仿佛自由了许多，她终于在外婆的日记本上发现了艾玛的咖啡馆，原来外婆曾经在艾玛的咖啡馆生活工作过很长时间，如果不是那场战争降临，碧色寨火车站还会继续热闹下去。现在她开始去寻找艾玛咖啡馆从前的遗址。碧色寨的一草一木、一石一鸟都是遗址。她沿着平缓的台阶往上走，虽然来碧色寨已经很长时间了，但她在很长时间中与乔尼管理着两个人的客栈，现在，请来了服务人员葵花管理客栈，他们可以抽身而出了。

燕子开始认真地研究外婆的日记本。每次翻开都是在夜晚，耳边仿佛驰来了百年前的一列小火车，哐当哐当声越过了漫无边际的夜色，越过了客栈的百叶窗帘。她由此看到了艾玛这个名字，由这个名字演变而出的是艾玛的咖啡馆……她上了坡，外婆曾在此居住，每天当小火车到来时，就眺望着月台，这些被外婆记录下的片段似的文字，现在都成了历史。

而历史的片段之所以呈现，是因为外婆保持了每天记录日记的习惯。这真是一个好习惯。而且外婆是有定力的，她每天都会写上几句话。毕竟外婆是上过女子中学的，所以，她跟任何人都不一样，在那样一个充满战乱的年代能坚持写日记，也是不太容易的。

上了山坡的台阶，后面有一座黄墙青瓦的老房子，就是当年艾玛坐落在碧色寨的咖啡馆。现在，这座老房子同样是一座咖啡屋。这是一个值得人重温的地方，开咖啡屋的是一个来自蒙自的青年人，他独自一个人，没雇任何帮手。他正在手磨咖啡，燕子还在屋外时就嗅到了咖啡的香味。时空在转换，她仿佛看见了外婆从咖啡馆走了出来。外婆穿着那个时代的蓝花布裙和黑色布鞋，两根辫子搭在肩上，身材修长，唇齿皓月般皎洁，目光像泉水般清澈，确实是那个时代的美少女啊！

原来很忙，周围的许多地方都没有来得及好好走一走，现在，她要以守望者的身份去了解碧色寨，还有从外婆日记本中展现出的那个世界。是的，这个世界虽然发生在百年之前，对于燕子来说，好像才刚刚发生过。所以，她借助日记本的语言去想象外婆在百年前从咖啡馆走出来时，显得如此的真实。

她走进了咖啡馆，开咖啡馆的青年男子跟燕子年龄差不多，他叫马力。这是她第一次发现这座咖啡馆的存在，也应该是第一次发现这就是外婆日记本中艾玛咖啡馆的原址。马力认识她，向她问候着。咖啡馆刚开门不久，有一种清新的味道，靠窗口已经有几个旅人平静地坐在铺着亚麻布的桌前，等待着手磨咖啡。她像一个旅人般走进去，也想品尝一杯手磨咖啡。

来自从前艾玛咖啡馆遗址的老房子，自有一种古朴的时间遗址。在不经意之间，燕子突然发现了一面墙壁上用小镜框镶嵌着几十张老照片。她走过去，镜框里的都是黑白照片，马力看见她在分享照片就走过来告诉她，这些老照片都是他的爷爷留下来的。爷爷早就过世了，照片放在抽屉里，父亲告诉过他，很久以前，在碧色寨很热闹时，爷爷也是一位往返于碧色寨的青年人，还会沿着这条铁路在附近的东南亚国境线走一走，顺便做一些小生意。而且爷爷好像也喜欢摄影，这些照片都是爷爷年轻时拍摄的，那时候爷爷只要途经碧色寨，总要到艾玛咖啡馆坐一坐，喝一杯咖啡，重要的不仅仅是为了喝咖啡，还有一件事也许比喝咖啡更有诱惑力，那就是走江湖的爷爷暗恋上了艾玛咖啡屋的女孩蔷薇姑娘。

马力这么一说，燕子睁不开双眼，仿佛这座咖啡屋从百叶窗中飘来了迷雾。她需要坐下来，先喝上一杯手磨咖啡，再研究这些咖啡馆的迷雾到底是从哪里飘来的。时空召唤着什么踪迹，她现在似乎又在迷雾的变幻中看到了那个叫蔷薇的姑娘，她就是燕子的外婆。刚才马力的声音将百年前的时空拉近了，除了来自法国的青年尼桑对蔷薇产生了恋情之外，还有一个来自蒙自的青年，也就是马力的爷爷，也暗恋上了蔷薇姑娘。

来历不明的迷雾在马力的咖啡馆中游荡以后，终于消失了。马力给燕子端来了一杯热咖啡，她自己虽然在客栈中也会给客人手磨咖啡，但很少有时间坐下来品尝。现在，她慢慢地品尝着那杯咖啡，目光却盯着那面墙壁，光线越来越亮，她重又站起来，再次去欣赏那组老照片，这时她突然看见了一只镜框中的女孩，马力又走了过来，伸出手来指着那只有女孩的镜框，告诉燕子说：这个女孩叫蔷薇，她是从昆明来的，但后来就为艾玛守咖啡馆，我的父亲告诉我，当时我的爷爷暗恋上的女孩，就是照片上的蔷薇姑娘。

我们无法脱离历史，燕子在马力的咖啡馆所看到的就是历史中的一幕：外婆年轻时的照片她这是第二次看见。这照片实在太珍贵了，在外婆的相册中，她已经看见过外婆站在蔷薇花丛中的照片，除此之外，几乎就看不到她在碧色寨的照片了。此刻，照片中的外婆正站在咖啡馆门口，这张照片应该是马力的爷爷偷偷拍的。照片已经历了百年的时光，确实太漫长了。时间是什么？这也是一个刚刚从她内心深处所产生的叩问，仿佛她的手放在了门上,轻轻地用手指想把一道百年前的门敲开。当时光变得久远时,所有一切所产生的追问都是发黄的记忆。就像这张照片,尽管镶嵌在镜框中,仍然可以看得见岁月的苍茫。

她很想告诉马力,这照片中的女孩就是自己的外婆,但她忍住了。她是学历史的,所以,她有足够的力量相信从时代中诞生的幻象,同样需要时间去论证和收藏。

她返回咖啡桌前安静地坐下来,品尝咖啡,是为了品尝这座咖啡馆的遗迹弥漫。陆续有人走进来,带着一阵阵行走者的气息,寻找靠近窗口的座位坐下来,这样就能看见窗外的铁轨枕木。两者从任何角度看上去,都是无法割离而分开的。她看见一个老人背着一个化纤包,手里握着一把火钳,看上去是收拾垃圾的,他60多岁左右,应该是碧色寨的村民吧!他用火钳弯下腰夹住铁轨上的垃圾,尽管铁轨外每隔百米就有垃圾桶,但仍有人随意扔垃圾。一个五六岁的男孩坐在铁轨上玩手里的石头,这是铁轨上的石头,看上去很锃亮,男孩对那些被他无意中抓在手里的石头很感兴趣。男孩的母亲,一个跟燕子差不多年龄的女子,穿着时尚,站在不远处,正专心致志地拍着儿子的动态。

3

特殊时期的生命线处于逃亡中,自从踏上碧色寨那一天开始,乔尼就时刻感觉到自己跟年轻时代的爷爷在一起,在他箱子里有爷爷的相册,但不多,爷爷年轻时很英俊,还有一个中国女孩的照片,这就是爷爷曾经跟他说过的那个最漂亮的中国女孩吗?是的,一定是的,看上去就是爷爷说过的那个中国女孩子。他每次启开箱子时都会沉浸在爷爷和他所置身的那个时代，心底的温柔便冉冉上升。很奇妙的是那天他也去了马力的咖啡屋，而且是在燕子刚离开咖啡馆不久，他就走了进去。两个人都奔赴同一个地点，在寻找缠绕他们内心的史迹。他很意外地发现了墙壁上的老照片，竟然在镶嵌的镜框中也同时发现了那个女孩的照片。那是两张完全不相同的照片，爷爷照的那张照片中的女孩子，站在一片盛开的野生蔷薇花丛中，而墙壁上镜框中的女孩子站在咖啡馆门口的台阶上正仰头往前看。

两个不同的背景，促使乔尼前去寻找女孩拍照片的背景，他曾听爷爷讲述过爷爷的母亲在碧色寨开的咖啡馆，现在，当他从咖啡馆走出来时，非常意外地发现了这脚下的台阶正是照片上女孩站着的地方……他难以言说从内心深处产生的这种意外的喜悦。他重又返回咖啡馆，想重温这种喜悦，最为重要的是他想追究马力开的这座咖啡馆的前身，是否就是百年以前的艾玛咖啡馆？

艾玛咖啡馆，是爷爷经常念叨的地方，来自碧色寨的艾玛咖啡馆，是爷爷年轻时生活在碧色寨的原乡地址。乔尼坐在爷爷对面的老藤椅上，爷爷总是一次次地回到咖啡馆，回到他寻找父亲来回奔走的时态中。而此刻，他面对着马力，这个用蒙自口音跟他说话的青年人。马力告诉他，这座咖啡馆，是爷爷年轻时经常出入的咖啡馆，那时候，有一位来自法国的妇女来碧色寨寻找她失联的丈夫，所以，用她的名字开了艾玛咖啡馆。当时，马力的爷爷做些小生意，经常出入这家咖啡馆，并暗恋着咖啡馆的侍者，那个名叫蔷薇的女孩子。

马力说清楚了这条线索，这条线索的呈现让乔尼显得有些激动，除了他和燕子之外，又增加了马力——这三个人来到碧色寨，都是因为与父辈有渊源，这渊源使他们在此相遇。这让他有一种更深的激情，想在此守望碧色寨。只有通过守望才能更深入地探索百年前的历史。

4

　　故事是跳跃的，就像人在走动，当人的裤脚裙摆随着节奏前行时，这是一个穿越时空的姿势。人走动时，看上去很美，就像风一样拂过路上的许多事物，有时呼啸，有时温柔。是啊，这就是生命。当人驻足或生活在梦乡时，同样在穿越时光。我也在穿越，当我走出两个人的客栈时，世界上所有的夜晚仿佛都在迎接着晨曦，这光线很柔和，太灼热的光线有时候会让人微闭双眼，那时候，眼睛就像一条缝隙，一双眼睛就是两条缝隙。更多的时候，我们的生存所面对的就是眯起双眼时的两条缝隙：从碧色寨延伸出去的时光，当然是人的命运和故事。

　　果果站在铁路边缘画画时还遇到了那个大学生，他又来了，看到了果果，大学生显得很兴奋，他说快毕业了，他可能会留校当老师。他还告诉了果果一件事，他跟村里给他做模特的那个姑娘谈上了恋爱，他觉得那姑娘是他看见过的最好看的女孩子，他的所有作品中都有那个女孩的影子，如果毕业后能留校，他准备跟那个女孩结婚。

　　果果点点头，这有些出乎她的意料，尤其是他要跟村里的女孩结婚，这件事有些让她惊讶。在惊讶之余，她报以微笑祝福大学生。之后，大学生走了，去寻找村里的那个女孩了。大学生走后，赵云就骑着法式自行车来了，这似乎已经成了一种习惯，她知道他对自己的关心是执着而任性的，她无法拒绝他。何况，中午她的画也不会画完，他给她亲自送午饭来，也合情合理。后几次，他就直接将自行车骑到了她身边，当他将还热气腾腾的铝饭盒递给她时，她确实已经饥饿了，可能是站着画画的原因。当她启开饭盒时，带着江南气息的饭菜香味，扑面而来。他很高兴地坐在她旁边看她吃饭。在她的画布上也慢慢地出现了一个骑着法式自行车的幻影，这是赵云的幻影吗？

终于，她还是要回校园了，她已经在村庄住下来，画了20多天的画了。她在最后一次从他手中接过饭盒时，他的手指碰到了她的指尖，她默默地坐在旁边的石头上吃饭，他说：你就要走了，我还真是有些不习惯，每天中午骑自行车来给你送饭，是我最快乐的时光。听他这么说话，她感觉到内心有些空荡荡的，仿佛碧色寨沉浸在孤独中的那种空荡。

她走了，没有告诉他是哪一班车次，她害怕他来送她。好像她的内心不知不觉中已经升腾起一种说不清楚的情愫，自从他们的指尖碰撞的那一刻，她仿佛触到了一种电流。火车来了，她上了火车，带着包装好的几幅油画、画架、调色盒、简易行装，从碧色寨乘火车回到了省城昆明。

回到校园，她的画作将参加油画系在校园内的展览，她给他发了电报，就几个字，告诉他，她的作品要参加展览了。除了母亲之外，这是她发的第二封电报。站在邮电所，她的心在跳动，她是一个细腻的女孩，去草坝时，她发现了小小的邮电所，而且她同时记住了裁缝铺的门牌号。在她办画展的那天，她同样收到了母亲和他的电报，两封电报都在祝福她画展成功。她参展的六幅油画以写实或抽象的艺术，展现出了碧色寨的风光和自然，画面中，尤其是那个如影如幻如梦地骑着法式自行车的男子，加入了怀旧的元素，引起了观赏者的注意。有些人走过来，问她怎么去碧色寨、通往碧色寨的小火车还开吗等诸多问题。

每当这时，她就会想起画面上那个骑着法式自行车给她送午饭的青年裁缝，不知道为什么，离开了碧色寨以后，果果的心仿佛有些悬空了。她在人群中审视着自己的画，感觉到时间在变幻，那个骑着法式自行车的来自江南的年轻人，仿佛在画布上骑着自行车已经来到了她身边。她产生出这样的幻觉时，便感觉到身后飘来了一种熟悉的气息，这气息灼热，还有一种布料和来自碧色寨的味道。她隐约中感觉到了什么，便转过身，是他来了，是那个叫赵云的裁缝来了，他就站在她身后，他穿着那个时代的港裤、蓝格子衬衫、黑色皮鞋。她笑了，这是令她从内心升起的意外和喜悦，也是意料中和等待中的喜悦。她领着他看了画展又带着他在校园中走了走，他说自己文化很低，刚上完初中就来闯荡江湖了。当他说这些话时看上去显得有些自卑，但他的一双眼睛却显得干净而明亮。他说，看完她的画展又到她的校园中走一走，完全是另外一个新世界，他很羡慕她能在这座美丽的校园中绘画读书。

他说他订了下午回碧色寨的车票，还得赶回去，因为下午有人从蒙自来取订制的旗袍。看得出来，他是一个遵守约定的人，她一定要去火车站送他，往常在碧色寨，都是他送她，现在她非常愿意到火车站去送他。她带他去乘去火车站的公交车。有人坐在公交车上读书，她看见了书的封面写着《普希金诗选》。那真是一个读书的年代啊，赵云坐在她旁边，羡慕地看着那个读书的年轻人。也有人在轻声地读英语单词。车厢里很安静，尽管靠站时，有人上来，也有人下站。他们大约乘了十个站后，就来到了火车站。

他肩上只挎着一个简易的包，他们进了站，那个时代，送人可以送到月台上。曾经有数次，是他站在碧色寨的火车站送她，那座百年前的火车站是敞开的，是的，碧色寨是完全敞开的，朝着四野敞开，朝着附近的村庄敞开，朝着看不见尽头的地平线凹凸起伏的丘陵敞开，也朝着旧人和新人敞开。

火车开走了，只留下她和送行的陌生人。她站在月台上走了很长时间，走出了火车站。她不知不觉地消磨着她的 18 岁，这一年，她上了大学，还参加了画展；这一年，她来往于碧色寨的火车站，来往于草坝小镇和那个江南裁缝铺，来往于碧色寨的枕木和铁轨，来往于她和他之间的那架百年前的自行车链条下的旋律，来往于她画布上的色彩和她创作出的作品之间。她的 18 岁很快就要过去了，现在是秋天，是的，她感觉到了天气开始凉下来了，马上就要进入 19 岁了。

5

尼桑已经走出了那片灌木丛，看上去天空碧蓝，他记得这片灌木丛走完后，就可以抵达一座村庄。自从上次遇上黑熊之后，父亲总是要求他不要独自离开团队，尽管黑熊离开了，但那确实是一个意想不到的奇迹，这并不意味着每一种动物都能通过交流后，放弃自己袭击人类的兽性。所以，父亲仿佛多了一双眼睛，总是盯着他的行踪。

现在，已经走出灌木丛的尼桑，朝着山洼中的那座村庄走去。他依稀记得那山洼有清澈的泉水，人们筑建安居之乡，水是重要的风水元素，也是维系生命的基本元素。有水的地方，人才能生存，种子才能在尘土中生长。他正迎着一条小路上明媚的阳光而去，有几个农人站在小路边的山地中劳作。父亲告诉过他，这些远离文明的村民就依赖自己开垦出的土地，种植庄稼，维系温饱。但看上去，他们过得平静而安详，而且也远离战乱。

这座村庄，父亲曾带他住过，法国人修建滇越铁路的设计分队住到村里，是因为下大暴雨，外面搭帐篷太艰难了。他们得住下来，得住到村里，暴雨太肆虐，顷刻间就将里边全淋湿了。他们带上各种仪器冒雨来到了村里，住进了刚进村庄的第一户人家，里边有火塘，男主人很热情，将他们迎到火塘边。看上去这似乎也是一个大家族，火塘边有老人孩子，一群人正在用晚餐，火塘中用石头垒起的架子代替了铁炉，上面支起一口大锅，煮着苞谷和土豆。在这个时代，锅里的食物也应该是当代人最为喜欢的生态食品，而在那个时代，品尝这些食物的人大多是住在山里的人。男主人40多岁，将他们热情地邀进屋，看上去他对这群外国人并没有防范心理，他说，他也是走马帮的，去过越南等地。他们听懂了他的土著语言，他说18岁就开始跟着大人走马帮了，现在回家是因为雨季到了，想在家里休整一段时间再出发。

那是一个黄昏即至的时刻，因为下暴雨，天色显得很阴晦。坐在火塘边虽然显得很拥挤，但却温暖。那时候，村里还没有电灯，人们就靠火塘照明，大大的灶堂里可以坐许多人。屋里有长形的木凳，都是取自山里废弃的木头，走出去，只要进入林中，就有许多倒地的树木，修枝以后搬回家就是长形的木凳子；也有树桩稍微削平，就成了木凳。村里人屋里的东西基本上就取自大自然。在这个远离文明进程的小山村，似乎也听不到来自战争的消息，也没有逃离的奔跑声充斥着耳朵。如果世间真有天堂存在，那么人们内心追求的平静安宁的净土，在这一座又一座隐藏在大山深处的小村落中，应有尽有，它们应该就是天堂的原型。

这座村庄给尼桑留下了深刻的印象，他无法忘却那天晚上坐在火塘边，外面的大暴雨一直下个不停，男主人公走过马帮，见过世面，所以轻松自如地就将他们带入了火塘边的世界。过了许多年，尼桑的眼前仿佛都还飘着那忽而金黄忽而天蓝色的火光。

过了多少年以后，当他寻找着这座地球上最小的村落时，仍然念念不忘那天晚上坐在火塘边咀嚼苞谷时的幸福感。中国乡村的美好安宁给他留下最为深刻的印象。所以，他很感恩，是父亲的执拗将他带到了修建滇越铁路的沿线，虽然很多地方他无法抵达，但凡是他去过的地方，都是永不磨灭的记忆。他就要步入这座村落了，今天的好天气基本上没有多少变化，一直延续到黄昏前夕，天空仍湛蓝。黄昏，是一个分界线，对于旅人来说，当黄昏降临时就要开始寻找落脚地。尼桑朝前走，他念念不忘的这座村落已经在眼前了。村头的第一座房子就是父亲带他歇息过的赶马人的家。有人在叫他，其实是用土著语叫他的名字，而且叫出了尼桑的名字。

噢，多么亲切啊，在这偏僻的村落，竟然有人叫出了他的名字。尼桑顿时感觉到了惊喜，那个叫出他名字的人已经来到了他面前，是一个少年。他搜寻着记忆中的人，首先是那晚坐在火塘边的人，他隐隐想起来了一个男孩，10岁左右，总是坐在他身边，那个男孩的眼睛很深很亮，还将埋在火塘边的土豆剥了烧枯的外皮，递给他吃。难道眼前的这个少年就是当年的那个男孩吗？

男孩竟然还能叫出他的名字，因为父亲那晚总是叫他的名字。当时，尼桑的目光好像有些走神，他忽而聆听着外面的暴雨声，这场暴雨是他一路跟随父亲行走中，所经历的时间最长的暴雨。忽而，他的目光又盯着火塘边每个人的面孔，这些看上去平静而无忧的面孔，让他感知到自己仿佛也同样地离开了文明的笼罩，而锅里煮着的食物从一进屋时就朝屋顶冒着热气，那些鲜美的苞谷和土豆让他有一种满足和饥饿感。旁边的男孩看着他年轻，总想离他更近一些。所以，父亲坐在对面，总是不经意中就叫他的名字。现在看来，多年前坐在他旁边的那男孩，就是眼前的这个少年。

几年不见，男孩已经长大了。少年叫着他的名字，这意味着少年在那天晚上已经记住了父亲叫他时的名字。他和少年已经走近了，少年见到他的出现，显得很高兴。天色开始昏暗了，少年拉着他就往家走，仿佛他们是老朋友和亲兄弟，这一次少年把他引入了家宅，坐在火塘边，屋里好像少了许多人，那一对老人不见了，而且还不见那个中年男子。少年告诉他，父亲又去马帮了，爷爷奶奶过世了，家里就剩下母亲和他们兄长弟妹。他的哥哥被父亲带走了，他自己也很想出门，跟父亲去走马帮，但父亲说让他在家陪母亲和弟妹。他一边说，一边给他从火塘边又翻出了土豆和苞谷。尼桑确实饿了，一路上都没有找到吃的，他包里携带的干粮也吃完了，这就是在黄昏之前他要投奔这座村庄的另一个原因。

寻找父亲的路上会带来很多的现实，也必然要经历一场又一场生命的历险记。能够重返父亲曾经带他进入的这座村落，而且找到那个少年的家，对于他来说，已经是很幸运的现实了。他饿了，吃什么东西都很香，少年从火塘边的土锅中给他盛了一碗野菜汤，他吃得干干净净，顿感人世间的满足和温暖。他和少年住在楼上的房间里，阳光升起时，他才醒来，待他睁开双眼，看见少年用一双恳请的目光看着他，他感觉到了少年有话要说。果然，少年告诉他说，让尼桑带他离开这里。尼桑摇头说，你父亲让你留下来，是为了让你陪伴母亲和弟妹。少年说，母亲和弟妹根本就不需要他陪伴，他现在最大的愿望就是跟尼桑走，去哪里都可以。他用土著语说清楚了自己的愿望，尼桑看着少年那双炽热的眼睛，他正值青春期，渴望往外走，如果他父亲不是走马帮的，他可能永远会囿于此地，就像尼桑，如果父亲没有把他带到中国，带入这片充满森林野兽的大地，他可能这一生都不会离开法国。所以，他突然发现了这个少年往外走的梦想的热烈。少年的名字叫小白，他家里人都叫他小白，这个名字下是他的青春期的幻想，小白的那双眼睛就像火焰燃烧着。

火塘边,是少年的弟妹,母亲终于回来了,肩背一捆干柴,手里还提着地里的瓜果。少年的母亲正值中年,看上去很健康,丈夫的外出历险似乎也并没有给她带来孤独。反之,她有承担养育子女的朴素的豪情和力量。人,必须活在责任和希望之路上,丈夫的外出,从某种意义上讲,给她带来了等待和守望。尼桑决定带少年小白离开,但必须让他获得母亲的同意。少年小白明白了他的意思,走到院子里去跟母亲商量这事,几分钟后他就回来了,脸上充满了笑容,看上去母亲完全同意了。就这样,他在小白家借宿了一夜,第二天太阳升起时,他带着小白离开了,他似乎已经忘记了寻找父亲的大事,原来他计划到小白家看看,如果能遇到小白的父亲最好,就能问一问这些年父亲是否来过他家。

小白的父亲去走马帮了,小白说已经走了很长很长时间了,看上去,他也说不清楚很长很长时间到底有多长。小白没念过书,但如果把他带到一个新环境,凭他对生活的梦想,他一定会经历新的人生,也会学会更多的新东西。他知道带小白走,首先,必然带他走到碧色寨,母亲的咖啡馆正缺帮手,他准备先把小白带到咖啡馆,让蔷薇教他识字,同时也可以让小白成为蔷薇的助手。他认为这个想法不错,一路上,小白高兴得就像一只小鸟想飞起来。

6

时空召唤着百年前的故事的同时,也在召唤现在的人们。碧色寨已经成了网红景点,在铁路上来了一对拍婚纱照的男女,现在拍婚纱照当然是交给专业照相馆,照相馆里配有专业摄影师、衣饰、各种道具等等。这一对男女经过了化妆师的装饰后,仿佛是从画册中走出来的。自从人类有了化妆术以后，就美化了人的形体肤色，同时也让人增加了自信，面对各种各样的目光。

拍婚纱照在这个时代很流行的原因之一，是因为专业团队将其引入了自然，这样一来，在大自然的风光衬托之下的婚纱照片，会显示出真实的蓝天白云河流群山。碧色寨为什么会成为拍婚纱照的原生态地址之一，是因为它有古老的铁轨枕木、法式的老房子，还有百年前的火车头等因素。四野的空旷中通向外面的村寨，空气中飘忽着古老的气息。此刻，一对男女，男的身穿红色的西装，系着天蓝色的领带，女的从头到脚纯白色，只有头发是黑色的。他们被专业摄影师引向不同的场景，而在引领下，他们手挽手或彼此相爱的镜头充分地显现在碧色寨的火车站。

两个人还站在月台上，摄像头对准了他们手中的箱子，那当然是古老的棕皮箱子，他们似乎是在等候列车的来临。他们正站在旧火车头前拍照，看得出来，现在婚纱照已经改变了室内拍摄的传统理念。而且置身在百年前的碧色寨火车站拍照片，让这对情侣看上去很幸福。

燕子看见这对情侣在拍照，她不经意看见了这对情侣，目光中有些羡慕。来碧色寨拍照的人每天都很多，看来，这条百年前的铁路对旅者确实有诱惑和召唤的力量。她总是想着外婆的故事、艾玛的咖啡馆，只要有时间，她总想去马力的咖啡馆坐一坐，喝一杯咖啡。从某一天开始，她带上了外婆的日记本来到了咖啡馆。外婆的日记从不啰唆，她好像并不每天记，只是碰到有意义的事情才会记下来。在那个时代，对于那个叫蔷薇的女孩来说，有意义的事，几乎是交叉式的，当艾玛离开时，尼桑回来了，当尼桑离开时，艾玛又回来了。不过，这一切都是蔷薇在火车来临时，在下车的人群中所看到的场景。很长时间已经过去了，蔷薇都没有等来离家出走的母亲。只是在不同的时间段,送走或等来了艾玛和尼桑的离开和归来。这就是生活的意义,在等待中到来又消失,就像是小火车的来来往往。

  人生就是来来往往,蔷薇花又开遍了铁路上面的小山坡。这是百年前的蔷薇花吗?如果是前世又轮回过来的,那么,在它的时空中有很多人同样也消失了又获得了重生的意义。有很多人站在蔷薇花丛中拍照,因为这里的蔷薇花的背景是碧色寨,所以,每一个背景都是个人简史的一部分。现在手机能拍照,但手机也同样能删除很多短信照片,而且只要你手指轻轻一点,就能删除。是的,毫无疑问,手机智能化,加重了所有删除的记忆。历史有时候,就像一朵花、一口气、一片云样存在着。宇宙是神秘的,面对宇宙那辽阔无穷的存在之谜,人,显得要么脆弱如苇草,被风一吹就折断,要么坚韧如茫茫原始森林中的藤条,它以无穷尽的生长激素互相缠绕不息。

7

  从来来往往的人群中终于走出来一个女人,她身穿旗袍,看样子只是想下到月台来透透气而已。在这一边,艾玛咖啡馆的台阶上,正在翘首张望的蔷薇突然跑下台阶,她用很快的速度跑到了月台上身穿旗袍的那个女人身边,她刚想说话,另一个男人走到了身穿旗袍的女人身边,伸出手挽住那个女人的手臂说:你吸完香烟了吗?我们上车吧!穿旗袍的女人好像已经看见了蔷薇,她们的目光碰触了不到一秒钟,就游离出去。男子已经挽着穿旗袍的女人从月台上走过去,火车很快就开走了,这是从越南开往昆明的火车。

  接下来,是尼桑来了,他没有乘火车来,而是从铁路另一边的山坡走过来的。尼桑好像看见了站在月台上的蔷薇,他便叫唤着她的名字。在那天下午夕阳西下的时刻，尼桑的声音好像很用力，因为他已经感觉到蔷薇并没有听见他的声音，所以他的叫喊增加了力度。蔷薇魂不守舍地站在月台上，她感觉到很恍惚，尼桑已经走到了她身边，旁边站着的少年就是小白。

尼桑知道她是在等母亲，蔷薇说，刚才我看见的那个女人就是我母亲，她也看见了我，但她跟一个男人又上火车了。尼桑安慰她说，也许你太想母亲了，所以会产生幻觉，因为寻找父亲，我很多时间里都会在父亲曾经去过的地方，看见父亲向我走来，但后来证明都是幻觉而已。他的安慰使她处于一种迷茫状态，尼桑将小白介绍给了蔷薇，并告诉她，今后咖啡馆又增加了一个帮手，并说让蔷薇有空时教教小白学学认字。蔷薇那恍惚的神态因为小白的到来，暂时又转移了。

她转移了目光时，就像现时代的互联网，智能手机的发明，将速度增快。只有那些写在纸上的东西会让你顷刻间慢下来。慢，是一个多么令人幻想的意境，今天的俗世只会面对越来越快的速度，我们和他们及你们都已经被圈入网络时代的速度，因而慢生活，是一种内心的理想境界。是的，让我们去过往的故事中寻找碧色寨的慢速度吧，让我们慢，慢下来。慢是习惯，慢是环境，慢也是时代的故事。

从此以后，在艾玛咖啡馆，又增加了一个少年，蔷薇开始教他认字，他成了咖啡馆又一个纯碧色寨的风景点之一。这个少年天真质朴，穿着尼桑给他的衣服，衣裤都有些略长，但他将裤脚边卷起来，衣袖也同样可以卷起来。他不单开始认汉字，尼桑还教他学上了英语。他成了蔷薇的助手，艾玛也非常喜欢这个少年，她无论出发还是归来，只要看见蔷薇和小白在咖啡馆里，眼神中的疲惫感就会散去。咖啡馆有两个年轻人管理，仿佛更有了朝气。

尽管如此，寻找尼桑的父亲已经成了他们最为重要的大事。凡大事，必须付出时间的代价。除了践行，更多的是思念和等待终曲。在没有终曲环绕时，总有无穷无尽的希望在等待着他们去付诸行动。小白知道了尼桑每次出发是为了寻找父亲，他主动提出来想陪同尼桑外出，但尼桑拒绝了，他更希望这个被他从大山深处带出来的少年，就守候在咖啡馆，接受一些文明的熏陶。再就是他已经在不知不觉中习惯了一个人寻找的孤独和探索。他现在已经寻找到了一种行走的方式，原来他都是乘小火车出发到一座小站，然后再沿火车站之外的村庄寻找，而现在他不再乘小火车了，而是骑马寻找，这是被云南周边的马帮影响的。

有一天，他牵着一匹枣红马儿回到了碧色寨，这又是一道风景，虽然碧色寨的铁路外牛羊马家畜都很多，但一个法国青年牵着马从铁路那边走来，它具有那个时代的明显特征，在交通还封闭落后的时代，云南马帮已经开始了到境外去做贸易了。许多年轻人走出了大山，跟着马锅头去闯荡外面的江湖。

江湖自古以来都很大，走入江湖也就是走出家门，去发现人生中新奇的世界，一边走一边就融入了命运中的命运，看到了别的人、他乡的面孔和风景，也融入了人世的善与恶的深渊，这就是江湖。边走边看，边走边唱，脱离了险恶，又进入了天堂般的祥和，这也是江湖上的命运。

自从尼桑牵着一匹枣红马儿回到碧色寨的那一天开始，咖啡馆的门口就有了一根木桩，叫拴马桩。自那天开始，只要看见那匹枣红马儿，就证明尼桑又回碧色寨了。看不见枣红马儿，就意味着他又远行了。物与物之间总有人的存在，它们彼此之间有希望和梦想的召唤。无论如何，尼桑对于寻找父亲的现实，总要继续着。

8

时光如梭，所编织的都是命运的安排，其中的网线，取自编织者的开始。果果的心念又一次让她奔往碧色寨，这一次她下火车后就直接奔向草坝小镇，她想在小镇住几十天，画一画这座铁路边缘的小镇。这次神秘的行动，已经在她内心孕育了很长的时间。一个人的意念中总是沿着那条路行走，这说明在她的身体中荡漾着波浪。她为这次写生，准备好了颜料画布速写本。然后，先去火车站订了票，出发的日子终于又降临了。对于她来说，这次出发是为了迷失中的一个故事。尽管她也无法说清楚为什么会对那个江南裁缝产生心跳的感觉，但她知道只有去碧色寨才可能延续心跳之后的现实。

她穿上了那个时代最好看的一件上衣，这是她在学校外的地摊上买到的。艺术学院后门就是小火车的铁路，当她发现这个现实时，显得非常惊奇。她望着笔直而弯曲的铁路，到了黄昏前，因为没有火车经过了，铁路两边全是小商贩，他们拎着包占用一个位置，从包里取出各种物件，这些东西，都是艺术学院的学生们所感兴趣的，有各种画笔、画架，有各种时尚的衣装，重要的是便宜，学生们口袋中没多少钱，喜欢买实用、喜欢又便宜的物品，这也正是小商贩们摆地摊的原因之一，任何商机必须有利才会去开拓。

她不单发现了这条铁路，同时也看见了铁路边的摊贩们，正是因为青春期的需要，她看到了那些时代的物品，比如时尚的衣装，其价格都让这些大学生可以从省下的零花钱中分配些来买。她有空时都会走到后门，有时候在教室里也会听见火车经过的声音，因为铁路在校园外面，她会听见那熟悉的鸣笛声，这些时远时近的声音让她心绪不宁。终于，她利用写生的机会又一次奔赴碧色寨。这一次跟往常不一样，她想在草坝小镇画画。这样离赵云就更近一些了。远或近在任何时代都需要交通工具来衡量，所以，她乘上小火车时，已经感觉到离赵云越来越近了。

远或近是人与人的距离，也必然是人与世界的距离，树与树保持距离是为了更好地张开枝叶，只有适度的距离，一棵树才能获得自由的生长；云与云也有距离，它们在产生了距离时才能更丰富地变幻自己，包括水上的波纹之间，泥土和山冈之间，向日葵和向日葵之间，烟火与烟火间都有距离。产生距离的是天地、人性、音符的独立自主的存在，如果没有距离之分，那么世界上所有万物的存在都难以在时间中绵延不断。

这不长不近的从小火车下绵延的距离，使果果的内心有一种火焰般飘忽的感觉。恰好，窗外的很多山地上的农人们都在开始烧地里的杂草，好迎接春播的节令。从燃烧的麦秸秆和杂草中荡来的是熏香味儿，她看着往上飘的烟雾，有浓黑有淡灰色，从风中向空谷往上飘去，很快就看不见了。

她有一种接近朦胧的期待感，她也说不清楚内心为什么总是向往着从小火车下荡起的哐啷声，远或近就这样越来越接近了目的地。

她终于抵达了碧色寨。看上去，天高云淡，好天气在等待着她。突然，她看见了从前的大学生，现在是艺术学院留校的年轻教师，他的名字叫周容。她看见他从另一节车厢走到月台上，就同时也看见了站在月台上来接他的那个姑娘。这个来自碧色寨车站外村庄的姑娘，确实长得青涩，红苹果饱满的脸上总是带着甜蜜幸福的微笑。周容看见了月台上的果果，便拉着那个姑娘的手走到果果身边对她说：果果，我是来结婚的，明天我们就在村里举办婚礼，你是来写生的？那个裁缝是你男朋友吗？如果你们愿意就来村里参加我们的婚礼。这确实是个令人意外的消息，周容就是因为到碧色寨写生而结缘了这段恋情，且将修成正果。她除了感叹外，也为他高兴。这样她边走边唱就从碧色寨走到了草坝小镇，并首先去一座小旅馆登记了房间。

在那个时代，这座小镇有旅馆，而且听说这旅馆是百年前就留下来的，百年前叫客栈，多供这条铁路周边的商旅和马帮住。现在，人们又将客栈改为了旅馆，但整个小院落还是百年前的，也就是碧色寨鼎盛时期的模样。她住进去，放好东西。开旅馆的是一对中年夫妇，他们热情地接待她，告诉她楼下有公用洗澡间、公用厕所，还帮她拎东西，并提着一个装满开水的热水瓶上了楼。

当她终于又出现在江南裁缝铺的台阶下时，她就像一只斑斓多姿的蝴蝶，全身心都充满了柔软翅翼上的幻想。赵云看见了台阶下的她，这给予了他意外的惊喜。他走出来，她看见他，两个人仿佛都不由自主地融入了某种所期待的相遇之中去了。就是这次相遇，让他们闪电般牵了手，那是黄昏，他们坐在小镇上的一家小饭馆吃饭，还要了两瓶啤酒。夕阳西下无限美好，缓慢的节奏让人的心情充满某种神秘的期待。

他送她回旅馆的那条路，显得很虚幻，人们在虚无之中很容易就会牵手，尤其是对于青春期的男女，都是由闪电般的牵手开始的。是的，他们的手因为并排行走，在不知不觉中就牵上了，而且牵上了就始终没有松开过，也因为牵上了手，他们都走得极为缓慢，意识中仿佛希望这条路能长一些再长一些再长一些。这是属于牵手感觉到电流后的希望，但终要抵达小旅馆的。他们站在旅馆门口彼此手拉手看着对方的眼睛。赵云有一双单眼皮的眼睛，她有一双大眼睛，而且是双眼皮，哪个男人有单眼皮的眼睛，也是很让女孩喜欢的，因为看上去单眼皮的眼睛更幽默也更风趣，而女孩眼睛大一般都是双眼皮，也是很诱人的。

彼此凝视的片刻，有一种火开始了燃烧的过程。他们还是松开了手，并且约好了明天去参加她的老师周容和那个乡村女孩的婚礼。她消失在夜幕下的旅馆门口时，他还站在原地，久久地目送着她的背影。

这个故事来自小镇，在漫长的时空过去以后，燕子并不知道这一切，但我看见了，因为我是时间中的一部分，有时，我会回到百年以前，看见碧色寨来来往往的人群，有时，我也会回到现在的碧色寨用手机拍照的旅人之中去。两个时代有着不同的气息和人影幻境，只有在将两个时代不断切换的镜头中，我会寻找到碧色寨的灵魂。

9

艾玛一边寻找一边旅行，她已经慢慢地习惯了在无望的旅路上发现新的世界。作为一个纯法国女人，在来碧色寨之前，她几乎就没有离开过自己的国家，因为丈夫的失联，她放下了一切，虽然她只是一个平常的银行小职员。往常，她是一个极其保守认真的人，但她也不知道，就像她这样的人为什么会跟那个自由不羁的男人牵手恋爱结婚了。婚后，他们就有了儿子，待儿子会走路时，好像那个整日厮守她、陪伴她抚养儿子的男人突然间就变成了另外一个人。他开始从她身边不断地出发，说是去考察。每次，当他在半夜从衣柜中提出箱子收拾行装时，就意味着他又要出门了，但那时的出门仅限于欧洲各地，距离相对来说并不遥远。

过了几年，儿子上小学了，他突然说要去中国。她的眼前一片空白和茫然，中国在亚洲，就意味着是地球仪上的另一个看不见的、正在旋转中的国度。他知道解释是没有用的，这也是他的风格，每次他都是要出门了才告诉她去哪里，而这一次出门，对于她来说，无疑是现实生活中增加了一片看不到尽头的海洋。他决定的事是无法更改的，他走了，几年后回来又带走了已经上大学的儿子尼桑。

现在，她开始用自己的目光去研究从碧色寨出发后沿途的风景和人的存在，她想考证失联的丈夫为什么对这片地域如此地着迷。当然，在从巴黎到碧色寨的路上，尼桑已经跟她生动地讲述过父亲的许多故事，这些故事都是尼桑跟随父亲在考察设计滇越铁路的过程中，亲眼看见并留存在记忆深处的故事。

碧色寨是一个谜，但从碧色寨火车站所延伸出去的路线同样是一个辽阔的世界。她的足迹反复地出现在一个镇，她喜欢碧色寨以外的小镇，如果可能，她也会从小镇尽可能地走到离小镇近一些的地方。这一天，她看见了马帮，一只鹰栖在一个马锅头的肩上，她感觉到好奇，马帮正在进入这座小镇，这座小镇名叫鸟镇，有形形色色的鸟盘踞在这座小镇的屋檐和树巢上繁衍生命。镇里的人们跟小鸟们已经和谐相处，他们还会站在屋檐下、树篱下抬起头来跟各种异鸟说话。她的目光被这种生命的奇异现象深深吸引。鸟的类别很多，颜色各异，翡翠色、红蓝色、白红蓝、黑白红、赤红白、青黛蓝……仿佛来到了天堂，她的眼眶潮湿了。镇里的人肩头总会飞来一只鸟，但好像他们都习惯了，如果有鸟飞到肩膀上，他们会侧身看看鸟，用手轻轻抚摸再把鸟放回天空。多么奇异的生命现象啊，面对这一现象，她被感动着，忘却了世界上所有的不如意和悲伤。

噢，当她走在路上时，一只鸟竟然也飞到了她肩头，她的脚不再朝前移动，这是她生命中第一次经历这样的现象，尽管她来到这座小镇已经看见过无数次小鸟飞到别人肩头的现象，然而，她还没有过这种经历，小鸟栖入肩膀时，她又惊喜又有些慌乱不安。她驻足，害怕那只小鸟飞走了，她仿佛在迎接这小小的仪式。对于她来说，每次出发都是一场仪式，每个黎明的降临，也必然是一场仪式，而在滇越铁路沿线的一座小镇上，她遇到了生命中从未亲历的奇异现象。她开始伸出手，她想模仿小镇上的人们，像他们一样伸手去触摸肩头的那只小鸟，又用双手捧着它，将手臂伸开，将手中的小鸟放回天空。

她成功了，因为她的心灵是虔诚而温柔的。她那带温度的手伸出去之前，她的头微微朝右看去，几乎是在分秒间她就看见了它，那像小精灵般栖在她肩头的是一只火烈鸟吗？那正是她内心的颜色啊！没有一点杂质的红，像赤红，也像炭火红，她伸出手，轻柔中就已经捧住了那只鸟。她抚摸鸟身上柔软的羽毛，这只鸟羽毛非常丰满，应该已经成长并独立飞行了很长时间。她双手伸展面向天空将那只赤红色的小鸟放飞于天空。她欣慰中目送着那只小鸟迎着天空中的白云飞走了，看不见了。

那天黄昏她又开始在小镇中行走，这时，她看见一队马帮从青石板那边走了过来。马蹄声落在石板上，一起一伏，仿佛一阵阵的咏叹调反反复复地扬起又落下。这时，马帮离她已经很近了，她看见了前面的马锅头肩上栖着的那只鹰，马锅头很高大，身体康健才能用肩头承受住这只大鸟的重量。马锅头头戴毡帽，面孔像青铜器，目光深邃而有魔力，这是艾玛来到碧色寨以后见到的最有力量的中国男人。

她站在青石板一侧，看着这支马队，同时看着走在前面的马锅头肩头的大鸟。马锅头看见她了，目光与她相遇，朝她点点头，友好地微笑着。马帮走过去了，她久久地凝视着马锅头肩上的那只大鸟。她以为马帮过去就过去了，只是途经这座小镇而已，但当她走了一圈小镇回到居住的客栈时，却又看见了那队马帮，他们就住在她下榻的客栈中。原来，客栈后院还有马厩啊，开客栈的老板娘看上去自有一番风情，她正跟马锅头聊天。那只大鸟还在马锅头的肩头，它似乎不离不弃地跟随着主人，需要多少时间才能将一头勇猛的大鸟调教得如此忠诚温顺啊！

马锅头坐在院子里的一棵大榕树下，正在吸着一只水烟筒。这一路走来，艾玛看见很多男人都在吸这种用竹子制作的水烟筒。水烟筒的凹处放着金黄色的烟丝，将烟丝点燃以后，吸烟者用嘴对着烟筒用力一吸，就吸到了烟香味。老板娘坐在马锅头旁边，亲密地将手搭在他的肩上。老板娘40多岁，脸上涂着粉红胭脂互相交替，他们好像在互相调情。

艾玛独自回楼上休息了，房间里有一盏小小的马灯，但光线不好。她索性上床睡觉了。那天夜里，她梦见了栖在她肩头的那只赤红色的鸟，还梦见了丈夫，他时隐时现仿佛向她走来，又突然间改变了方向，朝另外的一条路走过去了。她睡着了，梦醒以后，天已经亮了。她听见了楼下有声音，便从木格子窗户中往下看去，那队马帮就要出发了，她又看见了马锅头，那只大鸟依然栖在他的肩头，之后，他们就走出了客栈的院落。这次寻找，艾玛被鸟镇的奇异现象所笼罩，很快，三天时间就过去了，她又要回碧色寨了，对于现在的她来说，碧色寨就是她生活的核心区，也是世界的中心。她回到了碧色寨，只要走进咖啡馆，总有人在谈论外面的战争，她的头会变得晕眩，便想起刚刚经过的那座鸟镇，以及栖在她肩头的那只红鸟，就像梦幻般，显得不真实，连她自己也感觉，是不是一个幻梦？所以，她计划再过些日子，回鸟镇去看看。

10

坐在露台上的网络写手是一个漂亮的女孩,她很少走出客栈。那一天她终于走出了客栈门,还预先订了一间房,她说是为她朋友订的。她走出了客栈,是为了等她的朋友到来吗?果然她的朋友从铁路那边走来了,这是一个现代背包族的男青年,网络写手站在铁轨之上迎接他的到来,之前她没透露任何这个男青年的信息,直到背包族青年从铁路的那边走过来了,她才告诉燕子说,你相信吗?这个世界什么人都有,我这个朋友是从昆明沿滇越铁路走来的。当时,燕子正站在网络写手旁边,燕子最近一直在研究进入碧色寨的人,她每夜翻阅外婆的日记本,总是会寻找到很多过去与现在的连接点。她在逐渐慢下来的时空中突然产生了一种冲动,想写一本书,这是她过去没有过的冲动,她把这个想法告诉了年轻的网络写手,问她像她这样的人能不能写书?女孩抬起头来看着燕子说:想写就写吧,有写的冲动就该写。女孩说得很直接,突然间又来了一句:你看那群天空的燕子,想飞就飞起来了。

燕子突然被后一句话感染了,她嘀咕着女孩的话:你看那群天空的燕子,想飞就飞起来了。

她想写书的愿望突然间变得虚无而又浓烈,说它虚无是因为这个梦想就像远方的彩虹环绕着旷野中金色的草垛,看上去忽远忽近;说它浓烈是因为就像一根火柴划燃后,成片成片阴郁的暗夜突然间变亮了。

是外婆的日记本逐日将这个虚无而又浓烈的愿望带到了她面前。她开始构想这个梦的开始，恰好这一天写网络小说的女孩站在铁轨边正在等待那个朝碧色寨走来的青年，当女孩告诉她，这个青年计划十年内用行走记录自己的故事和经历时，她被这个青年的梦想又朝前推了一步。人生中，我们总是差那么一步，只要开始第一步就会有第二步，通常开始第三步的时候，你就已经选择了你朝前走下去的命运。

燕子开始了自己写一本书的愿望，除了跟写网络小说的丫丫交流过自己的想法外，她没有告诉过第二个人。那个女孩的网络名叫丫丫，这是她最近才知道的。燕子想从外婆的故事开始进入碧色寨，这也是她产生写作愿望的源头。每一个生命都有它的源头，她找到了外婆离家出走的时光后，又寻找到了碧色寨山坡上的那片蔷薇花丛。

而在另一个时间段里，她的外婆以青春年华厮守着碧色寨，那些自由绽放的野蔷薇每年春天都会如期而开，香味随同小火车的机油味道朝天空弥漫而去。蔷薇姑娘依然用从前的姿态，每当火车进入碧色寨时，她总要跑出艾玛咖啡馆，跑出她内心无限伸展的距离，这距离不仅从铁路或枕木绵绵而去，还穿越了隧洞，尖叫的岩峰，兀鹫穿过的荒野，白鹭栖身的田野，雀鸟们饮水的河流，松鼠和各种野兽奔驰的森林地带。

在另一个时间段里，燕子的外婆正坐在咖啡馆，在一角教小白识字，小白用一支尼桑从法国带来的钢笔，首先学会写出了他的名字，再后来还在尼桑送给他写字的笔记本上，写出了碧色寨这三个字。所有一切看似缓慢而正常，其实战火已经开始在他们视觉不及的地方，以黑色的硝烟弥漫着原野大地。在艾玛咖啡馆，小白叫蔷薇为姐姐，他们在碧色寨不知不觉中建立了姐弟关系。当艾玛和尼桑外出时，他们就成了咖啡馆的管理者，同时也是一道吸引人们进入咖啡馆来的最独特的风景。除了咖啡外，艾玛还教会了他们做法式西餐,所以,来咖啡馆的人就更多了。有了一匹枣红马儿做伴之后,尼桑出门的时间越来越长,艾玛每次回来,第一句话就要问尼桑回来了没有。因为艾玛作为母亲是非常了解自己儿子的,在碧色寨的日子里,虽然他和儿子见面不多,但她已经明显地感觉到儿子越来越像他的父亲了,这让她无形中也产生了新的忧虑。有时候,她会有意识地在碧色寨多住些日子,想等尼桑回来。见到尼桑,他们除了可以交流寻找的故事之外,更重要的是可以相互见面后,感受到在迷惘和战乱中母与子的那根充满爱的纽带,因为有了这根纽带,他们才有信念以碧色寨为核心,又以碧色寨为出发的路线起点,去寻找消失的父亲和丈夫。

尼桑走得有多远?是的,正像艾玛所感受的,尼桑已经越来越像父亲,喜欢以探险为生涯,哪怕是在寻找父亲的过程中,他仿佛也要开辟出一条属于生命历险的路线。这一天,他又来到了一个山洼,火车途经不远处的山谷。父亲曾带着他在此山洼中探测铁路。因为这里的风很大,那是秋天,他们来到了此地就开始起风了。这个团队中的七八个人都具有野外生活的经验,他们将营地筑到了一片山洼中,四周有隆起的丘陵,山谷岩石形成了天然的屏障。

他已经成为团队中最年轻的探测者,这群人的年龄跟父亲都差不多,置身在他们之中,他学到了很多野外探险生活的经验。他首先学会了搭营地的帐篷。搭帐篷要到附近寻找石头压住帐篷的三角地带,以免被风掀起来。有一次,他们将帐篷支在山顶,没有预测到会有一场大风呼啸而来。后来,风开始游离过来了。起初,风很小,甚至很像恋人絮语只在耳边回响,但后来风越来越大,盖过了所有声音,甚至连身体都在晃动。他们不得不趴在地上,以免被风卷走,在他们身体刚趴在地上时,更大的风就铺天盖地过来了,瞬间就卷走了山顶上支起的三顶帐篷。这个记忆,让他们知道了,搭帐篷一定要选择山谷森林作为天然屏障之地。那一次，他们本来已来到山顶，这里风景优美，仿佛进入天堂，站在山顶上可以俯瞰四面起伏跌宕的群山岩林，如果使用望远镜，甚至可以看得见羚羊在石峰上奔跑纵横的场景。

尽管如此，他们还是站在山顶往下看到了一座山洼地带。这里形成了天然的屏障，正如他们所预料的，当他们刚将帐篷筑起，就起大风了，这次的风暴还卷挟着冰粒，他们钻进帐篷，冰粒从巨风中砸向帐篷，但很快就过去了。这一次，因为外有屏障，他们的帐篷没有被卷走。现在，相隔多年以后，尼桑站在山顶可以看见不远处的铁路，有一列小火车刚刚呼啸而过。此番场景，让他更想念父亲。他决定今晚就在山洼中支起帐篷。便开始从山顶往下走。他牵着马，马背上驮着他野外生活的用具，包括一顶帐篷。

他很少骑马，这匹枣红马儿，成了他亲密的伙伴，所以，他心疼它，宁愿步行也不愿意再去增加马儿的负担。他们下山时，他在山路上发现有野兽的粪便，这些像蜂巢般的粪便，虽然已经被太阳蒸发后晒干，但仍然可以断定，这附近一定有猛兽出入。这促使他保持警惕，而且只有他独自一人，筑起帐篷外，还要准备好足够多的干柴烈火，因为，猛兽都会怕火的。

他已经抵达了那片山洼，他首先将马拴在一块立起的石头上。然后，开始独自搭帐篷，空气中很安静，甚至连一丝风都没有。但他知道，太平静的时刻，反而意味着天气会变化无常。因而，他搭好帐篷，抱来三块石头压好，便开始寻找柴火。还好，走不多远就看见了一片小树林，再往里走，就看见了几棵倒地的腐木。于是，他将几棵腐木拖到帐篷边缘，又用石头搭起了起火的炉架。天色暗下来了，但确实没有风。他想，这一夜应该是安静的，除非有野兽来袭击。这样一来，他从心理上已经做好了准备，干柴、水、食物都足够让他度过这个暗夜了。

他开始煮饭,他已经学会了像云南马帮那样用锣锅煮饭。于是,他点燃了火,肚子早就饿了。将锣锅支在炉架上后不久,他就闻到了大米的香味。

风平浪静的营地,一个人,一堆火,一只锣锅,他发现了诸多人生的乐趣时,心情很好,只是略带忧郁,父亲的失联让他迷茫而心痛。寻找父亲时他已经逐渐喜欢上了这样的生活状态。刚吃完一碗锣锅饭,再用锅煮着他在路上寻找的野菜汤,许多野菜都可食用,这也是他跟随父亲探察铁路时学会采撷并食用的。他能在三四月寻找到刺五加,此野菜可做药,具有消炎的作用;还有蕨菜,在山坡上有时会遇上满山遍野的绿色鲜嫩的蕨菜;还有生长在山丘、砂土、草地、田埂、水岸的地木耳;还有灰条菜、水芹菜、车前草、蒲公英、阳荷姜、冬寒菜、马齿苋、香椿、荠菜等。只要在山野森林,总能在路上采到各种野菜,生火时就可以煮汤食用了。

这是一次非常有趣的行走,而此刻,他刚喝了一口蕨菜汤,觉得虽然没盐,因为随身携带的盐用完了,但没有盐的汤有一种更新鲜的原汁原味。而且他很喜欢喝这种原味汤,这让他更直接地品尝到了野菜的味道。此刻,从火光中望出去,感觉到前方的草丛在晃动,经验告诉他,附近有野兽,但到底是哪一种野兽呢?他屏住了呼吸开始聆听,他听见了狼的叫声。这并不是他第一次遇到狼,跟随父亲的团队时,在营地的附近总有狼的叫声,但只要四周生起火,狼就不敢靠近他们的帐篷。这是父亲告诉他的,也是他用经验一次次所验证过的。火,对于野外探险者来说,非常重要。无论你置身何处,总要筑营地,在天黑之前务必寻找到柴火,有了柴火,猛兽们就会与此保持距离。

火光中为什么野兽们都会在远处窥探,或许是野兽对于火光的弥漫和燃烧,有一种天生的畏惧感。只有保持距离,它们才知道火光那一边是什么。保持距离,让人与兽们有了更充分的时间等待,这是一种危机四伏的等待,倘若你听见野兽们在嚎叫,就开始使用武器对抗,那么,必然会带来一场血腥的搏斗。人面对野兽时,必然要首先保护好自己,如果面前有一堆火,那就必须学会等待。

等待,就是让野兽们先失去耐心,这是考验两者的耐心的时刻;等待,就意味着要不断地让柴火燃烧得更为热烈,这样才能对野兽产生一种威慑力、征服感,让它们不敢轻易跨出第一步。无论是人或兽,都对神秘事物保持着好奇,因好奇而产生了距离。在神秘的距离中必有一方撤离而去。他站在火堆后面,不断地架高了柴火,夜空如此神秘,而在这荒僻的山谷洼地上,尼桑从火光弥漫中同时也充分感受到了火的力量。火,是有神性的,因为有了火,就有了炽热的燃烧。他看见几匹狼从火光的另一边掉转头走了,他又给火加了几根腐木,他累了也困了,便钻进了帐篷。他相信,那几匹狼是真的撤离了,它们到另外的夜空中漫步去了。他知道,那柴火足以燃烧到太阳升起之前,只要太阳出山,他自己也将撤离出去。

11

果果带着赵云去参加周容和村姑的婚礼时,赵云用那辆法式自行车载着果果,自从牵手以后,他们的故事仿佛朝前又走了几步。是的,人生的故事就像走路,有时候在原地停步,是为了判断朝前走还是朝后撤离,有时候朝前走了几步,故事就有了进展和速度。用现代人的目光看上去,那辆法式自行车的形状和速度,以及骑自行车的人,坐自行车后座上的果果,都是一幅移动的画布。

他们即将前去赴宴的那场婚礼，具有梦幻乡土的气氛。人的生命离不开乡土，所谓乡土就是我们的老家，种植庄稼的地方。那时候，自行车的旋律很慢，每次骑车，赵云都有意放慢速度，他可能想让这种好时光更长一些。今日互联网下的速度确实太快了，人们在不断地触碰手机，噢，有一台手机，你寻找什么都很快。而在赵云脚蹬自行车沿着碧色寨铁路朝前走时，鸟飞过的速度，可以从半空中看见羽毛的颜色，水渠流过的地方，你能感觉到瓜果不是用化学剂催熟的，自然万物都借每一个节令而生长。恋爱也是这样，他们不慌不忙地朝前走，该牵手时才牵到手，该结婚时才举办婚宴。

法式自行车进入了碧色寨外面的那座村庄时，能够感觉到一座村庄的喜气洋洋。那时候，村庄里的男女青年人都很多，他们都穿上了新装，老人小孩全村人也都穿上了新装。那一天，一个从省城来的青年人和村姑的婚礼，已经变成了村里人的头等大事，全村人都参与了这场婚礼。村里的大榕树都缠上了红布条，还有村里老年人用红纸手工做成的灯笼，从进入村口的路上开始就铺上了刚采来的青翠欲滴的松针，香味在微风中飘逸着。赵云下了自行车，将车放在村口，便伸出手来，又一次牵住了果果的手。果果的脸上有羞涩，更多是幸福的神态。他们手牵手走过了铺满松针叶的小路，进入了村姑的家里。大门贴上了喜庆的对联，绿色松针叶从村口一直铺到了村姑的家里。村里的人正在忙着往院子里的四方桌上摆宴席，周容和村姑走过来迎接他们的到来。村姑穿一身大红的衣裤，脚穿一双红色绣花鞋，周容穿一身西装。这场婚礼具有超世俗的意义，一个年轻的大学教师，爱上了一个村姑，并跑到村里举行婚礼，这在那个时代，也是需要勇气的。所以在婚宴上没有看见周容的父母，他对赵云和果果说，他的父母和亲戚都不赞同这场婚礼。所以，跟村姑结婚，还是需要勇气的。

这场婚礼，除了周容来自省城外，还来了赵云和果果，除此之外，都是村里的人。村里的老老少少、男男女女都来参加婚庆，乡间的宴席多是八大碗，人们多用大碗喝当地的苞谷酒。坐在这座庭院中感受着热闹喧嚣，果果和赵云坐在人群中，目光中同样充满了幸福，他们也喝了大碗酒。后来，两个人都有些微醺，赵云仍骑着自行车，后座上坐着果果，她伸出双手揽紧赵云的腰，头顶上是满天的星宿，看上去比任何时刻都璀璨夺目。这一幕以后，他们的故事将如何讲下去？而在那夜的星宿之下，两个人不时地停下车拥抱并热烈地亲吻着，这一幕以后，他们的故事将怎样在碧色寨的铁路边往前伸延而去？

趁着满天星宿热烈相爱的这一对年轻人，并不知道未来对于他们来说意味着什么。这就像云朵在天空般所变幻的无常，因为无常是宇宙的规律，所以才有命运这件事的异途。谁都不知道会发生什么事，所以，人生才有奇境降临时的惊喜。当我置身碧色寨时，同时也置身在这些无常之中，如果我需要为自己寻找一个准确的身份的话，我自己就是从过去穿越时空的人或者符号而已。简言之，我就是语言的携带者之一。为了赴约于过去和现在以及将来的时间，我作为旅人和游离者，在他们之间存在着。

回到百年前，总是会让我看到尼桑，他的寻找艰辛而充满着探索。还是回到那座山谷洼地吧，早晨的光来了，是从迷雾中降临的光。他每次睁开双眼，都有一种本能想确定自己睡在哪里。因为每天的行踪都不一样，以至于他每天睁开双眼时总是会有一种缥缈感，想不起来自己是从哪里来的？又为什么睡在如此陌生的地方？于是，他会抬头远眺外面的自然风光，慢慢地他想起来了自己是谁，是从哪里来的。他钻出帐篷，灰蓝色的雾将他整个置入星际穿越中，仿佛他的身体并没有落在地上，而是被雾所托起来在飘动。这样的雾他过去经历过，但没有那天早晨浓郁，几乎就看不到一米外的地方。他开始取出照相机拍了一组迷雾变幻的照片。

收拾好帐篷,才想起他的枣红马儿,便开始以他独特的称谓叫唤着,马儿开始回应他给了他一阵激昂的呼叫,意思是告诉他我在这儿呢。马儿的拴马石被浓雾罩住了。他走近拴马石,这个早晨确实很奇幻,他将行装驮上马背后,又想起来了昨夜的场景,但终于过去了。那几匹孤独的狼应该也在附近,他用指南针导向了去滇越铁路的方向。说实话,他已经出来很长时间了,他想回碧色寨了。他牵着马已经从迷雾中寻找到了铁路,哪怕再大的浓雾,只要沿着铁路行走,总会走到碧色寨的。边走边观察的过程中,会发现迷雾深处走来的牧羊人,他们无论刮风还是下雨,都会带着羊群穿过栅栏。如果是黑山羊,它们像是一群来自绿色大地的黑调乐队,显得深沉而浓烈,还会略带些忧伤;如果是白色的羊群,它们远远看去仿佛是从低矮的天谷中飘下来的云彩,更显虚无缥缈。散开云雾缭绕后的铁路边缘,是安静的农事生活,总有人在田地里耕耘锄地,总有人远离着战乱中弥漫的烟尘。

这一时刻,是尼桑内心最饱满的时刻,虽然每一次寻找父亲都没有结局,但他内心总是充满了希望。他甚至在一次次的想象中会出现父亲曾带他出入过的地方,是的,他想起了昆明,那是考察队伍出发的地方,他有一个计划,如果去昆明,他想带上蔷薇和小白乘小火车去。

天空中突然出现了飞机的轰鸣,他仰起头来,飞机飞得很低很低……飞机就在铁路上空盘旋着,然后飞走了。待他回到碧色寨的咖啡馆时,发现母亲也回来了。母亲问他看见飞机了没有,他说看见了,飞机飞得很低。母亲告诉他,可能碧色寨安宁的生活不会太久了。听说,要打仗了,在天空中飞行的是日本人的战机。咖啡馆比以往任何时候都喧嚣,人们边喝边聊,谈论的都是战事。他坐在人群中,小白给他端来了一杯热咖啡。小白主动坐在他对面说:哥哥,听说要打仗了。他点点头对小白说道:小白,别害怕,战争应该还不会那么快就降临的。过两天，我想带你和蔷薇去昆明走一走。小白问是不是要坐火车去？小白显得很高兴，因为他还从未坐过火车，这对于他来说是一个梦想。

艾玛要在咖啡馆待些时日，这正是尼桑可以带着蔷薇和小白实现梦想的时候，不管战争何日降临，这梦想是必须实现的。尼桑有一种风格就是说走就走。蔷薇有些诧异，不过，她还是想乘火车回昆明看看，自从在碧色寨的月台上看见母亲身穿旗袍的幻影后，她其实就没有放下这件事，而且她每天也都在等待中希望看见奇迹的降临。离开昆明后，她就再没有回去过。现在，尼桑说走就走，如果说尼桑是行动派，蔷薇就是幻想者，她必须借助于外在的力量才能将幻想化为行动。那天下午，尼桑带着他们上了途经碧色寨的火车，终点站是昆明。

小白身穿洗得干干净净的、尼桑送给他的衣服，蔷薇已经19岁了，她没有说自己的生日，只是说她早就进入19岁了。小白也说自己已经从17岁进入18岁了。看上去，他们都希望自己尽快成熟长大。火车开始从碧色寨轰鸣而去，当火车发出车轮下的哐啷声时，铁轨外的小鸟们会从树上飞起来，朝天空飞去。小白坐在窗口，好奇地看着车窗外面的世界，小火车经过一片山冈时，小白说，他的家就在那座高高的山冈上。

日夜所思，均来自隐秘的角落，从某边隅产生的藤条，如旅者目光中的河流笔直而又弯曲。我们思虑，因为光阴似箭，从此处到漫长岁月，看见或看不见。一路上的尘埃、花冠上的璀璨、庙宇外的菩提都是心中圣念。

小火车奔驰而去，尽管缓慢，却已经翻越了许多座高山和村野。天黑以前，小火车抵达了终点站，对于省城昆明来说，蔷薇是熟悉的，她是地道的百年前的老昆明人了。天黑下来的昆明城还有少许的细雨，尼桑环顾四周时的目光，蔷薇是知道的。他在寻找客栈，在三个人中尼桑是最大的，因而他有责任照顾好他们，因为责任，他甚至已经忘记了蔷薇是土生土长的昆明女孩。他走在他们中间，凭着记忆边走边想，便走入了一条青石板铺成的道路，这是临近翠湖的一条小巷子，他凭记忆竟然找到了多年以前，父亲带他居住的那座有庭院的客栈。

他要了两间房，他跟小白住一间，让蔷薇单独住一间。蔷薇从小火车进入昆明城时，目光就开始游历而恍惚不安着，在她明亮的眼神中，总有淡淡的融不尽的忧郁，这目光长久以来，总是让尼桑充满爱怜。他只是无法停住脚步研究自己对蔷薇姑娘所产生的这种感情。因为他总是以寻找父亲为由而离开碧色寨，而此刻，他内心悄然中升起一种温情，他觉得他们三个人的命运似乎已经相互维系，不可再分开了。

他带他们在门外巷子里的小吃店要了米线面条，还有各种小吃，有烤豆腐等等。整条巷子都飘着香味。这时，蔷薇突然看见了一个女人撑着雨伞走过去了，她站起来，跑到撑雨伞的女人前面，几分钟后她又回来了，她有些忧伤地解释说：刚才那个穿着旗袍撑着雨伞走过去的女人，背影太像她的母亲了，但跑上前才发现，那女人不是母亲，没有母亲漂亮。小白说，我也不知道父亲去哪里了。小白说，但他必须走出来，到碧色寨以后，蔷薇姐教会他认识了许多汉字，所以来到昆明后，店铺门口的那些汉字他都会读也会写出来，这一切，证明自己跟随尼桑哥哥走出来是对的。尼桑还要了一碗老白酒，小白说他也想喝一口，蔷薇说，她的父亲从她记事起，就每天都要喝半碗白酒，她几乎是在酒味中长大的。母亲很厌倦这种酒味，所以，总是跑出去学唱戏谱，跟一群人打麻将。父亲和母亲的关系很冷漠，仿佛隔着很多道墙壁。她说话时，尼桑一直很专注地在倾听，蔷薇的双眼又开始潮湿了,她喝了尼桑给她倒的半碗酒,觉得这老白酒很好喝。还想喝,尼桑不再给她倒酒了。

小白说,父亲也离不开酒,而且还会酿酒,他走完马帮回来时,只要在家总会用麦芽和苞谷、高粱酿酒。出门时马背上要用酒器驮着酒去走马帮。小白说,酒是父亲的朋友,回到家时,有好几天时间,父亲都会把村里的朋友们邀请到家里来大碗地喝酒。后来,每个人都醉了,就顺火塘边躺下来。父亲也让小白学会了喝酒,并对他说,男人不喝酒就不是男人。父亲说起酒时很兴奋,在兴奋中小白的目光不断望着街景,看得出来,小白对这个比碧色寨大得多的世界发生了浓厚的兴趣。尼桑和蔷薇当然不知道,也无法预料到就是从进入这座城市的那天开始,小白的命运将被改变,这个从山里乡村走出来的少年,突然将目光投向了这座城市的练兵基地,这是中国远征军的练武之地。

那是第二天,尼桑带着他们在城里走动走动,蔷薇对每一条街景也都很熟悉。蔷薇不知不觉还是带着他们走到了家门口的那条街道,她有种期待,或许能在这里看见母亲,是的,她从来就没有忘却过对母亲的期待,从来也不曾放下与母亲相遇的梦想。所以,在她的潜意识中,她还是在寻找着母亲的踪影。这是一条还算热闹的街道,有许多商铺,有人竟然还看见了蔷薇,那是她的邻居,也是母亲曾经的好朋友,与母亲的年龄也很相似。她从前是母亲外出打麻将、听戏曲学唱戏的密友,蔷薇听见了有人在叫唤她从前的名字,她从骨子里早已忘记了这个原生的名字:豆豆。这个名字好像从她离家出走以后就消失了,随同她乘上小火车后,等待她的是另外一个新的名字的降临。而此刻,身后有人叫她豆豆,她愣了片刻,转过身来,那个叫她豆豆的女人走了上来。

她脚穿黑色的高跟鞋，身着天蓝色的旗袍，她一边叫着豆豆一边走上前来。看上去，她好像又要去打麻将或听戏了，她对这个叫豆豆的女孩子的出现很是惊讶，她将豆豆拉到一边，压低声音问道：豆豆，你告诉我，你现在去哪里了？你们这个家怎么说散就散了？当然，我知道你母亲是跟着那个军官走了，我知道她的故事。但为什么你也要离家出走啊？我告诉你，你一走，那个女人就替代了你和母亲，那个贱女人跟你父亲真是一路货色，其实他们早就姘上了，你们的离家出走，给了他们机会。现在，你们前脚刚走，那个女人就搬过来跟你父亲住在了一起。你说亏不亏啊，这房子是你母亲家业传下来的，你父亲只是一个流浪汉，是你母亲接纳了他，我也没有想到你母亲说走就走，毫不动摇，不听别人的劝阻。现在，你回来了吗？是想回家去吗？

这个叫豆豆的女孩早就没有泪水了，从母亲留下纸条狠心地离家出走的那一天起，她对于家的概念就瓦解了。从内心中散发出来的瓦解就像一座房子坍塌下来了。后来，她又看见了店铺中那个女人，听见了父亲绝情而冷漠的声音后，她的心已经完全变冰冷了。从瓦解到冰冷已经彻底改变了她的人生，所以，刚刚听到这个女人揭穿的现实，尽管这现实如此残酷，她却显得异常平静。

女人好像也同样感受到了豆豆的平静，她摇摇头，表示对这种现状的不可思议的无奈。因为她还看见了站在几步之外正在等待豆豆的那个法国男子和小白，她点点头自语道：人都有各自的命运。说完，她就昂起头离开了。从她黑色高跟鞋下传出的声音中，有一种对荒谬世态的迷茫。她离开后，他们就走了上来，但他们什么也不问她，仿佛知道这个已经19岁的女孩正在带领他们走出这条街道。也就是从这刻开始，蔷薇姑娘将永远走出这条通向家的街道，她的脚步声轻盈而沉着，如果之前，她还抱着某种幻想的话，从此刻开始，这种幻想已经完全破灭了。

现在他们继续往前走。没有往前走，就意味着仍然停留在原地，所有的命运都是走出来的，只有往前走，才会遇见该遇见的人或事。百年前的老昆明，有穿西装的、穿长衫的，也有穿旗袍和新式蓝花裙的，他们都在行走，流浪猫狗也在行走，磨刀的人在叫唤声中也在行走，挑着蔬菜水果的人也在行走。与往年不同的是，这座城市来了很多军人，他们看上去稍显成熟的，应该是军官，还有许多娃娃兵，年龄跟小白差不多。小白看见那些跟自己年龄差不多的娃娃兵时，眼睛中流露出了好奇羡慕的神态。尼桑有一种预感，突然间城市增加了这么多新兵，是否意味着战争就要降临了。

他的目光增加了新的焦虑，这是小白和蔷薇他们这个年龄无法感知的。走着走着就到了一座练兵场，它坐落在一座山坡下，他们远远地就已经听见了新兵的操练声。这声音对小白来说充满了诱惑力，他第一个跑上了山坡，紧随着尼桑和蔷薇也跑上了山坡。从山坡往下看，就看见几百人在练兵，有军官在外面当教练，这些刚刚穿上军装的新兵，哪怕相隔几百米的距离，也同样能看到他们肢体语言中的年轻和豪迈的激情。小白的眼神在转动，尼桑似乎已经感受到了小白的心跳声，他将手搭到小白的肩头，低声说道：看来，要打仗了，这些新兵很快也要奔赴战场。我们回去吧，我们还是先回碧色寨吧！

小白的目光却并没有游离开山坡下的练兵场，尼桑说：走吧，我们今晚住一夜，明天就回碧色寨，他一边说一边拉着小白的手臂往山坡下走去，小白一边走目光仍然朝练兵场看去。尼桑似乎感受到了什么，但他没有说出来。他知道，很多事无法揭穿，也不能揭穿，也许从小白的目光中他就已经预感到了什么，但他还是坚信，尽快回碧色寨应该是最好的选择。他忘却了寻找父亲，匆忙将小白和蔷薇带去小饭馆吃饭，中间，小白说要去找厕所，他没介意。饭菜上来了，还不见小白来，蔷薇说不急，厕所要穿过一条街才能到。他们又耐心等待了半小时，仍然不见小白回来。尼桑从小饭馆走出去，站在门口眺望着，在来来往往的人群中仍然没有小白的影子，于是，他朝前走，穿过了一条街，终于找到了那家公用厕所，但根本就没有小白的身影。他又重回饭馆，也没见小白回来。

饭菜早已凉了，他们又重新让老板娘加热了一下饭菜，仍然没见小白回来。这时候，尼桑开始急了，两个人的饥饿感早已消失，没有任何食欲，便决定先去寻找小白。天黑下来了，只是盲目中寻找而已，他们顺着小饭馆再就是客栈外面的小街小巷不断地寻找，走到半夜，也不见人影。后来，实在走不动了，只好先回客栈休息。他们手牵手走到各自的房间门口，在沮丧中他们轻轻地拥抱了片刻，过道上有几只蚊子在嗡嗡地叫，令他们的心绪显得不安，他们松开了拥抱，两个人的眼神都充满了不同的迷茫。之后，他们回到了各自的房间休息去了。

12

燕子真的开始写作了，命运将她带到了碧色寨时，她只是一个修完了研究生学业的青年女子，手里拎着两只箱子，那只有滑轮的箱子，是可以拉动的，而另一只已经很旧的棕皮箱子只能拎在手上。两只箱子，两个不同的时代，被26岁的燕子带到了碧色寨。她怎么也没有想到会在碧色寨与乔尼一块儿开客栈，更让她没有想到的是除了开客栈之外，一个梦开始萌芽了。写作对于她来说完全是一个陌生的领域，然而，因为有隐隐的冲动，以至于她闭上双眼就是外婆的故事。看得出来，写作这件事已经让她身心迷失很长时间了。语言是什么？她每天都面对碧色寨来来往往中的旅人，这些新面孔的旅人看似与她没有关系，却有密切的来往，并非开客栈的原因，何况两个人的客栈也只有几十间客房，更多的旅人都住在碧色寨酒店。那是赵云的酒店，人们都叫他赵总，他有一个从美国留学回来的儿子在管理着酒店。他们的酒店跟两个人的客栈完全是两种风格，这也是碧色寨所需要的。赵云的儿子身边总有一个年轻的女孩，她是来碧色寨旅行后就留下来的，看得出来，他们已经开始谈恋爱了。

赵云的目光安静地在碧色寨游荡，他也不知道为什么将全部资金用于建造一座碧色寨酒店，在他的内心深处，总浮现出年轻时的那场初恋，但很多人的生活经历都告诉他，初恋大都无法走到婚姻中去，因为那时候太年轻了。在离开初恋的那些日子里，没有人可以看见他的痛苦无望，他在老家的房子里曾经抱头痛哭，但又不得不将泪水洗得干干净净，以此去面对即将告别人世的父亲。那时候，他真的很年轻，家里人的一封电报就将他召回家，他是乘小火车到昆明，再乘绿皮火车回家的。

年轻，将他的命运载入了另一种现状，父亲身患重疾，所以一定要让他跟一个故乡的女孩结婚。他的命运就在那刻被完全颠覆了。接下去，他将暂时不可能重返碧色寨，去寻找他的初恋。等待他的是新婚的生活、父亲的离世还有说不清楚的生存问题。尽管如此，几年以后，他又带着年轻的妻儿乘小火车回到了碧色寨，重又回到了草坝小镇，并又开起了江南裁缝铺。这一切都意味着他是无法忘却果果的，而当那么一天，果果真的又站在他的裁缝铺门口时，他的现实生活就这样真实而残酷地出现在果果眼帘下，那一刻，他表面平静，内心却已经开始崩溃并充满了难以言说的罪恶感。

碧色寨曾经是寂寞的，在被时间所遗忘的那些日子里。如今，人们仿佛从梦中醒来了,开始重视碧色寨的存在。首先,是一些人类学者在用言行穿越碧色寨所绵延出去的铁轨和枕木,他们发出的声音,必然会影响旅人和探险者的脚步。在这之前,已经有一批又一批人徒步行走过这条铁路。燕子来到碧色寨以后,总是会听到很多传说,有些传说是从风中传来的,风也会附带语言的。只要你用心倾听,无论是春秋还是夏冬之风,都有它们的絮语。风语带来了大自然的变化,没有风的引力,枯树就不会长出幼芽,没有狂风呼啸而来,大地上就没有灵魂的震撼。除了风语之外,也有口头语言的传播力,每个人使用语言时,已经在不知不觉之中传播着各种消息。口头语言也具有演变力,一个人传出的语言,到了另外一个人嘴里,又在原基础上增加了另外的语言。

她开始想用手写,想模拟外婆手写日记的方式,但她发现从大学时就一直在用电子本写论文,这已经成了一种习惯。她明白了,她跟外婆的手写相隔了漫长的时光,她已经完全被现代文明所奴役。于是,她开始在电子本上写作。当她开始写作时,她发现了一个现象,乔尼总是从碧色寨外出,而且都是徒步。这并不奇怪,既然乔尼手里也有一只跟她手里的一模一样的箱子,那么,总是要有时间渊源在等待他们去探究的谜底。对于这个谜底,两个人用不同的方式去诠释,燕子选择了写作,乔尼则选择了徒步。其实,这些都是延缓了他们的外婆和爷爷们的命运而已。燕子的外婆,也就是当年那个守候在艾玛咖啡馆的蔷薇姑娘,在很长一段时间里,除了守咖啡馆,以此方式等待母亲降临外,就是在那本百年前的笔记本上,记上有意义的事情。燕子每次翻开外婆的日记本,总能感受到那个带着青春气息的女孩,那个周身散发出野生蔷薇气味的女孩,坐在咖啡馆一角,看似平静,内心毫无波澜,其实,那个女孩已经在感受世界和时态的变幻。而另一个人,就是乔尼的爷爷尼桑,他跟碧色寨乃至整条滇越铁路是最有渊源感的。

渊源就像曲线环绕着我们的身体，我的灵魂在这些曲线中被编织缠绕不休。我们返回历史的源头，其实也是在找回迷失时间中的我们自己的翅膀和羽毛，在何处飞翔？又有哪一根羽毛从天空中落下来，成了羽毛笔？

乔尼从箱子里发现的是爷爷的故事，这故事需要他徒步旅行，以此才能寻找到爷爷的履迹。他开始从碧色寨出发了，就像百年前的爷爷在寻找着失联的父亲，而他仍然用此古老的行走方式，寻找爷爷的故事线索。

13

故事像打开的魔盒，由于天长日久必然散发出诸多味道。我们每个人都应该随身携带曾经打开又合上的魔盒。这是时间和生命赋予我们的，也是命运递交给我们的。

当我们从碧色寨醒来时，似乎那只魔盒打开了，晚上睡觉时，魔盒又合上了。是的，神也要休息，万物万灵也要休息，所以魔盒也要休息的。时光散发出的那种光泽，使碧色寨显得祥和。

世界上最黑暗的夜幕必然会带来世界上最明亮的白昼。对此，我仿佛感受到了交错的手臂下不期而遇的奇幻，只有它能长相厮守。

14

很久很久以前，小白到底去哪里了，这是一个不解之谜。尤其是在那个夜晚,如果不是身体已经完全精疲力竭,尼桑和蔷薇还会继续寻找的。那个夜晚虽然显得漫长,但很快也就过去了。晨曦来得很快,在晨曦中突然就传来了轰鸣声,尼桑知道这是飞机的声音。飞机飞得很低,他和蔷薇几乎都在同一个时间拉开了客房门,他说,这飞机飞得很低并不是好兆头。他一边说一边往楼下走,蔷薇也跟着他往楼下走去。院子里都站满了住店的旅客,他们说,这是日本人的飞机,有可能是来轰炸城市的。最近日本人的飞机经常在空中盘旋,这是轰炸城市的开始。

是的,这一切都暗示着,世界并不安宁,尼桑说,他感觉到了小白去哪里了。他一边说一边拉起蔷薇的手说:小白一定去我们昨天去过的那个地方了。蔷薇用困惑而不解的目光看着他。尼桑没有解释,只是更坚定地说,是的,如果我没有猜错的话,他一定去那个地方了。他拉着蔷薇的手走出了客栈,朝着外面奔去,日本人的飞机还在上空盘旋着,离房屋很近。人们都在往天空看去,目光充满了惊恐和焦虑不安,同时也在研究判断日本人的飞机到底来干什么,他们会从轰炸这座城市开始吗?这些都是在战乱中产生的问题,关于生死和逃亡的问题。

他带着她加快了脚步,眼下最为关键的是要寻找到小白,然后尽快撤离回碧色寨去。他知道小白一定去了那个地方,昨天去的那个地方,当然他们昨天穿越了很多街景,还到翠湖青云街走了走,后来就越走越远,所以才到了那座山坡。之所以到山坡,是因为他们在山坡下就听到了操练声。现在,他们已经上了山坡。正是练操的时间,山坡下就像昨天一样又出现了几百人的新兵。尼桑是有备而来的,他们离开客栈时,他背上了照相机和望远镜,其实这两件器物他都是背在肩上的。

尼桑从包里取出了望远镜,长久的野外求生探险已经让他习惯了使用望远镜探测几百米外模糊不清的现实。现在,他又用望远镜往山坡下的练兵场看过去。如果不使用望远镜,看到的就是几百人的身体,那些充满年轻活力的身体。除此外,就看不清楚他们的面孔了。蔷薇说,你是在寻找小白吗?他点点头。看得出来,他的目光是迷茫的。尽管如此,他仍然耐心地在手上举着的望远镜的移动中,搜寻着小白的脸。那张18岁的脸,除了有些黝黑之外,几乎没有任何斑点和伤疤。他能在人群中找到小白吗?这是一个令他迷茫的现实问题。是的,就像日本人的飞机环绕着天空,让整座城市突然充满了焦虑和不安。

从望远镜中出现的每一张脸都带着青春的气息,看得出来,这些男孩都刚穿上军装不久。每一张脸都不一样,正像有些男孩是单眼皮,有些男孩是双眼皮;有些男孩脸上有痣,有些男孩脸上没痣。他确实很耐心,但因为练兵场是动态的,所以望远镜中的脸也是移动中的,他这样反反复复不断地搜寻,望远镜似乎成了万花筒,里边的每张面孔都在魔幻地拉长或拉扁。就在他快要失去耐心时,一张脸突然出现在镜面中了,他惊喜地叫道:小白,小白,小白……先是对着望远镜叫唤,最后突然放下了望远镜,对着山坡下的练兵场,大声唤道:小白,小白,小白……

风吹拂着山坡上的野草,这些早已干枯的野草充满了锋芒,可以划破人的手指。也有很多长高了的植物,或许是根须深的原因,树叶却显得丰厚,仍然是绿意盎然。一座山坡,两种色彩,何况是人,每个人的命运,当他们学会奔跑时便跑出了自己的宿命,这宿命是被世态所改变的,也是被自然万物所召唤的。他再用望远镜看时便已经找不到那张属于小白的面孔了。太阳越升越高,已经是正午了,练兵场的新兵们突然就列队撤离了。他们下了山坡,找到了新兵营的门口,有穿军服的军人守候着,不让进去。他们说明了原因说出了小白的名字,门卫说叫小黑小白的新兵太多了,他们训练很忙,很快就要出发去缅北战场了,再不出发,日本人就要打进来了。他们继续恳求了半天,也无法进去。就这样,他们不得不撤离而去,搭乘下午的小火车回到了碧色寨。

在去火车站的路上,乔尼带蔷薇进了一家法国人开的百货店,里面从一小盒火柴到唇膏、钥匙链、毛巾、肥皂、香槟、礼帽、外套全都是法国原产商品。乔尼突然看到了两只棕色的不大不小的皮箱,他盯了片刻,买下了两只一模一样的箱子,一只递给了蔷薇,另一只自己拎着。蔷薇好奇地问他,为什么要买两只同样的箱子?他的目光恍惚着自语道:我也不知道,总之,看见这两只箱子,就想让你手里拎一只,我手里拎上一只……倘若有一天我们突然在战事中找不到对方了,或许箱子会让我们彼此之间有秘密的联系,让我们重又遇见。

蔷薇点点头,她好像听清楚了,而且她的目光看上去,一直沉迷于他刚才说出的意境中。有时候在人说出的现实中揭示出了未知的一切。她和他都拎着那只箱子,两只完全相同的箱子,一只在他的左手,另一只在她的右手。在纷乱的人群中,也有许多人拎着箱子,看上去,他们是从外省逃难而来的。他用右手牵着她的左手。两只箱子是空的,所以看上去很轻。在以后的时光中,这两只箱子将装上物件,它们是信物,也是时间的存在。

在那个时刻,我仿佛也在人群中,随同不安的心绪,我的脚步产生了错乱。我其实就走在他们旁边,我是这两只箱子的见证人,在人海迷茫中每个人都是孤单而独立的,所以,在他们手牵手朝火车站匆匆赶去时,我看见在那一刻,他们的恋情和彼此的依赖。在那一刻,他们上了火车。

坐在小火车上,两个人都沉默不语,尼桑意识到了战争已经逼近这片边疆，但他相信战争还不会那么快地进入碧色寨。就目前来说，碧色寨仍然是一座避难所，只是小白的命运成了他们最为忧虑的现实，他甚至有些后悔，将小白带出了那座村寨。这件事，他觉得自己有责任，便谋划着回到碧色寨以后，要亲自去一趟小白的家，将小白参军入缅甸征战的事情，告诉小白的家人，如果能遇到小白的父亲最好。

两个人的目光迷茫地望着车窗外缓慢移动的田野群山，有时候，他们的手也会很自然地放在窗前的小桌面上，手指间相互抚摸着。他们的关系像是兄妹又像是恋人。

15

时间在百年以前的碧色寨停留着，同时也同样在果果的时代穿越着。她已经在这条铁路上穿行了很长时间。突然有一天，她带着小礼物想乘小火车去碧色寨再去草坝，因为明天就是赵云的生日。她没有给他打电报，是因为她想给赵云一个小小的惊喜。她越过了那天笼罩着滇越铁路的大雾，从小火车离开昆明城区的那一刻开始，车窗外就已经升起了一层薄雾，当火车越开越远进入丘陵时，雾越来越浓郁，几乎在车窗外就看不见任何风景了。往日碧色的天空、洁白的云朵消失了。尽管如此，只要想起很快就会见到赵云，并为他庆生，她的内心就升起了喜悦。

浓雾被小火车一路上穿越着，终于来到了碧色寨。这一天，到碧色寨下车的人很少，只有几个附近的村民，他们好像是乘火车去省城卖蜂蜜的，现在，他们卖完了自家的蜂蜜又回碧色寨了。他们背着篮子，里边有装蜂蜜的坛子。果果很羡慕这些养蜂人的生活，他们看上去就住在碧色寨附近的山村,因为他们出了月台朝枕木铁轨外走去了。这几个养蜂人,有一种向外走的潜意识,而且知道背上自家的蜂蜜,乘小火车到昆明去卖,除了有经济意识之外,同时也受到了文明的召唤。他们卖完了坛子里的蜂蜜,看上去有一种心满意足的感觉。哪怕视野被浓郁的雾帐所笼罩,脸上都有幸福感。这种朴素的幸福感,也同样影响着果果,她包里装着一件亲手编织的毛背心,最近一段时间,女生宿舍里突然兴起了一种织毛衣的时尚,她们买来了毛线针、毛线,下课以后就坐在床边手织毛衣。

她花了几个星期,终于织完了送给赵云的生日礼物,一件灰色的毛线褂,盼望用自己的方式去给赵云庆生。下了火车,浓雾几乎让她看不清楚路,这应该是她在出生以后所经历的持续时间最长的一场大雾了,之前所见的雾,来得快,消失得也快,而已经好几个小时过去了,这场雾仍然在天与地之间游离不散。她走得很慢,跟往常相比,这是速度最慢的一次,因为无法在雾中快走。慢,同样充满了幻想和期待,明天就是赵云的生日,她要为他庆生。其实,庆生的方式就是坐在草坝镇的一家小餐馆里,要两瓶大理啤酒,说一些幸福的话题,把自己喝得微醺而已。

终于抵达了小镇的入口处,这是一条从铁路进入小路再进入小巷的路,这也是赵云发现的最近的路,许多次,赵云都会骑着那辆法式自行车,亲自把她送到碧色寨去。她仿佛又听见了自行车旋转的声音,这条小巷深处仿佛还弥漫着他们的声声私语。走出小巷,再走五百米就可以到达江南裁缝铺了。她像一只轻燕突然在大雾中飞了起来。其实身体并没有飞,而是意念和灵魂飞了起来。

迷雾笼罩着小镇,让她突然间就找不到赵云的店铺了,这很荒唐吗?她有些想笑,感觉到这场大雾也太大了,竟然让她失去了方向感。她是有记忆和判断力的，这到底又是怎么一回事呢？她开始在原地旋转，她认定了这就是江南裁缝铺的地址，这是不会错的，但为什么就看不到门口的牌子？为什么也看不到店门敞开？为什么也看不到用衣架挂着的旗袍呢？旁边的店门走出来了一个女子，她是开杂货铺的，因为在隔壁，所以她是认识果果的。女子40岁左右，看见了在门口走来走去的果果，便走出来对果果说：果果，赵云一个多月前就离开了，好像是他父亲生病，要让他尽快关掉铺子，回家陪伴父亲。他当时走得好像很急，可能没时间联系你。

　　隔壁女子善意地解释着这一切，尽管如此，果果突然感觉到这变数来得太不近人情人意了。赵云的离开对于她无疑是不可理喻的残酷和荒唐，而且竟然已经走了一个多月了，没有给她写一封信，发一封电报，这到底是为什么？这变数就像眼睛下的浓雾般彻底地罩住了她。她想在雾中大哭一场，然而，却没有眼泪。她点点头，隔壁的女子大约看到了她的无望，就邀请她到店里喝杯热水。她恍惚地摇头拒绝着，然后开始往回走。在路上，她终于忍不住了，泪水奔涌而出。她在撤退，在奋力地往回走，终于走到了碧色寨，终于又等来了下午最后一趟途经碧色寨的列车。她陷入了一场巨大的迷途，赵云说走就走，尽管是奉父命而走，仍然显得无情无义，一个关掉了江南裁缝铺的人，是不会再回来了。是的，她坐在火车上面对着窗景，巨雾早就已经散开了，很多东西都会散开的，只是需要时间而已。是的，她是学艺术的，而且是画油画的，画布上的每一种油彩都需要调色，生活也如此，恋情更是如此。这是她的初恋，她知道，虽然她现在还不知道等待她的是什么，但有一点是明确的，他已经离开一个多月了，他联系她是很容易的，既然在这么长的时间里，没有给她写过一封信，发过一封电报，那就意味着他是有意识地要回避她的。

16

她突然发现了自己身体的不适,已经有三个多月没来月经了。常识,基本的常识告诉她,必须去医院看看。回到学校不长时间,她显得对什么事都心不在焉的,仿佛仍然没有从赵云不辞而别的现实中解脱出来。她必须去面对科学,面对自己的生理现象,所以她鼓起勇气来到了医院妇产科。当她拿着化验单的结果时看了看,也看不出任何结果,便带着化验单又回到了帮她开单化验的妇科医生面前。年轻的妇科医生也就30岁左右,看了看化验单只说出了一句话:你怀孕了,而且已经三个月了。

她的脸红了,红了后又突然间变得一片苍白。这是雪或纸一样的苍白,是她出生以后所面对的来自身体的最大浩劫和惊悚。她突然感觉到想钻到地洞里边去,妇科医生问她是要留下孩子还是人流?并告诉她,胎儿已经三个月了,如再不人流就无法做手术了。她睁大双眼本能地抚摸着腹部,就那么一次,与赵云爱的激情下发生的那么短的身体的关系,为什么就让她子宫中有了胚胎?

她摇摇头避开妇科医生的目光走出门去,走廊上还等着各种年龄段的女人,当然也有她这个年龄段的女孩子。她知道,将这个胚胎留下来就意味着是一颗种子,它会像植物一样生长下去。如果人流,什么都不会留下来,那个胚胎就流产了,不会在身体中继续生长下去了。哪怕在最艰难的时刻,她同样也能面对局势,这大约也是受了母亲的影响,对了,她突然间想起了母亲,在这一刻,母亲就是她的归宿,是她的家和避难所。她决定马上回家,去面对母亲。

这弯曲的枕木铁轨就在你眼帘之下
这是宇宙光芒中的碧色巢
当你醒来时,一个遥远的时空
穿梭在蓝天白云之下
你携带旅途的伴侣来到了此地

2021年 泊男

第四章 穿越时空的碧色寨

1

　　穿越时空的碧色寨,需要乔尼的脚步。用钥匙是为了插入孔道好打开门,而乔尼从小生活在爷爷身边的那些片段,如同飘逝的时间总是在以想象的触觉,将一幕幕场景重现在他的眼前。过去的每件事,人们所经历的命运遭遇,都意味着被时代所忘却,只有置身其中的人通过回忆将模糊的片段看见。爷爷早已离世,他的存在似乎就是为了替代爷爷完成他回忆的梦想。

　　他开始身背简易行装,现时代沿滇越铁路行走,已经不是一件困难的事情,何况,有爷爷给他讲过的故事。那些故事年代久远,爷爷一边讲一边回忆。爷爷喜欢喝手磨咖啡,每次喝咖啡时,爷爷都会说到蔷薇姑娘,这是一件很有意义的事。爷爷始终停留在他生活在碧色寨的时代,他的内心始终充满了年轻的召唤,因此,每次喝咖啡,都要说蔷薇姑娘的手磨咖啡味道很好,并感叹着离开了碧色寨以后,就再也没有喝到过那种味道的咖啡了。现在,他还能记得爷爷说话时的语调:缓慢的语速,缓慢中从很久以前的碧色寨弥漫出来的咖啡味道……还有爷爷缓慢中撑着拐杖,向着农庄外的花园小径慢慢地行走着,他每天总要走到那片蔷薇花丛中去,原来这里并没有蔷薇,是的,乔尼记得那年他已经10岁了,爷爷突然有一天让仆人移植来几棵蔷薇花,栽在了那片空地上,爷爷自语道:明年春天蔷薇就会开花的。自此以后,爷爷就会经常到那片土地上,他在等待着春天的降临,第二年春天终于来临了。

粉红色的蔷薇花开了,因为移植来了一大片,而且那片土壤水土好,第一年就开了很多花。这是一片让爷爷激动的风景,后来当他进入青春期时,爷爷才用更加缓慢的语调讲述了一个叫蔷薇的姑娘……爷爷说,他就是在碧色寨的一片蔷薇花丛中,第一次看见那个美丽的姑娘的……他好像能够感受到爷爷所追忆的那些感情了,因为他已经18岁了。

自此以后,蔷薇姑娘就成了一个结构符号,一个线索,爷爷的每一次缓慢的追忆不断地会强化这个名字。

蔷薇姑娘成了重要的线索,既然如此,让我们重新回到很久以前的碧色寨,只有穿越新旧时光,故事中的故事,才有时间的魔力。时间为故事穿上了羽毛,可以飞行,同时也让故事回到了现时代,让它在碧色寨漫游。

这个时间段的我自己也在穿越之中,现实中,我正坐在碧色寨酒店的大堂中,有时候,我想转换一下空间,在两个人的客栈中住几天,又迁到碧色寨酒店,这是两种风格的居处。不同房间格调的酒店客栈,会显示出完全不相同的功能。上次我住的是两个人的客栈,我从网上订的房间,当时确实被客栈名吸引了:两个人的客栈。

两个人的客栈,首先是两个人,其次是客栈,我当时确实被这个称谓吸引了。落地客栈,便看见了两个人经营的客栈,那个整天坐在露台上写网络小说的女孩告诉我说,她已经观察了很久,他们两个人也是在碧色寨相遇,后来就开了这家客栈,他们的关系既不是恋人也不是夫妻,就是合作者而已。事情并没有这么简单,我是局外人,也是风中的一阵风,水流中的一点浪花,这就是说,我感觉到此岸或彼岸都有联系,两个来自不同国度的人,在此相遇,创建了两个人的客栈,这就是源远流长的时间组合的一支神秘乐队的演出。

2

时代渊源穿越着地平线的尽头,我们回到尽头又开始往回走,这就是人生,数之不尽的蜘蛛尽情地织网,为了完成它们的使命,每个人的使命都不一样,只要活着,就拥有各自的使命。

艾玛又来到了那座有奇鸟栖居的小镇,这一次不是为了寻找失联的丈夫,而是为了自己。为了那个活着的自己,自从来到碧色寨以后,她将自己所携带的那种使命驻足于这片延伸出去的地平线,随同寻找的不同地点,她慢慢地对这片异域的土地充满了向往和好奇。是的,向往和好奇驱动着她的身体。自从那次离开了鸟镇以后,她的身心仿佛就已经发生了微妙的变化,在想象和回忆中总是出现飞到她肩头上的那只鸟,还有那个用肩膀顶着一只大鸟的马锅头。她觉得这个世界好像发生在梦中,有一种虚无的不存在的感觉。自从那次从鸟镇回来后,她一直在虚无和现实之中寻找某种出口。碧色寨看上去很安静,似乎是一种从未有过的安静,但这种安静却潜伏着危机,她知道该来的总会来的。目前,所有人谈论和关注的还是战争。有人已经预言战争的发生,他们坐在咖啡馆里喝着一杯咖啡,可以从黄昏坐到半夜,所谈论的都是第二次世界大战的焦点,以及从哪里来,到哪里去的问题。

她回到咖啡馆时，不知不觉中就融入了这个小世界，耳边充斥着他们的声音，外面正有小火车经过。

她回到碧色寨时，每次都仿佛回到了自己的家，洗过澡以后，她穿上从巴黎带来的衣裙，带着天然的淡淡的清香，坐在一角，休整着身心。咖啡馆已经不再让她操心，蔷薇姑娘很能干，她独自一人已经完全承担了从管理到服务的细节。小白走了，他们告诉她，小白去缅北参战了。

她当时听了，愣了片刻，那天黄昏，她在咖啡馆工作着。尼桑和蔷薇都回来了，但就是没有见到小白。两个人显得很沮丧，她问小白为什么没有回来，尼桑说，他参军了，去缅北征战了。艾玛心头悸动着，自语道：小白才18岁啊，他那么年轻就去征战了？这是为什么？

没有人告诉她这是为什么，一切都没有答案，包括他们每天在咖啡馆所谈论的所有问题都没有答案。但他们回来了，只是没有带小白回来让她有些揪心，在那样一个时代揪心的事情太多了。所以，尼桑和蔷薇一回来，她就又滋生了一个梦想，想去证实不久之前去过的鸟镇，是梦还是一个现实。她穿上了外出的衣服，浅咖色的衣裤，戴上了一顶小圆帽，一双深咖色的平底马靴，纯粹的法式妇女外出探险的装束。她走出艾玛咖啡馆时，蔷薇总站在咖啡馆门口的石阶上一边目送着她，一边观看从小火车上走出来的人群中是否有她的母亲。每个人的生活状态看上去都不安宁，都有挫伤感。所以，她才从碧色寨一次次地乘火车到那些沿途的小镇去寻找和生活。

鸟镇出现了，她开始告诉自己，这不是梦而是现实。一辆牛车将她载到了鸟镇，这是她下火车以后经常乘坐的最原始而古朴的交通工具。牛车通常停在铁路外面的乡村土路边缘。很久以前，当她第一次发现牛车是停在路边载人时，非常好奇和兴奋。牛车停在麦地和苞谷地中间的小路上，远远看上去就像一幅风景油画。那个赶牛车的人坐在车上，好像是在等什么。她走过去，问去附近的小镇有多远？赶牛车的中年男人听懂了她的法式汉语，对她说有很长一段路，并让她上车，可以送她到小镇去。她上了车，赶车人一边走一边赶着车，一路上都是庄稼地的风景。从那以后，她就知道了，停在铁轨外面的牛车是可以载人的。

这一次牛车又将她载到了鸟镇，上次她好像是步行过去，因为有雾雨，小路上看不见一辆牛车的踪影，走着走着也就到了那座鸟镇。牛车的速度跟走路也差不多，但她自从乘牛车以后，就可以坐在车上安心地欣赏风景。再就是她从赶牛车的人目光中感受到了他们的期待，因为她乘牛车可以让赶车人有一点小收入，也就是艾玛咖啡馆一杯咖啡的费用。她知道目前农人也不容易，她一方面看到这片肥沃的土地，同时也看到了当地农人生活的贫困。因为如果生产的农产品无法运输出去，农人就无法用农产品兑换钱币。

所以，每次从钱包里找钱时，她都会有意识地多给些，她从赶牛车的农人眼里看到了惊喜和光，这些微妙的感觉让她只要见到牛车必坐。她又一次看到了鸟在天空中飞翔，视野中有那么多的鸟群，确实像幻梦般显得遥远而不真实。然而，眼下的小镇确实是存在的，一只鸟仿佛已经熟悉她，慢慢地从半空中飞来，栖在了她的肩膀上。她知道该怎么做了，就像上次一样伸出一只手，轻柔地捉住了鸟身，再用双手轻托它，然后，伸展手臂，将那只雪白的鸟放回了天空。她记得，上次飞来的鸟是红色的，像火烈鸟，而这次飞来的鸟是纯白色的，不管是哪一种色泽，都会给她带来梦幻般的惊喜。这座小镇仿佛是乌托邦，似梦似幻，就这一刻时间里，鸟又栖在肩上，她伸手捉住鸟的那一时刻，感觉到咖啡馆里人们谈论的那些战乱，焦虑的神情是多么遥远啊！

她走在这座小镇，屋檐顶上栖满了多种斑斓色彩的鸟儿，人们的肩头也都栖着鸟，田野上到处是白鹭，它们在水渠边饮水，在田埂自由地漫步。如果不是第二次来，她真的以为上次的经历只是一场梦幻而已。这一次来，她带上了照相机，这是被尼桑抛弃的照相机，在很多性情的本质上，尼桑跟他的父亲真的很相似。就像对待照相机的态度，他们总要拥有品质最好的器械，按照父与子的理论，男人的衣服有两三套就足够换洗了，但男人在任何时候都要穿得干干净净的，男人从出生那天开始，就是来世间冒险的，一个生活在温室中的男人，永远无法走出去。

而一个男人如果不走出门去，就永远不会知道世界有多大。当一个男人缺乏对世界的好奇心，就不会产生去探索世界的梦想。然而，当一个男人前去探索世界时，必然配备器械，否则，你一路上所经历的风景故事只会匆匆而逝。在那个年代，男人要探险，必备野外帐篷、望远镜和照相机。这是最为基本的携带物品。而这些东西在父与子身上都变成了现实。父与子都很相似，如果发现了更好的器械总要买下来，替换原来的。这种秉性由来已久。所以，艾玛将尼桑所抛弃的那架照相机从抽屉中找出来，这是不久之前的事，对于相机功能，她略有所知，但只要多用，也就熟悉那些简单的功能了。

这一次，她是有备而来的。肩上背着被尼桑所抛弃的照相机，她有一种新鲜的感觉。端起照相机，她想拍下这座地球上罕见的小镇，她想拍下那些来来往往的鸟群。她想拍下屋檐下的鸟巢，人们肩头上的鸟儿。当她走了一天回到上次住的那座客栈时，已近黄昏了。这一刻，黄昏具有暖色的调子，仿佛笼罩着她，通向客栈的那条青石板路突然间就传来了奇异的马蹄声。

她已经站在客栈的院子里，这马蹄声让她的心跳莫名地加剧着，在潜意识中除了寻找这座小镇的异鸟，她似乎也在等待着某种东西的降临，难道是马蹄声吗？幻觉中又出现了那个身材高大的马锅头，出现了他肩头顶着的那只大鸟……

这一刻，应该是艾玛潜意识中最为期待的现实：马锅头走在前面，传说中的马锅头永远都是走在前面的引领者。马帮是这片神秘版图上的一个神话和现实，在没有路的羊肠小道上马帮走出了原始森林，走出了通往异域的路线。艾玛每到一地，都注重与土生土长的当地人交流。使用法式汉语，就像法式面包中有来自碧色寨的香草果酱，混合式的味道，已经渐渐被人们所接受了。她端起照相机拍下了走在前面的马锅头和他肩上的那只大鸟。多年以后，如果这照片还存在，那绝对是一个传奇。

3

多年以后，乔尼走到了沿碧色寨山冈而上的一座村寨，他也是在边走边看中走进这座古寨的。

多年以后，如果地球还一如既往地生长植物，让生命腾空而起又落地，那么，我们此刻所经历的生活，都是传奇。而此刻，该生长的树在生长，该凋零的花在凋零，该产生的魔幻，在我们的出入境内成为一种常态。

乔尼看见了牛车，它依然存在。这牛车是否就是当年载着乔尼爷爷的母亲艾玛，沿着土路进入鸟镇的那辆牛车？没有人可以告诉你最为精确的答案。漫长岁月过去了，仍有人守在路口用牛车载人，这是一个缓慢的未被时空所消解的风景。乔尼感到很意外也很兴奋，走着走着就寻找到了爷爷他们那一代人所经历的故事。他上了牛车，本来要坚持徒步的，然而，一辆牛车停在路口，是在等待有人乘坐。他来了，就像当年的艾玛，既然来了，就感受到了召唤，不想让等待者失望。他也不知道，这辆牛车将会把他带到哪里去。这些都不重要，在他这个年龄，有的是时间。

现在和未来都无法摆脱昨天的存在。进了一座村寨，道路弯弯曲曲的，出现了一批摄影者。山坡上一大片金色的油菜花，还有一条河流从油菜花田中间弯曲而去，这风景看上去就像是人们想象中的天堂。难怪山坡下有古老的牛车，因为有现代摄影发烧友发现了这座天堂，这里看上去确实是发烧友喜欢的地方。

乔尼则是无意中进入的，他在油菜花盛开的山冈上发现了山脚下的村庄。这座村庄看上去也很古老，竟然看不到一座有钢筋水泥盖的房子，倒是有很多老宅，一个摄影者站在村口正在拍老房子，他告诉乔尼说，这个村里在很久以前都是走马帮的，在外面做生意带着银子回来盖房子。确实，这些古宅都有时间的痕迹了，但仍然保持着当年建造时的乡村美学。走进一座大宅院，竟然有前花园和后花园……这样古老的布局，镂空的格子门、窗户都是实木的，没有一根钉子也没有一块水泥，因为建造这些老宅时，还没落地铝合金钢窗玻璃，也就根本没有水泥可浇筑。

美学热爱者乘着牛车来了，他们都是来拍照的，不是用手机拍照，而是用背在肩上的带有长镜头的照相机。这个时代背上照相机器材的人都称为发烧友，他们为自然界奇异的世态而发烧，为那些让身心灼热的场景而发烧。

乔尼走进了村头的这座老宅，从前花园到后花园，让他产生了一种来自东方的幻梦般的迷津。当他步入后花园时，看见了一个老人，远远看去，他就像一座浮雕。越往前走，才发现他坐在后花园的一个石凳上，背靠着一样苍茫的石榴树。正是石榴树开花的时间，他虽然来碧色寨已经很长时间了，但还是第一次看到如此茂密的石榴树，从树形就可以判断这棵树的年纪应该是很长了。这些从树枝中绽放的石榴花，有一种红的历史，从它初绽花朵的那天开始到现在，应该有久远的历史了。来到碧色寨以后，乔尼越来越喜欢历史的痕迹。他已经离坐在树下的那个老人很近了，老人仿佛之前在打盹，现在微微地抬起头来，他怀里有一根拐杖，倚在他的膝盖骨之间。

乔尼想起了爷爷，在爷爷最后即将告别人世时，也是这样，仿佛经常沉入似睡非睡之中，像一个幼婴。他慢慢地尽量让脚步轻柔些，但老人感觉到了他的存在。我们的任何存在都是依靠身体的气息和脚的动态，气息可以浮游在空气中与大千世界别的种种气息相遇，而我们的手脚同样因移动而充满了触感。

人与人的相遇是时空中的偶然，因而也是命定的安排。如果乔尼没有徒步行走，就无法看见路口的那辆牛车，赶车人仿佛是从旧时代走过来的，把一个又一个寻找古村落的人送到了村口。那辆牛车来往于现代人之间，乔尼也是被牛车送到古村落的人之一。他听见了坐在那棵盛放着红色石榴花树下的老人在说话，仿佛在召唤他过去。他轻手轻脚地来到了老人身边，老人抬起头来，用一种刚刚从梦境中走出来的眼神看着他，乔尼能感觉到老人想说什么。

老人的牙齿好像已经全部掉完了，他发出的声调好像幼婴的牙牙学语，他问乔尼：你是从哪里来的？这一句话的语调断断续续的，尽管如此，乔里还是听明白了，因为，从小到大，乔尼就生活在爷爷身边。他大概已经习惯了从老人的语调和目光中，分析和判断他们在说什么。所以呢，他明白了老人的声音,便屈膝而下,这样离老人可以更近一些,他说:我是从法国来的,一个很远的地方……

他没有想到的事发生了,老人竟然也听清楚了他刚才的声音,老人显得有些激动地想站起来,乔尼站起来用双手扶住了老人说道:爷爷,你慢慢的,你想去哪里,我扶你过去。他一边说一边用结实的手臂搀扶住了老人的手臂。老人拄着拐杖,他看上去如果没有人搀扶,仍可以独立行走,只是走得慢一些而已。老人看样子想带他去上台阶,他顺着老人拐杖朝前移动的方向往前走,他们上了台阶。老人喘了口气,用断断续续的语音说道:我终于等来了一个法国人。

老人将他引进了一间老屋,里边有他的马鞍、毡帽、铜锣锅等器物。难道老人年轻时是马锅头?这间房子里堆着的、墙壁上挂着的都是旧物。最重要的场景出现了,老人拉开了一只老抽屉,事实上,屋里出现的所有器物都像老人的年轮,斑斑点点的痕迹,经历过了太多时间的风化。老人亲自伸手拉开抽屉的声音很小,那张桌子虽然古老了,却是干干净净的,没有一点点灰尘覆盖着。老人站立在抽屉前,他想尽力地将身体伸直些。

从抽屉中老人找到了两张旧照片,当老人伸手将旧照片递给乔尼时,乔尼看见了老人的手布满了青筋。奇迹总是要出现的,时间创造了许多令我们的生命为之惊叹和战栗的那一刻:乔尼从老人的手里接过了两张照片。他当时并不知道,老人递给他两张照片是为了什么,也并不知道照片上有什么样的过去和历史再现中的现实。

4

有明有暗,这是循环和量子力学的能量,我们在明光中走来走去,在暗光中控制好自己的夜梦,两种光热碰撞即能产生语言。我们现在历经的都是未来史,作为男子,应该勇猛而节制并深情待万物,作为女子,如能像一朵花,美而不俗,艳而不媚——男人女人,两种性别,就是历史学,也是现世的量子原理。

当我这么想的时刻,乔尼正从那个百岁老人手里接过两张照片,你能猜得出来,这是两张什么样的照片吗?碧色寨的存在吸引现代人的又是什么?每天都有那么多人奔往碧色寨,也有那么多人用手机自拍或多人拍照。人们为什么拍照?这个问题很简单,能看见自己在时间中的原形,也能保存自己与自然和世界的关系,以供我们在时间飞逝以后的回忆。

乔尼乘牛车偶遇了那座古老的山寨,更重要的是偶遇到了那两张照片。

一些暗淡的光线过去了,一些艰辛的日子也慢慢过去了。感觉到了时间的无限变数以后,我们在缓慢的成熟稳定中,等待着另一条河流,另一些新的波涛的碰撞。

当乔尼展开照片时,老宅里边的光线显得有些暗淡,再加上照片本身的旧时光,使照片显得有些斑驳。他有意识地移动着身体,这个百岁老人用拐杖指了指外面,他明白老人的意思,让他去外面看照片。他搀扶着老人,其实,他的搀扶有些多余,在他面前的这个老人,虽然身体佝偻着,但拄着拐杖走路时，身体脚步都还算稳健。他们重又回到了那棵撑开了无数枝条绿叶、绽放着无数石榴花的树下，这个地点也应该是老人经常坐着的地方。待老人坐稳后，乔尼便坐在对面的石凳上。这时候，该来面对老人递给他的这两张照片了。是的，手里的是老照片，乔尼感觉到了什么，一种过往的烟云仿佛在天空中变幻着。

5

表面上看，该过去的，理所当然地过去了。事实上，该过去的必将过去，不该过去的仍在你身边停留盘绕着。乔尼举止看上去很庄重，他从走进这座古宅，准确地说，从他在路口搭上这辆牛车的那一刹那，就隐约地预感到了，碧色寨铁路边的这座山坡上，有一个时代的故事正在召唤着他的到来。生长着山地苞谷和野花的山坡上，有人站在地里拔萝卜，有人在割猪草，有人在追赶羊群。

他来了，现在，光线正好可以让他看两张照片。山冈上正午的阳光也正好照着这座庭院。阳光从屋檐那边射过来，几乎将整座后院全部笼罩。两张照片仿佛也打上了光泽。不知道为什么，从老人将两张照片递给他时，他仿佛就感受到了时间，老人递给他的是从时间的沙漏中涌动而出的，那种离他忽而遥远、忽而又很近的时间。

第一张照片上有一个戴毡帽的中年男人，他肩头上栖着一只大鸟。在他身后是各种颜色的马背上驮着的物资。这一匹匹马看上去很虚幻也很模糊，但这个头戴毡帽肩上栖着一只大鸟的男人是清晰的。哪怕相隔了如此漫长的时间，这种饱和度的清晰，竟然让乔尼认出了照片上的这个中年男人，就是坐在石榴树下的老人。而另一张照片，这个妇女的形象让他惊叹地叫出了艾玛的名字，因为爷爷讲关于碧色寨的故事时，并不时常把艾玛称为母亲，而是经常说艾玛又回碧色寨了，艾玛又乘小火车去寻找父亲了……爷爷完全进入了回忆，艾玛就成了故事中的一个人物形象。在爷爷的那只箱子里，他看见了艾玛的照片，竟然跟这张照片完全一样，背景就是碧色寨的艾玛咖啡馆门口。这是尼桑帮艾玛拍的照片，这张照片是艾玛唯一的，以碧色寨为背景的照片。

令人惊叹的是这张照片又为什么在这个百岁老人手里？为什么？这里出现的谜，当然会让乔尼费解，因为在爷爷的回忆中好像没有这样的线索，因而对于乔尼来说，这显然就是一个谜。坐在树下的老人一直在旁边观察着乔尼的表情，他看见乔尼一直在看有艾玛的那张照片。是的，乔尼一直在琢磨这张照片上的艾玛，爷爷也曾经让乔尼看这张照片，并说道，那时候，每个人仿佛都在忙碌着，每个人都因为战乱显得心绪不宁。所以，他很后悔背着照相机却很少为身边的人拍些照片，就蔷薇姑娘来说，所留下的也就是那张置身在蔷薇花丛中的照片，至于艾玛的这张照片也是很偶然拍到的。

爷爷说到了拍摄这张照片的时间，那天黄昏他回到了碧色寨，他无论如何总是要回来的，寻找父亲的旅路非常艰辛，但因为一边寻找一边独自行走旅行，仿佛也是一个人的探险，所以，每一次出发都充满了向往和寻找的期待。他刚把枣红马儿系在拴马石上，就看见艾玛站在咖啡馆门口，她的目光往月台那边看过去，神态安详自若，仿佛在目送那列即将出发的小火车。

爷爷就是尼桑，就是那个背着照相机和望远镜的男子。他端着胸前的照相机偷拍下来了母亲的这张照片，并让去昆明的朋友将这张照片和蔷薇的那张照片，在昆明的照相馆冲印出来。各自两张照片，他将照片送给了母亲，同时也送给了蔷薇。两个不同年龄的女子,都是以碧色寨为背景的照片,她们看到照片时都很高兴。

那么,这张照片为什么又会在这个百岁老人手中呢?老人开始说话了,他仍然在用幼婴般的牙语发出声音,声音仍然是断断续续的:你是从法国来的,你能帮我……寻找到艾玛的消息吗……她还活着吗……这些声音在乔尼的耳边回响着。他点点头,他明白了百岁老人的心愿,同时也知道,事实是残酷的,他不能将最真实的东西告诉这个坐在石榴树下的老人。

尽管老人的目光充满了从漫长时光中游离而来的等待,在他不多的生命时光中,也许这是他最后需要等待的一个答案。乔尼最后将照片还给了老人,这个下午,他的内心充满着难以言说的焦灼和迷茫。他是慢慢离开的,趁着老人又坐在下午的阳光下开始打盹的时间,他悄然离开了,并走出了宅院,走到了村口。

村口就停着牛车,共有三辆牛车。本来他完全可以步行下山,然而,他最终还是选择了搭乘牛车,他的想法几乎跟当年艾玛搭乘牛车的想法一模一样。第一,搭牛车,可以让站在村口赶牛车的农人不失望。第二,搭牛车,也是一段很有意义的时光,坐在牛车上,倾听着车辚声从弯弯曲曲的山路上滑过去,这种生活让他内心非常平静。尤其是在这个时代,世界上那么多事情,那么多人在征伐,那么多人在逃亡,那么多人在围剿并囤粮,那么多泥石流虫蝗飘飞,那么多城顷刻烟灰,那么多黎明之前的梦在缠着你。

他默默无语地坐在牛车上,下山的路,牛拉车就不像上山那样困难了,赶车人似乎也相对轻松了一些。山风吹来,自有一种很清新古朴的享受。乔尼预感到自己很快还会重返这个村寨的,他一定会寻找到一个合适的机会,再乘牛车上山去看望老人的。他也很想寻找到一个适合的答案去告诉这个百岁老人，艾玛就是他爷爷的母亲。山冈下就是通往碧色寨的铁路，他将车费给了赶牛车的村人，就像当年的艾玛，他将钱递过去时，看见了赶车人纯朴的微笑。

不管怎么样，这次意外的乘牛车上山，乔尼探究到了另一个秘密。时间的另一边，在那久远的时代，艾玛的照片是怎样到达这座古村落的。

不管什么事，什么人，何种身份和命运，如长期交往，必须掌握尺度，艺术的尺度。丧失尺度，则无法进行后续故事。这尺度，无论传统、潮流、先锋，都需要风格。是风格造就了尺度和时间的考验，经受住尺度拷问，则有可能通向未来星际。

走出碧色寨的乔尼，进入了互联网时代，有旅者不断地加他微信，对这个居住在碧色寨的法国青年男子，人们不免会产生好奇，也有些女子会对他产生爱慕之心。然而，乔尼的目光总是沿着铁路而上，他好像对旁边的人事没有多大兴致。

6

回到尼桑身边去吧，回到他从碧色寨拴马石上牵着的那根缰绳，回到久远的那个时代，会让我们不再玩手机耗费时间。玩手机，玩出了经济、人情世故，玩出了浮生世态。此刻，我们需要缓解一切现代化的压力，我们需要从碧色寨出发，这是在艾玛咖啡馆门口，尼桑看上去神态有些忧郁，自从小白参战以后，他就想寻找机会去小白家，因为小白是跟着他出村寨的，他还记得那天上午，村里留寨的孩子妇女老人都站在村口，青年男子和中年男人们都走马帮去了。

他走在前面，小白跟在他身后，就像村里的马锅头也是这样将年轻的男孩子们带出了寨门。走了很久，他回过头去时，还看见了小白的母亲站在寨门口目送着他们。对于小白的离开，她很认可，甚至还很欣喜。因为，男孩长大到一定年龄都是要到外面走江湖去的。

在村里人看来，外面的江湖就是一匹马和一个人，走着走着，就走到了一群马中去一群人中去。小白的父亲没有将小白带出去，而一个来自异域的男子却将小白带走了，村里人对这些蓝眼睛高鼻梁的男人女人并不陌生，很多年前，村里也有男人去参加修筑滇越铁路，不过，好像去了几个人，都没有回来，村里人也说不清楚这些男子为什么没有回家，他们好像都已经习惯了这种生活。反之，男人不出村门，才是非正常的。

这世上有路，是人走出来的。天上的路，是鸟翼飞出来的航线。每一条羊肠小道，越走越宽敞，如果没人在地上行走，天空没有飞禽在飞，丛林深处没有野兽纵横，那么，这世界将成为废墟和荒原。

小白当时没有回头看，他想离开是必然的了，他又走上了父亲和村里男人们走出去的那条路。很久以前，这只是一条羊肠小道，后来，男人们不断往外走，这条路不再是窄小的山羊们穿过的小路了。小白走到了碧色寨，如果尼桑没有带他去昆明，那么，小白可能是另外一种命运。现在，尼桑将沿碧色寨前面的小路往外走，他这次走，是为了去小白的村庄，他希望能在小白的家里遇到小白的父亲，将小白参军赴缅征战的事，面对面地告诉小白的父亲。

谷雨时节,一群鸟在树枝上欢鸣着,越来越多的鸟叫出了它们呼唤中飘来的雨滴,叫出了它们想寻找的谷物的名字。人,要充分地、积极地、在这个有万物生长的天地间努力,也要庄重地、饱含喜悦地喊出自己的名字。

尼桑牵着枣红马儿,这是他的亲密伙伴,自从有了这匹马以后,他身边就有了另一种生命的气息。他没尝试过松开缰绳的现实,他总是牵着绳子,他并非害怕它消失,而是一种通灵,通过一根握在手里的缰绳,他能更贴切地感受到它的存在。有了这匹体格健壮的枣红马儿陪伴以后,他的旅途就不像过去那样孤独了。其实,他是一个非常会享受孤独的人,这一点,同样像他的父亲。父亲从他们的现实生活中消失踪迹,也是父亲享受孤独的方式之一。

从山坡起伏的海拔往上走,仿佛在追索安居于云图上的俗世的村寨。对此,尼桑对这种旅程的变幻总会寻找到新的喜悦和迷惘。一只鹤在他的头顶飞翔着,仿佛在寻找另一只迷路的鹤。他驻足,端起了照相机,一个放羊娃从山坡上走出来,走入了他的镜头。

看似12岁左右的放羊娃,仿佛是从天边走来的。而从天边到尼桑镜头下的距离,到底又需要多少时间才能抵达?尼桑的心底又是一声惊叹,他竭尽全力才端稳了照相机。他以为是幻觉,放羊娃却已经来到了他面前。放羊娃对他手上的照相机很好奇。他笑着,门牙掉了,还没有长出来。他们都有相互吸引的磁力,尼桑视觉下的放羊娃,一定是从天边尽头走来的。而放羊娃眼睛中的尼桑和他手里端着的照相机,是放羊娃从天边尽头一路走来时,碰到的新鲜事物。放羊娃望着尼桑,尼桑也望着放羊娃。突然,尼桑想起来,包里有巧克力,这是他出发之前必带的,以备在旅途探险时,身体无力时用。

他从包里的饭盒中取出三颗巧克力，递给了放羊娃。放羊娃不知道是什么东西，他帮助放羊娃剥开了一颗巧克力，放在了放羊娃嘴里，问放羊娃甜不甜？放羊娃高兴地点点头。他要走了，放羊娃也要向另一座山坡走去。他们的相遇只是偶然，也必然意味着要告别。他要往前继续走去，这是他的旅路和方向，而这个年仅12岁的放羊娃也同样有他自己的方向和命运。

走到小白的村里了，他看见了很多男人在喝酒，村里在举行婚庆。他恰好赶上了这场婚庆，露天的宴席，坐满了村里人。从人群中走出了一个中年男人，他就是小白的父亲。来得早，不如来得巧。小白的父亲看上去刚喝过酒，他走过来将他拉到四方桌前，举起土罐，倒了一大碗酒递给他，一定要让他先喝了这碗酒。这碗酒有浓香味，是用山坡上的高粱酿制的，村里都自酿土酒，有蜜蜂酒、竹虫酒、野枣酒等等，在滇越铁路沿线，人们都有自酿酒的习俗。每逢过节，村人们会用酒去祭祀河流，酒顺河流而下流入海洋；也会祭祀神树，村寨门口那一棵棵枝叶繁茂的古树，村人端着大碗酒朝树根倒下去；还要用酒去祭祀庄稼土地，从路口走向麦地，酒沁入泥土……最重要的是村人从家门口出发，一路总诵念着咒语，那是祈福的语汇吗？

这些习俗让尼桑感受到了一个无限神奇的国度，他在跟随父亲时已经学会了大碗喝酒，父亲总是鼓励他，要学会喝当地人的酒，如果男人不会喝酒，就不会有醉意，男人只有在喝醉以后才会飞起来，喝酒会让男人长出翅膀去天空飞翔。父亲只要喝起大碗酒，总会讲出一些让尼桑意想不到的话。父亲融入了村寨人大碗喝酒的世界，是父亲的言行影响了他。

第一碗酒毫不犹豫就喝下去了，他感觉到胸口一阵阵的灼热。他们知道都有话要说，他和小白的父亲面对面地坐着，从走进这座半山腰的村寨时，他就有一种异常不安和矛盾的心理，因为是他将小白带出了村寨，而小白已经去遥远的缅北战场征战。他走进村庄时，小白父亲的目光一直在往他身后看，他明白小白父亲是在看在尼桑身后，是否有小白的影子。我们在很多时候的存在，都不过是一道影子而已。

是的，我们不过是倒立在地上的一道影子而已。所以，小白的父亲，哪怕带着他的马帮走遍了边邻的疆域，他仍然要带着自己的影子回到自己的村寨。他显然在尼桑身后并没有看见小白，他没有问，只是将一碗醇香浓烈的苞谷酒双手端给了尼桑，尼桑同样用双手从他手中接过了这碗清亮的苞谷酒。这座村寨如此安静，人们举行庆典，而在很远很远的缅北，年仅18岁的小白穿着军装，正在跟他的战友们一块儿征战。

现在，他知道，该把小白的消息告诉给小白的父亲了，酒能壮人胆，如果没有喝了这一大碗酒，说起小白的事情来，他会有些不安。而现在，他们已经给他抱来坛子倒了第二碗烈酒，他听见从坛子里倒酒时的声音，仿佛水浪从岸边涌了过来，打湿了他的鞋子。人生有时候为什么会那么忐忑不安和虚弱呢？他鼓起勇气，因为他知道再继续喝第二碗第三碗，他就醉了，如果自己醉了，就无法说清楚小白的事情，这事必须现在就说，在他还没有喝第二碗第三碗之前，就面对面地说清楚。他打开了话题，讲起了小白。

小白的父亲很显然在用心地听，虽然在尼桑来之前，他就已经大碗喝酒了，但面对小白的父亲，你永远猜不透他到底有多少酒量。他在听，边喝边听，仿佛在听细雨轻风，仿佛在听马蹄声声。他一边听一边在点头，眼神有些忧郁但显示出了男人的风骨，他突然端着大碗酒站起来，他当着全村人的面宣布了这个消息：听着，现在我告诉我的邻居我的村里乡亲，小白，我18岁的儿子，在昆明穿上军装去缅北战场了，从此以后，无论他是在战场上战死,还是活着回来,都是我最为骄傲的儿子。

他说完这话,就把手里的那碗酒喝了,全村人都站了起来,都把手里的那碗酒喝了。尼桑也站了起来,将手里的那碗酒喝了。他终于说完了该说的,说清楚了该说清楚的。现在,他要跟着一座村寨一起沉醉,他已经无法控制自己,全村人都在大碗地喝,这就是酒的功能,它让所有人都忘却了时空,沉醉在此时此刻。

7

醉吧,在这个无常的世态里,能够在一座古老的村寨,大碗喝酒的人们是多么幸福。人们喝完酒回去的路上,有些人会醉在路边庄稼地里,躺在松柔的土地上好好睡上一觉,被星空照耀着;有些人会醉在马厩门口,头枕着干枯的稻草;有些人会醉在墙角石边,枕着祖先们盖的老宅地基;有些人会醉在火塘边,火已经渐渐熄灭了……

8

你好,我亲爱的碧色寨,现在,让我们谈谈心吧!故事已经开始很长时间了,该进入的角色都已经进入了,该隐形或呈现的生活状态都在进行曲中,如同管弦乐队在慢慢地演奏下去。还是回到艾玛身边去吧!在所有的角色中,艾玛的存在给我们带来了一座乌托邦,我曾经试图去寻找艾玛乘牛车抵达过的那座鸟镇,但寻找了很长时间,都没有找到。

温存地对待日常生活，对待你的命运；温存地恪守你的诺言和秘密，对世态的罪与恶保持着认可，用判断力和人性的态度；温存地接受自己和他人的弱点，让自己体内有温热；温存地让风和雨感受你的生命，温存地和自己好好在一起。

艾玛在哪里呢？每一次从碧色寨出发，都带有希望，她总是穿上旅行的衣装，戴上法式圆帽。这个时间内，第二次世界大战正在发生。这是一个充满硝烟和逃亡者的背景。艾玛在寻找，一个人寻找，在碧色寨之外有那么广袤无垠的山脉丘陵区域，有那么多人居住在不为人知的峡谷之巅，有那么多野生动植物在四季的节令中，按照自己的肢体语言在生长。

她发现了鸟镇，并非偶然，而是一种奇异的乌托邦世界在召唤她。我一直在沿碧色寨寻找鸟镇，它到底在哪里呢？艾玛出现了，只有当她出现时，我才可以从21世纪穿越到她身边。21世纪意味着什么？就说四野中的电线杆吧，过去田野上空只有电线杆，现在增加了像绳子捆绑起来的网线，这变化使时间疾飞而逝。世界刚在数秒钟发生的事，转眼间就来到了手机上。手机成为城乡间的小路，通往的是世界的核心区域。而当我线下前去寻找艾玛的故事时，我放慢了脚步。

我的脚步要有多缓慢，才能寻找到艾玛的脚步？在很久很久以前的碧色寨，除了枕木铁轨之外，只有羊肠小道和马车可以通行的道路。有了路，人才能往外走，当人往外行走时，很像小鸟长出了翅膀在往外飞翔。

艾玛第三次来到鸟镇时，她想再次证明鸟镇是否存在，她之前总共去过两次鸟镇，每次去好像都是真实的。而一旦回到碧色寨，鸟镇好像又变成了一个梦。而且，她反复在地图上寻找，是否有鸟镇的存在，但每次寻找，都是一个虚无缥缈的幻象。为此,她开始了第三次寻找鸟镇的计划,这一次,她让朋友去昆明时,帮她冲洗出来了拍摄鸟镇的那个胶卷,并冲洗出了几张照片,其中有一张,就是她帮那个肩上栖着一只大鸟的马锅头洗的照片,那时候,所有的照片都是黑白色,照片还没有进入彩色时代。

这一天,她出发了。每次出发,对于艾玛来说都是庄重的。她头天晚上洗完澡,收拾好几天穿的衣物,第二天早晨,她身上有一种天然的沐浴后的自然香味。她每次走出咖啡馆,都有蔷薇姑娘在送她,因为有了蔷薇姑娘驻守碧色寨,她的咖啡馆才可能存在。久而久之,蔷薇姑娘仿佛是她的亲眷,让她可以安心地出发。

出发,对于艾玛来说是希望的延伸,只有走出碧色寨才可践行她内心的梦想。牛车就在路口,她看见了牛车就看见了那条小路,从这条山路通向鸟镇。这是真实的吗?艾玛又一次乘坐上了牛车,仍然是那个赶车人,第一次,第二次,乃至第三次都是同一个赶车人,这不是惊悚场景,只是出自艾玛旅行中的现实和虚无。如果我们想进入现实,就随同很久远的那个世界,陪伴艾玛去乘山路口的那辆牛车吧,如果我们要享受的是虚无缥缈,那么,就当是一个梦幻而已吧!

9

蔷薇总感觉到战争就要降临了,因为每天人们都在咖啡馆谈论关于战争的传说。有一天,尼桑回来了,这一次尼桑全身是酒味,从头到脚都有一种苞谷酒的味道。尽管尼桑看上去很疲惫,却还算是清醒的,但她能够感觉到这次尼桑出门,一定喝了很多酒。她站在咖啡馆门口,正值又一趟小火车进入碧色寨的时刻,等待仿佛遥遥无期,尽管如此,她仍在等待母亲的幻影会突然出现在碧色寨火车站的月台上。她没有等来母亲,却看见了尼桑,自从有了枣红马儿以后,尼桑就不再乘小火车出发了。

尼桑牵着枣红马儿是从铁路对面走来的,她看见尼桑走得很慢很慢。今天,如果我们突然间失去了互联网,那么,我们是否会适应很慢很慢的速度?当然,这是另一个问题,我们一旦面对生命,必将离不开速度。从对面走来的尼桑下了山坡,火车已经在鸣笛,所以他在等待火车开过去后,再穿越枕木铁轨走过来。她站在咖啡馆门口,仿佛站在河的对面在看着尼桑的归来。是的,他确实走得很慢,尤其是小火车开过去以后,他的身体在很放松地行走。他的步履,可以感觉到疲惫,一个人行走很长时间,除了寻找父亲,也在寻找他的一个异域以及对于这片版图的热爱。这是尼桑的现实和梦想。

碧色寨是通往梦想的火车站,这座从滇越铁路的中途呈现的原乡,我走在路上时,就想起了尼桑的醉,他昨晚睡在了火塘边,他依稀记得是小白的父亲把他攥紧拉到火塘边的,两个人都睡在火塘边,他们后来的大碗喝酒,完全是为了小白,那场庆典,因为小白的参战,让所有的男人女人们都加大了大碗喝酒的力度。

本地的苞谷酒很有力度,在醇香中让所有人为了小白的勇敢而大碗畅饮。酒的功能在于炫幻而造梦,当尼桑大碗喝酒时,他眼前晃动的都是小白的面孔,他感觉到一种难以言尽的忧伤,并暗自自责,如果他没有将小白带到碧色寨,那么,今晚喝酒的男人中一定有小白。在自责中他又告诉自己,小白选择了自己的命运,并勇敢地穿上了军装,他只希望小白能在缅北的战争中避开子弹。他看见小白的父亲在大碗喝酒时,便端着碗与他碰一碰,小白的父亲看上去为儿子参战为之骄傲的同时,也有一种淡淡的焦虑感。

他到底喝了多少酒,全村人到底又喝了多少坛酒?

当尼桑第二天醒来时,他悄悄地起床走了出去,他或许是村里人第一个起来的。火塘已经变成了灰烬,他悄悄地走出了村庄,看见昨晚喝酒的山坡上有几十个空坛子,村里人一定是将所有的苞谷酒都从自家的酿酒坊搬了出来。空气的植物气息中弥漫着一阵又一阵的风儿无法吹散的味道。

他走近那些空了的酒坛,屈膝而下伸手去抚摸那一只只当地窖藏的土坛时,身体中充满了一种挚爱,他为了寻找父亲,在碧色寨之外的乡镇古村,在荒野和峡谷中遇到的自然和人,已经铭刻在他的生命旅行中。

现在,在铁路的另一边,蔷薇姑娘没有在月台上看见母亲,却在视野中看见了尼桑终于又回来了,她悬着的那颗心落了地。最近,尼桑每次出门,她都会站在咖啡馆门口,尼桑要离开时,会走过来拥抱一下她。开始,她有些紧张,但慢慢地发现在这座特级火车站,这些来自异域的男男女女,相互见面和告别时,都会伸出手臂拥抱一下,再松开手臂。于是,她也就慢慢地习惯了这种拥抱。

尼桑已经从铁路那边走过来了,尽管走得很慢,但还是走到了蔷薇姑娘身边。这一次,他们几乎是同时伸出了手臂彼此拥抱着,尼桑好像在亲吻着蔷薇的秀发,他嗅到了她发丝上的香味,那是碧色寨那片野生蔷薇花的味道吗?而她则在拥抱中嗅到了他身体衣服上浓烈的苞谷酒味。

那匹枣红马儿回到了碧色寨,仿佛也回到了家,它静静地趴在地上休息着。碧色寨就像以往一样安静而热闹,尽管如此,每个人似乎都预感到了碧色寨将面临什么。她趁他睡觉时,将他换下来的充满酒味的全部衣物,洗干净后晾起来。天气忽冷忽热，总有让人心绪不宁的地方，这身酒味的衣服也让她充满了焦虑，除了母亲之外，现在她在世间的亲人就是艾玛和尼桑了，艾玛就像她的另一个母亲，而尼桑和她的关系，总有一种说不清楚的彼此依恋。

10

又回到了果果身边，就像她重又回到了母亲身边。母亲，永远是她的彼岸和老家，这种依恋是无法改变的。她向学校请了假，只想逃避现实，从医院妇产科下楼时，她整个思维都是混乱不堪的。她只带回了自己的身体，所有一切都还在学校。是的，她的青春期太热烈了，这热烈像一盆火，让她遇到了另一个人，让他们的身体因拥挤碰撞而燃烧后，他突然就这样从她的现实生活中消失了。她乘长途车回到了那座安静的小县城，这里似乎离碧色寨很远了，只有在远的距离中，她才会让自己清醒地面对生活。

生活就是现实，所有一切发生和等待你的，都是一个时代的生活和文明带来的现状。一个人，是苍茫的，要好好地面对生命。看一只小鸟来啄食，如此专心致志，天真而容易受惊，看那只小鸟就好像看到了我。好好历练吧，终会觅到一粒食物的，终会飞翔，在某朵云絮上悄悄地，梳理好自己的羽毛。

因此，我也同时看见了果果青春期的故事。那天黄昏，长途客车终于抵达了县城客运站。果果，感觉到两天两夜的长途车，已经让她身心疲惫不堪，看上去，她的头发是乱的，眼神是混乱不安的。她随身背个包就回来了，这世界看上去很大，但在最关键的时刻，当你的身心无望时，你会选择回家的方向。

现在，她终于又回到县城，她就是从这里出发的，但她已经很长时间没回家了。穿过黄昏中的小巷道就到家门口了，但离校太匆忙了，竟然忘了带家的钥匙。她站在家门口敲门，很快门就开了，母亲开的门，她看见了母亲惊喜的目光。她走进小庭院，墙边的蔷薇花儿正在开放，她从一出生时就嗅到了蔷薇香，后来，她听见人们叫出母亲的名字，原来，母亲的名字也叫蔷薇啊！

母亲进厨房马上给她做饭，半小时，母亲就叫她坐在小小的餐桌前。从小她就坐在这块淡绿色的亚麻布铺着的餐桌前，从小，她就知道，母亲还会做西餐，还会手磨咖啡。从小的记忆太多太多了，因为离家外出，那些记忆变模糊了，而现在，它们又突然回来了。母亲待到她吃完东西，才回过神来，问她为什么突然回来了？果果很是疲倦，她回避着母亲的目光，拒绝回答这个问题，她眼下只想好好睡一觉。夜晚是人疗伤的最好时间，人的身心哪怕多么疼痛而疲惫，只要有几个夜晚，人就会从迷离和黑暗中走出来。

她回到楼上自己的房间。她跟母亲都睡楼上，这座房子从她出生以后看上去就已经很古老了，当她学会走路时，小脚丫落在楼板上时总会发出吱吱吱声。在小巷深处，很多人也都住这样的老房子里。房间里那么安静，母亲好像很理解她想睡觉的愿望，毕竟在路上颠簸了两天两夜。母亲还亲自将她送回了房间，帮她拉上了门。她似乎连灯光都不需要，就直接钻进了被子。她嗅到了洗干净的被子上有洗衣粉的味道，也有晾晒时太阳的味道。反正，她很快就闭上双眼睡着了。

她睡了一个自然醒来的好觉，其实是一个昏昏沉沉中入睡的觉，但终归是要醒来的。她醒来后，就闻到了母亲在一楼做西餐的味道，她饿了，直奔楼下，她下楼时的声音很轻盈，又像回到了从前无忧无虑的时代。母亲迎接着她，让她感觉到已经好久没有吃东西了。母亲已经摆好了刀叉，在她看来，在这座小县城，除了母亲会做西餐和手磨咖啡之外，再没别人有这个西式手艺了。事实证明确实是这样的，母亲也会邀请学校的老师到家里来品西餐和咖啡，每个人都说，只有母亲有这个手艺。人们谈论起碧色寨，那时候她还小，碧色寨这个地名第一次，随同满院子的西餐和咖啡的味道在弥漫。

现在，她品尝着，母亲在陪同她一块儿品尝。母亲的眼神跟昨晚的不一样，母亲慢慢地品一口咖啡，她现在回到了现实中，这是一个无法逃避的事实，她又一次想起了妇产科医生告诉她的现实，她已经有身孕三个月了，如再不引产就很艰难。此刻，她感觉到了自己的腹部有明显的下坠感。母亲说，果果，如果你碰到了什么事，一定要告诉母亲，你要相信我能够帮助你。

母亲的目光仿佛是在鼓励她面对现实，并且要说出事实的真相。她知道，时间在催促自己，面对母亲的目光，她低下头，告诉母亲自己怀孕了。母亲的眼神有些震惊，很显然，这个现实远远地超出了她所能想象到的事实。母亲平静了几秒钟，低声说：果果，你能确认是真的吗？这需要科学依据，不能盲目地想象和猜测……

忘却和失忆，都是时间的艺术。唯有超越时空的想象力，获得真实的永恒。而永恒在哪里？在我看来，这条铁路就是永恒的载体，它静卧于人间大地，旁边是俗世者的田园，几代人途经碧色寨，相遇或告别，这就是永恒。

她低下头，又走到小院，上了楼，来到了母亲的收藏室，这里有一只箱子，现在不见了,到母亲枕边去了。母亲走了过来,说:果果,说吧,把你想压住的那个秘密,告诉你的母亲,我会帮助你的。她将怎么说,母亲从来都是隐忍的,她过去听别人说过,母亲是一个人拎着一只箱子来的,然后,她就买下了这套老宅。这是对面的邻居阿婆告诉她的。那是她第一次离家出走之前,是的,她恍惚走过这条小巷子,遇到了拄着拐杖正在弯腰行走中的阿婆,阿婆抬起头来叫了声果果,她就走到了阿婆身边,她比阿婆要高出很多,高出一头还多。

阿婆说:你长大了,果果,你母亲当年一个人,拎着一只箱子,那时候战争还没结束,外面还在打仗……我正走在小巷中就看见了你的母亲,她当时比你的年龄要稍大一些,你母亲好像是在逃难,当时,很多人因战争都会从大城市逃到小县城来……在战争中地方越小越像避难所。所以我知道,你母亲是来避难的,她问我哪里能买到老宅,她说,她不想逃亡了,太累了,她想找一个有院子的小屋住下来……这个故事,是阿婆告诉她的,阿婆最后对她说,你母亲不容易,你要好好陪伴她。

阿婆的话只是引发了母亲早年的故事而已,当时并没有在她心灵深处留下多少撞击,如果没有撞击,也就不会产生想象力。而此刻,她突然就想起了母亲的故事,阿婆的声音就像一支很久不演奏的长笛,被人突然擦干净了外面的灰尘,当它靠近演奏者的唇边时所发出的沙哑之声。

她突然将头转向母亲,她再也无法控制身体中那种无助的力量,将自己身体中的那个现实告诉了母亲。她没有泪水,她的泪水从不会当着别人的面流出来,哪怕是面对自己的母亲,她也会忍住泪光闪闪,让它流回自己的深渊。肉身处有一个深渊,它是存放灵魂的地方,也是存放痛苦和秘密的居所。

11

梦想，看上去都是虚无缥缈的。但这是源头，所有事，都从一个人身体中的渊源开始，然后，才开始了艰辛漫长的历程。如果人，想喝到最纯澈的水，一定要走很多路，到峡谷中流出的溪水边，用树叶作器皿。能畅饮到这样的水，证明你走了很多山路。如果想打开天窗，看到天幕碧云，一定要让灵息飘忽，才可能看到云朵为你而变幻无穷。

要进入源头，才能找到他们、我们和你们的故事。尼桑依旧在关注着战争的消息，很多时候，他关注战争时与一个人有密切的关系。他无法放下对他的牵挂，这个人就是小白。一个秘密的计划在他的内心开始上升了，他不想告诉任何人，只想独自一个人去践行这个梦想。从大碗喝酒后，他休整了好几天，他想出发时，绵绵不尽的雨水季节来了。碧色寨去往昆明方向的一段铁路，被一场巨大的泥石流所覆盖。接下来是等待，小火车被滞留在碧色寨和其他火车站，这个时间段，包括艾玛也无法出行了。

整座碧色寨沉浸在阴雨绵绵的等待中。这场等待让艾玛咖啡馆 24 小时座无虚席，人们仿佛在此避难，在此等待。而就在这一个阶段，也是尼桑跟蔷薇接触最多的时间。他在柜前帮助蔷薇磨咖啡，艾玛也成了侍者，三个人在一起配合，很和谐，这样的好时光并不多。那天晚上已是半夜，客人的咖啡都上好了，艾玛对他们两人说，你们出去走走吧。这时候，恰好雨停了，看样子，明天应该就是晴天了。他们在咖啡馆已经待了好几天了，总是围着客人转，坐在咖啡馆的人们除了谈论战争之外，都在谋划火车不通他们如何回去的事。

尼桑也想过这件事，骑马去昆明，但这样在路上要很长时间，然后再到缅北，又需要很长时间，他预计天晴以后，火车很快就会通车的。他总有一种感觉，这条铁路也将面临袭击，全世界都已经沦陷在战事中。他还是想去缅北见小白，他很想念小白，仿佛小白就是他的兄弟。这件事，一定要践行，他不是虚空的幻想主义者，一件事从孕育到上升，有时短有时长，去缅北见小白这件事是突然上升的。如果不是泥石流，他早就出发了。现在，有三件事成为他生命中的大事，除了以碧色寨为起点，沿滇越铁路前去寻找父亲之外，又增加了小白和缅北战事。最后一件事，他还没有时间去好好面对，这最后一件事需要时空去培植，去生长，去面对春风和细雨。

这最后一件事，就是他爱上了蔷薇姑娘，这件事还没有好天气去好好地面对。他不是一个年少的年轻人，自从跟随父亲来到中国以后，他就已经爱上了这处边疆地域。铁路沿线仿佛就是他的灵魂出入地，他不知不觉地已经爱上了在艾玛咖啡馆的蔷薇姑娘，或许更早些，当他端着胸前的照相机拍下站在碧色寨山坡，以粉红色野生蔷薇为背景的这位姑娘时，他的心就开始跳动了。

是的，他们走了出来，雨突然就停下来了。潮湿的空气中有各种野花和附近村寨牲畜的味道。这才是碧色寨真正的味道。这味道让尼桑着迷，身边走着穿着蓝花裙的蔷薇姑娘，他伸出手牵住了她的手，这一切好像都是心灵在召唤他，而她的手则温顺地被他的手所牵着。这是命运的安排吗？命运就是这样，让他们手牵手往前走，这是碧色寨最安静的夜晚，好几天的雨将碧色寨洗得干干净净，铁路边的植物在夜色中尤其迷人，在这样的地方男女之间如牵上了手，会自然而然地沿着铁路往下走很长时间。

那一夜，他们不知不觉就走了很长时间，在夜幕中他们面对面地彼此凝视，一种炽热的火焰从他们身体中上升，他们开始了一个令人窒息的漫长的吻。这是男女之吻，往常他们站在艾玛咖啡馆门口，当他出门和回来时都会伸出手臂来拥抱，而那时候更像兄妹或亲人的关系。而此刻，他们的长吻，却开始了另一个现实，他们恋爱了。

他们开始往回走，他们将走向碧色寨，这是他们的终点和家园。他们安心而热烈地往回走。人生，不过就是出发去远方，这个远方是渺茫的，人在往前走时，都会穿过许多丛林或蜘蛛网，会走上蚂蚁们在一场雷雨交加之前走的迁移之路，会走上众兽相互挣扎搏斗的原始森林，当然，如果有好运气的话，也会走上春光明媚的道路。

12

世界形成了两个局面：有人努力往后走，去收拾早被时光中古老的牛车和现代科技所碾碎的残片，并赋予它们史前的面貌。追溯源头，收藏那些未从人间散尽的魅魂。然后，返回现代化的公寓，在落地玻璃前，享受着现代化的泡沫味。

还有另一个局面：另一些人努力往前走，恨不得飞起来，去另一个月球生活。而当他们不断往前走时，却在尘间开始建筑最古老的屋宇，用手工绘画，将绣球抛向云壤，享受着人间最原始的食物和光热。

13

　　两个人的客栈,自从在碧色寨诞生后,吸引了那些开始不同旅路又喜欢探究生活的新鲜事物的旅人。两个人的客栈,以燕子和乔尼为主角,他们的存在本身就是碧色寨的又一个传说。最重要的是他们的年龄和面孔,以及来自本土和法国的两种文化的汇合。所以,总有人,为他们的存在而来。燕子开始喜欢上写作后,这件事是她的秘密生活,因为拥有了大量的时间,她就可以从碧色寨延伸出去……外婆的故事是她写作的源头。她几乎每天都要在上午的某一段时间,穿过铁路,到对面的咖啡馆。在这里,她可以寻找到外婆,那个叫蔷薇的姑娘,花儿般的年华。

　　这年华似水环绕着昔日的咖啡馆的故事。她坐在咖啡馆的一角写作,这是21世纪碧色寨的咖啡馆,来来往往者,有前世轮回者吗?乔尼又出门了,在他身上,可以看见他爷爷尼桑的影子。现在,我们又要回去了,回到过去,才可能将故事讲下去。好吧,尼桑是乔尼的爷爷,蔷薇姑娘则是燕子的外婆。要用多少追忆的触觉,才能重现他们的故事?

　　人启开的智慧,如用于混沌,将被奴役所劫持;如用于浩瀚,将被蓝天所飞翔。

在碧色寨之上是碧蓝的天空,这天空永远存在着,从人类创世以来就存在着,永不改变它的自然之厚。这是宇宙之光。

2021年 渔男

第五章　现代逃亡启示录

1

尼桑最终还是跟随一辆运送物资的军用货车从昆明出发了。碧色寨天晴后的第三天,滇越铁路又开始畅通了。离开碧色寨的头一夜,艾玛也准备第二天出发,碧色寨仿佛是他们目前驻守的家园,这也同时意味着出发与返回的命运是交叉进行的,因为他和母亲驻守碧色寨,是带着使命来的,这使命就是寻找父亲。每个人出生之后,都在独自行走时发现了自己的使命感,有些人一生都在追求着同一个使命,有些人是分阶段完成使命后,再去追索另一个使命的存在和未来的连接或出发。

他预感到了此次去缅北将会奔赴战争的前沿阵地,这也是令他向往和激动的场景。但他也同时预感到了此次旅途充满了艰辛,可能会在很长时间无法回到碧色寨,也可能会很快回来,因而,他临出发时必然将此事告诉母亲和蔷薇姑娘,以免让她们担忧。白天他还没有想清楚是否告诉她们,他很想独立地走,不告诉任何人,不想让任何人阻止他的行为,并为他担忧。而想来想去,他想,万一自己出去时间太久,无法回到碧色寨,则必然给艾玛和蔷薇姑娘带来更大的焦虑,所以,他还是决定将自己所出走的方向告诉她们。

并且，他跟两个人必然要分开单独说明此事。首先要告诉艾玛。那天黄昏，艾玛洗完了澡，每次出发之前她都要洗澡，然后收拾好简单的行装以后，到咖啡馆静坐四十分钟左右再去休息。母亲显然是个行为缜密者，她很少情绪化，无论是多么大的忧患，她都深深地隐藏在内心深处，不跟别人抱怨，最多就是在咖啡馆一角，静静地在笔记本上绘制她途经处的一些记忆，包括建筑街景和人物形象而已。

他站在咖啡馆门口，给母亲一个眼神，母亲就出来了，他觉得，这件事对于母亲来说不是一般事，所以呢，还是在咖啡馆外面说清楚最好。是的，他约母亲往山坡上走了几分钟，他已经有很长时间没有跟母亲单独行走了，母亲已经感觉到了他似乎有事情要告诉她。艾玛是一个异常敏感的女人，然而，她又能将这种敏感，敛于她的呼吸之中，她知道，尼桑马上就要告诉她了。

在黄昏清淡的植物气息中，尼桑终于面对艾玛说出了自己明天的出行计划。艾玛睁大了双眼，低声说：去吧，去吧，去吧，你太像你父亲了，我无法阻挡你，就像我当年无法阻止你的父亲，因为我知道，你们想好的事情是一定会实施和践行。但母亲要告诉你，一定要善待你的生命，设法避开空中飞来的子弹和炮弹。如果无法找到小白，就尽早赶回碧色寨，我估计，我们在碧色寨驻守的时间已经不多了，如果是这样，我们还是要回法国去。如果到时，蔷薇姑娘愿意跟我们离开，我们就带上她一块儿走。母亲那么快，几乎没有任何质疑就理解了他的选择，这出乎他的预料。是的，他以为母亲会因此而阻止他去缅北寻找小白，因为，那毕竟是战场。而且，母亲还说如果有一天战乱来到了碧色寨，要带上蔷薇姑娘走，这跟他的想法是一致的。

母亲，就是那个叫艾玛的女人，她好像变成了另外一个更成熟而勇敢的妇女。是的，这种变化是从踏上这块土地开始的，是从寻找父亲开始的。母亲，好像是从碧色寨开始出发寻找父亲的那一天，就开始对这块版图沿线产生了越来越炽热的爱。这种爱，使母亲走得越来越遥远。

他还需要面对蔷薇姑娘。这时候，艾玛回咖啡馆，尼桑将蔷薇姑娘叫了出来，夜色阑珊下的蔷薇似乎已经感觉到了他要告诉她什么。他们手牵手往铁路的尽头走去。这条路他们反复地行走，不知道已经走了多少次。每一次行走，都有不同的感触力，这种用身心触碰的力量来自夜色茫茫，或来自碧色寨的艳阳高照。

蔷薇就像母亲般理解他的出行。对于蔷薇来说，尼桑此次出行，只是走得更远一些罢了，她对于战争子弹，对于缅北的前沿阵地，仅凭单纯的想象力，只看到了缅北的滚滚热浪，看到了漫长的热浪中那些终年穿拖鞋的缅北人的生活状态罢了。

他们手牵手一起走，想走得更远但终归要回头。明天一早，尼桑将搭上第一趟途经碧色寨的小火车去昆明。明天意味着尼桑和艾玛都要离开碧色寨，两个人此次的离开都在之前选择好了各自的方向。

他们在拥抱中深深接了一个长吻：这个吻对于两个人来说，意味着什么呢？无论多么长的亲吻，也要终止于一滴水的溶解，一缕风的拂面而过，一声声咏叹调的尘埃落下……

2

那哐啷声的小火车声音又过来了,慢慢地往前滑动的车轮,今天到哪里去了?

3

尼桑的故事,开始从碧色寨出发,他跟艾玛搭乘的是同一趟列车。在中途的小车站,艾玛先下车了,尼桑将艾玛送到月台,相互拥抱了片刻,后来,尼桑上了火车,艾玛沿月台外的小路消失了。

尼桑到了昆明,来到了小白练兵的地方,掏出了所有证件,证明自己曾经也是修建滇越铁路的工程师之一,而来自这条铁路的军用物资,那天下午,恰好由小火车运到了兵营。就这样,他搭上了一辆运货车将前往缅北战场。小火车卸下的军用物品,很快就又上了几十辆大货车。尼桑,终于实现了自己的愿望,正在前往从昆明到滇西,前往中缅公路——也就是著名的史迪威公路上,军用运货车在灰尘坑中不断颠簸着。尼桑就这样开始了寻找小白的艰难之旅。这也是他从碧色寨出发之后,偏离开滇越铁路所开始的旅程。

尼桑在大货车的颠簸中看到滇西广袤的山川,看到了这条滇西民众在短期内修造的另一条充满奇迹的史迪威公路。正是雨季,一路上不断有泥石流的坍塌,阻碍着前行,每到这样的时刻,他都会想起来修筑滇越铁路的历程,那时候,因为丛林无尽,无数筑路者死于伤寒等各种疫情。他曾是修造人字桥的总工程师的助手,这条从峡谷中架起的桥梁,同样创造了世界的奇迹,而仅仅800米长的桥梁,就死了800多名劳工,这些死亡数字是无法消失的。他一直想再次前往人字桥,然而,在意识深处,他总将这段旅程移后,想寻找到一个最好的时机,再去人字桥,因为人字桥,是他离开父亲独立修建铁路桥梁的开端,他在人字桥附近的帐篷营地生活了很长时间。

这段时间,是他人生中真正面对生与死的日子,他亲眼看见了在修建人字桥的过程中,死去了那么多人。是的,几乎每天都有人从岩石边坠落到深深的大峡谷,下面是奔腾的南溪河水。有人到附近去小便,转眼之间就不见了,也许是被在附近巡游的野兽们带走了。因为要从一座高空的大峡谷中架一座桥梁,在百年以前,没有现代化工具,一切全凭劳工的双手、身体所筑造。当桥梁架起在碧色灿烂的云端时,他眼眶中充满了热泪,这座桥梁是他人生中最高的境界,也是他命运中穿越的黑暗和明亮的时光。

此刻,他所历经的是另一条伟大的公路,是一条第二次世界大战造就的道路,从弯曲的公路深处会看见白色的瀑布,从云穹顶飘逸而下,他能听到瀑布从高处到山端的演奏。从公路边放眼望去,可以看见白墙青瓦的村寨,也可以看见白鹭在田野上的栖息和飞行,这一路上他看到了数之不尽的白鹭和异鸟。他怎么也想象不出在另一边的缅北,就是第二次世界大战的主战场之一。

经过一星期的颠簸,绿色的军用货车进入缅北,他感觉到首先是温度在慢慢地从手心上升到脚底,这确实是一个热浪滚滚的国度。当他的脚落在这块土地上时,他迷惘而艰辛地寻找小白的旅程就开始了。下了军车,也就意味着硝烟弥漫中孤独的旅途开始了,从史迪威公路到缅北,一路上到处都是逃亡者。缅北的难民正在逃往中国边境,他们像失去了灵魂摆渡的生命,惊恐万状地奔逃着。

一个人,进入了缅北战场,只为了寻找一个叫小白的从碧色寨走出去的弟弟。

4

每天晚上,自己的灵魂也要安寝,在充满夜色的房间里。回顾一天的所为,要么暗自神伤,为那些不完美的感触力,无法抵达的,已涣散尽的。也有欣慰,宛如站在窗帘的缝隙中,看见月光像水银般流动。

艾玛又一次地从铁路走到了小路边后,便乘上了牛车——一趟趟从现实到虚无之旅,让她再次看见了从鸟镇飞到半空中的鸟儿们。而就在她刚坐上牛车,看见鸟儿在空中飞翔时,同时也看见了在那些精灵般的鸟儿之上,是几架飞机从空中飞来了。

时间之所以古老,是因为我们越来越被苍茫所笼罩,丧失了想象力。文明不依赖于任何高科技的诞生。不错,科技满足了人肢体的享受,但仅有身体的享受是不够的,真正的文明是一场永远无法抵达的梦想,它诱引或召唤着我们的灵魂。

想象着艾玛看见飞机的那天正午时,我们都在碧色寨旅行。我不知道还要在这座过去的火车站住多久,既然来了,我就会在此安居,因为后疫情持续不断,我所在的那座现代化大都市在封城,我已经暂时无法回去了。

所有在此居住的旅行者也将住很长一段时间。地球人在21世纪开始历练着另一种安居之心,我们所生活的地球已经越来越疲倦,而当后疫情像黑色的羽毛不断飞满我们的空间时,我们面临着各种生活方式的被改变。我是一个拉着箱子到处旅行的人,我是一个秘密,也是一个孤独的旅人。

我在这个世界上行走,是我生命的需要。有时候,生命就是如此简单。比如,此刻,当我想象艾玛上了那辆牛车后,突然间看见几架战斗机在空中飞行时,她的不安中突然间有了一种选择,她今天不能去乌镇了,她得返回碧色寨。艾玛有一种预感,无法说清楚,她说不清楚为什么。她下了车,赶车人刚才好像也看见了飞机,并用手指了指天空。万物万灵对于世间的物体都有判断力,那些战斗机,赶车人看出来了,既不是大鸟,也不是小燕子,那么它是什么?艾玛告诉赶车人,飞机又来了,赶车人嘀咕着:飞机又来了,飞机又来了,飞机又来了……

艾玛离开了那条通向乌镇的小路往铁路那边走去时,身后还传来赶车人的嘀咕声:飞机又来了,飞机又来了,飞机又来了……

我一次次地在回忆中重现着:往一座古老村寨走进去的日子,那些从村里走出来的每一个人,都像是种子,可以发芽,幻变成粮食、植物,又像是失传的乐器,突然为你演奏出天上的、尘埃深处的歌韵。而那些在村里栅栏中跑出来的家禽,有飞起来的,有到村边河谷中去游泳的,有面对面求偶唱歌的。青瓦上奔跑着燕子的身影,它们的羽毛远远看去就像书笺。

艾玛也从小路口走了出来,奔向了火车站,她要在此等候两小时,火车才会抵达这座小站。两小时的等待,对于艾玛来说,显得有些漫长,她想,不如先走一段,等待令人焦灼,两小时应该是可以走到另一座火车站了。

这是一个可以超越现实的想法,艾玛开始行走了,飞机又来了,就在她的头顶上空绕圈,其实,飞机一直在沿着铁路,碧色寨沿线的铁路绕圈。

铁路边的村寨中走出来的牛羊们,也仿佛饱受了飞机的惊吓,围成群体,抬起头来,看着天空中发出轰鸣声的飞机。艾玛很想走过去告诉那些牛羊,那在天上飞的是战斗机,这意味着战事将来临。牛羊们又开始去寻找牧草了,战争离它们太远,它们需要粮食,需要在自己的故乡奔走相告,找到粮食,水源就是它们的天堂。

艾玛走了两小时,还没有走到另一座火车站,她已经走不动了,便坐在路边的一块石头上歇脚。有人从前面走来了,是一群人,黑乎乎的一群人,她看见了一个群体似的行走,就站了起来。她将目光移向那群正在行走者,慢慢地,传来了马铃声声,然后就传来了马蹄声。慢慢地,就看见了是一群马帮,走在前面的人是马锅头,肩上好像栖着一只大鸟。

她的身体开始变得灼热,她无法想象会在此与这支奇幻的马帮相遇。她有点不敢相信,这是真的,而在这时,她再次将目光放眼望去,确实是那队马帮,也确实是那个马锅头——他的肩头栖着一只大鸟。

为什么要出现一座鸟镇?你们一定会感觉到牵强附会,有一种不真实的感觉。为什么又要在书中出现一队马帮,而且,每一次马锅头都走在前面,肩头上顶着一只大鸟?这就是梦见的事物和生活方式,如果你们善于做梦,这或许也是你们幻想中的一种现实。

艾玛做过的梦重现在现实面前时,那个肩顶大鸟的男人已经来到了她的面前,他和她从来没有在如此近的距离中相遇,她说,怎么会在这里看见你？他说，是啊，我也奇怪，你看见飞机了吗？她说，看见了。他说，你想跟我去我们的村庄看看吗？朝山坡往上走，就是我们的村庄。她点点头，竟然没法拒绝他的邀请，因为他看上去是在真诚地邀请他，她能感觉到他眼睛里的真诚，当飞机在空中飞行绕圈时，她有些惊恐感，而现在，天空中的飞机也消失了。她答应了他的邀请，他说，你如果累了，可以骑在马背上。这一切，难道是上苍安排的吗？

他扶她上了那匹黑色雄壮的马，她和那匹马很和谐，那匹黑马对她的态度看上去很友好。这虽然是她第一次骑马，但她好像一点也不害怕。可能他走到马身边，牵着那匹马，她就有了一种安全感。她骑在马背上有一种天然的平衡力，马队正在上山坡，是的，这是她生命中第一次骑马，但她是如此勇敢。她仿佛忘却了飞机几小时之前的飞行，仿佛忘却了要返回碧色寨，一切都被改变了，这是梦幻吗？

5

想起了行走时途经中的月桂、女贞和山毛榉的树林深处，我们往前走，光线越来越亮，突然出现了一座环形山坡，所有的山地庄稼都已经收割完了。山坡上没有一个人，甚至也看不见一只鸟，如此寂静，也没有风声。驻足于中间的一条小路，看见了干枯的牛羊粪。

6

故事回到了今天的碧色寨，网络写手丫丫说，她要离开一段时间，她的母亲要再婚了，当她宣布这个消息时，看上去她忧伤而又高兴。她在碧色寨已经住了很长时间了，但她说，她的网络小说还没有写完，男朋友就来干扰了一阵日子，他说她的男朋友很喜欢碧色寨，但他只停留了两天，就背包往前走了。他说，步行能代替语言，他喜欢用行走的方式开始新的旅途和记录。他想带她一起走，她说这是不可能的。她的网上写作跟行走是没有多少关系的。男友说，他可能沿着这条铁路就走到另外一个星球上去了。问她为什么能在碧色寨住很长时间？她说，这就是代沟，一代人也有代沟，不要说两代人了。她在第三天送走了男友，她站在碧色寨目送着男友独自朝前行走的背影，他连头也没有回就朝前走了去。她很少有时间讲这些，这些话是她站在客栈大堂说的，旁边有旅人，还有客栈的服务员，她好像并不在意这些，她说了一句，我就是喜欢碧色寨，我走过很多地方，但从来没有住过这么长时间。她想自己还会住很长时间的，因为碧色寨让她的网络小说有一种时空的穿越感。当她讲到男友时，她说，他这样不顾一切地往前走，有可能真的会走到某一座看不到尽头的外星球上去。她还说，男友告诉过她，地球承载人类的历史真的已经很疲惫了，终有一天，人类必然会迁住另一座星球生活，这只是迟早而已。

她说，母亲的婚礼是一定要去参加的，但她还是想做最后一次努力，让母亲到碧色寨来举行婚礼，可以在碧色寨大酒店举行。今天她就做这件事，然后要将关于碧色寨的视频发一组给母亲。

这件事，突然让她看上去很激动，她说完就去拍视频了。燕子目送她青春的背影，网络写手丫丫刚才讲的这些来自现实的故事，让她感觉到碧色寨就是穿越时空的地址。我们都需要穿越时空，因为时间是流动的。是的，时间是流动的，是朝过去现在未来流动的。

网络写手丫丫，最近经常下楼在碧色寨周围散步，她看上去更喜欢在周围转动，还去了旁边的村子里，买来了村庄出产的红石榴，她说这些石榴都是她从树上刚摘下来的，看见这些石榴她有一种冲动，就想马上剥开来。但她还是将石榴带到了客栈让大家一起亲自动手剥开石榴，共同分享分享。这一分享，让两个人的客栈充满了刚刚剥开的石榴色味……网络写手丫丫一边拍着视频，一边发给了母亲。几个小时后，她突然从外面散步回来，当着大家的面，宣布了一件事：母亲和新男友看见这些视频后很高兴，觉得女儿说得不错，他们已经决定就来碧色寨举行婚礼了。

碧色寨正在讲述着更年轻的故事，这些故事之下我们将看见形形色色的新面孔，只有他们走进来，才能延续更多未知的故事。

碧色寨是安静的，它离海洋很遥远，虽然滇越铁路的终点站是越南海防，从前面往下走就是大海。我知道海洋之心是蔚蓝色的，所以有那么多的人希望在海边居住并观海，或者乘上一艘轮船去海上漂流和旅行。我知道，碧色寨只是一座百年前的火车站，走进来的人，初来时好奇，住几天就走了，甚至有的人走进来，用手机拍几张照片就匆匆离开了。万千世界，形形色色，各有其态，都在以自己的方式旅行着。又一个旅行者来了，然后，也有旅行者离开了。

还是让我们先回到尼桑去的缅北，我一直就牵挂他出入的那条路线，我说过，我有时是男人有时是女性，更多时间，我用我的灵魂与书中的灵魂相遇，尼桑属于很久远的一个时代，我随他的幻影终于又看见了他的存在。

他的存在带来了战争笼罩下的缅北，难民们在黑色的硝烟弥漫深处迁移着，在战火中更多人手无寸铁，只有逃亡之路在等待着他们。尼桑在难民群中试图走出去，但在硝烟中却看不到方向，他问过了很多难民，他们听不懂他的话语，只是用手往身后指一指，大约是告诉他，在他们所逃亡的身后就是前沿阵地。于是，他好像明白了，便摆脱了难民群，往后走去。越往后走，离炮火硝烟也就越近了。

他以快捷的脚步在热浪中穿行，路上已经没有一个难民了，只有炮火在不远处升腾着。他已经走到了一片树林深处，巨大的空中树冠终于让他走到了一片凉爽之地。他听见不远处有人的声音，便继续往前走。走，似乎也是唯一的选择了。在接近声音的地方，他突然惊喜地看见了一片军绿色帐篷搭起来的营地。走进去的路上遇到了一个卫兵拦住了他，问他到此干什么，从哪里来的？他掏出了证件，幸好有包里的证据，又一次证明了他曾经是修筑滇越铁路的法国工程师，仅此一条，就可以证明他是从哪里来的。卫兵问他到这里干什么，他说寻找一个兄弟，他是从碧色寨走出来，到缅北来参战了。卫兵就放他进去了。他感觉一阵欣慰，终于进来了。往里走，便看见很多伤病员，他现在才知道，这是前沿阵地的医疗救护营地。但毕竟进入了前沿阵地，寻找小白就有希望了。

希望，这是尼桑步入缅北的唯一方向，只要有希望的存在，哪怕只要看见小白一眼，他此次旅途就有了一种安慰和圆满。一位伤病员拄着拐杖，他只剩下一条腿了。迎着这令人窒息而伤痛的场景，尼桑第一次看到了战争的残酷，虽然在修筑滇越铁路时，这样的场景也很多，但背景不一样。他走上去想搀扶伤病员，拄着拐杖的伤兵看上去就跟小白一样的年龄。尼桑透不过气来，他想象着小白，不知道能在哪里遇见他。在战乱年代，寻找一个人何其艰难。帐篷中都是伤员和病人，他们都伤得很厉害。有些重度的，伤及了大脑，头上裹满了白色绷带，处于昏迷状态中。有些伤到了大腿和胳膊，甚至被炮弹夺走了手臂或腿。他在每间帐篷中寻找着，其实他的内心并不希望在这里看见小白，但他仍然在寻找，事实上也没有看见小白。

7

而她，那个叫艾玛的女人则骑上马，跟着那个肩头顶着大鸟的马锅头几乎翻越了一座山。坐在马背上时，她以为就像他所说的那样，他的家就在铁路往上走的山坡上。事实并非如此，当她看见山坡上的第一座村庄时，以为就是马锅头的家了，于是，她就从马上下来了。她翻过了马背跳下来，这个动作是勇敢狂野的，这是她第一次骑马，也是第一次从马背上翻身跳下来。当她的双脚平稳地落在地上时，她暗自惊讶自己的勇气。他走上来问她为什么不骑马了，她用手指了指不远处的那座村庄，问他是不是他的家？他眼睛在看着更远的方向，摇头说，还远，还需要翻过这座山才会到我们的村庄。她有些迷茫的双眼顺着他的目光往前看过去，从脚下延伸出去的是马帮走出来的窄小的路线，这条路从窄到宽再从宽到窄……

他已经开始往前走，她也跟着他往前走。马队一直往前走，她不想骑马了，就继续跟着他们往前走，这条路反反复复地弯曲陡峭，有时候要经过一些岩石上更坚硬的路，往山下看就是看不到尽头的深渊。只有专注地朝前走，身体才会有平衡力。还好，他总是走在她前面，令人奇怪的是，无论他的身体怎样因路面而晃动，那只大鸟总是会稳定地栖息在他的右肩膀上。也从来不会朝着蔚蓝色的天空飞越出行。

天黑之前，终于抵达了他的村庄，而中途他们一路走时，从她看见第一座村庄开始，他们已经途经了几十座村庄。每经过一座村庄，她都看着那条进入村庄的小路，每一条小路都很相似，两边长满了野花植物，小路上都有未被太阳晒干的牛羊家畜的粪便。但他始终带着她继续往前走,当她不再充满期待时,他回过头来,对她说,我们快到家了,前面的那座村庄就是我的家。她的身体快要坍塌了,终于抵达。这是一个她从未期待过的终点,她也不知道为什么走上了这条路。

是的,所有进入村庄的小路上都撒满了牛羊粪便。她已经习惯了风中吹来的家畜们的味道。终于抵达,这一刻,她的身体开始散架,但她还是用韧力跟随他走到了那座有前院和后院的老宅。从铁路走到现在,天开始由明亮转暗,赶马人纷纷都回自家去了,从院子里跳出几个男孩女孩,还走出来一个老人,马锅头告诉艾玛,这就是他的家了,孩子们的母亲,两年前生病过世了,是他的母亲带着这群孩子,为他守护着家园。他的历史就在这座家园中呈现着,在那个时代,这是艾玛看见过的最大的家宅了。

只是她太累了……他带着她走到了火塘边,他的母亲正在火塘边为他们做饭。她坐在松枝燃烧的火塘边,那群孩子也不怕生,都围坐在火塘边,看上去他们也还没有吃饭。他的母亲70多岁,对他说,昨晚做梦就梦到了现在的场景,下午在山地里除草时,又听到了马蹄声,就知道他们今天要回村庄了。哦,艾玛在聆听,她的聆听感觉已经越来越清晰了,男孩女孩们,最大的16岁,最小的5岁左右,共四个孩子,两男两女。刚才,他母亲说的话,她好像也同样听明白了,她很惊叹,下午在庄稼地除草的母亲,竟然能听到马队回家时的声音。难道是风将那些声音送到了这座山坡?

艾玛的眼睛被火塘边的烟熏出了泪水,她知道,当地人都坐在火塘边做饭聚会取暖,她也知道村里人的火塘是不灭的,火塘就是人的命根子。现在,那只大鸟正栖在院子的屋顶,它好像总不会离开它的主人,也无法离开它的主人。她原来总是听尼桑的父亲叨叨灵魂,说人是有灵魂的,人是附在灵魂深处中的肉体，人失去了灵魂的那天，肉体也就腐烂了。但一个真正拥有灵魂者，哪怕有一天离开了人世，他们的灵魂仍在时间中悠转不息。

她又想起了尼桑的父亲，她和尼桑寻找了很长时间，仍然无法寻找到他父亲的踪迹，尼桑父亲的消失完全是一种神秘现象。坐在这火塘边，他走进屋来了，抱来了一坛酒，不一会儿，村里的另一些人也进屋来了。对了，尼桑的父亲曾告诉她说，如果你能到那座神秘的版图，如果你运气好的话，你就会坐在火塘边跟那些村里的人大碗喝酒，那些美酒太醉人了。但别害怕，醉了就可以睡在火塘边，也可以睡在他们的土坯屋中……那时候，尼桑父亲跟她描述的这些东西，离她是多么遥远啊！她之前怎么也无法想象到这样的生活有一天也会降临到她头上。

世界分为他们、我们和你们，也可以分为男人和女人，再细分就是婴幼儿、青年人、中年人、老人。时间在围着宇宙移动，时间是圆的，长方形的，正方形的，时间是宽窄相交的，我们就在这些时间关系中遵循自然规律，我们无法改变天象，我们只是顺从于心灵的幻觉，在宇宙中停留，并留下一些蜘蛛般的痕迹。傲慢的眼神啊，请你们垂下眼帘，回到这尘世，看看这尘土，用你的力气，用你的心性中的那只罗盘，感受你是什么人。你在哪里生，就会在哪里成长。你喝哪里的水，看见哪一朵云在变幻，这就是你生活的地方。你在哪里的烟火下生活，也必将在哪里的烟火中上升着你的灵魂。

8

你有什么样的灵魂，就有什么样的日常生活，也会用你的生命讲述什么样的故事。灵魂是看不见的，无形的，透明的。

你有什么样的灵魂，就有什么样的生活。你有什么样的生活，就有什么样的语言和命运。除了男女性别，这个世界活力四射的是在时间的轮回中，你灵魂中那神秘的熔炼魔法。

9

每一天，时时刻刻都是故事，来自蜘蛛网般的细节。

果果在哪里？好久未出现她的痕迹了。在那个特殊时间里，果果将怎样去面对她的现实生活？母亲将她带到了郊外的麦地里，这正是青麦生长的季节，母亲说，我们就在这里面对你的现实吧！你已经怀有身孕，母亲无法替代你去选择，但生为母亲，我必须告诉你，在眼下，你有两种选择。第一，面对你的身孕，勇敢地去面对它，也不要去埋怨那个不辞而别的男人。这个世界上存在着许多无法说清楚的艰难。如果你想把这个孩子留下来，必然想清楚未来的路，你是否有足够多的心理准备，让孩子在你的身体中成长，再从你的身体中走出来。如果你选择了这条道路，那么意味着你有可能要中断你的学业，因为在很长一段时间从怀孕到分娩，是一个非常现实的过程。

还有第二个选择，就是去堕胎。这当然显得很残酷，但人生所历经的很多事本就是残酷的。堕胎后，你的身体会获得解脱和自由。

母亲说清楚了上面的两个选择，便走近她说：果果，无论你选择哪种种方式，母亲都会理解你，也会支持你的。果果一直在聆听着，她是迷茫的，学校是她身心向往之地，她离不开学校，而且，她真的没有任何心理准备，去接受这个孩子。她的目光转向苍茫中的一片青麦地,她仿佛就看到了自己。从那片摇曳的青麦中,她找到了自己需要时间成长的地方。所以,她选择放弃这个孩子。当她把这个想法告诉母亲时,泪光闪烁。母亲伸出手臂轻轻拥抱着她,对她说:你是对的,你的人生才刚刚开始。母亲说,我陪你去医院,她说要回省城医院去做,她就是在省城医院检查的。她还说,让母亲放心,自己可以独立地去完成这件事。

她们从县城郊外的那片青麦地走出来时,阳光照着那条小路。她已经决定回家取东西,就乘当晚的夜班车回省城。小路窄小,母亲走在前面,她走在后面。小路上充满了青麦的味道,这也是果果年仅19岁的青春的味道。她呼吸着烟尘也同时呼吸着青麦的味道,她知道这是一个艰难的选择,一种她从未经历过的疼痛即将来临。但是,她已经站在青麦地里选择了这条道路。现在,她突然明白了,母亲为什么要带她走入这片青麦地,选择自己的人生。这是一个艰难的选择,如果放在家里,她的身心可能会因焦躁而崩溃,因为面对四壁,小院,她看不到开阔的远方,也嗅不到青麦的香味。

是这片伸展在县城郊外的青麦,给予了她一种清新自然的力量。她看到了从这小路走出去的另一个远方的迷茫,尽管如此,她已经寻找到了自己的选择,于是,她的眼睛里有了光泽。她的手或脚上有被青麦拂过的刺痛感,这一切都为她的身心所经历着。慢慢地,这一切都将成为记忆。

10

果果在第三天的早上乘夜班车抵达了省城客运站,从长途夜班车上走出来时,她很想先去洗一个澡再去医院。那时候,城市里开放着许多公共浴室,洗澡就像物质的贫乏一样很困难,就是在县城家里也没有浴室。小时候,母亲把她放在一只木缸中洗澡,要烧好几盆水倒在木缸中,才能洗上一次澡。后来,县城也有人开了公共浴室,很多年轻人就不在家里洗澡了。包括果果的母亲也到公共浴室去洗澡了,那只过去的木缸也就慢慢废弃了。在近些年中,废弃的东西已经太多太多了。她拎包走进了一家公共浴室,浴室分为男和女两大间。那个年代,能在公共浴室洗上澡,已经是一件非常幸福的事情。有时候,还要排队等待。现在是上午,公共浴室刚开门,她应该是第一个走进公共浴室的女性。头一次在这么宽敞的,就像教室般大的浴堂中洗澡,还有些不太适应。她赤裸着身体,暗自庆幸今天没人,否则她会有些不安和紧张感,毕竟,她已经怀孕三个月了。是的,她赤裸裸地站在女浴室的落地镜子前,这好像是她第一次面对自己身体的变化。

她确实已经看见了自己身体的变化:过去平坦的腹部,有种微微隆起的曲线感。因为赵云的不辞而别,她对自己的身体变化有一种沉重和说不清楚的厌倦感。她赤裸裸地走向水龙头,从水龙头中流出的水白花花的,像虚无缥缈的世态。她说不清楚自己的虚弱,以及从虚无或虚弱中产生的一种巨大的力量。

她仰起头来让从水龙头流出来的白花花的水,冲洗着自己的身体,因为没有人等待,她洗了足足一小时,然后,穿上衣服,走出了公共浴室。现在,她乘公交车,来到了医院,挂了号朝妇产科走了进去。

11

无论置身何处,都感觉到时间改变了每一个人的命运,无法预言任何人的未来。有一点却永不改变：你今天的所言所行，就是你的明天。白昼流星划过天际，我在屋檐下，只是一个影子，我看到了自己的幻变。只有看见了自己的幻变，我才看见了碧色寨的幻变。

面对一个时代时，个人永远是渺小的。鸟是以飞翔找到了群体，人也一样，在任何时候，要珍惜孤独给我们带来的思想。唯孤独者，能适应世界的变幻无穷，找到自己所表达的声音。

亲爱的碧色寨，你始终如一的姿态已经度过了漫长的寂寞期，现在，那些跟你有前世之缘的人已经慢慢地走向你，而那些在传说中，为你而来的旅者正在奔向你的路上。

夏天来了，雨季又来到了碧色寨，幼鸟们沿着村舍、铁路沿线，叽叽喳喳地叫醒了人们的梦幻。让我们向一只鸟学习，人的学习和训练是长久的。我们的情趣、视野，以及在这个时代的命运，是游动和变幻的。看一只幼鸟从树上飞来觅食，当一只鸟开始为食物而奋斗时，它的翅膀开始微微地探测着人间的态度，目光警觉地观测，与人间烟火如何相处，已经成为它们的第一课。而那些成熟的大鸟已经跟大地建立了默契友好的关系，正引领幼鸟怎么去寻找食物，如何与人类和谐相处，怎样飞得更高，到云端去嬉戏。

有一个旅人在拍一只走在枕木间的鸟，小鸟好像找到了在枕木上行走的节奏，这是一只羽毛有红有白有蓝色混合体的翼体，它只有婴儿的拳头那样大，而在它的身体中却潜藏着无限的力量。旅人捧着相机，镜头很长，这是一个30多岁左右的旅人，看上去，周围没有他的任何旅伴。这是一个喜欢独自出行的旅人吗？每一个时代，都会诞生入流的或者不入流的旅人，所谓入流的，是找到群体的旅人，所谓不入流的是在人群中看不到他们身影的旅人。

是的,我想,这个旅人会在碧色寨住下来的,看上去,就我的观察而言,他不是匆匆过客,拍几张照片就匆匆离开的旅人。是的,我预言,他会住下来的。因为碧色寨的存在,一只小鸟在铁轨枕木间行走的形态和节奏会让他留下来吗?碧色寨不仅有铁路,还有小鸟行走,难道这只鸟也喜欢上了碧色寨了吗?小鸟遇到了旅人,它行走于碧色寨的生活就会被记录下来。旅人,仿佛看不到任何现实,他被这只鸟吸引了全部的视觉。

各种视觉下的碧色寨正在复苏它的历史和现在,而它的未来是从现在开始的。此刻,我看见的旅人还在专心致志地拍摄,如果你长久地心不在焉,是因为你还没有寻找到你灵魂所漫游的地方。一个人出生以后,都在行走漫游,无论你是货郎和营销者,还是农夫和船长,还是站在黑板前的老师,还是医院的麻醉师、外科医生、心理师,你们和我们还有他们,都以生存的职业在漫游世界。

当我发现这个奇妙的特征时,却已经在视觉下看不见那个旅人了。但我相信,他会因那只小鸟而住在碧色寨的。果然,那天黄昏,我看见他背着简易旅行包,还有他那堆沉重的照相器械,走进了两个人的客栈。

12

从现在穿越到很久很久以前,你愿意吗?你和我相遇,这样的事发生在古代,现今和很久以前,以及很久以后。这是一个时间的观望,相遇的途径和时态的变化。就像发酵的酒,沉浸在无人知晓的过程中,默默地,在自己的山坡洼地、湿度和空气中。而此刻,一列加速的火车过去了,几个人上了车。滑轮下的大地,不远处,农人已经插秧,有人在修剪果园。静悄悄的时态中,你和我,像一段漫长的美学。

穿越到缅北战场,空中灰黑色的硝烟味让我寻找到了尼桑的世界。尼桑走不出这片山林,因为有卫士监守着,就这样,他成了一个护士,一个男护士,还有就是记录者,他用他随身携带的照相机拍摄下来了这座战地医院的场景。等待,就是在看不见明天的时态中,与现实融为一体。尼桑知道,如果走出去以他个人的力量寻找小白,同样是很茫然的。现在,他已经默认这个现实,还不如就先待下来。在这里,他还能寻找到集体,而一旦走出去,就更看不清方向了。于是,在护士站的帮助下,他学会了一些基本的护理常识,从前线阵地下来的伤员很多,现在最缺少的就是医药和护士。其实,早在修筑滇越铁路时,他们就随身携带小小的医药包,父亲曾告诉他说:在路上,你不仅会遇到饥饿和野兽,也会遇到各种疫情,你必须学会自救,除了救自己,也要救他人。医药包里大多是西药。父亲还会识别、采集很多植物并煮成汤水,也可以治愈一些小疾患。煎煮各种药材,有治愈脚伤的药草,也有治愈胃痛的药草。在滇越铁路的山林中,到处都是野生药草,那是另一个世界,如果好好研究它,使用它,需要很多时间。而现在,在战乱中尼桑似乎一直都在寻找人,先是寻找父亲,现在又是寻找小白。对于小白,他寻找他,只是想看他一眼就足够了。

小白,就像他人生中的一个巨大的纠结,因为就是他将小白带出了那座寂静而古老的村庄。他没有弟弟,现在,在他的现实情感中小白就是他的弟弟,他千里迢迢赴缅北前线,不仅仅是因为纠结,在他心里总有一种牵挂,他无法放下小白,他想在这个乱世,在战争前沿,看到小白向他走来,哪怕是满身的硝烟,他只想走上前,好好地拥抱小白。

缅北的太阳就像一只闷热的鼓，敲出的声音中都有热浪滚滚。他尽可能地开始静下心来，以一个战地医院护理者的爱去帮助那些需要帮助的人。每一个被担架抬进医院的人，基本上都是危重病人，轻伤者在别的护理所，只需做轻微的疗伤休整，就可以上战场了。有一天，一个医生看见他在寻找，因为他每遇到一个新人，只要能交流，他总是会问同一句话：你们队伍中有小白吗？

你们队伍中有小白吗？这成了一个追索的现实和问题，这个存在让他的目光中充满了深深的哀愁和焦虑。有一个医生要去前线，每天都有医生轮流赴前线将受重伤的病人，带回医院救治。那一天，医生对他说，今晚我要去前线，如果你想去寻找小白，我可以带你前往阵地。但不可以告诉别人，而且你也必须尽可能地保护好自己，因为子弹是不长眼睛的。

战争就是如此残酷，因为子弹是不长眼睛的。尽管如此，他仍为这个意外的机会而兴奋，因为他已经为这个时机等待了很长时间。这是一个寻找小白的机遇吗？他是那么兴奋，在兴奋中仿佛已经看见了那条赴约之路。人，这一生每天都走路，在走路中生命获得了某种暗示，也同时看见了不一样的风景。人，因为行走，而改变了命运，简言之，倘若你从出生都待在原地，在你摇篮之地生活，你的命运也就在方寸之地成长变化。而当你一旦逾越摇篮，你信不信，从你开始移步时，命运就开始变化了。

是父亲将他带到了滇越铁路，从那一天开始，他的足迹就离开了自己做婴儿时成长的那只摇篮。也就是从那一天开始，在他的人生中将遇到那头黑熊，人字桥的设计，将遇见无数古老的隐藏在白云深处的村庄。同时也将遇见碧色寨，因为驻守碧色寨，他遇见了蔷薇姑娘，她站在山坡上的蔷薇花丛中的那个倩影,成为他内心最美好的风景。当他在战地医院,每晚躺下已经很晚了,因为他所护理的是三个重创病人。只有将他们全部护理完毕,他才能钻进帐篷,睡三四个小时。而每当他合上眼睛时,总能看见那个叫蔷薇的姑娘,睁开眼睛时,也会看见她。

他们趁夜色出发了,尼桑已经对山路的行走习惯了。他仿佛已经不知不觉地被滇越铁路沿途的山路所驯服,现在的尼桑走任何山川地貌,都像一个牧羊人那样有持久的耐力穿越距离。世界上所有的探索和寻找赴约地,都充满了无穷无尽的距离。

他们穿过了明月下的树林,几十个人都扛着救护病人的担架,尼桑肩头也有一副担架。他行走在夜路上步履轻盈,带他出来的外科医生出门前还有些担忧,现在他完全放心了。他们的年龄很接近,都适合在这个乱世行走,践行自己的所为。幽深的密林中有一条马帮走出来的小路,他们走得很快,离阵地越来越近,可以清晰地听到炮火的声音。

他内心总是在叫唤着小白的名字,他非常希望在他奔赴的阵地上,能看见小白,哪怕只看他一眼,他的寻找也会获得安慰。走出了林子,夜色深处可以看见火光硝烟中的阵地,他们开始奔跑,这是真正的奔向缅北战场的速度。

13

谈论 21 世纪的速度时,我们已经有了很多沧桑感。那个拍铁轨枕木上小鸟的青年人,并非一个孤僻者。晚上,他来到了咖啡馆。我每天晚上都要去咖啡馆,这曾经是艾玛的咖啡馆,现在依然可以让我看见很久很久以前的现实。艾玛可以是一个虚拟的人物,也可以是一个真实的存在。所有进入书中的人物,他们的出现和消失,都是时间和速度所制约改变的。我在碧色寨住了很长时间,我还想再待一些时光。

拍鸟的摄影师肩上依然挎着照相机,他靠窗前的咖啡馆坐下来,显得很安静。他在翻看照相机里边的照片,不时地看着窗外的铁轨,这幢旧日的咖啡馆几乎没有任何改变,黄墙绿瓦敞开的百叶窗。他不时地沉思,除了看照片,也在观望走进咖啡馆的人们。而此刻,我也在看他,也在看所有人,包括我自己的存在。

时间太快,能为心灵做多少事,命运会引领我,只有看见万物,才知道自己是谁。无论从哪里来,要始终对自己保持一种幻梦的状态。我已经习惯了成为很多种多样色彩的自我,因为碧色寨充满了穿越时空的魔力。

没有多少人看得见艾玛的过去,她宿醉于那座村庄的顶楼,那是三楼,只有一间房子,马锅头告诉她,你安心地睡觉,这房间很干净,床铺都是新的。我一直保留它,相信终有一天会有尊贵的客人到来,你应该就是我最为尊贵的客人。

她在醉态中听见了这些从耳边飘来的声音,是的,房间很干净,有一种楠木天然的香味,床上用品被楠木味长久地浸濡着,自然也有一种暗香。这是她头一次在高山深处的村庄居住,而且又喝了酒,他离开后,她上床很快就睡着了。

这是一个非常安稳的睡眠,无任何梦。等待她的将是什么?她不需要知道。在战乱中,这里似乎是一个避难之所,人们没有忧患和焦虑,只听得见小鸟和鸡鸣声,看不到世界的问题,也必然看不到逃亡的人们。然而,天刚晓,她突然就被一种轰鸣声震醒了,整座村庄都醒来了。村里的人都跑了出来,更多人都不知道空中的飞机是什么,他们以为是大鸟,是的,他们兴奋地站在村庄里看着那只大鸟飞掠了村庄上空,很快就消失不见了。

艾玛完全醒来了,她站在人群中看着飞机的消失,她知道飞机又往碧色寨以及铁路沿线飞去了。她醒来了,从乌托邦重回现实:在之前,她忘却了飞机的存在,也暂时忘却了碧色寨的存在。因为马锅头来了,从铁路那边走来了,因为他的召唤,她就进入了一个梦,翻山越岭来到了这座村庄。而现在来自现实中的碧色寨也在召唤她,艾玛告诉自己,要尽快回碧色寨,要尽快从这个梦中走出来。马锅头仿佛已经看见了她从梦中醒过来的模样,他走到她身边,她还没有说话,马锅头就安慰她说:别急,我知道你想离开了,我配好马,送你到碧色寨。

马锅头带她到火塘边坐下来先吃东西,并告诉她说:山高路远,我们必须先填饱肚子,才有力气。温暖的柴火上是炉架,有一只黑锅里煮着鲜苞谷和土豆。马锅头将苞谷和土豆放在一个木碗中端给了艾玛,她看见就想吃,味蕾也是一个奇妙的地方,它需要鲜美的食物。是的,食物分为很多层次,有些食物本身是鲜美的,但经过各种各样的运输后已经失去了原味。

原味是什么?尤其是在 21 世纪的今天,谈论原味变得如此奢侈。我们的生命中已经不知不觉地丧失了太多的原味,人类所发明的高科技使原生产品剥离原味成另一种异物。所以,在当时,艾玛多么幸福,我能感觉到她坐在火塘边品尝着没有化学剂催生的苞谷和土豆的那种幸福状态。这是被烟火熏出的泪光的幸福,无论多么短暂,都会镌刻在她的人生旅途中。

他们来到了路上，他不需要骑马，对于他来说，走山路已经习惯了，因为从小就在这大山深处长大，然后又走马帮，他将艾玛扶上了那匹高大的黑马，就走在身边。他们在沉默无语中往前走，只听见马蹄声和他的脚步声。她坐在马背上，其实，她很想下马陪他一起走，他肩上还是有那只大鸟，他出门都要带上这只大鸟吗？还是那只大鸟已经习惯跟他走？这都是一些奇妙的生命现象。他好像感觉到了要让她走一段，因为已经出发几小时，他知道长时间坐在马背上的不适。恰好到了一片开满了野花的山坡，他就走上去扶她下了马。

她骑在马背上时，老远就已经看见了那些花儿朵朵。她下了马，微风吹来了野花的香味，她走向那些花朵，俯身而下，屈膝在地上。这些各种颜色的野花，有米粒大的，有小碗大的，都是城里见不到的花朵，它们远离尘世和战乱，在这个也许是被地球所遗忘的地方，自由地绽放着。

时世如此动荡不安，此地却如此安好，艾玛置身事外，对这些叫不出名字的野花心生欢喜。但迷恋了一会儿仍然得离开，人生就是一次又一次的遇见又告别。他们终于抵达了碧色寨，他将她送到铁路边，她知道他要返回深山中的老家了。突然，她想起了什么，从包里掏出了一张照片递给马锅头：留做纪念吧，我有一种预感，碧色寨安宁的生活快要结束了。上次她曾将马锅头肩头栖着大鸟的照片在鸟镇送给了他，而现在送给马锅头的这张照片，是她随身携带的。

是的，他是有尺度的，将她送到铁路边就不再往前走了。这是一种宽阔无垠的尺度，这与他走马帮闯荡江湖是有关系的。他目送着她走向对面的艾玛咖啡馆，他知道尺度，人生的距离感。艾玛本想邀请他去咖啡馆喝杯热咖啡，但看上去，他不再想往前走到铁路那边去了。他的眼神有着火塘边被烟熏过的感觉，也还有昨晚大碗喝酒后的醉意感。他站在铁路边目送着她，她一边走，一边回头看他，那只大鸟仍然栖在他的肩膀上。当她终于到了铁路另一边转过身来时，已经看不到他了。他的身影连同那只大鸟再也没有出现，也就是从这一刻开始，局势很快就发生了重大的变化，我们的命运离不开所置身的时代。

她回到咖啡馆，先去洗了一个热水澡，她需要幻觉也需要清醒地回到人间，回到碧色寨的现实状态之中。去碧色寨沿线的小镇寻找尼桑父亲的一路上，是无法洗上热水澡的，她离不开热水澡，可以三天不洗澡，但三天以后，她必然返回碧色寨。洗完澡，换上干净的衣服，她才会出现在咖啡馆。在碧色寨，艾玛咖啡馆，就是她的小世界。

14

多年以前，果果从公共澡堂出来以后就奔向了医院。年仅19岁的女子，来到了妇产科，恰好又碰到了上次的医生，医生虽然每天见很多患者，却记住了她。她刚把病历本放在妇产科女医生的面前，医生就翻开病历来，上次有她的记录笔迹。医生说，这次来是想再次检查吗？她说出了内心的那个选择，医生说：好吧，再不做手术，就来不及了。她低声问道：会很痛吗？医生说：是的，这是无法避免的，痛是必然的，但相信是你能忍受的痛。医生说痛的时候很轻松，就像说树叶落地时的那种感觉，他们已经习惯了面对各种病状，妇产科的医生面对妇女炎症和堕胎，已经变成了日常生活。

她点点头，似乎已经做好了忍受住疼痛的所有准备。于是，她走进了手术室，按照医生的嘱咐躺在了白色的床单上。她闭上双眼，空气中的乙醚味道是医院唯一的味道，也是无法驱散的味道。她闭上了双眼，告诉自己，要忍受住这次疼痛，不能叫喊。

是的，整个手术过程中，她的身体虽然有撕裂般的痛，但她都没有叫喊，她咬住了嘴唇。手术持续了四十分钟后终于结束了，这是发生在她青春期的一次疼痛事件。她走出手术室时，身体有抽空的感觉，但所有一切都结束了。她慢慢地走出了妇产科，走出了医院，然后去邮电所给母亲发了一封电文，上面就几个字：母亲放心，我已经解脱了。

她解脱了吗？走出邮电所以后，她感觉到那么饥饿虚弱，便走进一家米线店。这时候已经离学校很近了，她坐在一角，要了一碗米线。其实除了饥饿外，她是想坐下来休息一下，刚刚经历的身体事件让她真的很虚弱。她需要一碗热米线，也需要坐在一个角落，回顾一下刚刚完成的事，再将它送走。之后，她回到了学校，回到了女生宿舍，除了母亲和她，没有任何人知道她身体所经受的这段痛苦不堪的秘密生活。

15

这个世界，除了夜幕，还有早晨的新鲜空气在等待着我们。

然而，在缅北战场，空气就像火一样地热烈炽热。尼桑在那一夜同救护队进入了前沿阵地时，弹片不时从夜幕中飞过来，他根本就无法打听小白的消息。几百米外就是战场，从战场上受伤撤离的重创战士都躺在后面的小树林，有几十个战士。人们来不及说任何事，正在流血的战士，医生会为他们扎上白纱布先止住血，更多人处于昏迷状态。他们就这样将病人放在担架上，开始往医院救护站的营地奔去。这是真正生死相伴后的现实，只有抓紧时间回营地，这些重创战士才可能活下来。尼桑和另一个人抬着担架，他习惯在夜幕下行走，他像一个久经训练的人，一个在崇山峻岭中的牧羊人和走马帮的人，已经习惯了让身体穿过阴郁的、凹陷的、陡峭壁的山路，他似乎已经成了这群山深处的俗民，早就已经成了这里的一个融入地貌版图的众生中的一员，他用肩膀抬着担架，奋力地往夜幕下的树林奔跑着。

他看不清楚担架上的人是谁，他什么都看不清楚，每个被抬上担架的人的脸上都被硝烟弥漫所改变。战争是什么？就是要以摧毁鲜活的生命为目的，赢得侵略和所谓的胜利。这一刻，他忘却了时间和记忆，跟所有的步伐配合一致。这个世界，再没有比救人更重要的事情了。是的，他要忘却所有未了结的事情，忘却碧色寨，忘却父亲的失联，忘却花朵般美丽的蔷薇姑娘，他做到了。因为夜黑天高，他行走的脚步必须和谐，至少要跟他的合作者保持和谐，这样会减轻颠簸，让担架上的病人舒服一些。于是，他继续往前走，这是第二次世界大战中的缅北逃亡录，他们将逃往森林的营地，小路上，是一群人气喘吁吁的奔跑声。生命，是这个世界最为珍贵的，只要有一丝气息，就必将拯救。

终于到达了营地，当肩膀上的担架终于落地时，尼桑的身体还在支撑着夜幕下逃亡未尽的旅程。此刻，担架上的所有病人都送到了抢救室，这是第一程序。还有就是对病人的登记，每个参战的士兵军衣里边都挂着一块小小的木牌，因为一旦参战，就意味着生死，不知道你的命在哪里。有时候往往是在清理战场时，阵地上倒下死亡的士兵们已被炮火轰炸得完全失去了原来的模样，只有凭借胸前的那块木牌上的名字，才能知道阵亡的战士是谁。

战争有多残酷，任何想象都是有限的。你无法想象担架上的战士到底会是谁，你也无法想象担架上的战士会不会活下来。有很多时间，当他们终于抵达了目的地时，当医生们奔向担架时，有些受重伤的士兵要么失血太多，要么就是子弹射中的位置离心脏太近，已经失去了气息和脉搏。当医生走近尼桑的那只担架时，他有一个非常强烈的愿望，想看看担架上战士的模样。借助于夜色，他屈身而下，两个医生将把病人移向抢救室，尼桑根本就看不清楚战士的面孔。那张面孔千疮百孔，早已经被血渍炮火的烟尘所覆盖住了。他有一种难以言说的痛苦。医生让他们先去休息，因为这一路上他们所奔跑的山路，确实已经耗尽了他们的力量。

他知道自己是在支撑着而已。这是一次超出以往任何一次在滇越铁路沿线寻找父亲的，更为艰辛的奔跑，一路上几乎就是以奔逃的脚步在穿越黑暗。因为，担架上的是生命，只有在战场，才能感受到生命是什么。他回到帐篷就躺下来，之后，很快睡着了，因为太疲惫了。没有梦见任何事任何人，也没有感受到风声雷雨，在安静中到了天晓。他匆忙起床，到不远处的小溪边洗漱，完后，他还是牵挂着昨晚担架上的战士，所以来到了抢救室询问医生。

医生告诉他说，病人是脑部受伤，颅内出了很多血，病情很重，处于昏迷状态。医生突然想起了什么告诉他说，你不是在寻找一位叫小白的战士吗？他木牌上的名字就叫小白。尼桑点点头，他看上去并没有惊叹，他的目光有一种很深沉的焦虑，他一边点头，一边开始往后撤离，仿佛在撤离战场。他的意识在这一刹那间完全被医生刚才所言说的现实，深深地笼罩住了。他希望这不是现实，因为，这不是他千里而来寻找小白应该呈现的结果。他曾许多次地想象着在缅北的滚滚热浪中与小白相遇的结果，但从来没有想象过会在这样的情况下相遇。他走得很焦灼也很缓慢，他不相信这个现实，这段路只有百米,他却行走了很长时间。在中途,他看见了一只巨大的黑蜘蛛在树冠顶上织网,它竟然织出了一顶帐篷般的巨网。在中途,要经过一条小溪,这条小溪供他们饮水和生活。在路上,他还看见了一只斑斓的蝴蝶,它伏在硕大的绿色叶片上。在中途,他的步履不够坚定,甚至有些虚弱,这仿佛意味着什么?但他的潜意识中总想将一些莫名的杂念推开,否则,他无法走完这百米的距离。我们所置身的距离或短或长,都在检验我们的生存勇气和生命的多种可能,抵达之谜,从来都是以无数的艰辛探索,最终来到了我们生命中想去的地方。

他终于走到了1号病房,只有重症病人会送进1号病房。尼桑掀开了军绿色的布帘,帐篷中共有四个病人,都是昨晚用担架从阵地接来的,四个病人都伤到了大脑,颅内出了大量血,现在已经止住了血,但仍处于昏迷状态。四个病人的床边都挂着他们胸前的牌子,突然间,尼桑的头一下子眩晕起来了,他走近挂有小白牌子的那张折叠床,他睡在床边,医生走进来了,对他说,这个叫小白的病人就是他昨晚用担架抬来的,他的状态不好,可能会昏迷很长时间。尼桑的心剧烈地抽搐着,医生说,四个病人都处于同一状态,他们如果能熬过三天,也就有活下来的可能性。这三天对他们非常重要,首先,要制止他们的颅内再出血,因为如果再出血,就会危及他们的生命,三天内如果颅内不出血,他们所面临的就是时间。每个人的状况不一样,还需要有人坐在旁边跟他们说话,所以,如果过了三天危险期,这四个战士可能会被护送回国,最好回到他们的故乡,有家人陪伴是最好的。他听明白了,三天,这三天非常重要,很多时候,都需要经过三天的考验,三天是一个充满魔法的时态。他坐在小白的床边,这真是缘分啊,上苍多么会安排人的意愿啊!他的内心深处涌起一种从未有过的焦虑和祈愿,他希望小白能熬过三天,如果熬过了三天,他要亲自将小白带回老家去。

现在，他可以细细地观察小白的存在了。昨晚根本看不清楚担架上的战士，除了黑暗之外，每一个遭受重创的战士的脸和身体都被血渍和硝烟所覆盖，早已看不到原形。现在，小白躺在床上，他好像睡着了，一动不动地沉入了医生所说的那个昏迷的世界中去了。他静静地看着小白，他脸上的血污和硝烟已被擦洗干净了，但仍然留下了炮火袭击后的一道道伤痕。他祈愿着，三天以后，小白能创造奇迹，那时候，他就可以亲自带他回家了。

16

只有忧患是长久的，它就像生命本身一样充满活力和希望。真正丰饶的生活应该是经受住时间的诱惑和召唤，像一匹骏马追赶到它的地平线，像一个猎人守住自己的领地，像一片水土饱含着琼浆玉液。

17

活下来，就是一个奇迹，无论在什么时代，人的生命线是融入大地的。小白终于熬过了三天，另外的三个病人也同样熬过了三天。等待，是一段多么漫长的时间，虽然只有三天，但在那三天时间里，绿色帐篷中的四个昏迷中的病人，等待他们的将是什么？这是一个看似静悄悄的时空，尼桑自愿承担了护理四个昏迷战士的职责。他观察着每个病人的状态，他们看上去都跟小白一样，还是大男孩，如果不参加这场战役，在他们的故乡，他们的身体可以像羚羊一样在大峡谷和荒野上奋力奔跑。

他们因战争而来，也因战火而受巨创进入昏迷状态。在这三天中有医生不时地进来，他们查看四个病人的呼吸，从呼吸中可以判断他们的心跳和血液循环。呼吸是生命最重要的现象，而脉搏的跳动也能感受到他们在昏迷状态中的生命特征。非常幸运的是，四个战士颅内都没有再出血。三天时间终于过去了，有一辆军用货车将负责把四个病人先送回他们的老家。而且，很奇怪，四个战士的老家都在云南。炮火下，货车出发了，四名昏迷状态中的战士，将沿着他们激情荡漾中的那条奔赴前线的道路，回到他们的故乡去疗伤。

18

艾玛回到咖啡馆后的第二天，飞机又来了，环绕着碧色寨的上空盘旋着。这是一种非常缓慢的旋转，所有人都走出来，站在铁路中间，抬头看着天上的飞机。最近，飞机频繁地出现在碧色寨上空已经很多次了。

神秘主义者总能将内心世界深藏在世界的某个角落，只有在那里，才能产生海阔天空的幻想。现实，是裸露的，我更喜欢内敛于看不到边际的荒野上的，一个个旅人的足迹。

艾玛也是来自碧色寨的一名旅行者，她站在咖啡馆门口看飞机，所有坐在咖啡馆喝咖啡的人都走出来了。好像这一次飞机在碧色寨的天空之上停留了很长时间，蔷薇站在艾玛身边也在看飞机。艾玛看了一眼蔷薇说道：尼桑去了很长时间了，不知他找到小白没有。我感觉到我们在碧色寨的时间不会太长了。蔷薇好像并没有听见艾玛在说话，是的，她在看飞机，旁边的人也在看飞机。实际上，她看天空中的飞机，仿佛在看云，她的身体飘了起来。

飞机飞了几圈终于走了，人们又回到了咖啡馆坐下来，继续喝咖啡。这苦涩的咖啡味弥漫过来，平息着人们对世事不稳定的焦虑感，而此刻，屋外有异样的声音，是的，跟往常完全不一样的声音。这时候已经是午夜了。时间太快了，咖啡馆的人们已经在之前陆续离开了，用咖啡提神只是暂时的，最终，人们仍然要回到睡眠中去，哪怕闭上眼睛也能休整体力。战乱变幻无穷，没有足够的体力，是无法面对战乱的，也不可能逃亡。

首先是蔷薇听到了异样的声音，好像是沉重的喘息声，她走出了咖啡馆，夜色茫茫深处，她环顾四周，感觉到是尼桑的枣红马儿在喘息。自从尼桑走后，这匹枣红马儿就像人一样陷入了深深的孤独中，因为它的主人离开了，它仿佛没有了亲密的伙伴。每次蔷薇去给它喂粮草时，都要说会儿话，她告诉马儿说尼桑很快就会回来了，她也在等待尼桑回来。有时候，她有空时，也会牵着枣红马儿的缰绳沿着铁路走一段路，马儿会吃路边的青草，也会仰头看看四野和天空。这个半夜，枣红马儿好像预感到了什么。是的，它一定是预感到了什么。

预感来自人的感官，难道那匹枣红马儿也能产生出像人一样的预感能力吗？她看见马儿在眺望着月台，她禁不住伸出手去拥抱了它一下。马儿的身体很灼热，因等待而散发的那种灼热感。她的目光也在眺望着夜色弥漫中的月台。夜晚是没有火车经过的，但明天九点半钟，会有一趟从昆明开往越南海防的小火车，途经碧色寨火车站。

自从尼桑离开后，蔷薇的生活中又增加了新的等待。因为尼桑去缅北了，所以，凡是有从昆明过来的小火车她都会准时出现在咖啡馆门口，碧色寨成了她守望和等待的地方。这一夜，她有些不安静，只眯了一会儿，转眼间就到了天亮。她起得很早，清晨的碧色寨正在做好准备，迎接小火车的降临。

艾玛仿佛也有预感，最近，整座驻守和以各种方式赴约碧色寨的人们，都产生出对战争以及未来的诸多预感的心理准备。火车的轰鸣声越过了起伏的山坡地平线，越来越清晰地来到了碧色寨。艾玛已经站在咖啡馆门口了，她告诉蔷薇说，昨晚她梦见尼桑了，她不是一个经常做梦的人，如果梦见了谁，就一定会见到这个人的。艾玛说得很认真，蔷薇听得也很认真。毕竟，尼桑出去已经很长时间了，也应该是回归碧色寨的时候了。

小火车终于抵达了碧色寨，在等待的过程中时间过得那么缓慢，似乎比任何一次等待都显缓慢。火车的哐啷声也比任何一次都缓慢地伴奏着进入这个特级火车站的旋律。就这样，除了艾玛和蔷薇的目光眺望着月台之外，那匹枣红色的马儿也用专注期待的目光，看着月台。

月台是一个核心，有人上去也有人下来。正是因为有了月台，才有了碧色寨火车站。

等待中的奇迹终于出现了，昨晚的预感首先来自那匹枣红马儿，它的等待充满了沉重的喘息和灼热的气息；而后，是艾玛，她梦见了尼桑，并说她很少做梦，如果梦见这个人，第二天一定会见到这个人；再后来，是蔷薇姑娘，很多时候，我更愿意称她为蔷薇姑娘。她基本上处于迷幻状态就到了天亮。

从车厢中走出来的一个男人身上背着另一个男人，背着男人的这个人，就是尼桑，那个被他背在肩上的男人就是昏迷中的小白。现在，你们明白了，等待中的感官都像一条网络线连接着他们所等待的人。现在，你们明白了，那匹枣红马儿为什么比往日更躁动不安，身体摸上去很灼热，因为尼桑就要回来了。现在,你们明白了,艾玛很少做梦,却在昨晚梦见了尼桑,因为尼桑在梦中告诉母亲,他就要回来了。现在,你们明白了,蔷薇姑娘为什么无眠,处于幻梦中,因为尼桑就要回来了。

两个女人急匆匆地迎过去,是的,尼桑回来了,肩背昏迷中的小白终于又回到了碧色寨。他的目光没有任何表情,从缅北战地医院乘着军用货车,经过了好几天的颠簸,在车上,他肩负着四个昏迷战士的护理任务,他给他们洗脸、翻动身体,并希望一路上剧烈的颠簸,能让他们醒过来。但每一次难以忍受的颠簸之后,他们都没有醒过来。车到昆明,另外三个昏迷战士由专人送他们回家,按照尼桑的计划,车子将他们送到火车站,搭上了第二天半夜的小火车,终点站是碧色寨火车站。

19

多年以后,碧色寨走进来了数之不尽的旅人。网络写手丫丫的母亲携手即将在碧色寨与她举行婚礼的男人,来到了碧色寨。网络写手丫丫知道母亲是一个讲场面的人,所以将他们的住所订在了碧色寨大酒店。这位40多岁的中年妇女带着她即将举行婚礼的男人来到了碧色寨,他们一下车就站在枕木铁轨间,男人说,他来之前已经查询过了这条铁路的历史。女人说,不错,有一种时空穿梭的感觉,如果在这条铁路间举行一场时装表演也是不错的。现在,我们清楚了他们的身份,女人是时装设计师,男人是开文化公司的,网络写手丫丫站在他们中间,有些骄傲地说:我已经在这里住了很长时间,我能住下去的地方,肯定是有诱惑力的。两个中年人面对着这条铁路,充满了幻想的表情。网络写手丫丫看见他们很兴奋,嘘了一口气,开始释怀了。

是的，世界如此辽阔，并非所有的旅行者都会对碧色寨有兴趣。所以，很多旅行者都在用手机拍照片。旅行类似读书，分为深度阅读和浅层次的阅读。只有深度旅行者，才会喜欢上碧色寨。两个中年人先住进了酒店，女儿说，你们先休息，明天我找来摄影师为你们在碧色寨拍一组有意义的婚纱照片，这些我都安排好了。现在不是非常流行拍婚纱照嘛！我们无法离开时代的潮流，我在这里住了很长时间了，发现每天都有人来碧色寨拍婚纱照。这也是一个奇妙的现象，同时我也发现了人们对潮流时尚的追求也在变化。过去的婚纱照，大都是在华美的环境中完成，现在的人们将视觉转移到了有时间痕迹的地方，碧色寨散发出魔法般的时间之痕迹，只有住下来，真正的住下来的旅人，才能通过黑暗和黎明的接轨，进入来自碧色寨的深度旅行。而那些拍拍照片就离开的人，总是行色匆匆，不知道他们离开了碧色寨，又会带着同样的行色匆匆去哪里？

时速太快，面对碧色寨的慢速度，一些旅游者住了下来。我住下来，也是因为喜欢这里的慢。整个碧色寨仿佛都沉入了梦幻般的钢琴曲中，是的，网络写手丫丫开始放下手中的活计，因为是她将母亲他们召唤到碧色寨举行婚礼的，所以她想为这场婚礼增加意外的色彩和旋律。她先是在网上租下了钢琴，同时邀请了本地一位刚出道的年轻钢琴师。之后，她又在网上预约了拍摄婚纱照的时间。除了网络写作，这个女孩懂得潮流时尚，她将为两个中年人设计一场诗情画意、非常浪漫的婚礼，而地点就在碧色寨。我看见了另一对拍婚纱照的男女，所有拍婚纱照的男女在拍之前，都必经专业化妆师的精心化妆，所以，他们看上去都很体面而时尚。对于拍婚纱照的男女来说，所谓体面就是男的英俊女的漂亮，在此条件下幸福感也就上升了。

他们或依偎在一起，看着碧色寨由铁路延伸出去的远方。为什么，所有人都会在未知的远方中出发，因为所有视觉望出去的远方都是看不到尽头的，也是不可知的。越是不可知的远方越能让人的姿态挺立，目光仰起，生活如此，照婚纱照也如此。

女子用手提起曳地的白色婚纱，摄影师需要的就是这种效果，看上去有一种浪漫多情、将爱情进行到底的感觉。男人走上前轻挽女子的手臂。是的，真希望每一对沉浸在拍婚纱照的幸福时光中的男女都能将婚姻进行到底。

20

将时光倒转，就又回到了碧色寨，按照原来的计划，尼桑想好好在碧色寨陪伴小白一些日子，离开缅北之前医生反复叮嘱他，让他转告小白的家人，要多跟小白用语言交流，要反反复复地叫唤小白的名字，并跟他讲述现实中发生的事情。小白虽然进入了昏迷状态，但只要有亲人在他身边照顾他召唤他，时间长了他身体中的某种东西就会跟现实发生联系，慢慢地他或许就会醒来了。他将小白安排在自己的床上，在小白的对面他又重新搭起了一张木床。在他的内心深处，小白就是他的兄弟，他开始按照医生的叮嘱跟小白对话。他首先告诉小白他们已经离开了缅北战场，已经回到碧色寨了。他坐在床边，握住小白的手，低声告诉他每天途经的火车，咖啡馆里的逸事，还有蔷薇姑娘和艾玛的存在。他的手只要能感觉到小白的体温，他的内心就充满了欣慰感。时间又过去了半个多月，小白仍然昏迷着，但尼桑充满了耐心，他相信医生说的话，只要坚持下去，小白终有一天会醒来的。

飞机又来了，是的，飞机来了，这一天，情况异常，雨雾弥漫。早晨，那匹枣红马儿就在扬蹄，发出一种不安和焦躁的叫声。尼桑以为那匹马儿孤独了,就走过去安慰它,抚摸着它的脊背,低声说:伙伴,我们过些日子还会出发的。但看上去,枣红马儿仍然在扬蹄,头朝天空扬起晃动着。两小时后,飞机来了,飞机出现在碧色寨上空朝下旋飞而去。当时,尼桑正在陪伴小白,他跑出了房间,那正是十点半钟,蔷薇姑娘没在咖啡馆。

最近,蔷薇姑娘在开馆之前都要跑到铁路边的山坡上采集些野花回来,插在瓶子里,放在咖啡馆的桌布上。艾玛三天前又出去了,她预言说这可能是她最后一次去寻找尼桑的父亲。尼桑跑出了咖啡馆去寻找蔷薇,他沿着铁路一边跑一边叫唤着蔷薇姑娘的名字。飞机还在盘旋着,蔷薇从一片野花丛中跑了出来,看上去她是听见了尼桑的喊声,同时也看见了天空中的飞机。这次飞机飞得很低很低。尼桑看见了蔷薇便跑了过去,就在这一刹那间,飞机朝他们所在的地方扔了一包炸药,尼桑很敏捷地跑过去将蔷薇按倒在地,并用自己的身体覆盖住了她的身体。从飞机上落下来的炸药包在他们身体附近顷刻间就爆炸了。她在他身体下听见了爆炸声,烟灰在旁边弥漫,如同一阵阵来历不明的风暴袭击着他们的身心。过了很长时间后,他爬起来,他的身上布满了烟灰,头部受了外伤,她也爬了起来,飞机早就飞走了,他们彼此搀扶着回到了碧色寨。

这是飞机第一次往碧色寨周围的三个地方抛炸药。是的,一个牧羊人和他的一群羊正在铁路边行走时,飞机抛下了炸药包,牧羊人唱着山歌看着飞机抛下了黑色的包,他预感到不测就打一阵口哨,带着羊群奔跑起来,从而避开了一场灾难。如果这个场景当时能拍下来,那绝对是一个经典的场景。我这样说,是因为看见有人在用无人机航拍碧色寨,这是一个少年,他专心致志地捧着器械,目光仰起,看着半空中飞行的无人机。我的世界总是在时间的过去和现在周转不息。

我看到了第二次世界大战中的这条铁路的两个场景。当飞机往铁路扔下黑色炸药包时,尼桑扑在了蔷薇姑娘身上,这一刹那间,我看到了尼桑对于蔷薇的爱情。一个人愿意为他所爱的人用身体挡住炸药包,这应该就是爱情了。当飞机往铁路扔下黑色炸药包时,穿着羊皮褂的牧羊人在唱着山歌时,意识到了那黑色的从空中落下来的包是会要命的,他敏捷地打着口哨,勇敢而机智地带着他身后的羊群,避开了这场死亡的轰炸。他活下来了,他那群黑色的山羊也同样活下来了。

但自此以后,碧色寨失去了安宁的存在感,人们开始谋划逃离碧色寨。是的,一场逃亡录从碧色寨开始了。因为,如果有一天,铁路被炸毁,那么碧色寨就将是一座荒弃的火车站,到那时,如果再离开碧色寨就很艰难了。逃亡,对于所有人都是一个现实,谁也无法脱离这个现实。人类的历史,就是一部逃亡史。

就现实而言,碧色寨的所有人都在选择离开碧色寨的时间。艾玛知道,时间到了,这是她早就预感到的事情,看上去,她的从容淡定中有着无法言喻的忧伤:因为寻找尼桑的父亲,她跟随尼桑来到了碧色寨,尽管寻找之路如此艰辛迷茫,她还是在寻找中热爱上了碧色寨。除此外,她还寻找到了鸟镇和那个肩膀上栖着大鸟的马锅头。

尼桑也同样开始了自己的选择,他亲临了飞机落下炸药包的现场,他头上的外伤,身体上的烟灰,以及轰炸声都让他知道,这只是开始,更严酷的现实还在后面等待着他们。所以,他决定先把小白送回他的村寨。这是不得已的情况,照他原来的计划,是要将小白留在自己身边,用自己的陪伴和爱亲自将他唤醒。然而,就碧色寨目前的现实来说,他担心将小白留下来,会面临更大的危险。于是,他想起了小白出生生活的村寨,那座有山有水的小村寨，才是小白疗伤的地方，也才是远离战火的避难所。想清楚这件事以后，他就开始行动了。因为已经没有时间，用来焦虑选择了，碧色寨已经失去了它的安静，小火车的运程开始减少，每天都有人在此搭上火车，抵达越南海防。咖啡馆越来越萧条，人们已经没有心情走进咖啡馆，在缓慢的时空中聊天谈论战事。战乱逼近了人们的现实生活，使这些驻守碧色寨的人们已经越来越失去了耐心。

尼桑在那个早晨出发了，他之前自己做了一副担架，他想尽可能地让小白躺在马背上时舒服些，尽管小白的肢体语言是昏迷的、麻木的。他在做出这个选择前，还是坐在床边低声告诉了小白，他说：小白弟弟，飞机开始来轰炸碧色寨沿线的铁路了。面对这个局势，我们谁都不知道明天意味着什么。我想了又想，不得不做出一个艰难的选择，想把你送回老家的村庄去，让你回到出生地，同你的父母亲人们在一起，如果你同意我这个选择，就请你用你的方式告诉我吧！他的手一直握住了小白的手心，他用心地感受着那手心的温度，并告诉自己，如果这温度是灼热的，那么，就意味着小白已经同意了他的选择；如果这温度是冰凉的，那就意味着小白不同意。因此，在那一刹那，他忘却了所有事，将全部的触感力集中在这一时刻，于是，他感觉到了从小白手心中渐渐上升的灼热。一种比任何时候都更清晰感受到的灼热告诉他，小白已经同意了回家的选择。

天刚晓，在艾玛和蔷薇姑娘的帮助下，他们终于将小白抱到了担架上，又将担架移到了枣红马儿背上。他不得不用柔软的布条将担架捆绑在马背上，并伸手抚摸着枣红马儿说，伙伴，上面是我的兄弟，一路上，请你走路小心些。然后，在艾玛和蔷薇的目送下，他牵着马儿出发了。走到铁路的另一边，便开始上山坡了，坡度平缓，小白的家隐现在白云蓝天深处。

21

战事继续着,从碧色寨撤离的人越来越多。艾玛问蔷薇姑娘是否愿意跟她和尼桑乘小火车先到越南再回法国。蔷薇低声说:我还没有找到母亲,我也不知道应该怎么选择。她的目光仍然不错过每一趟途经碧色寨的小火车,尽管火车已经越来越少了,火车的轰鸣声也同样越来越减弱了。局势动荡不安时,人们只有选择逃亡。蔷薇在碧色寨已经生活了很长时间,除了有一次看见那个穿旗袍的女人很像母亲之外,就再也没有看见任何幻象了。此刻,她又站在咖啡馆门口,近些日子,来咖啡馆的人已经越来越少了,就几个人,如果这几个人也不来,就意味着咖啡馆面临着关闭了。艾玛仿佛已经做好了撤离的准备,她也站在咖啡馆门口,她是在等待尼桑归来吗?每次火车途经碧色寨,月台上都站满了人,那些来自异域的人们手里都拎着箱子,有些人拖儿带女,更多的是孤身一人。看得出来,在过去的日子里,碧色寨吸引了很多人,他们以各种方式来到碧色寨,在这里开酒吧、客栈,拓展来自锡业的商业运道。飞机来了,从飞机上扔下来的炸药包,弥漫在空气中的黑色碎片,带来了恐怖和混乱,这就是战争的目的。

尼桑历尽了千辛万苦终于走到了小白的村庄。这一路上他一边走,一边跟小白说话,他只要跟小白在一起,总有说不完的话。他说,直到如今,他还没有寻找到父亲,也不知道父亲现在是活着还是已经离开了人世。他还有许多寻找父亲的线索没有开始,他甚至还没有时间去人字桥,这是他亲自协助总工程师设计完成的一座桥梁。因为这座桥,他亲眼看见了很多人的死亡,那些人刚刚还在眼前,瞬间就从人间蒸发不见了。他说,他很后悔将小白带出了那座远离战乱的村寨,他也很后悔带他们乘火车去了昆明，如果好好待在碧色寨就不会让小白昏迷。他说，很多事都是命运的安排，父亲的消失、小白的昏迷都离不开这个时代的舞台。他说，很可能他们很快就要离开碧色寨了，无论他置身何处，他都会为小白祈祷，希望小白有一天奇迹般地醒过来。他说，如果真的要离开碧色寨的话，他很想带蔷薇姑娘一块儿走，蔷薇一直在寻找母亲，但仍然很迷茫，她除了母亲，就没有亲人了。一路上，他跟小白说了很多话，遇到山泉水时，他会用树叶盛一些水，启开小白的嘴唇，让水滋润小白的咽喉，如果太阳太炽热的话，他会牵着马在树荫下歇会儿再继续走。就这样，走着走着就在太阳落山前走到了那座被夕阳笼罩的村庄。

22

突然安静下来的时刻，合上窗帘，内心生活，就像幼芽在初春的大地上破壳而出，只待一个梦，又是黎明。

我不急于赶上那趟列车，去清风拂面的地方，见老朋友；我不急于用书写隐去晦暗，因为白昼如此漫长啊，我低下头；我不急于取火钻木，到一座无边际的森林中生活，是我的理想；我不急于表达爱，时间中回荡着牛皮纸卷的暗黄色，天未亮；我不急于为人事厮守终生，在站台和高冈之上有暮鼓晨钟；我不急于歌唱，在我的身体中总有一双手，放在海边的钢琴键上……

在雨后的潮湿大地上，那些扑面而来的人和无声无息消失的时间，都在时代的逸闻中找到了信念，回到了自我，筑起栅栏。这是一个需要完成自我修为的时刻，无论你是谁，从哪里来，到哪里去。无论是在庄稼里寻找食物，还是权杖和魔法，众神都会看见你的行踪和心灵轨迹。

23

　　飞机又来了，这一次依然是在碧色寨附近不远处。那是夜晚，飞机轰鸣着，仿佛在警告碧色寨，因为这条铁路负载着缅北战争的很多军用物资。飞机扔下炸弹又飞走了。艾玛对尼桑说：再不走，如果火车停开，我们就无法离开了，而且碧色寨如果被飞机轰炸……她没有再说下去，这一天，也正是尼桑回来的下午，他在小白的家里住了好几天，本来是想等一等小白的父亲回村庄，跟小白父亲交代一下小白的事情，但住了一周，还是没有等来小白的父亲。这一周，他住在小白的房间里，时刻陪伴着小白，门前就有一条小河，有一天，他将小白背出了家门，在河岸支上一副担架，让小白听一听家门口的流水声。小白的母亲走过来问尼桑，他能听到水声吗？尼桑说，小白虽然昏迷了，但我相信他，不仅能听到水声，也能看见天空和云朵，他需要阳光的照耀，我走后，希望你们每天都能带他出来看看门口的河流和庄稼地，让他晒晒太阳，陪他多说话，这样小白用不了多长时间就会醒来了。他离开前，俯下身拥抱了一下小白说：我要走了，兄弟，但我想，过不了多长时间我们就会见面的。你一定要尽快醒来，我相信你很快就会醒来的。我要走了，或许会先离开碧色寨回法国，现在战乱中，你还是跟家里人在一起生活比较好。临走前，他将母亲让他给小白的一些钱币装在信封里，放在了小白的枕头下面。离开小白时，他显得很是忧郁，还好，小白的母亲是一个乐观的乡村妇女，她说，邻村有一个男人到岩石上去采草药，因石头滑落他滚下了箐沟里，情况跟小白一模一样，但昏睡了几个月突然就醒来了。这件事并没有像巨大的乌云笼罩着小白的母亲，她在地里要管理庄稼，回到家要管理火塘、柴块、谷仓和孩子们，所以，她从早到晚，都在不停地忙碌干活，她没有时间去烦忧。她把尼桑送到了下山的路口，还把一些她从山上采来晒干的古树茶叶装在布袋中，送给了尼桑。他离开了，他把他的枣红马儿留给了小白，他幻想着，当小白有一天突然醒来时，他不仅会看到他的家园和亲人，同时也会看见那匹枣红马儿，那时候，小白就会想起碧色寨，想起自己。

他似乎预感到离开碧色寨的时间快到了。下山的路，很快就走完了。他肩上背着那只布袋中的古茶树叶，仿佛背着小白生活的那座村庄的清香。再回头看时，就再也看不见身后的那座村寨了。他的脚步有些错乱，心里有些空，从这一刻开始，他并不知道长离别已经开始了。他从山坡走到了铁轨枕木间，他的灵魂好像在这里驻守了很长时间。是的，他开始面对着这条漫长的铁路，他目光下又看见了铁路外面那些新鲜的牛羊粪，这意味着，有牛羊刚刚走过去。他喜欢嗅从微风中飘来的牛羊粪味，也喜欢看见沿着铁路往前走的牧羊人，他只要感受到它们的存在，也就感受到了碧色寨那流动中的风景和时间。

他抚摸着自己的内肋，感受到了隐隐的疼痛。告别了小白，他的现实世界仿佛空了一半，他有一种不得不去强力忍受的悲伤。身边的枣红马儿留给了小白，他有一种从未有过的孤独感。他看着铁路的弯曲或延伸，他已经走到了碧色寨，发现才离开不长的时间，碧色寨那热烈的光线突然间变得幽暗。其实，这幽暗始终伴随着碧色寨，只是在过去的时间里他忽略了而已。幽暗是从碧色寨的铁轨中散发出来的，也是从屋顶水塔、双面钟以及人们的精神状态中散发出来的。

出现在碧色寨的所有人，都有自己的不同使命感。那些从小火车上下来的人，拎着箱子的人，都在这座火车站，寻找到了追索矿产的、自然的、爱情的各种需求，碧色寨以包容和爱接纳着所有人的到来。

倘若没有战争笼罩着碧色寨，那么，这将是一个喧腾着人气的特级火车站。而战乱不仅笼罩着碧色寨，也惊扰着全世界人们的生存和命运。在这样的时刻，每个人都不得不以逃亡的方式寻找回祖国和故乡的路线。

尼桑才离开了几天时间，碧色寨开始显得荒凉如梦。当我们面对黑暗时都想逃到梦乡去，每个人造梦的功能都不一样，梦中出现的场景也就不一样。梦是荒谬的，因为背离现实。碧色寨的铁轨外已经没有人在散步了，这意味着在他离开的时间里，大多数人都用自己的方式撤离了碧色寨。

他抬起头来，突然就看见了天空中的一群鹤，是灰白色的鹤，应该是云鹤，它们是一群。前面的那只鹤，飞行的翅膀很执着，它应该是带着家族中的鹤在往天空撤离。他迷茫的目光被这群鹤吸引过去了。然而，他却无法飞起来，只能仰头目送已经消失在云图中的那群鹤。

24

我们想成为轻燕自由飞翔，我们想成为一棵树在沃土中原地生长，我们想成为猛兽在旷野上驰骋搏击，我们想成为一条河流寻找到蔚蓝色海洋，我们想成为酒窖池孤独的发酵物……但我们最终还是要成为自己，归根结底，我们将成为一个人。雨幕笼罩，我感觉到血液在循环着血液，语言在绵延着语言，秘密在寻找着秘密，羽毛在寻找着羽毛。

25

离开碧色寨的时间已到，这是最后一趟途经碧色寨的小火车了。艾玛和尼桑将乘这趟火车离开碧色寨，留下来，是不可能的。尼桑回到碧色寨后，已经顺从局势，做好了准备，将乘这最后一趟小火车前往越南海防。他所做的最后一件事就是要劝蔷薇姑娘跟他们一块儿走。他回到碧色寨时，艾玛就告诉他，几天来，她一直在做蔷薇姑娘的工作，但蔷薇姑娘都以寻找母亲为理由拒绝了，因此，她对尼桑说：如果你能以爱的名义让蔷薇姑娘跟我们离开，那么，这件事就很圆满了。

蔷薇姑娘仍然在咖啡馆忙碌着，哪怕只有最后一个人，她也要亲自手磨香喷喷的咖啡。虽然多数人已经离开了，但还有人到咖啡馆来，这些留下来的人也是最后撤离碧色寨的人。他们似乎都想在碧色寨守望最后的时光。这些稳住心绪的人，最后的守望者，似乎都在等候着途经碧色寨的最后一趟小火车。

手磨咖啡在这个特殊的时间里，其浓香或略带苦涩的味道，弥漫着整座碧色寨。尽管只有一个两个的人来到咖啡馆，但蔷薇姑娘都用笑脸迎接着他们的光临。他走到她身边，艾玛过来了，告诉他们去外面走一走，艾玛是想让尼桑有机会与蔷薇姑娘单独交流。他们朝着夜幕下的铁路缓缓前行，艾玛说让他以爱的名义说服她，他想着这爱的名义，是真实的也是虚无的。为什么说它是真实的，因为他早就已经爱上了蔷薇姑娘，爱，永远是说不清楚的。他们手牵手，这样的关系，可以走多远？他说：我和母亲都希望你随同我们乘最后一趟小火车离开碧色寨，你愿意吗？

她将目光移向夜幕,仿佛在移向一个未知的时间,他已经感觉到她在拒绝,是的,她已经拒绝过艾玛,现在又开始拒绝他,因为这是她深思熟虑过的选择。他拥抱她,她的身体永远那样柔软,如水如诗,如同碧色寨的故事。她说,她还是先留下来,先守住艾玛咖啡馆,待到局势好些后,她在这里等待他们回来。她还说,还是放不下母亲,总之,她得留下来。她说话的语气,听上去很柔软,却很坚定,已无任何商量的余地。是的,这就是蔷薇姑娘的另一面。不过,他是理解她的,她的选择很有道理。而且她要在这里继续待下去,先驻守艾玛咖啡馆,一旦形势好转以后,她就在这里等待他们归来,这是一个充满了希望和梦想的选择。

他们深深拥抱,仿佛被这个梦想揽入未来时空。在这令人窒息的日子里,这个来自碧色寨夜幕下的拥抱,将维系他们一生的回忆。这个拥抱那么热烈,他们都没有预料到漫长的离别之谜正等待着他们。

于是,小火车来了,最后一趟途经碧色寨的火车在那天上午十点半钟,以异常缓慢的速度将滑轮停在了碧色寨。早已拎着箱子站在月台上的人们中没有尼桑和艾玛,他们之前一直坐在艾玛咖啡馆,等待着,蔷薇姑娘为他们各自手磨了一杯咖啡。看上去,他们的神态显得很从容。因为有蔷薇姑娘的那番话,所以他们都相信,离开只是暂时的,他们还会回来的。他们出发了,走出了艾玛咖啡馆,蔷薇站在咖啡馆的台阶上目送着他们拎着箱子走到了月台,他们是最后上火车的,在火车开走之前,他们坐在窗口朝蔷薇姑娘挥手告别。艾玛突然看到了在铁路那边的山坡上,有一个肩头顶着大鸟的男人也向她挥手,这个场景来得太突然,比梦幻还要梦幻,火车开走了。

尼桑拎着那只箱子,他对蔷薇最后说出的一句话跟他们的箱子有关,他对她耳语道：别忘了我，你和我之间有箱子会让我们再次重逢的。请相信，两只箱子将让我们很快就会在碧色寨见面的。她的泪光闪烁迷离，她不敢走到月台上去，她就站在咖啡馆门口的台阶上。这是一个特定的位置，是的，就是站在台阶上，她曾经在逝去的时间中，一次次地目送他们离开，又一次次地在此等待直到看见他们的身影从月台、从铁轨枕木那边过来了。时空的转换是多么神秘啊，此番场景，只剩下了蔷薇姑娘，她感觉到四野之间慢慢空了，当最后一趟途经碧色寨的小火车离去，哐啷声从近渐远而逝，等待她的将是什么？

我在时空中看见了站在艾玛咖啡馆门口的蔷薇姑娘，这个年仅19岁的女孩，在不长的时间里，因为寻找母亲来到了碧色寨，然后在这里见到了那么多来自不同国度的面孔，他们来到碧色寨，有自己不同的理由。在艾玛的咖啡馆，就着刚磨好的咖啡的香气，有些人的目光充满着欲望，当他们谈论着大锡和各种云南的矿物质时，眼睛里的掠夺和占有的欲壑深深浅浅。也有人谈论女人男人的关系，他们的眼睛里也会有幻觉，仿佛借助于碧色寨的蓝天和暮光，寻找着故事中的自己。再后来，来咖啡馆的人们谈论的大都是战事……从局势动荡不安的那一天开始，碧色寨就开始了它在战事中沉浮的忧伤。当碧色寨最后一列小火车远离了蔷薇姑娘的视线，她的目光中仿佛升起了一场灰色的大雾。

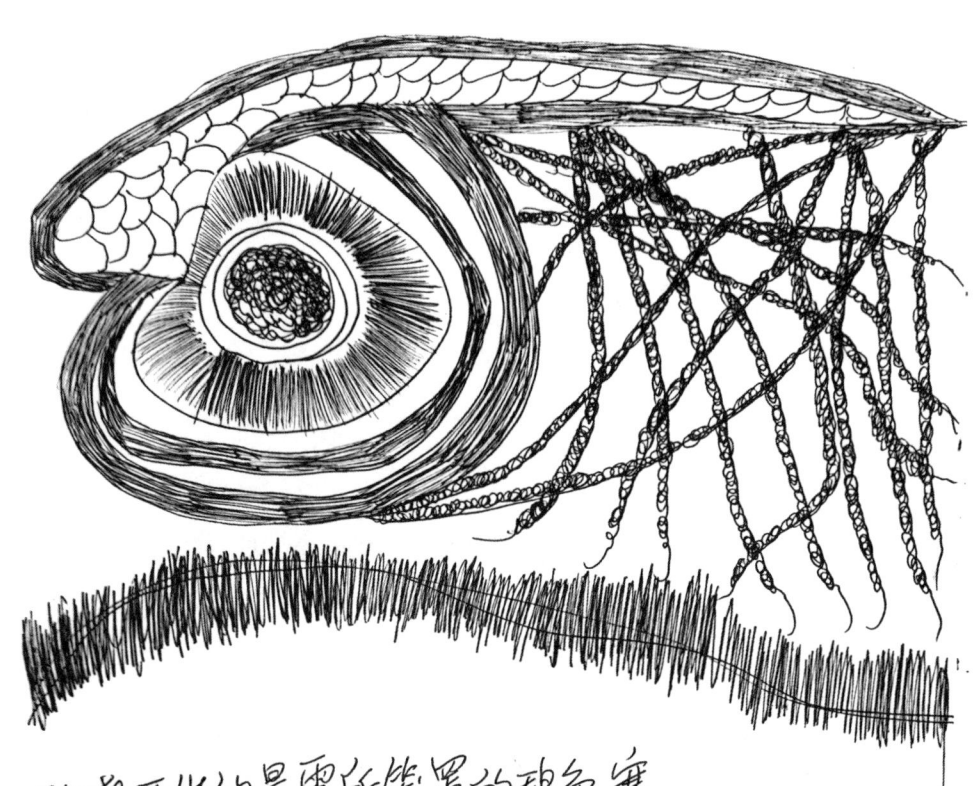

破晓而出的晨雾所笼罩的碧色寨
曾被用法兰西的、希腊的、意大利的、德国的
昆明的、个旧蒙自不屏的语言所激荡起
一阵又一阵微波，激活了碧色寨的心跳

2021年 海男

第六章　碧色寨梦剧场

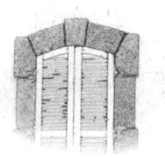

1

　　故事还需要继续讲下去。蔷薇姑娘回到了咖啡馆,火车开走了,就像梦一般在睁开眼睛后就突然不见了,梦里的人和场景也就成为一种记忆。那天上午以后,碧色寨成了一座没有火车鸣笛的火车站,她在空旷的碧色寨如何守望?人,慢慢地都离开了,但她仍然坚持着,她想,只要有一个人,她也要坚守,所以,她像往常一样,每天上午十点半钟打开艾玛咖啡馆的门窗,让新鲜空气流入屋中。她喜欢每天起床洗漱后,站在咖啡馆门口呼吸从旷野尽头那边、被风吹来的新鲜空气,在这空气中有茄子、西红柿、石榴、枇杷等蔬果的味道,这些味道都是从天上飘来的,也有从地上飘来的牛羊粪的味道。

　　自艾玛和尼桑走后,所有的外国人也都走光了。她坚持着期待小火车从远方奔驰而来的场景,在她的坚守中有两个等待:母亲离开已经有很长时间了。母亲是乘小火车离开的,所以,自从她来到碧色寨以后,每天都保持着习惯,只要听见火车的轰鸣声,她就会在第一时间跑出咖啡馆,站在门口的台阶上等待,将目光投向从小火车上走出来的人群,这似乎已经成了她生命中最大的期待。现在,在这等待中又增加了新的等待。然而,自从他们离开以后,她就再也没有听到小火车奔驰而来的声音。

　　渐渐地,碧色寨火车站变得越来越苍茫,除了她,就再也见不到一个人了。当然,附近村庄的人们仍然在耕耘。不过,村里的妇女们再也没有手拎着装有煮熟的鸡蛋、苞谷、花生的竹筐,来火车站叫卖了。以往每次火车进站时,村里的妇女们头上围着三角红绿色土布围巾,拎着竹筐中的土特产用本地方言叫卖着,这也是碧色寨的一道风景。现在,这些妇女们都回到田地中做活去了。

　　蔷薇姑娘置身在碧色寨的荒凉和苍茫深处,现在,只剩下她一个人了。她在此等了很长时间还是没有听到火车从远方袭鸣而来。她知道,再如此等下去是徒劳的,而且,每到夜晚,她就感觉到只有她一个人居住的碧色寨,总有很多异样的、犹如幽灵般说话的声音。她开始产生了恐惧和无眠。一个人的碧色寨,开始沦陷,她知道,再住下去是无望的,而且,最近在碧色寨沿线,日本人的战机又从空中抛下过数次炸弹。是的,那天晚上,她开始收拾行装,离开碧色寨的时刻已到。这一次,没有途经碧色寨的小火车,没有任何交通工具。

　　早晨,她关好了艾玛咖啡馆的门窗后,离开了碧色寨。她在铁轨上看见了一辆法式自行车,在之前,她并没有骑过自行车,但总看见铁路边的小路上法国人骑着自行车。她推着一辆自行车往前走,她试着将腿跨到自行车上,但刚刚骑上去就摔倒了,不过,她站起来后继续推着自行车往前走。她有一件行李,装着她的衣服,另外,就是尼桑送她的那只箱子了,这只箱子对于她来说就是希望和未来。她将行李和箱子都捆在自行车后座上。她其实很迷茫,不知道要去哪里生活。但离开是必然的,在不长的时间里,铁轨枕木间就已经长出了许多野草。她推着自行车朝铁路往蒙自的方向走去,她知道的，如果朝上走，就是朝着另一个国度走去，朝下走，就是自己国家的版图。她一边走就听见了战乱中人们的逃亡之声，这中间，她坐了一次牛车，因为实在走不动了，就这样她走着走着就看见了一辆车，她站在路边招手，想搭上车。这是一辆几乎就要散架的车，她只是挥了挥手，车竟然停在了她面前。一个男人嘴里叼着香烟，应该是一根雪茄烟，她曾在碧色寨看见那些外来人吸过这种香烟。男人40来岁，对她说，上车吧！于是，她就上了车。男人帮她把自行车抬到了车厢里。男人一边吸烟，一边问她是从哪里过来的，她说是从碧色寨火车站过来的。男人说，我要去昆明，你就跟我走吧！她听后有些安慰，是啊，她终于找到了一个终点站，就先回昆明吧！男人不断地用目光在瞟她，一眼又一眼，男人说，今天我们无法到昆明，路太远了，要在中途住下来。她点点头，她知道路途遥远，是要住下来的。天黑了，日月穿梭，天总是要黑下来的。她的内心仿佛也在随同黑暗在漂泊，尽管已经坐在了这辆快要散架的车里，她的心仍然不安。尽管如此，她告诉自己，车子到昆明就好了，因为昆明是她的出生地。半夜抵达一座客栈，男人下车去开房间，隔了一会儿便打开车门说：只有一间客房了，我们只能住在一起。她说，我就在车上休息吧！男人看着她说，好吧！你就在车上休息几小时，天亮我们就离开了。路还远，得早点赶路。她又困又饿，好像已经很长时间没有补充食物了，但她很快也就睡着了。第二天，散了架的货车终于将她载到了昆明，不过已经又是半夜了。他问她去哪里，她说，先下车吧。他说我们先住下来吧，这乱世，你一个女孩不安全。她觉得他说得有道理，就默认了。他帮她将箱子拎下来，他们已经到了一家翠湖边的客栈，他登记了两间客房，她进了客房就想马上睡觉，因为路上颠簸太大，实在太累了。这一夜，她睡得很好，也很踏实。因为身体太疲惫，她几乎就忘记了所有的一切。就这样，她从碧色寨走出来了，她将到哪里去？那是明天的事。而明天对于她来说，又意味着什么？

明天就是未知数的现实，我们向往着明天，是因为明天的到来，会改变现实的困境。明天，就像将花瓶中枯萎的花朵换成了一束新的插花。明天，总是会到来的，当我们凝视着天空的星宿时，已经明显地感觉到明天已经离我们越来越近了。

当我们熄灭灯光，将头放在枕头上时，明天已经离我们越来越近。蔷薇姑娘在那一夜第一次在梦中梦见了尼桑，那似乎是在碧色寨的一场大雾中，尼桑朝她走过来了，她也正在朝尼桑走过去。然而，他们却无法在那场雾中真正地走近。

2

乔尼正沿铁路往前走，爷爷曾经给他手绘过一张地图，爷爷用很长时间给他讲述了小白的故事。现在，他正沿着地图去寻找小白所居住的那座村庄，突然间，身后传来了脚步声，他回过头，是燕子。他听网络写手丫丫说，燕子最近开始做一件从未有过的事情，那就是写作。燕子的性格因为写作后，发生了很大的变化。过去的燕子很孤傲，现在的燕子更有烟火味道了，简言之，她喜欢融入烟火味的现实生活中去，这当然是乔尼所追求的一种生活状态。

燕子走上前说道：你带上我走吧！我们都有两只相同的箱子，这并非偶然，而是奇缘。你相信偶然还是奇缘？他笑了，乔尼就是那种有温存性格的男子，具有无限的对于人性的关怀备至。是的，他说，我既相信偶然也同时相信奇缘，因为两者之间都有关系。

燕子说，我最近发现你总沿着铁路往前走，你是不是在寻找前世之旅？好吧，带上我走吧，也许我们所寻找的都是时间，那些消失在时间中的时间。

他看着燕子，听着她说话，感觉她突然间就变成了另外一个人。他点点头说，我们走吧！我告诉你，我的爷爷以及我爷爷的母亲，他们在很久以前，曾在碧色寨住过很长时间……她接上话说道：我也告诉你吧，我的外婆曾经在很久很久以前，也在碧色寨住过很长时间……

难道燕子的外婆就是爷爷所说的蔷薇姑娘吗？乔尼看着燕子，一个疑问开始产生了。但他没有说出来，或许不说出来，更有意义。就这样他带着燕子往铁路外面的小路走去，按照爷爷亲自绘下的地图上的标志，朝碧色寨铁路往前走三公里就出现了一座小山坡……乔尼又想起了爷爷追索小白的情景，他的手那时候有些颤抖，爷爷描述着去小白家的路上，山洼中途经一个小池塘，里边飞满了白鹭、野天鹅，它们在里边游荡，栖在水岸上的树林深处……这个场景被我忽略了，被我的想象力忽略了，乔尼将这个美丽无比的池塘突然间呈现在眼前时，我的眼眶潮湿了。我有一种无法言说的期待，想跟在他们身后去看小白。当然，他们是无法看见我的。乔尼站在池塘边，这个不大的池塘显得很寂静，无人打扰，只有飞鸟们在此栖息。人生到达处，均是中途，乔尼按照爷爷的地图，首先寻找到了那个池塘，对于他来说，池塘就是天堂，是爷爷描述和回忆中的天堂。

乔尼将地图铺在一块上山坡的石头上，他认真地研究着这张地图，燕子站在旁边说道：你刚才说什么？小白，你是在说小白吗？我外婆的日记本上也出现了小白这个名字，乔尼点点头，他不想太早地揭开时间所延伸出来的谜底。他知道，这张地图是爷爷用记忆和心念画出来的，绝非一般的地图。他想先寻找到通向小白家的路线，再去探索另外的时空之谜。

不远处的池塘，远远看上去就像镶嵌在这山洼中的一面明镜。走近它，却看见了那么多的白鹭和天鹅，还有许多叫不出名字的雀鸟。这真是一个奇境啊，仅凭想象是根本无法抵达的！乔尼在拍照，他太像他的爷爷尼桑了，肩上所背的都是摄影器材，只不过没有挎望远镜而已。他在拍那些水边的白色精灵时，燕子就在水边行走着。

沿着地图翻过了一座山，越来越接近那座村庄了，这时候的天与地之间被绿色笼罩着，就想象着小白跟随着当年尼桑走出村庄的这条路：那时候，小白是多么快乐啊，他的青春雀跃着，仿佛想飞起来，他跟在尼桑后面，欢快地穿过山地灌木，穿过羊肠小道，穿过这朦胧的暗夜，想寻找到更加广阔的天地。尼桑一直就走在前面，他像是小白的引领者，将他带到了山坡下的碧色寨。我也想象着尼桑后来护送小白回家的路，他独自一人，将小白放在担架上，再捆绑在那匹枣红马儿背上。这是一条完全不同的归家之路，他的脚步有多么沉重，他的身心就有多么疲惫。然而，所有事都已经时过境迁，乔尼突然抬起头来就看见爷爷手绘地图上的那座村庄了。对于他来说，奇迹再现于眼前，意味着他已经寻找到了爷爷当年出入之地，寻找到了爷爷故事中的故事，寻找到了爷爷放不下的牵挂。

村庄依旧以一条开满了野花的小路出现在眼前，溪流就在小路两边快乐无忧地向前流去。山坡上长满了金色的向日葵，燕子看见那些向日葵，就像看见了一轮又一轮来自天上的太阳，她朝着向日葵走过去了。向日葵下面有一个割猪草的中年妇女，她看见他们就站了起来，问他们是不是来小白家的？乔尼说，是的是的，我们是来看小白的，他还好吗？妇女说，我带你们去他家吧，看得出来，你们是头一次来吧，来看小白的人很多，因为他是老兵。

小白，这证明小白还好好地活着，能够好好地活在这个世界上，已足以安慰我们的心灵。乔尼很兴奋，因为终于就要见到小白了。小白，在爷爷的追忆中是昏迷的，因为，爷爷离开时小白还没有醒过来，尽管如此，爷爷深信在他离开后不久，小白就已经醒过来了。在昏迷或醒来之间，存在着多长时间？乔尼有一种强烈的愿望想尽快见到传说中的小白，这穿越了漫长时空的传说，出自爷爷的讲述，而现在爷爷走了，去了另一个世界。

中年妇女站起来，背着一大篮刚割下的绿茵茵的猪草，带着他们从小路进入了村口。一幢幢土坯屋中有几幢水泥屋，这是传统和现代相结合的一座村寨。妇女走在前方，她热情而又奔放，似乎有新人来到村庄，她也非常高兴。小白家的房屋在村寨的最里头，共有两幢房子，一幢水泥屋，另一幢是土坯屋。很显然，水泥屋是后来盖起来的，土坯屋是原来祖先们留下来的，这两种房屋的不同形式体现出来了时间的变幻无穷。

水泥房子多是年轻人居住，是他们从山下运来了钢筋水泥，地球上的潮流都会影响到人们的建筑物，无论是在多么荒僻的地方，人们都会接受这种潮流的影响，它是从风中吹来的潮流。更多的年轻人是因为走出古老的村寨，就像很久以前小白的父亲，带着马帮走出了村寨，就像小白跟随着尼桑走到了碧色寨。

老房子多是老年人居住，他们因为年轮像土地般古老，已经习惯了住在出生后就居住的房子里，这种习惯是具有韧性的，也是难以被岁月改变的。老房子的墙面上挂着红辣椒、农具，还有金色的苞谷。这些东西仿佛也在陪伴着古老的习俗，有了它们，灵魂才能得到安顿。传说中的小白出现了，他从土坯屋中拄着松木手杖走了出来，手杖仿佛被火塘边的烟熏过，是褐色的。小白是何时醒来的？乔尼很想追索到这个问题的源头，然而，小白的母亲已经过世了，小白的父亲走马帮就再也没有回来，那支从村寨走出去的马帮，没有一个人再回来，这件事我是知道的。

小白是什么时间醒来的，让我告诉你们吧，那是一个午夜，小白突然间就醒来了，这应该是尼桑离开后的半年时间。

小白整个人陷入长久的昏迷中，他的母亲只要做完庄稼活，回到家的第一件事，就是推开小白房间里的门。门总会发出吱呀的响声，她端着一盆热水，火塘边那只黑漆漆的铜壶中总有沸水，因为火塘里总有燃烧的柴块。山里倒地的废木不用劈开，直接插入火塘，可以熬上几天几夜。它灭了，又有新的浑圆的断木插入火塘，就这样它既保留了火种，也温暖了山里的房间。母亲每天用一块山里人纺织出的土布为小白擦洗身体，她不仅为他的身体擦去沉睡的痕迹，更为重要的是每次擦洗都能在不经意中激活小白的身体，之后，她会告诉小白今天在地里干活的情况，还叨叨着地里的田鼠太多了，总是去偷劫她栽下的萝卜。然后，小白的弟妹进来了，他们已经可以管理一群黑山羊了，每天早早地，他们就带上苞谷和洋芋赶着羊群到山里去放牧了。傍晚，他们回来了，让山羊们进了用石头筑起的房子，里边有水牛，里边的房子也是用石头隔开的。他们回来的第一件事，就是带着热乎乎的汗蒸出的来自身体的味道，走进哥哥的房间里，他们也会给小白讲许多有趣的事，在去牧场的路上遇到的野兔和狐狸。总之，小白虽然昏迷着，总能在另一个世界看见母亲和弟妹的生活状态。

就这样，在那个半夜他突然就醒过来了。这是尼桑在遥远的国度每天祈祷并为之梦想的现实。所以，当他跟乔尼讲述小白时，总是描述没有昏迷时的场景，但他显然是无法省略这个场景的，他总是自语道，小白应该是在地里干活了，或者是跟随他的父亲去走马帮了。小白醒来时，母亲和弟妹们都睡着了，他独自一个人睁开了眼睛，在黑暗中望着屋顶。他可以看见青瓦之上的星空吗？非常幸运，小白尽管昏迷了很长时间，却没有失忆。

3

晚安，每个人的内陆，都是从黑暗中诞生出的一个又一个精灵们构造的版图，我们在此相遇，在此相识相爱。

4

小白独自起床了，他已经想起来了自己昏迷之前的场景：那天晚上他们在缅北的前沿阵地上打得很激烈。他从前没有打过仗，没有使用过枪支子弹，只是在昆明培训了几天，他们就上了货车，车子将他们直接就载到了缅北战场的阵地。在这里，硝烟弥漫滚滚而来，他看见子弹在飞，在飞出去的子弹中也有他射出去的子弹。他一上战场，就忘却了恐惧，也忘记了自己是谁。这是战场上的硝烟弥漫培养的素质，只有忘记一切才能勇敢地作战。勇敢者的游戏，是在子弹射来时，你必须射出子弹。而幸运总是有限的，炮火飞来击中了他的颅腔，之后，是喷涌而出的血，他昏迷了。

他醒来了，上苍不让他永远昏迷下去，所以他在那个午夜突然间就醒过来了。他知道这是自己的家，是的，他走下楼梯看见了火塘，好久好久没有看见烟火了。这烟火在梦中也见过，尽管他昏迷了很长时间，但母亲弟妹们总是坐在床边跟他说话。他用自己的另一种存在于身体和外部世界的感官，触抚并看见了房间外的庄稼，还有母亲每天去庄稼地干活的那条小路，还有母亲叨叨的田鼠们的偷劫之路，还有弟妹们放牧的山冈，那些在山坡奔跑的松鼠野兔狐狸们……

　　他醒过来了，母亲听见了他下楼的声音，他坐在火塘边，母亲就下楼来了。对于他的醒来，母亲似乎是有所准备的，所以，看上去，母亲并不惊讶，只是悄然无声地走下楼来，给他倒了一碗热水，并问他是不是饿了？他问母亲，他到底睡了多长时间？母亲想了想说道，是你的碧色寨的朋友送你回来的，那时候山里的风很大，吹落了很多叶子，之后，雨水越来越少，天越来越冷，庄稼地所有的粮食都进仓了，我拉水牛去耕地，于是，树叶又绿起来了，我开始播种……马上就要插秧了……母亲不识字，她的描述把现实和时间变化出来了，是的，时间是从变化中出来的。母亲说，我不害怕，也不急，你的朋友临走时告诉我，一定要多陪你说话，要把身边的事都告诉你，这样你才会醒得快。

　　他听着，喝了母亲递给他的一碗水，他已经很长时间没有这样大碗喝水了，生命体系仿佛开始循环往复。他听见了枣红马儿的声音。母亲告诉他，就是这匹马拖他回来的，朋友将他放在担架上。朋友在这村里陪了他好几天，把小白放在担架上，抬着他出去晒太阳，听流水的声音。他走后，弟妹们也会将他担到邻近的山坡上，边牧羊边跟他说话……半年时间过去后，他终于醒来了，又回到了人间。他站起来想去看看那匹枣红马儿，母亲也说不清楚他朋友的情况，他想明晨就带着枣红马儿去碧色寨，重返艾玛咖啡馆。重返碧色寨，意味着他根本都不知道，在他昏迷的时空中发生了什么事。母亲还告诉他，父亲的马帮也没回来过，完全不知道他们如今在哪里。他有些迷茫地看着人世间，通过战争，他好像已经成熟了很多很多。从昏迷中醒来，他想尽快地融入人间，所以，他必须尽快奔赴碧色寨。

　　而此刻，风移动着网络线上那些灰暗的蜘蛛网。某一只大蜘蛛精心编织的网，被风吹断了，蜘蛛又开始了新的编织。我们只不过是在日复一日地做同一件事，消磨着同一个时代不同的光阴似箭。

乔尼看见了小白，在爷爷的叙述中，小白只有19岁到20岁之间的年龄，而穿越时空以后再回到现世，小白已经是一个垂垂老者了。他就像一块化石，如果他不移动手杖的话，他就是那块化石而已。然而，随同他的手杖在移动，他成了时空转换而来的真实现象。

那天早晨天未亮，他就牵着枣红马儿出发了。他的心像火塘炉架下的柴块跳动出红色的火焰，他走得很快，他昏睡了半年，他要尽快地奔赴碧色寨，去找到他的朋友。他几乎牵着马儿像一只羚羊般奔跑着，天啊，他受了那么大的创伤，流了那么多的血，昏睡了半年后醒来，他创造了一个重生的奇迹，像一只羚羊般穿越了一座山，只用了往常行走三分之一的时间，就站在山坡上看见了他生命中的碧色寨。

之后，他跑下了山坡，却停住了脚步，他身体中的热血在往上奔涌，他想让自己调整下情绪，于是，他在山坡下的一条小溪边洗了下脸。他拉了下衣装，用手摘去挂在衣服上的荆棘草棵。这次见面，对于他来说是一场庄严的仪式。他牵着马儿往山坡下的碧色寨走去，等待他的将是什么？

5

等待我们的又将是什么？我们之所以需要等待或学会了等待，是因为人世间有太多的距离，宇宙中有多少星宿就有多少种的暗淡和光亮。看上去，我们离得很近，其实，中间相隔多少群山江流，需要等待，是因为黑夜还很漫长，无数屏障炫目而又坚固。我们不得不学会了等待，在等待中并非荒废岁月，而是在等待中被自己神秘的精神世态引领过去，走到了我们的幻想所转化的神性之路上。我们不再忧伤，不再被荆棘锁链所羁绊，在巨雾弥漫中我们要像民谣歌手，边走边唱。

是的，以边走边唱的姿态，我们一次次地走进了碧色寨。小白慢慢地走向了铁轨枕木，他已经感觉到了一种无法说清楚的异常状态，碧色寨看不见任何一个人，也看不见任何一只鸟在飞翔。空气是沉滞的，寂静的碧色寨为什么看不见一个人？而在往日的碧色寨，哪怕是在夜幕降临之后，仍然有那么多人在行走。火车每天有好几次途经此地。太阳升起后，山坡上有那些黄头发蓝眼睛的人在打高尔夫球。艾玛咖啡馆人来人往，还有旁边的酒吧，总是弥漫着浓郁的酒味。为什么碧色寨变得如此寂静？为什么碧色寨看不见一个人？也看不见一只空中飞翔的鸟？

小白仿佛闯入了一个陌生的碧色寨，然而，他没有走错路，这就是尼桑带着他进入的碧色寨，他不会走错路的。是的，他深信自己没有走错路，尼桑曾告诉他说，世界上只有一个碧色寨，尼桑说这句话时，正带着小白在下山的路上。站在山冈上，已经从树枝白云下面看见了隐现的碧色寨。尼桑自语道：碧色寨太美了，世界上只有一个碧色寨。小白铭记了这句话，那时候，他还没有识字。然而，小白是一个自然之子，他经常听见村里的长老祭祀天或大地谷物时的祈祷和咒语。他的心灵深处总是飘忽着那些让他心灵震颤的声音，所以，尼桑的话他记住了。

他站在铁路中央久久地伫立，希望会看见往日碧色寨的场景，哪怕是看见一个人一只鸟也好啊！然而，寂静的碧色寨只飘过了一阵阵凉风。他往艾玛咖啡馆走去时，枣红马儿仰天长啸了一声，它似乎感觉到已经回家了,已经回到有拴马石的碧色寨了。他的心越来越空,没有火车途经的火车站,仿佛离他村庄不远处的那片荒野,只有牧羊人去那里放牧。转眼间,已经走到了艾玛咖啡馆门口的台阶上,这里是蔷薇姑娘最喜欢驻足之地。往日,只要火车途经碧色寨,蔷薇就站在这里,目光往月台上久久地移动,她在下火车的人群中寻找着母亲,同时也等待艾玛和尼桑的归来。上了台阶,他看见了艾玛咖啡馆的门上有一把法式的铜锁。他的心开始凉下去,之后,是一阵一阵的空。在他昏迷的这段日子里,到底发生了什么事?为什么碧色寨看不见一个人、一只鸟?为什么艾玛咖啡馆门上只有一把锁?他们去哪里了?经历了什么样的事件?现在的碧色寨,仿佛进入了沉睡的梦乡,那么,如何唤醒它?小白沿着碧色寨又走了很长很长时间。

6

　　沉睡中的碧色寨如何醒过来?需要声音和火焰去唤醒它的梦乡。最终,小白走出了碧色寨,牵着那匹枣红马儿。他不想去太远的地方,他要回到自己的老家去等待他们回来。因为,在他沿碧色寨的铁路往前走时,遇到了那个牧羊人,他就是曾经在飞机扔下的炸弹下带着羊群奔跑的牧羊人。小白遇见了牧羊人后,便问牧羊人碧色寨为什么不见一个人、一只鸟?牧羊人抬头往天空看了看,用乡音告诉他,因为飞机往铁路扔炸弹,所以呢,他们都走了,人走了鸟也飞远了。小白明白了,他默默无语地带着沉重的心情往山里归家的小路走去。他产生了一个信念:他们还会回来的。他要回到村庄里去等待他们的归来。他站在吹拂着凉风的铁路中间,如果他没有从村里走出来,他就不知道碧色寨的模样,也不会走到艾玛咖啡馆,就不会遇到蔷薇妹妹。正是在咖啡馆,蔷薇教会了他认字,这对于他来说是一件值得骄傲的事情,因为村寨里会认字的人太少了。他父亲认几个字,所以去走马帮了,更多的人不认字，就留在了村庄。小白牵着马儿往山坡走去，他的家藏在大山深处，他要回老家等待他们归来。

就这样，他等待着并厮守着村庄，他除了等待他们，也在等待父亲的马帮回归。几年过去，战乱还没有结束，父亲的马帮也没有回来。除了帮助母亲种地外，他还娶了邻村的女人，结婚之前，每年的春夏秋冬，他都牵着枣红马儿从这山走到那山再下山坡，让马儿在有白鹭和天鹅的池塘边饮水，然后继续往前走。他走到了碧色寨，一次一次地往返，碧色寨以它的姿态沉静着，在以后的时光中他再也没有见到艾玛咖啡馆的门打开过，门口是一道又一道的蜘蛛网，他再也没有在碧色寨见到想见的人。

7

这一刻，小白出现在从前的老房子，他的孙子靠近他耳边，用了几分钟时间向他讲述，他好像有些明白了来到他身边的一男一女，似乎都与碧色寨有关系，他叫出了艾玛、尼桑和蔷薇的名字。他孙子说多年来，当他出生以后，就听见爷爷总是叫唤着这三个人的名字。在爷爷的叫唤声中，这三个人仿佛都在身边，坐在火塘边，与爷爷一块儿烤火，被烟火熏着眼睛身体，跟爷爷一块儿大碗喝酒吃饭。有时候，爷爷会一夜又一夜地守候在火塘过夜，他说，他们会回来的，一定会回来的。爷爷闭着双眼，很多个冬夜，爷爷就睡在火塘边取暖，回忆着在这座村庄与尼桑的相遇，回忆着在碧色寨的时光，回忆着尼桑带他乘小火车上昆明后，在山坡上看到的练兵场，回忆着他是如何逃出去穿上军装的，同时也回忆着乘军用大货车沿滇缅公路到了缅北的午夜，回忆着一路上逃亡的难民们，回忆着第一次上战场时的兴奋……似乎跟随尼桑走出村寨，来到了碧色寨后所发生的事，成了爷爷一生最重要和光荣且为之骄傲的历史。

乔尼坐在火塘边,他也开始讲述在法国巴黎郊外的农庄里,爷爷尼桑讲述并追忆小白时的故事。尼桑的讲述就像炉架上那把已被烟彻底熏黑过的水壶开始沸腾时,发出的声音。他的讲述尽可能地保持着爷爷留给他的记忆,尽可能地表达清楚那些质朴的伴随爷爷的时光。小白的外孙跟乔桑的年龄差不多,他是一座小镇上的中学语文教师,他又将乔尼的讲述转达给爷爷,因为看得出来,爷爷的听力渐弱了。燕子进入了这些场景,她不参与对话,她只是默默无语地观察并聆听着,她在他们的追忆中看见了那个叫蔷薇的姑娘,在外婆的日记中,她读到过在艾玛咖啡馆与小白手磨咖啡的故事,所有发生的片段,都被外婆用笔记在了笔记本中。

昨晚的大雨,碧色寨的落花,红的就红,白的就白,黄的就黄……这就是风格。语言和人的命运是相互联系并存在的,它们之间有着艰难的一次又一次选择和决定,但最终都会形成契约精神,同盟者之路。请认真选择自己的语言表达,你拥有什么样的日常生活、什么样的命运,你就发明了什么样的属于自己的语言之家。

小白虽然不再是小白,然而,他的故事在这里依然停留并走出村寨,前往碧色寨的路上,再由碧色寨走出去,在战争中穿上军装前赴缅北的路上。现在,他成了为数不多的老兵之一,驻守在自己的故乡。他老了,他像传说一样驻守在这座依然寂寥的村寨。这就是历史,人类历史中的历史。火塘边,他安静地坐着,背靠着被烟熏黑的柱子。门外,有一匹轮回而来的枣红马儿,当乔尼他们离开时,那匹马儿看着他们,温存的目光没有焦躁不安,没有想去扬蹄驰骋疆域的念头,它只想生活在这座祥和的村寨。

8

碧色寨梦剧场正在上演着新的故事。那一年秋天,赵云带着妻儿重又出现在离碧色寨不远的草坝小镇。重又租下来了从前的那座江南裁缝铺。他为什么又返回草坝小镇,也是一个谜。消失和重归都是命运的周转。那一年,他身边走着的是来自江南的妻子,她温婉地走在他身边,还有他们的儿子,3岁左右。也就是从他们落脚的那一刻开始,他租下了原来的铺子,重操旧业,门柜上依然挂起了旗袍和时尚衣装。

9

迷途是长久的,幻想也是长久的——这两者让我们忽而逃逸,忽而公开了自己的灵魂。

10

有人在行走,有人在驻足,有人隐遁……以各自的修行,诠释了生命的意义。生命本无意义。我们长久地在无意义中看到了毛茸茸的叶蕊,看到了河床上有人追浪,看到了青天白日梦沿着痕迹产生了惊喜。

赵云离开碧色寨的时候太匆忙,我能感受到这个游荡江湖的青年裁缝的无助与无望,因为父亲他不得不撤回老家,并遵循父亲临终所愿,跟老家的一个女子成婚。所以,这一切都只是为了了父亲所愿而已。现在,他又带着妻儿回到了离碧色寨很近的这座小镇。他带着莫名的忏悔、心灵的不安回到这里,是否是想重新找回心灵中最爱的那段旅途?这是一个谜,只有他知道这个谜的答案,就像他剪刀下的尺寸一样变幻而又稳定。他每天使用最多的就是剪刀,每一刀下去,剪出的都是尺寸,而经过缝纫机又将那些一块又一块的布,连接成了衣装。

一个江南裁缝带着梦想而来,是要找回旧梦吗?

如果一个人有了新的生活,而内心仍保存着那个在身体中起伏跌宕的梦,那么,无论他们面临着什么样的现状,都不甘心被现实所奴役。他们等待着自己的勇气和选择,一旦这样的时辰降临,他们就会不顾一切地去寻找旧梦。

旧梦重温,是来自碧色寨的时间之旅。

他寻找的旧梦,就是那个叫果果的女孩。这个女孩后来怎么样了?果果从医院妇产科走出来的那一天以后,她又去哪里了?这世界很大,但都是有版图为界的。人,终究只是分布在各种版图领地中的一种元素,一滴水。宇宙浩荡无穷尽数,但我们只有回到自己生命所活动的天地,才能将一个梦想践行下去。果果走出妇产科后,疼痛感越来越轻,她搭上公交车,坐在一辆车的陌生人中,并很快融入了世态。

这新旧交替的一天:别告诉我真理,如果我看见的水是墨蓝色的语言,沿河床漂流,让我有波涛汹涌;别告诉我天气,如果我变幻无穷,看见了一只火烈鸟的夏季,如焰光,穿透阴霾和风暴带来了奇幻的一天。

果果回到了校园，她疗养着身心，忘却曾经的过去。这时候，她的老师周容组织学生要去碧色寨写生，她想找理由请假，碧色寨伤透了她的心，也伤透了她的灵魂。周容知道她要请假就来劝她说：这是毕业前夕的最后一次写生计划，也是毕业前必须交的作品。班上每一个同学都必须参加，我也知道你请假是有原因的，因为赵云走了，他伤了你的心。这只是一段经历而已，终将过去的，碧色寨有铁路的背景。我是一个碧色寨迷，好像前世我就跟碧色寨有缘，所以，这一世我不停地往返于碧色寨，甚至我的婚姻也跟碧色寨有联系。她虽然是一个碧色寨村庄的农妇，但她身上处处都是色彩斑斓的自然和时光。所以，平常，她依然生活在她的村庄，我依然回校执教。好吧，说好了，你必须去写生，任何人都不能请假的。

周容老师从来没有对她说过这么多的话，她听着，感受到了周容老师的另一种生活，果果也是他和那个叫玉珍的女人的爱情见证人。很久没有去碧色寨了，原来，她曾想过，今生今世再也不会去碧色寨了。现在，她听了周容老师的话以后，身体中的那座冰山在慢慢地融化着。是的，这是最后一次写生了，她很快就要毕业了。这一刻，她不再抵抗碧色寨的存在，而是接受了这个现实。

这次写生让果果再一次与同学们乘小火车来到了碧色寨。火车轰鸣着，她坐在车厢里，想着母亲的碧色寨，其实，她正在以自己的方式去探索母亲蔷薇的历史……她无法离开碧色寨的世界，最近几次回家，母亲不断地跟她讲述碧色寨的话题，因为家里的那些旧物中深藏着一个神秘的碧色寨。

那天，是七八月的假期中最为炎热的一天。她看见母亲将那只箱子又拎到院子里，小时候，曾有一段时间，她看见这只箱子总是在母亲的枕边，她就去触摸那只箱子。母亲告诉她,那只箱子不能打开的,也不可以当作玩具。那时候她还小,她也会问母亲,为什么其他孩子都有父亲,我没有父亲啊?母亲就说,你父亲出远门了,要很久很久以后才回来。她从此以后就再没有去碰母亲枕边那只箱子,因为那只箱子不是她的玩具。那时候,除了认字上小学,她还是需要玩具的。除此外,在她的意念中她是有父亲的,只是父亲出远门了而已。因为有同学老问她,为什么不见你父亲来接你啊,每天都是你母亲来接你?之后,她就告诉同学说,我父亲去很远的地方了。也就没有同学再问她这个话题了。

她忽略了很多问题,包括父亲长期缺席的这个现实问题。只有过节时,看见邻居家热闹的团圆欢庆节日的景象,她的内心也会隐约地产生疑问:父亲去哪里了,为什么长久不回家?为什么从小到大,她都没有见过父亲?然而母亲忙碌着,为庆典而忙碌,为两个人的生活节庆正在挂灯笼,清除小院的杂尘。她也开始协助母亲,就这样,一年年过去了,父亲仍没有回家。她好像意识到了某种答案,自此以后,她不再问这个问题,也不再纠结。

慢慢地,母亲开始给她讲碧色寨,从一条铁路,从小火车开始讲起。母亲讲这些故事时,都是在两个人坐在小四方桌前吃饭时,因为母亲很忙碌,只有这个时段,她们可以交流。小火车出现在母亲的叙述中,从这一刻开始,她看见了母亲的青春。所有人的历史都是从青春开始的,之前的故事都有家人的庇护,而一旦你独自出门远行时,故事开始有了独立的空间。

现在,一节车厢中,都是油画系的学生,他们临近毕业,都希望有一次班集体的最后写生。碧色寨召唤着他们年轻而雀跃的心灵,果果似乎忘却了自己所经历又消亡的爱情故事。光阴在增长,她的内心也在成长,不知道为什么,跨上火车的那一刻,她想起了母亲蔷薇的历史,在无数次与母亲相处的假期中，母亲每一次都会复述一段在碧色寨的时光，之后，她就认识了艾玛、尼桑和小白。这几个人都是碧色寨的故事，她有些惊叹于故事中的碧色寨，曾经是那么热闹喧腾着，在一条铁路中穿行的小火车，发出缓慢的哐啷声。那是一个多么奇幻的时代啊，就这样，她仿佛已经在短暂的时光中，就治愈好了自己的伤痛。

当她的脚踏上小火车的台阶时，她仿佛置入了母亲带着青春期的悲伤、离家出走的旧时代。拎着箱子的母亲，孤独而无望地面对着一条铁路一列小火车，之后，就是她生命中的碧色寨。是的，碧色寨，你好啊，我亲爱的碧色寨！

果果的心灵突然间变得那么温柔，这条铁路不再是她经历过的青春和初恋，她将头面向窗户：农耕者们正在田野上弯着腰，那些有红有绿的土地充满了生机。火车正奔驰在山坡上，有火正烧着土地上的荒草以及未运走的麦秆。春秋之间轮回不已，如同那个叫蔷薇的姑娘和果果之间的时间之谜，为什么，她们的青春都会与碧色寨有联系？果果，变成了另一个人，相比母亲年轻时代所置身的战乱和分离，她觉得自己所经历的伤痛只是一阵毛毛细雨而已。

此刻，她站在碧色寨火车站，她想去寻找很久以前的艾玛咖啡馆。她独自一人，肩背画箱颜料，她想静静地回顾并想象那个叫蔷薇的姑娘是从哪一座房屋走出来的？左边和右边都有黄墙青瓦的老房子，她正置身在月台上，目光却朝着左边右边眺望着。这些早已荒废的房子，只有月台水塔双面钟还在运转着。或许有一天，小火车也会被另外的速度所取代，但时光总会保留下许多看不见的痕迹弥漫。右边有一幢黄墙青瓦的老房子，门前就有台阶，果果猜想着这应该就是曾经有过的艾玛咖啡馆的原址。

她年轻的心跳动着，如同经历着很久以前母亲拎着箱子从小火车走下来的场景。

她想象着那一天空中的云絮应该是蓝紫色的，这种色彩被她所想象并赋予在那个叫蔷薇姑娘的命运中。是的，那时候，母亲还不叫蔷薇，不过，在母亲的叙述中她省略了自己离家出走之前的名字。看上去，母亲似乎早就已经忘却了自己的原生名字，因为母亲真正的故事是从碧色寨开始的。她似乎现在才开始慢慢地融入碧色寨的历史中去，母亲一次又一次地叙述，由无数片段汇集出来的故事，散发出一个远离她的时代。碧色寨似乎就是一座时间和历史的天然舞台。她走近了那座有台阶的旧宅，台阶上长满的青苔告诉她，这里已经荒芜了很长的时间，因为没有人行走，所以，青苔覆盖了一级又一级的台阶。她突然间升起一种冲动，想支起画架，她的碧色寨写生，就从这台阶上的青苔画起来。

11

被时间忘却的历史总会以另外的力量获得重生之门，打开这道门的后人，依然像很久很久以前创造历史的人那么年轻。

12

这是她在碧色寨写生的第三天，她画完了那几级长满青苔的台阶，将画框支在身后的石头上。她想起来了，这应该就是母亲说过的拴马石，尼桑有一匹常伴身边的枣红马儿，只要回到碧色寨，尼桑总是将马拴在这块石头上。于是，她开始画第二幅油画，这是一幅需要想象力的油画，她想用想象力画出尼桑的那匹枣红马儿。突然间，她感觉到四周有声音，好像有一匹马在呼啸而过，难道是她想象中的那匹枣红马儿有感应了吗？这不是虚幻，当她环顾四周时，看见了一个少年牵着一匹枣红马儿过来了。这几乎就是她想象中的那匹马儿，也是母亲回忆中的那匹枣红马儿。那个少年牵着马儿已经从铁路那边走过来了，果果用目光迎接着越来越近的少年和枣红马儿。

　　她是相信奇迹和轮回的。她看着这一幕，少年和马儿已经来到了她身边，少年将马绳拴在了那块石头上。她问，你是从哪里来的，弟弟？少年指了指身后的山冈说，他的家很远，要翻越一座山才到。她说，你认识小白吗？少年说，小白是我爷爷，他是一个老兵。果果的心在战栗着，她低声说，你爷爷还好吗？少年说，我爷爷还好的，我听爷爷讲过枣红马儿的故事，最近几年，爷爷腿脚因为患风湿病，所以不能翻山越岭到碧色寨来了。我长大了，所以学校放假时，我会替代爷爷，带着枣红马儿到碧色寨来走一走。少年说得很简单，并告诉果果，他的爷爷很久很久以前，在他很年轻时曾经在碧色寨生活过一段时间，是那个叫尼桑的法国人将爷爷带出村庄的。她问少年，你爷爷有没有告诉你有一个叫蔷薇的姑娘，少年说，他爷爷说过的，爷爷现在认的所有字，都是当年那个叫蔷薇的小姐姐教会爷爷的。

　　少年说他要赶回去了，现在已经是下午，他还要走很远的路才能回到寨子里，明天还要上课，如果他回不去，他的爷爷会着急的。少年一边说一边从石头上解开了绳子，就拉着枣红马儿朝铁路那边走过去了。果果完全被这个突如其来的场景所笼罩着，她的思维在时间那边和这一边来回穿越着。她很想将刚刚发生的这一幕场景告诉母亲，要马上告诉母亲，于是，她想起来了，离碧色寨最近的草坝邮电所可以打电话，可以打到母亲所住的小巷外的电影院，请电影院的人叫一下母亲走出小巷接电话。如果电话打不通，她就给母亲发一封电报，告诉母亲，她在碧色寨遇到了小白爷爷的孙子，还看见了一匹枣红马儿。

于是，她沿着铁路往前走，这条铁路边的小路，她曾经走了许多次，一个来自江南的青年人曾用法式自行车，载她来往了数次。不过，这种记忆慢慢地淡化了，因为母亲在旧时代所经历的故事似乎更强大和浩瀚，通过母亲的回忆，这些故事帮助她一次次地忘却了自己所经历的伤痛。此刻，她走在这条小路上，身心仿佛全部融入了母亲所置身的青春时代，碧色寨不再仅仅是一座普通意义上的火车站，而是装载着时间记忆的古老城堡。

她走得很快，因为想跟母亲尽快通上电话，她很想在电话中亲自告诉母亲：那匹枣红马儿很漂亮，那个少年应该很像当年的小白……她就这样充满激情地来到了草坝小镇的邮电所。她记得县城家门口小巷外电影院的电话，有一个假期，电影院画海报的人生病了，她曾经为电影院画过几张电影宣传海报。从那以后，她就熟悉了电影院的工作人员和办公室的公用电话，有几次，她就是在学校的电话亭将电话打到了电影院，守电话的工作人员跟她很好，就帮她到小巷中去叫母亲。

这一次，希望能如愿。她穿过了曾经跟赵云走过的那条小巷，过往的场景现在有一半清晰有一半朦胧——因为时空可以覆盖那些曾经生机盎然的往事。时间不会为任何人停下来，碧色寨的小火车也不能为一个人而停下来。此刻，她内心有一把火，是为母亲的青春而燃烧的火。这是一个远逝于伟大时空中的故事，一件忧伤而磅礴的逸事，而果果自己的那些事，已经开始模糊了。穿过小巷，穿过了寂静的宛如蓝墨水般的小镇，穿过了烟火下的人间，她仿佛走了很长时间，仿佛回到了母亲的旧时代。

她气喘吁吁地终于走进了小镇邮电所,走进了电话间。她开始伸出手指,这是一台黑色的电话机,我们曾经用过的历史岁月中的老电话机,稍有年纪的人都知道甚至使用过这种镶嵌着数字的电话机,你按下电话号码,使用手指开始旋转它——所有的发明包括数字学,都是历史的一部分。终于,电话通了,那边传来的声音,正是守办公室的她熟悉的女友,就这样,几分钟后,母亲穿过小巷来到了电影院的办公室。

她的气息是热烈的,就像麦子成熟后空气中飘过来的热烈。终于,她听见了母亲的声音越过了电话线,她告诉母亲说,她在碧色寨看见了尼桑的拴马石,还看见了小白的孙子牵着一匹枣红马儿来到了碧色寨。电话那边母亲的声音并没有像果果想象中的那样激动。母亲经历了漫长的时间,对于过往的历史只有在追忆述说时,会显得激动,除了再也没有在岁月中相遇的艾玛和尼桑之外,她也惦记着小白,因为小白离开碧色寨时是昏迷的,当时,她协助尼桑将小白抬上了担架又放在了枣红马儿背上,那匹马,那匹尼桑身边的伙伴,没有跟尼桑回到碧色寨……电话那边的母亲思维是清晰的,她现在最关心的是小白,当果果告诉母亲,小白还活着时,她在电话那边说:当时,我就相信小白会醒来的。是的,小白还活着,他的孙子,一个少年牵着枣红马儿来到了碧色寨,那匹马应该就是转世归来的枣红马儿。果果通完电话后,完成了一件最重要的事情,她嘘了一口气,挂断电话,走出邮电所。门外,有一把绿色的双人椅,估计也是母亲那个时代所留下来的。是的,她坐在椅子上,旧时代的物件此刻对她来说,都充满了吸引力。而且她想休息片刻,刚才一路奔来,仿佛在风暴中行走,现在,终于平息了一场风暴。

一个男孩走到了她身边,那男孩3岁左右,不知道是从哪条路上走来的。男孩手里拿着一根棒棒糖来到她身边,告诉她,这是棒棒糖。她点点头,男孩很高兴，因为手里有棒棒糖，就有了满脸甜蜜的笑容。她问男孩，你家在哪里？我送你回家吧！她伸出手牵住了幼童的手，她觉得男孩独自行走，身边没有大人是不安全的，所以她想把男孩送回家再离开小镇。

男孩知道回家的方向，她牵着男孩的小手，男孩一边吸着手中的棒棒糖一边往前走。这就是命运吗？她怎么也没有想到男孩会把她带到江南裁缝铺门口，她怎么也没有想到赵云在之前已经携妻儿回到了这座小镇。男孩已将她带到了昔日的裁缝铺前，一个女人走了出来，叫着孩子的名字，让他别乱跑，并对果果微笑着表示感谢。一个男人从里边走出来，他还来不及放下手里的那把剪刀，就看见了果果，他激动中奔出来叫出了果果的名字。果果抬头看了他一眼，就转身离开了。果果从另一条小巷往外走，这一次，她并没有沿着铁路边的小路往前走，而是走入了庄稼地中的一条小路往前走，她走得很快，但很平静。她从那一刻开始，内心不再回到从前，她要寻找自己的未来。她又回到了碧色寨，晚上跟班集体住在村庄。早上太阳升起来，她就独自来到了艾玛咖啡馆的门口，她被母亲时代的故事载入了另外一个时间。是的，她的目光深处潜伏着无边无际的忧伤，她除了完成毕业写生之外，还想独自以碧色寨为主题，完成一组油画作品。

13

有一段故事没有交代——我们的时空感是颠簸似的，有时候在现在，有时候又回到了过去。这是生命必须面临的方向路线，我们其实总是在这两个时间中行走，命运被颠簸着同时也被改变着。蔷薇的故事中断了，因为火车停滞着，她搭上一辆快要散架的货车回到了昆明。整座昆明城在那天晚上都沉入黑暗，那个载她的中年男人，在客栈开了两个房间，还好，她总算睡了一个好觉，醒来后就盯着天花板。自此以后，碧色寨将在生命的历程中离她渐行渐远。

那天上午，日本人的飞机又来轰炸这座城市了。人们在慌乱惊恐中跑向有限的防空洞，跑向没有目标和方向的避难处，跑向郊野的山坡树林中隐遁。那个载她到昆明的男人，拉着她的手奔跑——她也不知道为什么就让那个陌生的男人牵住了她的手在奔跑。惊恐万状是会让人丧失安全感的，如果在丧失安全感的情况下，有一个人牵住了她的手在飞机的轰炸中奔跑，无疑会给她力量。他们在奔跑中突然遇见了一个女人，她独自奔跑到他们面前，并挡住了他们的去路。而此刻，飞机仍在上空轰鸣，从飞机上扔下的炸弹落在了一座建筑屋顶上。

女人却挡住了他们的去路对男人吼道：好啊，你胆量也太大了，回到城里也不回家，又找了野女人还带着她逃命。女人抓住男人的胳膊就跑，在女人挡住他们路时，男人其实就已经松开了蔷薇的手。飞机还在轰鸣，她独自朝人们奔跑着的方向奔跑着。她也不知道应该怎么奔跑，对于这座城市，她原来是熟悉的，而现在她已经完全分辨不清城市的方向了。战乱，正改变着所有人的命运，同时，也在改变着蔷薇的命运。她跟着一群人跑到了城郊区，还好，她和他都已经办好了离开客栈的事宜。他问她的家在哪里，他可以开车送她回家，她还没有来得及回答，飞机就开来了。于是，他就伸出手来拉着她开始了奔跑。她的右手拎着的是箱子，他牵住的是她的左手。而她的那辆法式自行车还在客栈院子里……

如果中途没有突然间跑出来一个女人，他们会跑到某一个相对来说安全的地方去的。现在，她拎着箱子已经跑到了郊外的山坡上。山坡上的树荫下有一大群人，他们正在喘气庆幸自己终于跑了出来，是的，能够避开飞机的轰炸活下来，已经足够幸运了。很多没有跑到防空洞，跑到城郊区的人们面临的危险就更大，生与死，只是刹那间的事情。人在战乱中面对生与死时，更多的人选择的都是逃亡。

就这样，蔷薇姑娘那个黄昏又上了一辆同样是快要散架的大货车——正在逃亡去滇西的路上。在上了车以后，她恳请开车人绕回客栈，她必须带走那辆法式自行车，因为这是她从碧色寨千辛万苦才带出来的，不管怎么样，它也是来自碧色寨的回忆。司机将她的车载走了。蔷薇是不得已而上的货车，因为在山坡上避难的人们告诉她说，现在，很多城里人都在逃往乡下，去县城和小镇生活，就没有飞机来轰炸了。正说着，一辆大货车就过来了，有人告诉她，要走就一块儿走吧，不知道飞机什么时候又来轰炸，现在走是最好的，我们一块儿逃吧！那是一个年龄跟她相近的青年女子，她说，逃到哪里就到哪里吧，反正，这个战争不知道要打到何时。就这样，蔷薇姑娘上了这辆坐满了逃亡者的大货车。她知道，留下来也是迷惘的，因为她在这座城市早就没有家了，那么，不如就逃出这座城市吧！开货车的司机前来收每个人搭车的费用，然后开始出发。就这样，这辆破烂的大货车抵达了最遥远的滇西，抵达了最遥远的一座小县城后就不再往前走了，司机说，他已经到家了。

那辆大货车经历了好几天的颠簸，已经完全散架了。全车人开始下车，拎着简易的行李和箱子开始往夜幕下的小县城走去。他们正在迷惘和无望中寻找住所，还好，几家客栈都还有暗淡的灯光。在任何地方，人只要看见灯火，就会充满希望。人们在逃亡中朝着有光亮的地方走去。蔷薇姑娘和那个女子也向着有光亮的地方走去——这是唯一的选择了。所有的客栈都住满了，更多人只能打地铺睡在楼板上，但只要能躺下来，就已经不容易了。蔷薇将手中的那只箱子放在自己头顶的上方，这只箱子对于她来说很重要。因为，来自碧色寨的全部记忆,就放在这只箱子里。另外,她将法式自行车寄存在客栈中。

14

赵云想去追赶果果,然而,果果并没有从他们过去经常走的铁路边的小路离去,果果寻找到了铁路那边庄稼地里的小路往前走。他们错过了就必然会一次次地错过,这是自然界的某些规律。在错过的同一个时间里,果果的身体走在可以掩饰整个身体的苞谷地里,那条小路是农人牲畜走的路,也是红色手推车三轮车走的路。绿色的苞谷地漫过了她的身体,是的,这是她的身体,纤细的骨骼,柔软的肢体语言,曾经受过的伤早已痊愈,过去和现在不一样,那个很自我的女孩就像这片望不到边际的苞谷地,已经长出了红缨须,里边是正在成熟的苞谷,她的成长已经被母亲载入了另一个时代。所以,她的伤痕期似乎已经结束了。她不想再面对过去的他,还好,每一条路都可以通往碧色寨。

而在另一条路上,赵云骑着那辆法式自行车又来到了铁轨边的小路上,他骑得很慢,好像在有意放慢的速度中想寻找到她的身影。但是,他根本就无法看到她的影子……时间已无法回到过去,她从庄稼地里的苞谷地往前走,她的心绪平静,尤其是当她看见那个孩子和他的年轻妻子时,她已经完全放下了曾经发生过的故事。而他,又为什么要骑着那辆陈旧的自行车去寻找她呢?

15

寻找已经消失的故事，都似乎在围绕着碧色寨旋转。我仔细地看着一道铁轨上的铁锈色，现在很多衣裙都号称铁锈色。真正的铁锈色是从钢铁上经过时间蚀化后流出来的。以碧色寨为起点，沿着铁路往下走，这也是我个人的习惯。我们的所有习惯都源于幼年，正像书中的乔尼对于碧色寨的了解，源于他生活在爷爷身边的那些日子。书中的所有人都有自己出生的源头、成长生活的地貌和位置。在我发现铁锈色时，又看见了乔尼，他很像当年的尼桑和艾玛，回到碧色寨休整几天后，又沿着铁路往外走。与此同时，我最近也发现了燕子不再仅仅停留在对面的咖啡馆写作，她也会跟着乔尼往外走。乔尼的牛仔裤上染上了很多的铁锈色，这颜色不知道是他故意留下的，还是洗不干净的。燕子走在他身后，燕子也是一个只喜欢穿裙子的女子，这有点像当年的蔷薇姑娘，从她成为一个女子中学生出场时，就身穿校裙，黑白裙装，后来，到了碧色寨，又穿上了蓝花布裙。

这番风景出现在碧色寨，意味着更年轻的一代人开始去寻找碧色寨的故事和灵魂了。往往我们谈论故事时，其实早已经置身在故事之中；而当我们谈论到灵魂时，我们称为灵魂的那些东西，也同时在寻找我们。寻找是一代又一代人的使命，因为过去在寻找现在，而此时也在寻找过去，同时也在寻找未来。她奔跑出了他的视线，高过她身体的绿色苞谷秆有时碰到了她的手臂，毛茸茸的叶片伸过来抚摸到了她的面颊。她那时候皮肤很细腻，当年蔷薇姑娘在她这个年龄已经在逃亡了，而她此刻也在奔逃，她不想去面对他，他在她的记忆深处已经被淡忘，因为母亲与碧色寨的故事，她的内心早已平静下去。当她站在这片苞谷地里时，她听见了那辆陈旧的法式自行车的轮子正在充满砂石的小路上滚动，她看见了他。

忘却是必然的，而且她又看见了刚才的那一幕，她不想再纠缠其中。站在这片绿色盎然的苞谷地里，她仿佛又看到了碧色寨的另外一个世界。因为碧色寨除了有铁轨枕木外，还有这些从幼芽开始上升于空中的苞谷地，走在其中，仿佛立起来了一道道屏障，外面的世界基本上看不见了。好啊，她禁不住想在这里画画，这是一个念头，她很兴奋，因为她又发现了一个画画的好世界。她伸手抚摸着弯曲的叶脉，深处有淡淡的黄被绿色融入其中了，还看到了一些细小的红色和白色的昆虫潜伏在叶片中，从苞谷地的缝隙深处往外延伸，就是铁轨枕木。而脚下的小路两边有水沟，两边长满了野薄荷，散发出一种可以滋润咽喉的清香。有水的地方，这种可以作为香料的野生薄荷就能自由而疯狂地生长。

她看不见他了，她却发现了从碧色寨延伸出来的一个世界，看不到尽头的绿色苞谷地。在这次碧色寨写生活动中，他们住在村庄里，每天早晨太阳刚升起，油画系的男男女女就出发了，他们各自寻找到了写生的地方。果果从艾玛咖啡馆的台阶来到了铁路边的这片苞谷地。她完全被这片苞谷渐近成熟期的生长吸引过去了。最为重要的是她背着画框颜料走进苞谷地，就再也没有人会找到她了。

是的，如果她仍然在画那座母亲曾经在此留下记忆的咖啡馆，她的存在很容易被人发现。因为，自从她和赵云在小镇再次相遇后，就总是在接近正午的时刻，看见赵云骑着那辆法式自行车来到碧色寨，他是在寻找她吗？为什么他每天都带着期待和希望想寻找到她的存在？这是带着梦幻般的寻找，而那个叫果果的女子，也同样在梦幻般地隐去行踪，同时又用另一种梦幻般的存在，寻找着碧色寨的另一个世界。

16

我很难说清楚爱，我无法说清楚为什么爱你？天上的鸽子在飞，这又是为什么？

17

一个女孩突然间发现了铁路外面的少年赶着一群黑山羊，她仿佛发现了人生的新大陆，便开始跟在羊群后面用挎在胸前的照相机拍着这个场景，虽然这个场景已经很古老很古老了，然而，对于这个很年轻的女子来说，这是在钢筋水泥筑造的城市看不见的风景：羊群的黑色素的皮毛，纯黑。在它们身体上，除了彻头彻尾的黑色，就看不到像一张纸一样的白，也看不到像湖水一样的蓝色，当然也看不到像橘树般的秋天之色，也看不到像鸡冠啼晨时的大红色，也看不到布满春天山坡的那些鸢尾花色……是的，黑山羊群只有纯粹的黑色，它们的脚蹄发出了声音。跟在后面的女孩正在集中注意力拍着羊群向前的身体，而那个少年，穿着牛仔裤，很显然，他已经不再是过去时代的牧羊人。

在蓝天白云之下，更多来到碧色寨的人都在用手机拍照，而这个女孩，手中却捧着一台沉重的照相机，正在追赶着一群黑山羊和一个穿牛仔裤的牧羊人。她追在群山后面，牧羊人一直往前走，他大约已经习惯了这种拍照人的心理，他们长久生活在大城市，很少能看到这番景象。所以，他正用手机唱歌，看样子是一个附近村庄的中学生，只是利用放假时为家里放牧下羊群。而对于这个拍照者来说，走在铁路边缘的这群黑山羊很神奇，铁轨枕木与黑山羊相互融入的感觉就像是一幅天然的油画。女孩仿佛仍然没有拍够，一直跟着羊群往前走。她跟着羊群已经走出了碧色寨，很多人来碧色寨，都会朝四野行走，他们在不同的时间走着走着，就寻找到了自己的故事。朝碧色寨之外走，就像当年的艾玛、尼桑、小白和蔷薇姑娘，他们因为不同的命运来到了碧色寨，又因为幻变中的无常命运从碧色寨往外走。

包括那些因幸福感以及即将走入婚姻的男女，在拍摄者的引导下也在往外走。他们足跟落地，有时候脚尖也会被砾石绊住，穿裙子的女子，白色的婚纱会溅上锈蚀红，那是一种时光的锈红色，很好看。我自己，曾经一次次地坐在铁锈红的轨道上，时间，我们亲爱的时间仿佛在驻足，又仿佛在穿越，更多时间，就像锈红色，它是在悄无声息中变幻的。我喜欢看碧色寨来来往往的旅人，他们为这个充满着诱惑的地名而来，更多人，在来之前，并不知道碧色寨真正的历史。

铁锈红的碧色寨，只有当你亲临此地，沿着铁轨枕木走上一段路，才会知道它真正的历史。就像那个胸前挎着照相机的年轻女子，我们并不知道她的身份，也不知道她从哪里来，将到哪里去。然而，我们因为碧色寨而看见了她，许多人也会慕名而来，但他们并不知道艾玛和尼桑的故事，也不知道蔷薇和小白，果果和赵云的后来者故事。碧色寨就是历史中我们曾经的故乡，所以，昨天和今天出现了不同的面孔，他们相互交替着，时间就在此刻彼时悄然流逝。

除此之外，我自己也在独自寻找艾玛寻找的那座小镇，也就是那座有各种异鸟飞翔的小镇。我一直想，这座小镇是虚拟的还是真实的？在虚拟和真实之间又有多少距离？我想亲自去寻找艾玛乘坐过的那辆牛车，只有寻找到牛车往前走，才会回到艾玛的时代。从碧色寨的任何地方，都可以寻找到通往山坡和四野的路线，是的，碧色寨永远是敞开的，就像一个古老的母亲，在她所敞开的腹地上，婴儿可以寻找到乳汁，成年人可以寻找到希望和梦想，老年人可以寻找到回忆和故乡。

那么，从哪一条路走出去，才能遇到当年艾玛乘坐的那辆牛车？一个穿着婚纱的女子突然被拍摄者引向山坡，我恰好已经站在山坡下面，那个穿白色婚纱的女子已经坐在山坡上的一辆牛车上，穿西装的男子也坐了上去。摄像头对准了他们，但没有看见赶牛车的人。后来，我发现了，这是一辆废弃的牛车，它就立在山坡上，看上去已经废弃很长时间了。这是不是艾玛曾经乘过的那辆牛车？我在想着这个问题。即使不是，我也不会放弃寻找的。我还会去另一条路上寻找到艾玛曾经乘牛车走过的路，乘过的牛车……如果真能如愿，我想就能进入那条有众鸟飞过的小镇。这个梦想，使我看见不远处有另外一条上山坡的小路。看上去那条路显得荒芜些，但我已经来到了这条小路上。

历史被时空载入舞台，我看见尘屑染黄了片段式的连接处：当无数人已经战胜了生命中的脆弱，我们又迎来了新的契机。每一个故事都离不开源头。仿佛又看见了一朵巨大的向日葵，当它变得越来越饱满时，它却有一个成长期的幼年，有一个成熟而忧郁的中年。这些都是从我们的源头奔涌而来的历史记忆。我们的写作，需要在这些记忆中搜索，寻找到言说的神曲弥漫。此刻，多么安静的正午啊！

我们在远或近中发现了冰川和沙粒舔过的苍茫，一段又一段旅人的路线，卷起来是书卷，铺开是瀚海。是的，不需要重逢，只需要在想象中再次虚拟我们的命运。

从碧色寨延伸而出的时间之谜，从出发到抵达，到底要多少时间？

赵云为什么重返碧色寨开酒店，这些都是时间之谜。我们重返碧色寨，一次次地为了什么？我从碧色寨铁路边上了另一片山坡，艾玛所经历的世界无论是幻想还是存在，对于我来说都是谜。除了山坡上那辆废弃的牛车外，我深信一定还有正在使用的牛车。我的脚下面是一些紫薇色斑的光影，或许这就是我想象出色彩的地方，一个人，用其生命从母亲的子宫中钻了出来，不就是为了发现或探索世界上令人惊奇的事件吗？而想象出的事情最终都会变为现实的。只是我们要顺从天意而已。有些幻想，今天未实现，是因为时间未到；而有些幻想，明天实现了，是因为时间到了。时间是一个巨大无穷无尽的魔法，它以魔法的力量超越我们的想象。

上了山坡，明显地看出了有许多辙迹，有些痕迹是昨天的，在我的意念中，昨天是一个很远很远的世界，昨天就代表渊源。就像这山坡，昨天长出的植物明显是看不见了消失了，今天长出的花草已经覆盖了昨日世界。而此刻，我竟然顺着辙迹而上看见了一辆牛车，赶车人就坐在车上打着手机。天啊，牛车竟然出现了，而且还出现了新的赶车人。细看，那个赶车人40多岁，按常规，年轻人是不会赶牛车的。

年轻人现在骑的都是摩托车，人们已有多种可选择的交通工具。你在大都市看到的摩托车、电单车、三轮车、轿车、越野车，各种代步工具都已经来到了碧色寨四周的村庄。寂静而又热闹的碧色寨迎来了它的又一个春天。我是带着幻想来的，但我没有想到，幻想如此快就已经变成了现实。中年男子见我上来了，就结束了打电话。他手中的手机告诉我，这个男子不是艾玛时代赶牛车的中年男人，他属于我所置身的这个时代。我走到牛车前，中年男子问我是不是要到鸟镇去。

天啊，难道鸟镇真的存在，并非艾玛想象出来的？我在兴奋而又恍惚中就已经上了牛车。赶车人一边走，一边有手机铃声响起来，他好像离不开手机，手里总握着手机，这手机在他褐色的手指间握着，一刻也不放下来。路面依然凹凸不平，应该像艾玛当年所看到的一样。我突然觉得，许多东西都在变，不变的只有眼神、墙角石、松木和紫檀香的区别，黑色和蓝色，红色和白色……

18

其实，所有存在的都是我们内心所拥有的，而所有不存在的都是我们精神所向往的。

19

燕子早就已经读完了外婆的日记本，通过这本发黄的笔记，她基本上已经掌握了外婆从昆明离家出走、乘小火车到碧色寨的线索。这本笔记本以外婆的手迹，记录下来了碧色寨沉入战乱之中的一个窗口，以及她在艾玛咖啡馆的生活状态。笔记中记下来了她寻找母亲的艰辛以及和尼桑的情感。她的记录，散发出碧色寨咖啡馆的原生苦涩味道，同时也记录了她离开碧色寨以后的片段式逃亡。不过，当她逃亡到滇西小县城生活后，日记就中断了。

燕子以自己的方式延续着两个人的客栈时，除了开始尝试写作外，在追索外婆母亲的故事时,在追索着乔尼沿铁路行走的方向时,她的身体中突然间产生了一种奇异的情感。那是一个日落之际,她正在铁路边行走,突然看见一个人从前方慢慢地走了过来。落日那温柔的光线仿佛全部凝聚在那个行走者的身上,光线中竟然变幻出紫色,这太奇异了。她觉得眼前升起了一幕属于外婆时代的背景和光线。她站在这一边,看着远方移动过来的影子,有些像当年蔷薇姑娘所等待的尼桑……难道时光真的会倒转而来吗?她刹那间发现原来自己驻守碧色寨,就是为了这从地平线上升起的这一幕:一个人的影子,看上去很像旧时代的尼桑,这影子她曾经在外婆的日记中反复地看见,外婆自从艾玛和尼桑离开了碧色寨后,总充满着等待。原来她好像是为了等待母亲而驻留碧色寨,现在,她的等待中又增加了新的等待:艾玛和尼桑以母与子不同的方式,从碧色寨出发去寻找消失的丈夫和父亲。因为,在乱世中倘若一个人失联了,寻找这个人是一件异常艰难的事情。除了守艾玛咖啡馆之外,等待母亲还有艾玛和尼桑的归来,成了外婆最为重要的生活。

落日下的影子已经离燕子越来越近了,她好像就是当年的蔷薇姑娘,在我看来,她们此时此刻的姿态太相似了:碧色寨以全部的来自铁路的历史,呈现出两个不同时代的女子的等待。在时光的另一边,这条铁路上穿梭着小火车的哐啷声,从火车上散发出的水蒸气就像烟雾缭绕。火车站有各种来自不同国家的人们的侧影背影或直面而来的形象,从碧色寨附近村庄里走出来的农妇背着或拎着篮子,里边装着煮熟的鲜苞谷和鸡蛋,有些妇女手里也会拿着几把用稻草捆好的野花,站在月台上用当地语言叫卖着……总会有下车来的人走上前买走她们篮子里的鸡蛋和苞谷,也总会有青年男子走上前来,买走她们手里鲜艳妖娆的一束花,献给他们身边的年轻女子。

而此刻的碧色寨,无论是衣饰还是语音都跟当年的碧色寨产生了不相同的背景：21世纪的碧色寨，像一座旧城堡，让人们走进去，寻找久远的气息。

她在这里，一个角落感受到有些东西前来缠绕，这个意念，每天早晨必出现。是命运吗？时间在这里在别处，有时是花园，步出花园，通往山冈天地开阔了。鞋子上的泥浆，裙子上的荆棘，走着走着就消失了。她慢走或疾步，都任凭某种召唤，一些记忆模糊了，另一些新的东西又召唤了。今天好像有中雨，她并不为一场雨而等待，也不会为绵延不绝的语言而等待。

她也许是燕子，或许更早之前的艾玛、蔷薇姑娘，也许是果果，有可能会是我。这些模样已经在故事中历现，无论她是谁，都在告诉我们，不要为了某种东西的存在而等待，也不要为了某种消失的时间而等待，更不要为了未知变化中的一切时空而等待。

因此，她看见他从落日下走过来了，起初他的影子完全融进光斑变幻中去了。这一刻，她也不是为了那道移动而来的影子而等待，仿佛这些都是命运的安排。她的心情今天变得有些异常，跟以往任何时间都不一样。她似乎在确定那个离她越来越近的影子到底会是谁，而她的内心却早已确定了他是谁。这一切变化好像都是最近开始的。当他外出时，她会走出两个人的客栈，沿着碧色寨往前的车站，他一旦开始行走，是不回头的。而她好像在散步，实际上是在不经意之间目送着他越走越远。当他走后，她有时候会感觉到有些虚无像是连接着他缺席的时间，他一走就是三五天，有时候是一周，她想着他独自在外面的世界，而她确实无法想象出一个来自法国的男子，能够在碧色寨安心地住下来，并为了一只箱子里的故事，孤独地去探索过去时间的秘密。只有在热爱上写作的日子里，她才能感受到他真实而又虚无的存在感。随同时间的流逝，他每次外出，她都会眺望着这条铁路……

她悄悄地不知不觉地已经产生了对于另一个人的幻觉。终于，他来到面前了，她已经感觉到他走路的趔趄，是的，当他来到她面前时，落日的一线光恰好照在他的脸上，很显然，他受伤了。他的脸上有好几块擦伤的地方，而且他的脚也受伤了，还有手臂上衣服撕开的地方露出了一个伤口。她的心抽搐着迎向前，他告诉她，摔了一跤而已。看上去，他说得很轻松，而实际上虽然多是外伤，却摔得不轻。她伸手去搀扶他，他没有拒绝。

她搀扶他回到客栈的房间，他说他柜子里有医药包，只用消消毒就会好的。是的，房间里有一个衣柜，她扑到了衣柜中的小抽屉，便拉开。里边有碘酒、棉签、绷带和一些小药瓶。她走到他身边，他正坐在房间外面的小露台上，他看上去显得很安静。她蹲下去，先是为他受伤的胳膊上的伤口消毒，他之前已经脱了外衣，手臂半露着，伤口看上去很深。他安慰她说：不急，几天时间就会自然愈合的。还有脸上的外伤，当她用棉签蘸着碘酒擦伤口时，她的动作很轻。他不看自己的伤口，将目光移向碧色寨，外面，正在下雨，但仍有人在铁轨上行走。她正在为他的脚踝上药，这里伤得有些重，她用绷带为他的脚踝包扎。她问他，是否需要去医院？他说，不需要，过几天就会好的。她给他煮了一碗米线，他非常喜欢吃米线，他饿了，不到几分钟就吃完了，还将碗里的汤喝得干干净净。她给他端来了一杯热水，让他休息。天黑下来了，他想说什么又忍住了，于是，她轻轻离开了露台，让他独自休息。天已黑，她下楼去了，回到房间，站在窗口，望着碧色寨的夜幕。夜色游离在碧色寨，仿佛总有人在行走，哪怕是午夜。碧色寨进入夜晚时，更显示出它的孤独和安静。她启开箱子，又打开了外婆的日记本，她喜欢笔记本每次被她的手指拂开时的响声，还有来自笔记本上的味道。

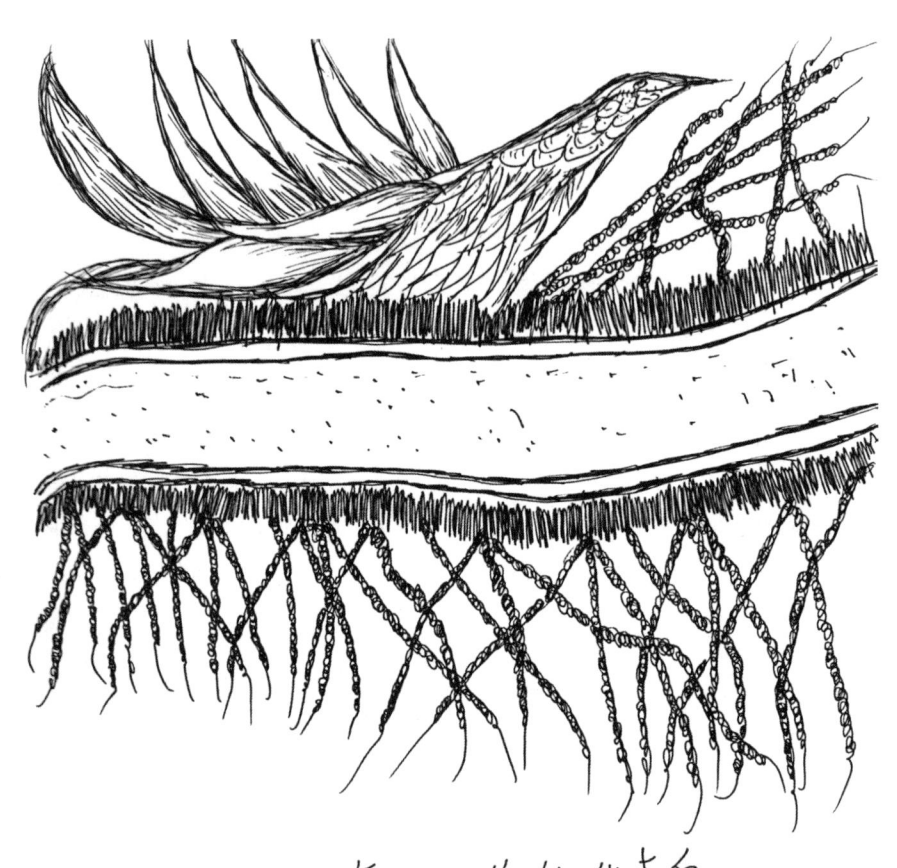

用一块巨大的魔毡,编织出来自碧色寨的梦游状态、……在梦幻中火车已经携带着喧嚣声呼啸而来了。

2020年 渔男

第七章　铁锈红的碧色寨

1

自从果果从铁锈红的碧色寨的苞谷地逃逸后，在碧色寨外面的山地小路完成了这次写生，作品在学校参加了展览，之后就毕业了。毕业后，她被县电影院录为美编进了编制，成了一个有固定薪水的人，同时可以生活在母亲身边。她本可以过安定的生活，然而，有那么一天，他来了。不知道他是怎样找到县电影院的美工办公室来的。这个人就是赵云，他是开车来的。他说就住在县城的宾馆。那时候，县城就只有一家宾馆。很显然，他是为她而来的。那时候，有私家车的人还很少。他出现在她面前时，她手里正拿着画笔调色，一个人走进来，意味着一阵气息飘了过来。

她对于人的气息，就像对于色彩植物风景中荡来的味道那样敏感。但她并没有抬起头来，是因为味道先过来了，这味道飘忽而又熟悉，仿佛是她记忆中的，又仿佛是从记忆中消失的……是他先开了口叫出了她的名字，所以，她才抬起头来。如果他不叫出她的名字，她可能不会那么快抬头，因为她是一个专心做事的人，刚才在调色彩，后来又从风中闻到了一种气息。之后，他的声音就过来了。人，也会保存关于声音的记忆吗？

我想，会的，因为人的气息和声音是两种不相同的磁力，却因时间而同时散发构成一种可以保存的东西。而此刻，他的声音过来时，她还来不及去想象追问这声音是谁的，就已经抬起了头。为什么会是他？她很惊讶，这是她无法想象的，也是她一下子无法接受的。然而，现实中他确实已经进来了。所谓现实，就是眼皮下被你的视觉触力感受到的。她说：你为什么要到这里来？这是她从惊叹中发出的质问。这质问下是她和他的对峙，她原以为一切早已经过去了，而现在那过去的一切又回来了。

面对面产生的当然是纠缠，然而这纠缠带来的是什么？是在纠缠中彻底斩断还是需要再延续下去？小县城的黄昏是宁静的，他约她吃饭，她已经想了半天但还是没有想出办法，自从她抬头看见他进屋的时刻，她就晕了。她的心已经完全平静，在她看来，她早就已经把他忘记了。况且，小县城有几个男青年也在暗自追她。不过，她还是决定去见他，并想好了要跟他面对面地了结，这是临近约定时间的几分钟内，她突然想清楚的事。很多看上去显得很是艰难的选择，刹那间就想清楚了，毕竟，他当时那么残酷地抛下她离开，而等到她再次见到他时，他已经有妻儿了。就这样吧，她想清楚以后，好像就变得从容和坦然了。她按照约定的准确时间来到了当时小县城中最好的那家餐馆，他早就已经在等她。看得出来，他的等待是炽热的。他早就已经点好了菜还有啤酒，他知道她是喜欢喝啤酒的——这一切都是从碧色寨下面的草坝小镇所延伸出来的记忆。

记忆犹新时，仿佛刚刚发生，而当人在努力回忆往事时，说明时间已经过去很长时间了。我们都在以言行回首或前行，人们面对时间时，大都是这两种常态。我们都在俗世的笼子里出出进进，像小猫小狗，只需要一个小世界就能活下去。而当我们内心遇到强大的逆袭般的召唤时，我们会将头先探出笼子，再将身体滑出去。门打开了，风好大啊，雨过来了。之后，是一个多么神奇的小宇宙啊，从纵横交错的天地间突然间就传来了精灵们奔跑中的声音。

我们就是这样踏上了另外一条道路，我们钻出了小猫小狗的笼子以后，也必将面临改变自己过去的命运。

2

那天以后，发生了什么事？一个黄昏和一家县城的小餐馆，几瓶当时流行的啤酒会不会由此改变他们的命运？命运这件事是从某一天某一瞬间发生微妙变幻的，要么就是在毫无波澜中就遇到了新的波澜……总之，当果果多年以后出现在故事中时，她的身边已经站着另一个少女燕子了。

碧色寨迎来了另一轮复苏的时间，这符合春夏秋冬的自然规律。

有一天，那已经是果果即将分娩的时间了。母亲蔷薇突然间目光变得无限温存，她说，你小时候经常问我父亲去哪里了，为什么长时间不回家。现在，你即将为人母，就让我告诉你吧。果果用手抚着腹部，孩子就要分娩了，这个孩子的存在，对于她来说完全是一个意外的降临。为了尽可能地与赵云告别，彻底地斩断人世间的任何联系，她在那天与赵云在小餐馆分开后，就对他说道，你走吧，我早就已经有男朋友了，而且我们也马上就要结婚了。她在餐桌上没有喝酒，单凭这件事就可以看得出来，她是一个理性的女子，为了不陷入旧情旧事中去，她拒绝喝啤酒。那些年流行着喝啤酒，无论是县城还是大都会都有从酒吧小餐桌上，弥漫出来的各种味道的啤酒。在大学校园门外的铁路边，每到黄昏就支起了各种烧烤架，坐在烧烤架下的大学生们就着啤酒瓶喝酒，或者将啤酒倒进一次性透明的塑料杯中，啤酒泛着黄色的泡沫，多喝几杯也会醉。所以，果果这次有意避开了喝啤酒，她不喝，他也就没兴致喝了。她告诉他，她已经有男朋友了，可能会尽快结婚的。他有些惊讶地看着她，目光中有一种说不出来的困惑和忧郁。她想出的办法果然有效，他说，既然如此，他不会打扰她的，他明天就离开。他说完这话，突然启开了一瓶啤酒，黄色的啤酒泡沫从瓶口外溢。他又说，还是喝点酒吧！这一次，她没有拒绝，因为彼此都已经说清楚了。

两个人碰着酒杯时，一个青年男子带着两个青年男子走进餐馆，也来用餐，走在前面的青年男子看上去很高大，他看见了正在与赵云碰杯的果果，便走过来，叫着果果的名字。果果站起来，放下杯子借着酒兴拥抱了他一下，便对赵云说这就是我的男朋友，我们很快要结婚了。青年男子转向果果惊喜地说道：这是真的吗？你终于接受我了。青年男子很高兴地说：我们拼起桌来喝酒吧！两张桌子就拼了起来。喝酒时，果果的手总是放在青年男子的肩膀上。她微醺着，她是有意识地在告诉赵云，他和她之间的事早就已经结束了。果然，赵云站起来，先告别了。第二天一早，他就驱车离开了县城，他离开时没有再来与果果告别。

自那晚喝酒以后，整座小县城都知道了这件事。这不是儿戏，青年男子公开前来求婚，她默认了这件事。很快，两个人就去领了结婚证。尽管如此，果果觉得她跟他都还没有经历一场轰轰烈烈的恋爱怎么就领了结婚证？然而，不久后，她发现自己有身孕了，当她把这件事告诉年轻的丈夫时，他显得很惊愕地说：朋友约我去深圳闯一闯，你怎么就怀上了孩子呢？她突然间感觉到这个高个子的丈夫很陌生也很冷漠。

在接受命运的迷惘时，她突然做出了另一个全新的选择，她说：我们去离婚吧，不过就是一份契约书而已。他那双陌生而冷漠的眼神马上接受了这个现实。他说，我陪你去堕胎吧！她说，你走吧，这件事我可以独立完成，决不会给你增加任何负担的。于是，两个人以平静的心情去民政局就解除了这场短暂的婚姻。

她目送他的背影离去，觉得人生如此荒谬，她带着身孕开始选择自己的另一种生活方式。由于年轻，他走时好像也没有负担，他就像一个幻影刹那间消逝。短暂的，才刚刚揭开序幕的婚姻生活，留给她的是身孕，然而，这一次她已经想好了，一定要把孩子生下来。是的，这个理念是坚定的，几乎是不可以质疑推翻的。

年轻意味着什么？一场几乎就是冲动的婚姻之后，她开始从内心深处温柔地接受这个孩子的降临。在母亲的支持和帮助下，她终于在那个燥热的盛夏听见了孩子的啼哭声。这个婴儿就是燕子，果果从母亲怀中接过了褓襁，母亲对于婴儿的护理看上去非常有经验，于是，她有些好奇地问母亲，自己出生时，也是这么啼哭着来到人间的吗？母亲支吾着，忙着新生婴儿出生后的事。尽管如此，果果却感觉到了母亲在不经意中正回避着这件事情。她突然对于自己的身世产生了一种莫名而从未有过的想象，她很想亲自听母亲告诉自己，包括她出生时，父亲是否在场这些细节。终于度过了分娩期的休息，她又开始恢复了活力，又到电影院美工室工作去了。有母亲帮她带孩子，她似乎轻松而又自由。正是这种自由让她想飞翔，因为她突然间就产生了对固有生活常态的厌倦感。有那么一天，她突然又产生了乘火车的愿望，去外地走一走的梦想，像是从手中的火柴盒中抽出的一根火柴，突然划燃的一束光热，她呈上了辞职申请书。那个时代，很多年轻人都外出了，留下来的都是结婚生育、守护常规生活的人们。于是，辞职后，她才告诉了母亲，好在母亲也并不惊讶，她好像做什么事情，都符合常理。

就这样她从小县城出发，到省城租了房子开始绘画，另一种生活开始了。

3

燕子几乎就是在外婆的护佑下长大的，这一点她跟乔尼的成长经历又太相似了。他们为什么如此相似地经历了与爷爷或外婆一起生活的经历？因为碧色寨潜藏着梦需要他们去陈述它的过去和未来。如果没有这些成长经历，两只箱子就不可能在碧色寨相遇。

买下两只一模一样的箱子，是为了延续时间关系中的箱子里的故事吗？当时，尼桑并没有想这么多，他只是被自己的幻想所笼罩着，两只箱子，他留下一只，另一只送给蔷薇姑娘。这是尼桑当时对于爱情的一种幻想吗？是的，箱子自此必将存下他们的记忆。那天，他们乘小火车回到了碧色寨时，每人手里多了一只箱子，夕阳下他们走出了车厢，每人手里有一只箱子，慢慢地朝月台走了一段。这一刻，月台上没有任何人，他们手牵手走着，仿佛想朝更远的地方走进去，朝更深邃的火车道深处走向一个秘密的尽头。是的，他们确实走了一段，然而，现实又在召唤着他们。他伸出手，抚摸着她的发丝，她的眼神忧伤而又喜悦，这是她眼神中的常态。他们无法再朝前走去了，因为这是碧色寨。在那一刻，现实中的碧色寨就是他们的故园。

这就是两只箱子的故事，自此以后，尼桑手中的那只箱子被他乘小火车带到了法国，另一只箱子随同蔷薇在逃亡中来到了这座小县城。这就是箱子的渊源，两只同样的箱子在分离之后的漫长时光里，随着拎箱子的人走了。现在，拎着箱子的人重返碧色寨以后，我们的故事继续着。

乔尼在爷爷最后的时光中，仍听到他不断地叫唤着蔷薇姑娘的名字，每当他叫唤这个名字时，眼睛里都充满着光芒。循着这一线线的光焰，乔尼已经看到了碧色寨山坡上的那片春天的蔷薇花。在农庄，追溯碧色寨，是乔尼从幼年成长到青春时代，感知并由此进入的一个遥远的梦。现在，乔尼已经找到了当年那个叫尼桑的青年人所寻找并走过的许多地方。就连爷爷经常挂念的小白也已经找到了，他有一种伤感而充满信念的力量。而且，身边有燕子，这个姑娘的存在，似乎让他的灵魂有了栖息地。

语言无非就是出发和回家的路线，沿着这两条不同方向的小路、大路、水路、土路、石板路、山路、天路等等，因人而异，就有了各自的隐喻和命名的方式。在出发和回家的路上，遇到了形形色色的飞碟学、宇宙学、植物学、动物学等等，进入了我们的偶遇和情理中，这些令我们惊奇的世界让我们使用语言，加上我们的想象力，因此它们就具有了超时空的力量。

那些曾经沿碧色寨出发的人们，现在去哪里了？轮回中走来的新人们，带着露水的清澈，正慢慢地接近这个区域。燕子也会去铁路对面的咖啡馆写作，每次走进去，她似乎都能看见外婆年轻时的影子。蔷薇的身影就在墙上的镜框里，为此，每次有新人进来，开咖啡馆的男子都要讲述墙上镜框中人的故事，那些老照片仿佛突然间就变得鲜活起来。燕子在外婆箱子的底部，也发现了一本小相册，这是近期的事情。燕子不是一次性地就将箱子中所有的遗物都翻遍，她是从笔记本开始的，因为笔记本就在上面。这看来也是外婆的用心布局，燕子每次面对这只箱子时，心绪都会变得缓慢，只有当她的情绪最为安静的时候，她才会启开这只箱子。

箱子里的碧色寨，来自光阴，她看见有游人在铁路边的树与树之间，拴上了吊床，那是一个年轻的女孩——来碧色寨旅行的人们，三分之二都是年轻人。只有年轻人说走就走，他们没有中年人的缜密，老年人的迟缓。只要你置身旅途，与你相遇的多数是年轻人，也有刚退休的人们组团踏上了旅行之路。

新的旅人出现在一座座新的内陆之上，碧色寨在新旧之间迎接着这些东南西北的旅人时，燕子已经读完了外婆的笔记。这只箱子，对于燕子来说，仿佛就是外婆的一生，所以她不想很快就启开箱子里的全部秘密。

在广袤而纤巧柔软的身体里，要练习自己装得下自己幻想中的所有秘密生活，仿佛有神在告诉她这个通向写作的时光之谜。

读完外婆的笔记本后，她基本上已经了解了蔷薇姑娘驻守在碧色寨的那些时光。每一页都是外婆坐在艾玛咖啡馆认真记录的，那个当时的高中女生有很好的语言基础，她能表达出当时的天气变幻，碧色寨的声音，来往人群的脚步声，然后再回到她的身边，每一篇日记大都是记录她与艾玛、尼桑之间的关系，后来又闯进来了小白。在这些关系中，艾玛咖啡馆仿佛就是舞台，她的记录中真实地再现出了当时，她置身其中的一幕幕场景。读完这本笔记本后，燕子已经看完了这座舞台上历现而出的一幕幕戏剧。她的手触到了笔记本下面的一本小相册，硬壳的相册突然间被她的手无意间翻开——这一刻虽无意却有仪式感。

她站起来，从房间走向小露台。最近她为自己换了一间有露台的小房间，自从她开始写作以后，她觉得露台也很重要，为此，她明白了那个年轻的网络写手丫丫，从进入两个人的客栈时，为什么就那么需要露台。从房间走向露台，就可以看见碧色寨……

在她打开的相册中,她看见了蔷薇姑娘来到碧色寨的第一张照片,年轻的女子出现在山坡上的蔷薇花丛中。就是从这张照片开始,外婆真正地摆脱了她的历史,改换了姓名。那本小相册中走出来的外婆,永远停顿在她在碧色寨驻守的时光,永远的18岁到19岁的年华啊,那是碧色寨的蔷薇妖娆的年华。因此,相册中走出来的蔷薇姑娘,那时候还不是燕子的外婆,她的影像就那么几张,以艾玛咖啡馆为内背景,以碧色寨的铁轨枕木为外背景。这是在某个时刻,尼桑归来时,或者出发时为她拍下的,因为只有在这两个时间段,尼桑肩头背着照相机。这些照片都是在昆明冲印的,那时候,还没有发明出彩色照片,只有黑白照片。

黑白,确实是一种古老的怀旧色,尤其是此刻,穿越了无数的时空,面对这本硬壳相册时,她的手每次翻开,都像是看见了驻守碧色寨时的蔷薇姑娘的形态,包括她眼神中迷离的忧伤。那个时代的女子都在战乱中生存着,有着惊恐万状的形象,也有着乱世佳人的形象。通过几张黑白色的老照片,燕子就这样找到了碧色寨的又一种久远的影像和线索。

那一代人都已经从尘世消失了,包括乔尼的爷爷,还有艾玛。关于艾玛的故事,在她离开了碧色寨以后,几乎就再没有可供回忆的线索了。是的,哪怕是依靠想象力也无法寻找到她的踪迹。好吧,既然如此,就请你们跟我乘上那辆牛车去寻找艾玛吧!前面我已经上了铁轨之上的山坡,旁边的小路通往的山坡上,确实有一辆废弃的牛车,它废弃的时间无法考证。我们确实无力去考证遗弃在大地万物万灵所存在过的所有器物,人生不过就是一场梦,人是过客,来到世间走一圈或半圈就消失了。

潮流涌上了铁轨之上的山坡,拍摄婚纱照的人们来到了这辆被废弃的牛车前。对于新人来说，这牛车是时尚的，是大都市没有的。这些年来人们慢慢地从时光不老的催眠曲中，获得了某种启示，凡是过往的，有历史感的，稀少的都是珍贵的。因而，现代的婚纱摄影寻找到了这辆山坡上的牛车。

借助神秘的线索，我则寻找到了旁边上山坡的小路，这样我就能以另一种力量寻访艾玛的那个世界了。艾玛，艾玛，我虽然不知道，从撤离了碧色寨以后，你去了哪里。然而，我相信，我会在山坡上找到艾玛的。简言之，我们会相遇的，这就是我上了那辆牛车的契机。赶车人一边走一边打着手机，艾玛那个时代是没有手机的。是的，在没有手机的年代里，走在牛车身边的那个赶车人，一边走路，一边吸着烟斗，即使在现在，我也能看见从那只烟斗中泛出的烟丝的条纹，那些像是从古老熔金术中呈现的金黄色，就是香味的源头。此刻，中年男子打着手机，仰望着天际线，他是如此的满足和快乐啊，这显然是碧色寨的另外一种风景。我能找到艾玛的鸟镇吗？我还能看到艾玛在很久以前所遇见的风景如画般的人生吗？我信奉内心的幻象，只要你虔诚地用内心召唤那个梦想，所有一切均会呈现。这一刻，当我从牛车下来时，仿佛已经降临了。

4

想着艾玛在那个午后抬起头来的时刻，天空是那种海洋似的蓝色。为什么海洋和天空都是蓝色的？人们赞美海洋时，也会说是天空的蓝色，它们相互对比，衬托出了蓝色的标准。而当我抬起头来时，碧色寨就在山坡下面，尽管牛车走了很长时间，但速度是很慢的。其实，倘若步行，有时候会走得更快。然而，我们却需要感受牛车的速度，无论是艾玛还是我，在这点上是统一的，都带有一种美好的愿望，想用身体去经历乘坐一辆牛车，穿越山坡的小路抵达一座小镇的缓慢。这声音，来自车轮下，我感觉到车轮下有凹陷有泥浆有枯树枝……

终于到了，因为牛车停住了，赶车人对我说到了，我就下车了。牛车回去了，我看见了赶车人的背影，他好像还在打手机。这个世界，似乎每个人都离不开手机了。就连这个赶牛车的人，来时用手机不间断地打电话，回去时仍然用手机在打电话。

世态变幻无常，只要你内心有幻觉，总会寻找到你想抵达的地方。对于这个信念，我现在又一次得到了验证，仿佛手机经常出现的那个验证码，它们把你固定在一种存在和需要中。抬起头来，我看见了一只鸟，这个拍击翅膀的精灵是来迎接我的吗？噢，这只鸟是银灰色的，是夜晚天空的那种色彩，这恰好是我站在夜幕下看见的色彩，这世界因为有鸟翼，我们才具有了飞翔的意识。

一群鸟过去了，仿佛在引领我往前走，于是，就这样，艾玛曾经经历过的一切，此刻的我，也正在经历着：一只鸟飞到了我的肩膀上，这是一只斑斓多姿的小鸟，在它小小的身体上，似乎有好几种相互联系的色彩，构成了它的羽毛和体姿的神秘。

好了，现在我相信了，艾玛所经历的那座鸟镇是存在的。于是，我像当年的艾玛一样，用肩头顶着小鸟，开始进入了这座被上千只鸟环绕的小镇。我走得很慢很慢……走在了青石板的街巷深处，街景中弥漫着人间的焰火，每个铺面都敞开着，有米线店、小卖部、染布店、烟酒店等等。突然，我看见了一个妇女，她坐在一把旧藤椅上正在晒太阳，这个妇女的脸，看上去就是一幅油画。

最重要的她是一个外国人,一个已经很老很老的妇女形象,出现在鸟镇,她正在烤太阳吗?这一带的村庄小镇,人老了,就喜欢坐在家门口默默无语地,烤太阳或纳凉。

这个世态,能好好活着的,并且活出气象风骨的,都需要历经时间孤寂而漫长的熔炼。

我走近她,鸟镇出现了一个外国妇女,这引起了我的好奇心。走近她,我其实已经走近她了。我蹲下来,因为她的头下垂着,而此刻,一只鸟飞来了,栖在了她的肩膀上,她伸出手去,够到了那只鸟,再捧住了它,然后将小鸟捧在双手中再托起来,小鸟就飞走了。这个姿势让我突然间就想起来一个人,一个来自法国的妇女,难道,她就是艾玛吗?

她是艾玛吗?这个大胆的追问,对于我来说确实需要勇气。而你们则来自大千世界,从每一个方向汇集到碧色寨的旅人们,你们相信这个垂垂老人是艾玛吗?镇里没有任何人能告诉我这个女人是从哪里来的,或许像这个外国女人般活下来的老人已经很少,他们不可能知道这个女人是从哪里来的,很多年轻人无法跟我讲述她的历史。

历史就是维系我们身体和命运的时间,每个人出生以后,从足尖落在大地上时,就触到了尘埃。我们就像植物花草一样,只有在尘土中,才能成长。我走近她,在那个时刻,我认定了一个事实:她就是故事中的艾玛。哪怕没有人告诉我她是从哪里来的,我也能想象艾玛的行踪和足迹。

艾玛和尼桑从碧色寨撤离的时间,正是世界大战激烈爆发的时代。作为一个中年妇女,她是带着遗憾撤离的。从她和尼桑乘上途经碧色寨的最后一趟小火车离开时,随同火车消逝于远方的山脉,我们就再也无法看见他和尼桑的世界了。这一刻,我们眼前充满了太多屏障,他们消失于碧色寨,我们就被一座座巨大的屏障所阻隔。后来,出现了乔尼,因为他一直生活在爷爷尼桑的农庄,就有了后续,乔尼传承着爷爷的梦,拎着箱子来到了碧色寨。

艾玛去哪里了?我已经看到了艾玛重返碧色寨的路线,在他们离开碧色寨以后,他们重又回到了法国。尼桑回到法国后,厌倦战事,就拎着箱子到巴黎郊外,买下了那座农庄。艾玛在巴黎住了一段时间,就消失了。就连尼桑也无法知道母亲去了哪里。在乱世,人的消失似乎是正常的。我能看到艾玛的行踪,因为在眼前,我认定坐在旧椅子上打盹的这个老人,就是艾玛。

艾玛在法国巴黎生活了一段时间后,就悄然地按照自己内心所愿朝向东方,开始了又一次私密的旅行。她的旅行尽头抵达的目的地就是碧色寨。而她最终回到碧色寨时,她看见的碧色寨如同一片荒野,艾玛咖啡馆的一把铜锁,仿佛已经永久地锁住了过去的现实和梦想。她没有钥匙,她的钥匙去哪里了?钥匙好像都给了蔷薇姑娘。可她去哪里了?不仅仅看不到蔷薇姑娘,也看不见任何一个人。

碧色寨沉默着,艾玛左右环顾着,想寻找到一个人。就在她抬起头来时,她看见了铁路对面的山坡上立起了一辆牛车,她还看见了赶车人就站在牛车边。这是命运的安排,她上了那辆牛车,自此以后,就随同车辙声重返鸟镇。存在和虚拟都不重要,我置身其中看见了一只鸟又飞到了艾玛的肩头。在我看来,这是真实的,这就是一个修建滇越铁路的工程师的妻子,为了寻找在这条铁路消失的丈夫,来到了碧色寨以后创造并发现的另一个世界。

不管你们相信不相信，我都深信，有一个虚拟的世界，哪怕它多么微小，可以是一只蝴蝶的斑斓，也可以是一座废弃的城池，也可以是打开的一只墨盒，铅笔画下的羽毛，锄器上的铁锈红……这些东西就是我看见的，也可以是虚拟出的时间和现象，它们的存在或不存在，才是真正激荡我内心烈焰的故事。我之所以将故事讲下去，就是因为有日复一日的虚构陪伴着我，它比活生生的现实更有力量，并以此征服了我的内心向外延伸而去的方向。我迷恋所有世界上通过超越现实的想象所带来的现实，就像我此刻肩头栖着一只小鸟，我回过头去，看见它在啄我肩头的那片落在小鸟嘴边的树叶。

5

网络写手丫丫正在送走母亲和继父，他们已经在碧色寨大酒店完成了婚礼。此次在碧色寨，他们举办了非常独特的婚礼，碧色寨大酒店的赵云为他们主持婚礼。最令人惊奇的一幕开始了：新娘虽已经进入中年，却穿上了白色的婚纱，新郎新娘都像是第一次举办婚礼。他们的目光中有羞涩也有成熟。网络写手丫丫走在母亲旁边，她成了母亲新婚的伴娘，乔尼走在新郎身边，是伴郎。婚礼在碧色寨的铁轨枕木中间举行，这应该是碧色寨迎来的第一场婚礼吧！在我所能够了解的碧色寨的历史中，似乎没有人在这里举行过婚礼。在我所想象或进入的碧色寨的历史中，火车站有来来往往的人群，他们聚守而又分离，却看不到一对恋人穿上婚礼盛装，在铁轨枕木间举办过婚礼。

男女为什么到了特定的时间，将举办婚礼，是因为想永远地厮守。而时间总会蓄谋着很多难以忍受的变幻，碧色寨人来人往的故事中充满了疼痛和告别仪式，就像书中的每一个人，因为来到了碧色寨，而发生了各自的故事，又因为碧色寨是一条上下延伸出去的路线，而发生了一系列的碰撞声后，产生了时光的距离感。

这一对中年男女在经历了第一次婚姻的变幻以后，在一个像青葱岁月一样的女孩召唤下，就真的来到了碧色寨。而且在碧色寨拍摄了一组婚纱照片，这组照片基本上融入了碧色寨内外的景观，其中铁路和枕木是碧色寨的灵魂。当他们站在铁轨枕木间时，许多旅行者都成了观看者和分享者，碧色寨的阳光炫幻而又热烈，两个中年男女手牵手走在铁轨中间。这并非轰轰烈烈的爱情，而是沉静以后突然又开始的一种现实和旅途。

他们的脸上有中年男女的沉着稳定，就像碧色寨的容颜，在我看来，碧色寨还没有进入暮年，它正值中年时光，带着曾经的沧桑岁月。步入这条轨道，虽然是女儿的安排，仿佛也是时间和神的安排。就这样，他们踏上了这条铁轨举行了婚礼。围观的人群虽然在婚礼之外，却仿佛也参与了这场婚庆。看上去，他们是多么幸福，虽然在这个时代，拥有幸福感是奢侈的，然而，看见他们微笑满足的神态，周围的人们仿佛也同样获得了一种幸福感。

赵云为他们主持着婚礼。这是下午四点半钟的碧色寨，网络写手丫丫今天看上去最高兴，因为她以诗意的方式将母亲他们引进了碧色寨。看到这场婚礼顺利举行，她作为新网络写手，似乎做了一件非常有意义的事情。自此以后，碧色寨以拍摄婚纱照并在铁轨和枕木中举办婚礼——开启了一个新的创意，因为这条铁路意味着无穷无尽的时间。

婚纱不时地垂在锈红色的铁轨上，这个场景虽然微不足道，却充满着油画般的感觉。白色的婚纱落在铁轨上更衬托出铁轨的苍茫感。不远处，牧羊回来的人赶着一群黑山羊。我想表达的是时代在变幻无常，然而，我们人间古老的那种常态却依然存在。看到这一幕，我被深深地感动着，相信你们也看到了这场独特的婚礼。

一群从碧色寨后面跑出来的乡村孩子，突然间就跑过来了。是的，请相信我告诉你们的是非常真实的场景：那些还没有上小学的孩子们每天都会跑到碧色寨来嬉戏，人类游戏的能力几乎就是天生的，根本就不需要培养。正因为如此，才发明了游戏这个词语。每一个词根下面都是从古至今的历史和生活状态，游戏的能力激活了人的想象力和脑细胞。此刻，这群满身带着泥巴味和果浆渍的孩子们，竟然有勇气跑到了新娘和新郎之间，一个女孩竟然有勇气跑过去，用双手提起来曳地的婚纱，这一幕现实使婚礼增加了神秘的色彩。

置身在人群中的燕子，突然间就想起来了外婆日记中的一段话，那是外婆在旧时代的逃亡中的一个梦想：我昨晚梦见了一件让我激动不已的场景，我穿上白色的婚纱，尼桑从被白色的迷雾所笼罩的碧色寨的铁轨上，正在向我慢慢地走过来，我也向他慢慢地走过去。我们的手伸出去，想牵到彼此的手，而就在这一刻，从不远处传来了小火车的哐啷声，就在这一刻，我从梦中醒来了，才发现这是一个梦。

她想着外婆的这个梦，看见了从乡村跑出来的孩子们参与了这场来自碧色寨的婚礼，一个女孩用双手拉起新娘的白纱裙，新娘弯下腰，拥抱了那个女孩。能够看见他们是意外惊喜，这不是人为的一场排练，而是天意的安排。这群来自乡村的天使的进入，使参加婚礼者以及围观者的脸上都充满喜悦。

6

时间,藏着我们空茫一生中最珍贵的奇异宝石。每一天,天空都变幻无穷,以此结构促进我们在语言中的相遇。人性具有抒情似的多幅幻觉似的篇章,它像沙粒从指缝落下,又将帷幕吹开。一片空白和另一朵云,就能告诉我们,这个时代,不再需要知道我们从哪里来,到哪里去。永恒的秘密,深藏不露,藏于时空——这是自由出入的版图,我们不在乎是晴空万里还是暴雨倾盆,每一刻,都意味着是崭新的遇见。

7

乔尼在哪里呢?他走到了燕子身边,他们是参与者,在漫长的时空中,碧色寨还没有举行过一场婚礼。是的,他想起了爷爷,从自己是一个幼童时,就进入了爷爷的那个世界,爷爷总是将他成长的目光引向碧色寨。在爷爷的农庄里,爷爷似乎依赖于对碧色寨的回忆而生活着,而乔尼的成长过程中,同样将视觉的想象力伸向了碧色寨,仿佛那里边有他的未来生活。自此以后,他就孕育了一个梦,奔赴碧色寨。

他的手伸出去牵住了燕子的手,燕子回过头看了他一眼,仿佛早就等待着这一刻的降临了。所以,他们之间的手就像铁轨和枕木交叉而遇,就像当年的尼桑和蔷薇姑娘的手,触到了爱的闪电。这是两个完全不相同的时代背景,然而,手与手之间碰到的电流却不会改变。

婚礼进入了高潮，两个中年男女互换戒指，这场仪式使碧色寨充满了互联网下的连接感。每个时代走出来的男女，开始时都会以产生火焰而越走越近，直到他们彼此在这一束又一束变幻无穷的火焰中，终于牵起手来。牵手仪式后面的碧色寨，仿佛开来了一列小火车，我幻想着，如果他们都能轮回而来，那是一番怎么样的场景啊！他们在哪里呢？

他们在哪里？只有在他们途经的地方，才能寻找到他们的踪迹。直到如今，艾玛和尼桑所寻找的丈夫和父亲都没有结果，这似乎是一个谜。有时候，人的消失就像一场巨雾顺着天边散去，仍然看不到踪影。在那样一个乱世，人的消失就像一个谜，没有答案。

走在碧色寨的已经是新人，但他们无疑都是从历史中走出来的。在斑驳的夕阳之下，一对中年男女在碧色寨完成了婚礼进行曲。我的目光最终定格在那个乡村幼女的手上，她是多么快乐无忧啊，这是我在碧色寨看到的另一张脸。她手里仍然拉着新娘曳地的婚纱，她的脚不时地会被铁轨上的砾石绊住，而她的脸，没有历史。是的，在其他人的脸上，我看到的历史有明有暗，只有在这个女孩的脸上，我看到的是无历史痕迹的一张笑脸。新娘回过头来，亲吻了女孩子的脸，我看见很多人在为这个场景拍照。女孩子的脸上留下了淡淡的口红印痕，她眼睛的明亮或干净，无疑会感动在场的很多人。

8

果果带着出生的婴儿，在母亲的帮助下，这个叫燕子的孩子很快就长大了。不再是裹在襁褓里的婴儿，也不再是放在摇篮中牙牙学语的孩子。当燕子上幼儿园时，果果从电影院辞职了，她没有跟任何人商量。人活在世上都是孤独的，何况她的唯一亲人就是母亲，父亲是不存在的，小时候母亲还一次次地告诉她说，父亲在一个非常遥远的地方生活，这是为了安慰她幼小的心灵。她相信了这个美丽的谎言，那个遥远的地方就像永远的童话笼罩着她。后来，她渐渐长大了，变成了小学生初中生高中生，这个童话世界仿佛太古老了。她没有再去询问母亲，她天生就是敏感的，何况她早就已经习惯了父亲的缺席。那个所谓的生活在远方的现实早就不存在了，但她没有再纠缠，随同她的青春期开始向火车站延伸出去后，她的世界仿佛因为碧色寨而敞开了。

燕子几乎都是外婆带大的，从电影院辞职以后，她来到了省城，租下了房子，开始了一个艺术家的生活。是的，她真正的绘画生涯就是从离开电影院后开始的。这个属于个人史的空间，不再让她周转于男女情爱，她的所有时空都布满油彩画框。很多次，她也会秘密地去碧色寨，小火车停开了，每次去碧色寨，她都感受着空旷和荒凉。她也会去草坝小镇，因为她知道赵云早就不再开江南裁缝铺了，他已经去发展另外的事业了。这样一来，她在这条铁路上行走就没有了负担和压力。

她事实上是第一个读完母亲笔记本的人，燕子是后来者。因为母亲越来越老了，她就想了解母亲的过去，而当她的目光在探究着母亲时，母亲就从枕边的箱子里取出笔记本递给她说：如果你想知道母亲是从哪里来的，就读读这笔记本上的故事吧！时间太快了，她从母亲手中接过笔记本时，已经30多岁了。是的，时间确实太快了，我们能延伸的不过是回忆而已。沿着这条轨道，该走的人都已经走了，该留下的风景依然存在。她带上母亲的笔记本来到了碧色寨，她将画架支在铁路中间和边缘……她会住在旁边的村里或走到草坝小镇去住。从青春期开始出发抵达的碧色寨，竟然成了她绘画的一个经常往返之地。时过境迁，江南裁缝铺消失了，就像果果无比安静的内心。但这条铁路依然存在着,在碧色寨沿线绘画似乎已经成了艺术生命的主题,很多往事已经不再纠结。经历了与碧色寨有关系的一段短暂的恋情,同时还历经了一段更为短暂的婚姻,留下了燕子,还好,这个女孩长大了。当燕子长大后,母亲却进入了真正的垂暮期,她总是叨叨着碧色寨的咖啡馆,是的,在母亲的执念中她最好的时光是在碧色寨度过的。但她在碧色寨并没有从小火车出站的人群中寻找到母亲,这无疑是蔷薇的遗憾。

另外,她美好的岁月从离开碧色寨的那一天就已经消失了。她的生命中保存着艾玛的形象,以及艾玛的咖啡馆;她的回忆中似乎自己仍然穿着蓝花布裙,在不长的时光里,她在咖啡馆里手磨咖啡,每天从上午十点钟开始,艾玛咖啡馆的门准时打开,就像小火车准时进站。她成了艾玛咖啡馆的一道风景,来到碧色寨的人都去过咖啡馆,因为里边有一个年轻而漂亮的女孩子,她亲自动手磨制的咖啡,给陷入战乱中的每一个人都会带来香气,这种奇异的香味是从未有过的。

蔷薇就像碧色寨的一个秘密,但后期却因为战乱而逃亡到了滇西小县城。在她老去之后,回忆成为她全部的生活。每当果果归来时,她就成了聆听者,老宅院中母女两人坐在石榴树下,果果从母亲那里学会了手磨咖啡——这是她进入青春期以后就学会的小手艺。当时咖啡还没有流行,也没有多少人喝咖啡,但在蔷薇的世界里,手磨咖啡就是艾玛的咖啡馆和碧色寨的一种醇香的记忆。

很久以前和很久以后,都是关于时间的叙事和回忆。语言在这两个段落中漂移,就像一辆牛车越过古川山道和一个年轻的赛车手穿越了泥石流的速度。而此刻,在现实的时空中,我们多数情况下会孤居一隅,生命周转而来后,只是为了结一段又一段时间的纠缠,无论快还是慢,燕子依然用古往今来的速度飞翔，我们依然离不开这个尘沙弥漫的世态。

蔷薇老了，那个穿蓝花布衣的女孩永远定格在碧色寨的背景中。当她谈论尼桑时，眼睛会顿时变得清澈，她是在那个黄昏被台阶绊倒时拄上手杖的。家里都没有手杖，因为，蔷薇好像一直在行走中生活着，果果没有意料到母亲绊倒后，腿脚就开始异化了，这异化就是没有过去那样灵便了。当一个老去的人需要手杖时，身体已经不再像过去一样固定有平衡力。人，都是在不知不觉中老去的，这个自然规律，任何人都无法逃避。

从碧色寨艾玛咖啡馆走出来的蔷薇姑娘，自带香气。她走出咖啡馆，身前身后都是碧色寨的气象，尽管战事弥漫，碧色寨看上去仍然是祥和的。她的手指垂下来，她站在咖啡馆的台阶下等待着，因为小火车又进站了。是的，每次小火站带着笛声和哐啷声而来时，如果她正在手磨咖啡，便会轻轻地放下器具；如果她正端着咖啡给客人，她也会轻手轻脚地走过去……她从来没有慌乱过，碧色寨给予了她青春期少有的沉稳和从容。如果从小火车里走出来的人很多，她会踮起脚尖——要用多少凝聚力汇集到视觉下，才能在月台的人群中搜寻到她要等待的三个人。

蔷薇姑娘等待的第一个人是她的母亲：这个从她青春期离家出走的女人，必然是带着一个女人的故事出走的，或者跟着男人私奔的。她在此等待，是因为身体中流动着母亲赐予她的血液，那个穿旗袍的女人虽然抛下她出走了，然而，蔷薇却对母亲没有任何怨气。她从一开始就很理解母亲，因为在她成长的现实中，她根本就看不到母亲和父亲的亲密关系，甚至也看不到他们之间的婚姻生活的意义。而且如果没有母亲的离家出走，她也不会离开。一定程度上来说，她效仿了母亲的行为，母亲的出走让她寻找到了某种勇气。她在此等待母亲的出现，凡是身穿旗袍的女人，都会从她的目光中走过去。

第二个人就是艾玛：她来自法国，是一个异域中年女性，她就像是她的另一个亲人和母亲。她们从一开始就有缘分，当她离家出走来到碧色寨时，是艾玛看见了她，一个来自中国女孩的青春期和迷惘，在这种迷惘中表现出这个女孩的特质。她因为艾玛，从而有了蔷薇这个新名字，也就是从这一天开始，她的人生有了新的故事。

第三个人就是尼桑了，这个男子几乎让她回忆了一生，在回忆中她已经熬过了如此漫长的时空隧道。在碧色寨的烟尘中每次尼桑出门，她都要亲自目送他，那样的时光无以计数。在目送的眼睫毛下面的碧色寨显得如此宁静，因为每次离开，他都会早走，原来还乘小火车，自从有了那匹枣红马儿后，他就开始用脚行走了。他的行走像风影在移动，开始时是清晰的，随着他的脚步声，越来越远，直至消失不见。难道这就是人生吗？之后，是等待他的归来，尼桑每次出发时，都收拾得干干净净的，寻找父亲的踪迹对于他来说，是仪式。包括艾玛和尼桑，在他们的内心世界里，从碧色寨往外走，就是去寻找和探索在战事之外的世界的安详和神性。

所以，当艾玛和尼桑归来时，蔷薇远远地就会看到他们的疲惫和迷惘。出发时总带着希望而去，那些永不泯灭的希望经过在碧色寨的休整后，重又像风筝朝天空飘去。归来时，艾玛和尼桑都会从大地山岳中带回不同的气息。当然，两个人所带回来的气息是不一样的，艾玛带回来的更多是小镇的气息，有一次她看见艾玛从月台上走过来，就迎了上去，她发现艾玛的发丝上有几根羽毛，肩头也有羽毛，便有些好奇地迎上去看着艾玛，她说：艾玛阿姨，你头上有羽毛，我可以帮你取下来吗？艾玛告诉她，这是乌镇的羽毛，她刚从乌镇回来。蔷薇有些好奇地看着艾玛，她帮助艾玛从发丝上取下了几根羽毛。艾玛从她手中接过羽毛，共三根，分别为白蓝红。这像是一个幻境，再加上肩膀上也有一根黄色的羽毛，都被艾玛带走了。蔷薇觉得鸟镇这个名字很陌生，她回咖啡馆以后，查询了一下地图，并没有在碧色寨沿线看到这个地名。

鸟镇存在吗？我想是存在的，它一定会在艾玛的世界中存在。所以，沿着碧色寨，我寻找着艾玛的故事时，必然会先从她的足迹开始，她为寻找尼桑的父亲去了很多地方。那些地名都可以在地图上搜寻到，唯独找不到鸟镇这个地名。

但我却循着艾玛所去的路线寻找到了牛车所去的方向，当我下车时，一大群鸟飞过天空……

我们总是在交叉的时间中行走，想一想我们的人生，没有一条路是笔直地走到底的。从路的脉动中我们就能听到命运就像潜藏在我们身体中细密的血管……简言之，我们的生命是依靠血液循环来维系的。那么，人的命运也是依靠所行走过的路来维系伸展拓宽的。世界上没有一条路是笔直地走到底的，这是因为地球是圆形的，太阳和月亮也是圆形的，凡是散发出光热的形体都是圆形的，比如向日葵。

蔷薇老了，她终于给果果讲完了她经历的所有故事。除此之外，她还告诉了果果她的身世……这件事几乎被她隐藏了一辈子，以至于长大以后的果果已经不再追问父亲的事了。尽管如此，果果只是不问而已，因为她是一个敏感的人，父亲的缺席在她看来肯定是一个秘密。随着年龄的增长，她不想再去面对母亲，谈论父亲的缺席。那天，她感觉到母亲好像有事要告诉她，是的，她为了画画，总是生活在外面，还好，有燕子的陪伴，她也就有自由的时间去画画生活。

当母亲告诉她关于自己的身世时，我们可以看见那只装在篮子里的襁褓。她并不是母亲生的，而是有一天黎明，母亲打开门想到附近巷子外的店买豆浆油条。打开门后，母亲愣住了，门外有一个篮子里横放着一个襁褓。那当然是很久很久以前的事了。母亲出于本能将篮子抱进屋，又将襁褓抱起来，这是一个刚出生的女婴，她是那么安静，但她很显然也是一个弃婴。婴儿在蔷薇怀中如此安静，仿佛已经寻找到了她的家。自此以后，这座古老的小宅院里就增加了一个婴儿的牙牙学语之声。这就是果果的身世，母亲隐藏了一生，独立地将果果抚养成人。

从母亲告诉她的这个故事中，果果知道了自己是从哪里来的。母亲告诉她这个身世时，她显得很平静，仿佛这是她预料中的，只是证明了这个预料而已。果果跟母亲的关系，也许比亲生的要更亲密。或许有碧色寨贯穿了她们的生命，果果很早就已经接受了母亲告诉她的关于碧色寨的存在，这种存在同样绵延在她生命中。

9

延伸在时间记忆中的故事，从另一代人延伸到新的时空中时，我们的故事已经进入了平静的叙事。碧色寨被一群又一群慕名而来的旅游者们所包围，有时候人潮汹涌，但他们拍照作短暂的停留以后就会悄然离去。世界太大了，总有人离去，也总有人在此厮守。

燕子仍然在寻找前世之旅，她觉得好像在很久以前就曾来过碧色寨，这意味着在她的前世，她就在碧色寨留下过痕迹吗？于是，她除了写作外，总跟随乔尼沿碧色寨去探索那些未了结的答案。自从他们手牵手以后，他们总结伴出行。乔尼的内心永不谢幕，除了爷爷讲过的故事外，他想知道并寻找尼桑和艾玛的遗憾，寻找到修筑滇越铁路的工程师，他就是尼桑的父亲，艾玛的丈夫。这个未解之谜依然延续下来，成为乔尼内心的一个巨大的时空隧道。他无法停下脚步，就像当年的尼桑，他回碧色寨只是休整几天，然后又面临着再次出发的现实。

这现实离不开碧色寨的轨迹弥漫，锈红色就像浸染了所有向前延伸的铁路。这是一条仍然在寻找未来的铁路吗？每天他都会从此处出发，铁路那边开咖啡馆的青年人马力这两天突然挂出转租咖啡馆的木牌，乔尼和燕子走到咖啡馆，问马力为何要转租？青年人说他发现了开发中新的商业契机，如果每天守候咖啡馆，就无法去拓展开发了，所以，他想好了就转租出去吧，反正父亲他们那代人的梦已经太苍茫了。人，需要活下去，活得更好一些，所以离不开物质生活。

乔尼和燕子的目光对视了片刻：这一刻，在如此短暂的对视中，他们知道内心所表达的是什么，不需要再用语言商议，燕子就开口了，她说，她跟乔尼想租这座咖啡馆。乔尼会意中点点头说，是的，如果可以，我们就租过来吧！事情如此简单啊，他们很快签协议，就这样，艾玛的咖啡馆，重又回来了。艾玛咖啡馆，曾经是碧色寨的，也是很久以前的一道风景线，在那些战乱的日子里，每一个人都无法自拨于自己的命运。然而，命运却无法确定，何去何从成了每个人的谜题。

来一杯咖啡吧！这是许多进入碧色寨的人所选择的。战乱看似在外面，却总是离自己很近，飞机时不时地扔下炸弹，从风中传来的消息，都是杀戮或子弹。艾玛咖啡馆，成了一座当时离自己最近的避难所。来一杯咖啡吧，各种身份的，来历不明的人走了进来，蔷薇姑娘带着青春的气息走过来，她的热情闪现出纯真，忧郁掩藏在心中，从不外露。黑亮的辫子不长不短，明亮的眼眶像水一样晶莹。此外还有艾玛，一个中年的法国女人，她从出现在碧色寨的那一时刻，目光就开始在这条铁路之外游移着。还有尼桑，他是那个时代最酷的青年男子了，而且眼神天生就忧郁。

就像碧色寨的忧郁，自从我看见碧色寨的时候，就感觉它是忧郁的，我因为看见了它的忧郁，从而想走进去。我看见一群碧色寨的蚂蚁，或许是天空快要降雨的原因吧，它们正沿着铁路边的草丛行进着。

这一群蚂蚁啊，我想跟随它们走一段路。这是一个多么诱人的愿望啊，它是多么自由，这世上绝对没有人能阻止我的愿望，而且，也没有任何人知道我的这个属于人世的最小的愿望。何况，这已经是下午，天空在变幻，好像有一场雷雨要来临了。旅游者们有的在散步，有的在拍照，那些手拉箱子来的人，大都是需要住下来的。

匆匆拍照者，大都是要离开的。这个世界有两类旅者。一类喜欢群集活动，跟随旅游团队，完全受控于团队的安排，从早到晚都是按照契约来旅行，包括路上的餐饮和住宿。这样的旅行，没有多少自由度，多是匆匆拍照停留，游者的神态属于集体化的，追踪式的，他们像云一样飘来又离去。

一类是独立的旅人，单人和几个合群者，之前已经将旅行线路设计好，所以呢，他们在开始旅行之前，已经了解了所去方向的天气预报，如今的天气预报可以告诉你最近半个多月的云图走向，你就可以准备衣物、心绪。那些手拉箱子走进碧色寨的旅人，大都已经订好了住所，是要住几天才会离开的。

我小心翼翼并巧妙地与那群蚂蚁，保持着距离，又可以窥视它们的存在。

这人世间的存在啊，每一天的存在都是时空召唤着我们走进去。那群蚂蚁仿佛有强大的力量朝前走，它们的身体移动在绿色的草丛里。终于，它们爬上了一座小小的土丘，看得出来，它们已经抵达了目的地，看得出来土丘下面就是它们的城堡。是的，它们钻进去了，从土丘的草丛中出现了一条小路，它们按照顺序排列，蚂蚁群中一定有它们的王，率领着它们出游或回家。这座小土丘是隆起的，下大雨，水就会往凹处流。所以，哪怕是细小的蚂蚁们也会选择生活的居所。只有安顿好自己的身体，才能好好地活下去。

10

碧色寨充满了种种生命的迹象。乔尼又开始寻找一个更遥远的问题，他就是爷爷尼桑的父亲，也是乔尼内心世界中的一团火。现在看来，很多事情都有了进展，随同从碧色寨出发的搜寻，他找到了小白，走出小白老家出村庄时，他仿佛从纠结中走了出来，事实上是从爷爷尼桑的纠结中走了出来。小白就是曾经参加过滇西抗战的一员老兵，如今他安详地生活在他的古村落，看见他就像村口的那棵大榕树样平凡地活着，乔尼百感交集。她的心终于替代爷爷寻找到了小白的线索，这是尼桑放不下的一个来自碧色寨往事的时间问题，爷爷农庄的书屋中有来自碧色寨的一根根线条，以至于让人感觉到似乎有蜘蛛在里边织网。

时间，伟大而忧伤的时间，就是一只神秘的蜘蛛王，当它织出黑暗和白昼时，同时也织出了碎片下的尘屑，每一道光都形成了天然的皱褶和波浪，每一阵呼吸，都有泥土味和幽暗的色彩。每一代人都离不开打开门的钥匙链条，层叠的帷幕下晃动着一张张脸，他们睁开双眼总想拉开距离，看到自己也看到别人。在这个时间的距离中，有我们的痛和遗忘。而时间，要么是腐叶被一阵巨风荡起，要么是闪电，让我们看见了天使和妖精。最终，让我们能够继续生活的，同样是时间，当它像一滴水滋润了我们的咽喉，语言下万物又开始了复苏和生长。

我不知道如何表达乔尼的那种心情，此刻，燕子便跟了上来。这就是命运吗？两只箱子为什么在同一时间赴约于碧色寨？燕子跟了上来，这意味着乔尼不再孤独。乔尼一直走在前面，这个姿态很像尼桑，只不过，当年的尼桑更孤独，所以身边后来有了一匹枣红马儿陪伴。今天的乔尼，正以他在互联网下最为古老的姿态寻找着未解之谜。

燕子跟在后面，这同样是她个人的姿态，自从她开始写作以后，就喜欢保持这个姿态，就像刚接手的咖啡馆，当她终于从转租者手中接过钥匙时，便想起了外婆，那个叫蔷薇的姑娘。她握住钥匙扣，手心在微微出汗，她同时想起了艾玛和尼桑，这些在外婆的日记本中每天出现的人的名字，仿佛并没有在岁月中逝去，他们仍然生活出入在咖啡馆中。是的，她和乔尼除了经营两个人的客栈之外，又开始接手管理从前的艾玛咖啡馆。

两个人琢磨了几天，想好了咖啡馆的名字：来一杯咖啡吧！这个名字有召唤感，现在和未来，永远都相互存在，无法分离。现在，他们一前一后的，乔尼说尽管这是一个谜，但他是不会放下的。他说，艾玛和尼桑都没有揭开这个谜底，乔尼最近总直呼他们的名字，仿佛这样离他们会更近一些。乔尼又说，有时候在梦乡，他似乎梦见了这个谜底，但梦本身就是模糊的。人们依恋梦乡，就是因为它的虚无感。有时候，人们从现实中逃往梦乡，会寻找到自己的灵魂。这条梦游之路，开辟了人们的另一个乌托邦和避难所。

当乔尼说到梦乡时，他显得很兴奋，尽管在梦乡他并没有寻找到答案和谜底。

艾玛没有寻找到自己的丈夫，但她却寻找到了鸟镇，因此，我深信，我看见的那位住在鸟镇的外国妇女就是艾玛。这样说起来，就会想象她重归碧色寨的道路，但没有人看见她是怎么来的，只有我知道艾玛就生活在鸟镇，但我没有告诉任何人。就让这个秘密独自陪伴艾玛吧，这个世界没有人看见她回来的路，就是因为她需要独立地面对重归碧色寨，再寻找到鸟镇的路线。

明天意味着什么不知道，但今晚的夜色很安静，当心灵静如湖蓝色，仿佛有一列从前的小火车途经了家门口。很慢的速度中看不见人群中有手机。陌生人之间都保持着距离，或投来惊鸿一瞥，让你的心沉下去，水底应该有珊瑚红。

11

新的忧患意识，带着隐形无踪的痛，仿佛镶嵌在一列慢火车的齿轮上，在它们穿越隧道和夜幕后，白昼和流星依然附体。没有痛感的语言区域，苍白无力，只是一些华美的羽毛，载不走箱子里的秘密和沉重，也无法带着我们去抵达和出发。

乔尼有一个愿望，要将爷爷尼桑农庄里的所有与碧色寨相关的器物，搬到碧色寨，办一个小小的私人博物馆。这个愿望实现之前他还想继续沿碧色寨行走，从铁轨枕木外行走，是为了替代艾玛和尼桑寻找那个失联的亲眷。有那么一天他终于走到了离碧色寨更远的一座村落，天又一次地黑下来了。是的，人在行走中，时间过得很快。他又走进了一座村落，一个少年赶着一群羊刚回家，看见他背着相机，而且是一个外国人就对他笑了笑。大山深处的人都喜欢笑，他们看上去似乎都没有忧郁，而且也很单纯。他问少年是不是放假了，少年说你怎么知道的。他说，看上去你就是学生，应该是上初中了吧？少年说，你猜对了，便对他说，去我们家吃饭吧，现在我爷爷奶奶应该把饭做好了。缘分就是这样降临的。这个中学生放假了，便肩负起了做牧羊人的职责，他在小镇上初一，往常都住校，暑假到了，便回到了家里。父母40多岁，都到城里打工去了，家里就剩60多岁的爷爷奶奶，爷爷平常将几十只山羊赶到山地上放牧，顺便管理一下几亩山地上的土豆和萝卜。奶奶就管理家门口的庄稼地。

这个时代，年轻人都在往外走，他们搭上拖拉机到了小镇，又搭乘长途车到县城。村里的男孩女孩到了16岁以后，仿佛就听见了时代潮流的召唤声，就像当年村里走马帮的人们，一个带上一个就走出了僻静的村寨。这些正值青春期的少男少女们，在每一个时代，都会跟上潮流的节奏，他们永远也不会落伍。

当乔尼走进村寨时，就像往常一样又一次地感受到了村寨的寂静。看不见人，看得见炊烟，村里都只剩下老年人和留守儿童。外面的世界很诱人，能走的人都走了，田地庄稼留给了驻守村庄者。少年带着他往前走，他的家在那棵大榕树下，炊烟从瓦顶上往上弥漫，哪怕过了百年，乔尼仍然能看得见尼桑当年看见的场景。他有些激动，尽管一路走来，脚已经疲软，但抵达村庄也是必需的。他沿袭了过去时代尼桑的行走方式，不到天黑是不会歇下来的。

天亮以前，万事万物都有足够充盈的光泽，而且每一缕光泽都在变幻中。尼桑当年就是沿着这些光泽的变幻往前走，有了光，似乎总是还没到抵达之地。多少年以后，外面的时速加快了，而乔尼所经处的山冈村落溪水，仍然以百年以前的速度，顺应于自然的规则变幻出它的原貌。

少年将羊群关进了畜厩，嘘了一口气。为刚刚结束的这天的牧羊生活而画上了句号。现在，他将乔尼带进了客堂，所谓客堂也就是有火塘的屋子，这一路上而来，老宅土坯屋都有火塘，钢筋水泥房就没有火塘了。尽管如此，乔尼却非常喜欢迎着火塘而去，似乎只要看见火塘，他就离尼桑生活的时代更近了。

火塘上面有一只炉架，有一只早已被完全熏黑的铜壶。只要坐在火塘边，乔尼的身心会迅速地安静下来，他的灵魂仿佛在炉架的柴块中慢慢地燃烧着。少年给他从火塘里抛出一只只土豆，爷爷奶奶进屋来了，他们去地里干活也刚刚回来。少年突然间眼睛亮起来对乔尼说，我的爷爷的父亲早就过世了，他将一只箱子里的物件托交给现在的爷爷，直到如今在梁上还吊着一只羊皮袋，你抬头看见那只羊皮袋子了吗？爷爷并不忌讳少年的话，他说是的，我父亲过世前这只羊皮袋就吊在屋梁上了，父亲说那是一个法国人的东西，我父亲曾为法国修过滇越铁路。父亲说，法国人曾救过他的命，在父亲患伤寒时，法国人给父亲服了数次白药片，父亲就奇迹般地好了。少年的爷爷仿佛碰到了真正的聆听者，是的，乔尼仿佛陷入了某种神秘时空轮回而来的奇幻和现实中。

少年的爷爷拉开了话题，乔尼从包里掏出了一瓶白兰地，少年的爷爷说还是喝我们当地的苞谷酒吧，他朝少年使了一个眼神后，少年离开火塘不一会儿就从外面抱来了一只土坛。爷爷说，我们家家都会酿制苞谷酒，从我父亲那代接过来，我们也会酿制苞谷酒了。今晚，我请你喝苞谷酒吧，看你的样子我就知道，你是从很远的地方来的。

是的，他是从很远的地方来的，是沿着爷爷尼桑的轨迹而来的。在他们大碗喝够了酒以后，少年的爷爷支起了梯子，少年就沿梯子而上将屋檐上的那只羊皮袋子取下来了。这只来自百年前的羊皮袋子已经被烟完全熏黑了，烟火真的很有魔力，在熏黑羊皮袋子时，也会让屋子里的物件防疫防蚀。这只羊皮袋来到了乔尼的面前，少年的爷爷说，他自己也不知道里边是什么，也从来没有打开过。不过，他相信，里边的东西很珍贵的。这只黑漆漆的羊皮袋就这样来到了乔尼的双手上。少年的爷爷说，他对这只袋子有一种说不清楚的敬畏感，因为他的父亲告别人世之前，曾躺在火塘边看着头顶的那只羊皮袋子闭上了双眼。乔尼慢慢地开始解开了这只袋子，因为少年的爷爷已经将解开这只袋子的权力交给了他。

乔尼不慌不忙地正在用双手解袋子，他嗅着浓烈的烟尘味。其实，他已经感觉到这只袋子并不沉重，它甚至很轻很轻。在他双膝盖骨下是火塘，燃烧的柴块忽明忽暗。少年就坐在他旁边看着他解袋子。结起来的是麻绳，因为时间太久了，麻绳已经枯腐了，他双手去碰麻绳时，就触到了一些灰烬。麻绳无论怎么坚固结实，也都是要变成灰烬的。

12

晚安，是一道光，挂在窗帘上，随帘杆悄无声息地滑动。沉迷于这安静时光，这良宵，也是另一道光，如同桥梁，架在江河之上。

很多问题不再是问题,而是来自秘密基地上未研发揭示出来的标准答案。很多孤独也不再是孤独,而是来自这个清朗星球上的神奇旅伴。

13

赵云的碧色寨酒店在之前,当乔尼和燕子未拎着箱子进入碧色寨前,就开始呈现出了旅人的行踪轨迹。他从青春时代来到了碧色寨,后来的初恋者就是燕子的母亲果果。但事与愿违,他离开了,辜负了果果,再见面时,已经时过境迁。命运就是这样苍茫无奈,在他的生命中,果果消失了,她是一个非常独立自尊的女子,说消失就悄无声息地消失了。他曾经找过她,但曾经发生的故事已在她那里成为往事,她甚至也不想为往事而干杯。这就是他和她的故事,开始于碧色寨,结束于碧色寨。那次见面以后,他似乎同样也变平静了。

对于一个已经建立了婚姻家庭生活的男人,过去的事,哪怕多么轰轰烈烈,一旦卷入烟火,也都同样化为了灰烬。尽管如此,碧色寨仿佛是他生命中的一个重要的原乡,他18岁就离开了故乡,所以,他一路走来,辗转了许多地方,最终又回到了碧色寨,并将多年挣来的财富投入了酒店的建设。其实,在他的意识深处,他无论走得多远,最终却又绕回到了碧色寨。人,哪怕给你足够的自由,足够的走向地平线的独立,走来走去却仍在绕圈,这是为什么呢?总之,他又重返碧色寨,将他奋斗了大半辈子挣来的金子,投入了大酒店的建设。自此以后,他就每天生活在碧色寨了,他的儿子从美国留学归来后,就替他管理碧色寨酒店。在碧色寨酒店的大堂里,有一辆法国老式自行车,这也是当年他曾经载着果果,从草坝出发,沿着铁轨枕木以上的那条小路，送果果去碧色寨乘小火车的那辆自行车。这辆自行车就放在大堂中央，它成了一道风景。

这道风景，就这样永久地固定在大堂中央了。但没有多少人了解这辆法式自行车的故事。我是了解的，那段激情飞扬的两个人的青春故事，早就已经画上了句号，不再有后续之事了。尽管如此，法式自行车就放在酒店大堂，后座上曾经载过一个青春绽放的女子，现在，这个女子在哪里呢？

果果还是不得不撤离县城中的老房子，蔷薇在乱世中曾在这里安下家，并给了后来的果果一个家。现在，果果该离开了，这片区域已属于危房，面临着拆迁。是的，蔷薇以接近百年的岁月，走完了她的长途跋涉后离开了。燕子带着她的青春年华又离开了，现在果果将奔往何处？燕子来了电话说，如果可以的话，去碧色寨住一段时间，因为艾玛的咖啡馆又回来了，由她和乔尼经营管理，那是蔷薇外婆曾经生活过的地方。燕子的这个召唤，太有诱惑力了。她突然有一种强烈的念头去作为母亲的蔷薇曾经生活过的地方——曾经的艾玛咖啡馆，这个出现在母亲故事中的地方，正在以一种从未有过的力量在召唤着她的脚步。是时候了，是果果重返碧色寨的时间了。她只带走了那辆母亲的法式自行车，虽然母亲当时从未亲自骑过这辆自行车，但正是这辆自行车的后座上载着她逃离碧色寨的行李和那只箱子，在经历了漫长的时间以后，母亲仍然保留着这辆自行车。现在，母亲带走了自行车，她将离开县城，前往碧色寨。

14

在火塘边，乔尼终于打开了那只羊皮袋子，里面除了胶卷就是图纸……

少年的爷爷告诉他，小时候就听父亲说，这是一个修筑滇越铁路的法国工程师寄存下来的。法国人跟这座村庄很有缘，他走累了也就是暮色苍茫的时辰，于是，他就走进村庄，住在村庄里。当时少年的爷爷的父亲是狩猎人，他经常到森林里去狩猎，那一天就遇到了那个法国工程师从森林那边匆匆奔跑而来，他说被黑熊盯住了。狩猎人就将他带回了家。后来，法国人又带他出村庄去修铁路了。之后，他们成了朋友，待铁路修好以后，他经常往返于这座村庄，并预感战事的混乱、人事的周转不测，便将他携带的那只装有胶卷、滇越铁路设计图纸的羊皮袋子，寄存在他的朋友家里。但从此以后，他再也没有来过村庄。有村里人传说去采药的路上，曾看见过他的背影，那是一条通往原始森林的路，里面野兽非常多，就连采药人也不会走多远，就在森林的外面采集药草，而他却走进去了……不知道他走进去后，有没有再走出来。世上的路，多是交织着众多诡秘无测的路线，人走在这一条条有阳光和黑暗的旅路上，有灾祸也有吉祥。

历史太久了，就连那只羊皮袋子也变成了被日久天长的烟尘所浸染过的旧物。尽管如此，历史是旧与新的影像，当乔尼用双手慢慢展开一卷卷用牛皮纸袋装好的胶卷时，他看见了来自滇越铁路的一幕幕百年前的场景：看不见尽头的丛林中有筑路工的背影，在一个筑路工的脸上滚动着汗珠；看得见的泥石流下是一群黑色的山羊刚走过去，牧羊人披着羊皮褂。在这些伸展开的胶卷深处，有野兽，乔尼看见了那头黑熊。这就是传说中的那头黑熊吗？有炊具，营地上的帐篷和篝火，也有马帮和马锅头走进了拍摄者的镜头。最后，乔尼拂开了那本笔记本，上面有名字，这正是爷爷尼桑的名字，这本烟熏弥漫的笔记本，每一页都有钢笔画出的线条，这些线条延伸出了滇越铁路的某一段落……

乔尼抑制着身心的战栗，他将自己的身世告诉了少年的爷爷，因为他将带走这只黑色的羊皮袋子。少年的爷爷看上去终于释怀了,他说,多少年来,他一直用心守护着羊皮袋子,每天早晨醒来的第一件事,就是要抬头看一眼羊皮袋子有没有系在屋梁上,晚上睡觉前也要看一眼,然后才会安心地去睡觉。

乔尼,抱着那只黑乎乎的羊皮袋子,他将带走一个人在百年之前的秘密轨迹;他将带走爷爷和父亲的故事中的历史;他将带走一个人消失在时间中的某些时间之谜……他走出了村庄,少年将他送到了村口。他想起了小白,想起了爷爷告诉他的许多故事的片段;想起从幼年开始以后,进入爷爷书房里一次次地在另一个遥远的国度与碧色寨相遇的时光。而此刻,一只只雀鸟自由自在地在天空中飞行着,他开始下山,想着燕子,最近,他的心越来越灼热,他想尽快地回到碧色寨,让燕子看见这只黑色的羊皮袋子里边的秘密。

15

有些秘密消失了。有些秘密就像蝉,叫醒了我们沉睡的耳鼓。有些秘密就像野蜜蜂,带领我们去寻找花香弥漫之地,并最终让我们寻找到蜂巢。有些秘密就像沉睡的矿藏,在它们体外是各种生命现象在此巡游,时时刻刻在谋划如何启开通往矿藏的入口。

碧色寨以它的存在,迎来了乔尼怀抱黑色羊皮袋子出现的时间:这是一个阳光西斜的下午,阳光游离的碧色寨,一对年轻的男女,手牵手,他们应该是一对热恋中的青年人。他们手牵手沿着铁路散步,仿佛迷失在这座古老的火车站,并想以散步的方式走得更远些。就在这一刻,乔尼怀抱那只羊皮袋子走过来了，是的，他满脸柔和的阳光，他目光中饱含着欣慰，紧紧地抱着那只羊皮袋子的他，不时地将目光投向整个碧色寨。那对年轻的恋人从他身边擦身而过时，看见了他怀抱的羊皮袋子，便驻足，好奇地问他怀里抱着的是什么？他微笑着点点头说：时间，我抱着的是秘密和时间的轮回。

那对恋人有些迷惑地点点头。他继续朝前走，仿佛想尽快地走到碧色寨。是的，那对恋人已经沿铁路走出了几公里之外，他们手牵手看着乔尼的背影，很显然，这个法国年轻人和他怀中的黑乎乎的羊皮袋子已经给他们留下了一个谜。

来自碧色寨的谜，让这对恋人产生了汹涌而莫名的激情，他们收回目光，开始拥抱着，仿佛在用年轻恋人的絮语，拥抱着这条铁路朝远方延伸出去的那一缕缕西斜的阳光。

站在咖啡馆门口台阶上的燕子，正在等待着母亲的到来，看上去她的目光中充满了期待，因为母亲已经决定来碧色寨帮助燕子守候曾经的艾玛咖啡馆。母亲此次重返碧色寨，对于燕子来说无疑是一种奇迹。那个叫果果的女人，终于要重返碧色寨了，等待或驻守都需要漫长的时间，而此时此刻，有三个人正在以自己的激情和命运奔往碧色寨的路上。

周容驱着车，带着妻子正在回碧色寨的路上，他在几天前刚退休就选择好了回碧色寨的村庄里生活。他的旁边坐着来自碧色寨的妻子，多年以前，他因为到碧色寨写生，便恋上了碧色寨的一个女子。那个土生土长的村姑，对于年轻的大学生来说就像碧色寨的花朵般漂亮。后来，他们产生了恋情，那是一个多么浪漫的时代啊，在他毕业留在艺术学院任教后，他所做的第一件事，就是回到碧色寨与那个美丽的村姑举行婚礼。之后，他就带着新婚的妻子离开了碧色寨。在那个时代，周容将来自碧色寨的村姑带到了艺术学院，她成了周容画布上一生的模特，而他的每一幅画，背景都是碧色寨。他是三个人中正在奔赴碧色寨的人，车厢里坐着他的妻子，他们新婚后从碧色寨赴省城时，这个来自碧色寨的村姑，满身的乡土味，那正是碧色寨的另一种味道。而现在，他又带着她，重返碧色寨生活绘画养老。他们也不再年轻，她的头微微地扬起来，充满了平静的期待。

第二个人就是果果，她是乘火车来蒙自的，现在的火车速度已经加快。当她推动那辆法式自行车从月台进入火车车厢时，所有人都在用惊奇的目光研究这辆法式自行车。是的，它经历了百年的隐藏魔法，现在重又面对人世的目光。就像她自己，燕子起初跟她商议，让她到碧色寨来时，她的内心似乎还有许多障碍。事实上她已经从内心深处与碧色寨保持着一段距离，因为碧色寨就是她的初恋。很久以前的那场初恋，已经从她记忆中随同时光慢慢远了。她不能背负记忆生活，她有她的人生，在忙碌辗转于许多不同区域绘画时，似乎在她意识深处已经逃离了碧色寨。燕子完全是在外婆的身边长大的，果果几乎都没有操过心。所以，燕子理所当然成了带着外婆蔷薇的那只燕子，去探索碧色寨之谜的又一代人。碧色寨在召唤着她，母亲青春期生活过的艾玛咖啡馆，现在重又回到了燕子和法国青年乔尼的手上，他们的手上有打开艾玛咖啡馆的钥匙。她接受了这命运中的召唤，正在奔赴碧色寨的路上。她已经不再害怕与青年时代的恋人赵云的见面，那个障碍早就已经慢慢地消失了。此刻，她又想起了母亲蔷薇，她已经离母亲箱子里生活的那个世代很近了，所以呢，她非常愿意重返碧色寨。

第三个人就是法国青年乔尼，在三个正在奔赴碧色寨的人中，他很快就要走到昔日的艾玛咖啡馆了。他知道，燕子就在里边，他也知道燕子的母亲今天也正在奔赴碧色寨的路上。在他看来，他怀里的那只黑色的羊皮袋子里，装满了从碧色寨延伸出去的，更辽阔的来自滇越铁路的世态，那些穿越了一个世纪的旧胶卷，还有法式笔记本上的图纸，虽然看上去颜色变得有些暗淡了，然而，它们正是当年居住在碧色寨的艾玛和尼桑所寻找的一部分消失的时间。他欣慰中已经看见了前艾玛咖啡馆的屋顶，天空高远，他仿佛已经看见了未来想创建的那座博物馆。当然，这一切都需要时间。此刻，他看见了站在咖啡馆门口的燕子，他走上去，燕子看见了他怀中的那只黑色的羊皮袋子，她朝他温柔地点点头，走下台阶，伸出手臂拥抱着乔尼的同时，也在拥抱着那只羊皮袋子……他向她耳语着：我终于找到了，我终于找到了，我终于找到了……她睁开了沉醉的双眼问道：乔尼，你找到什么了？他说，我找到了奇迹……

16

我看见了这一切，我早就说过，我是人，也是生物圈内的某一朵花，或者是一朵云的来往，一滴水沿着树叶的融化，我当然也是隶属于时间的一种个体的存在，除了看到上面的一切，我还看到了鸟镇，又一次我带着说不出来的期待，从碧色寨以上往前走，就走到了山坡上。这正是晚秋时节，山地上的所有庄稼都已收割了，隔着起伏的山地，我看见了成片的橘树，挂满了成熟的柑橘，我能感觉到每一只柑橘的甜蜜。牛车又出现在隆起的山地上，无论何时降临，牛车都在，所以，我深信有些存在是神安排在世间的存在，它控制着我们的幻念，又能将我们的一切美好的意念，引入一个神奇的地方。

我搭上了牛车，赶车人告诉我，今天去鸟镇的人多，很多人是到山地上来摘果实。赶车人告诉我，这片山地的果实一年四季都在变化，所以这里已经是一片网红打卡地,来碧色寨的人都要进入这里,旅游者在果园又看见从鸟镇那边飞来的异鸟,就往鸟镇那里去了,有些人喜欢步行,有人喜欢乘牛车而去……在不长的时间里,通往鸟镇的路发生了许多变化,有些变化是突如其来的,比如,这里突然变成了网红打卡地,这些都是随同互联网的时代降临的现实。但土地上随风而去的节令不会变化,这些古老的被造物主赐予地球的时间在变化中反反复复,却从不会消失。

在地图上是无法寻找到鸟镇的,当年,艾玛不断地告诉蔷薇一些来自鸟镇的现实,蔷薇姑娘铺开地图时也同样没有寻找到鸟镇。对于有些人来说,鸟镇就是当年寻找失联的丈夫的艾玛,所进入的乌有之乡。而我也相信这个乌有之乡首先是从艾玛的寻找中出现的。尽管如此,我相信只要你从碧色寨出发,再走上这片山坡,就会看见牛车就在那里,它停留在老地方,好像从没有挪动过位置。我已经坐在牛车上,赶车人好像已经熟悉我,因为我有很多次,都悄然而至,乘坐牛车到鸟镇去。

鸟镇出现了,鸟飞过来了,这一次从低矮的天空中飞往我肩膀的是一只紫色的鸟,它的羽毛看上去很丰盈,是完全的紫,没有一种杂色。这是一种看上去华美而又忧郁的紫色,也是我最喜欢的颜色。我像从前一样,用双手捧着紫色鸟,它的身体是温暖的,它的羽毛是柔软的。我很想带它走,成为我的旅伴,然而,它愿意跟我走吗?这一次,我没有将它放回天空,是的,我想跟这只鸟商量,如果它愿意跟我走,那么我才会带它走的。我又将它放到了肩膀上,对它说,如果你想跟我走,就留下来,如果你想离开,就请飞走吧!那只鸟留下来了。

我现在最重要的一件事,是想见鸟镇上的那个酷似艾玛的妇女。我沿着石板路朝前走,艾玛上次就坐在一条古老石板路中间的老房子门口。然而,我却没有看见艾玛，我问旁边开店铺的一个中年妇女，她告诉我，这个法国奶奶最近消失了，有人看见她拄着拐杖往鸟镇外走出去了，有人看见她往碧色寨方向走过去了。这件事已经很久了，她已经消失很长时间了。也就是说，她消失了，从时间旅途的尽头消失了。

我带着那只鸟回到了碧色寨时，隐形中仿佛又看见了她拄着拐杖，置身在一团银色的光线中。有时看见的是正值中年的艾玛，穿着法式裙子，从碧色寨的枕木铁轨中走了出来。我肩头的那只鸟突然有一天在我从梦中醒来后变成了碧色，我刚想从肩头捉住它，梦或现实融为一体时，它飞走了，慢慢地往碧色寨的天空飞去。然而，它却没有飞远，一直在萦绕着碧色寨的天空飞翔着。

我看见了乔尼和燕子在那个充满着奇迹的时刻，解开了那只黑色的羊皮袋子，他轻轻地解开早已风化的绳索，许多东西随同时间都会风化。然而，羊皮袋子里的旧胶卷和笔记本上的图纸线条，却没有风化。在笔记本上乔尼看见了爷爷尼桑绘制的人字桥图纸，他低声说：对，我还要从碧色寨出发，沿着这条铁路去寻访人字桥，这也是爷爷念念不忘经常向我说起的人字桥……是的，我还要回趟法国，去爷爷的农庄，将爷爷书屋所有关于碧色寨的遗物，带到碧色寨。之后，我们就建一座小小的博物馆……黑色的羊皮袋子的敞开，仿佛将一个巨大的秘密敞开了。仿佛永不谢幕的碧色寨的魔幻舞台，向世界永无止境地敞开着它那些数之不尽的、来自黑暗和白昼的传说。

哦，我又看见那只碧色的鸟带着另一群色泽斑斓的异鸟，正在碧色寨的上空飞行着，它们一直缓慢地环绕飞行在碧色寨的上空，似乎再不愿意飞往别处。

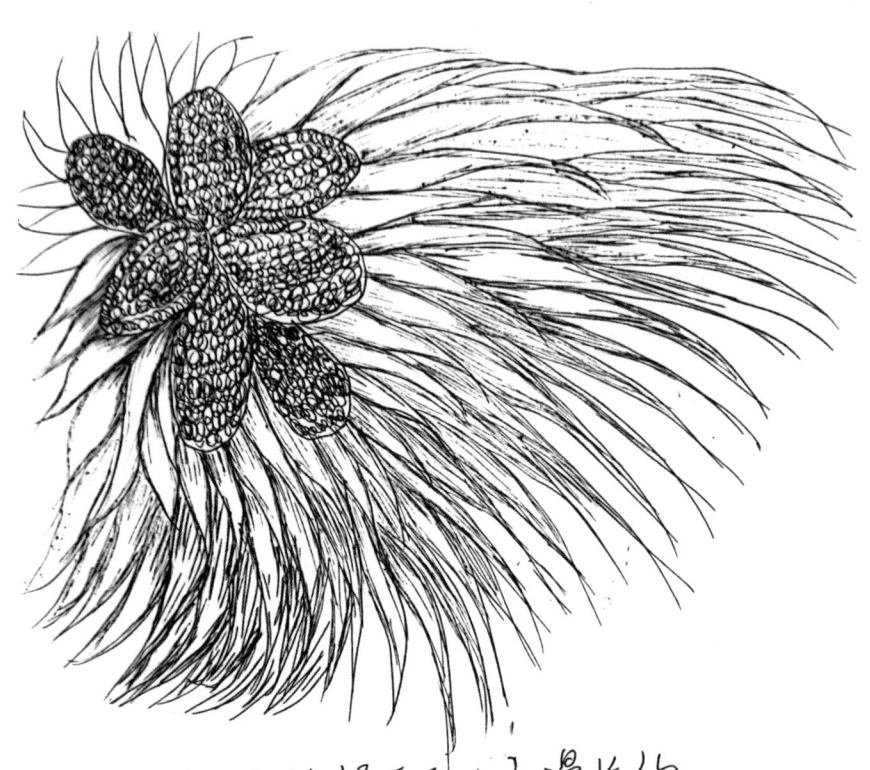

醒来，我们经历了一场漫长的
碧色之梦。像梦一样飞翔起放吧
人间如此美好，天地万物像一卷书
让我们重温书中的故事吧！

涵男 2021.6月